現代文學 26

湖村裡的夢幻

卷四

柯美淮 原著

博客思出版社

目次

卷四

第八十八回　毛仲義詐錢結冤仇　柯天任仗義救兄弟

卻說柯和貴回到家裡，李秀雲鐵青著臉不理睬他。柯和貴就一聲不響地進房，放下包子。他一看鐘，中午兩點了，肚子餓了，就自己去做飯吃了，又燒熱水洗了澡，上床就睡。他一覺醒來，已是傍晚，看到李秀雲一個人在吃飯，就起床洗臉，也去吃飯。兩人默默地吃。

「你說出去七、八天，怎麼一去就近一個月？」李秀雲忍不住氣鼓鼓地問。

「到福建去弄荔枝罐頭，路遠地生，由得我安排嗎？出門不由己呀。」柯和貴誆著。

「你看這門面，鬼也沒一個，像個做生意的地方嗎？」李秀雲埋怨著。

柯和貴心裡明白，李秀雲不是做生意的料，更不能獨當一面。她服務態度不好，為了一分錢與顧客爭吵，不會看行情、不看食品期限而靈活處理商品，出門打貨忠厚老實。柯和貴不願指出她的缺點，惹她發脾氣，就溫和地問缺了哪些貨快缺了。

李秀雲一一說了，又嘟嚕起來：「在高中的兩孩子上星期回來要交欠的學費，我沒錢。錢讓你給你那侄兒侄媳騙去了，現在你去想法子弄錢。」

柯和貴沒做聲，吃了飯，就到街上找了兩個小批發部，以貨換貨弄了自己門市買缺的貨，又去另三家討來了貨款一千三百三十五元，給了李秀雲。

第二天，柯和貴去縣城鄢豔家打聽柯天任夫婦下落，鄢豔的父母說打來了電話，沒說住址。柯和貴回家對李秀雲說：「暫時找不到子龍，等他回來再討錢。」

卻說柯天任一夥來到沿海市，開始闖天下了。

沿海市是改革開放中最早開發的新城市。這裡，三面環山，南面臨海。海岸線呈月彎形。東邊，連山有個斷口處，是條寬兩里、長五里的峽谷。斷口處往東七、八里有個海灣，叫鯊魚灣，很偏僻。西邊盡頭有條直奔大海的滂沱河，沖積出一片沙洲，叫白沙洲。白沙洲靠山外，一峰突兀，壁陡臨海，形成一個天然大港口。沿海市在改革開放前是個窮鄉僻壤的小漁鎮，只有一條土公路從峽穀通向外面。漁民們生活很困苦，不少中青年男女都離鄉別土，到江南一帶做苦力。改革開放時，把這裡定為國家經濟開發特區，經商辦企業給無息貸款，十年免稅；允許外商外資來開發。華僑、外商蜂擁而至，全國有權有勢者都來插足，不到五年時間，各種形式的企業都起來了。隨後，服務業興起，食堂旅社、賓館公園、咖啡廳、娛樂城、批發市場、小商品市場、碼頭、車站等等，雨後春筍般冒出地面來。高樓大廈林立，豪華街道縱橫，火車海輪奔騰……出外打工的當地漁民爭相回家，得地皮費，貸款開工廠辦店，成了富有的老闆。內地青年湧來，做了打工仔、打工妹。漁民小鎮由輸出勞務的窮地方變成了吸收勞工的新城市，貧困無知的漁民變成了腰纏萬貫的大老闆。無知的老闆，白領的僕人，粗野的工頭，文明的工人，繁榮的經濟，落後的文化，血腥的錢幣，歡樂的歌聲，財富的骯髒，道德的淪喪，表現出「八多」的特點：高樓多，票子多，娛樂多，乞丐多，妓女多，黑幫多，員警多，案子多。沿海市成了一個畸形發展的新城市。

漁民小鎮的漁民成了沿海市的第一批居民，在繁華熱鬧地段都有漂亮的樓房，老鎮的矮小房屋一時來不及拆毀，就租賃給打工仔、打工妹居住。打工仔、打工妹都以老鄉為紐帶，居住在一塊，形成自然的幫派。永安縣的人住在老鎮中間，成了永安人一條街，結成了揚子鱷幫。沿海市的幫派多如牛毛，最大的幫派有：四川的青龍幫、河南的紅獅幫、江南的揚子鱷幫。青龍幫佔據峽谷的火車站，白沙洲的兩個娛樂城，海上和貨運碼頭一、二號。紅獅幫佔據峽谷的汽運站、白沙洲的兩處娛樂城，一個商場、貨運碼頭三、四號。揚子鱷幫佔據白沙洲的公園、漁場和貨運碼頭五、六號。黑幫雖各劃地盤，有時也發生侵犯衝突。黑幫們各自在員警裡有靠山，每次嚴打，只抓些小嘍囉、小頭目，中、大頭目都安然無恙。黑幫不敢侵犯本土居民，反而去巴結本土居民，因為員警、居委會都保護本土居民。黑幫侵犯的對像是打工仔、打工妹，遷來的小廠、小店，外來的客商，新來的居民。

柯天任一夥來到沿海市時，揚子鱷幫已有三千多人。俗話說：老鄉見老鄉，兩眼淚汪汪。柯天任一夥來到永安人一條街，就受到熱情幫忙：租房子，辦暫住證，找工作。柯天任一夥很快定居下來了。但他們都吃不得苦，手中又有錢，就不去工作，成日在街上遊蕩，伺機入幫。

一日上午，天氣晴朗。毛仲義、田小慶、牛五三人，帶著鄰居的一個叫小寶的八歲男孩去火車站玩子。在火車貨運站一號倉庫門外，一夥人正在搬運川桔，軟爛的桔子拋在水泥地上，一片黃紅。小寶撿了兩個爛桔要吃，毛仲義不讓他吃，討了兩個好桔子給小寶。突然，毛仲義眉頭一皺，計上心來，到旁邊小攤子要了兩個黑色薄膜袋，裝了兩袋爛桔子。毛仲義與田小慶、牛五嘀咕了一陣子，就牽著小寶到火車客運站出站口處。

客人正在出站，一時人多，顯得人擠。田小慶就教了小寶幾句話，讓小寶提著兩袋爛桔子向人多的地方走。三人站在一旁看著小寶。

小寶走到人多的地方，兩個袋子被擠掉在地上，小寶就哭了。旅客中有個提黃皮包的大學生模樣的男青年見狀，連忙去扶小寶，幫小寶提起袋子。

「小兄弟，這裡人多，不要被擠著了，快到路邊去。」男青年說著，牽著小寶走出人叢，來到路邊，把兩袋桔子放在小寶身邊。他問：「小兄弟，你站著沒動，我去叫員警叔叔送你回去。」男青年說著，就向廣場上的警亭走去。

男青年還沒走兩步，眼睛挨了一掌，聽到一個吼聲「你這傢夥，怎麼欺負起小孩來？」

「你……」男青年被打得眼冒金星，說。

「你把小孩子的桔子搗爛了，要賠錢。」男青年背部又挨了一掌。

「我是幫這小孩子，你們怎麼反誣我搗爛桔子？不信，你們問這小孩子。」男青年看清了自己前後有兩個青年，還有一個抱著孩子的青年站在一旁。

小寶剛要開口，被抱著他的毛仲義制止了。毛仲義不准小寶說話，只要小寶哭。

「你不用狡辯，我們看得清楚。你把小孩子的兩袋桔子搶走，小孩子追你，你就把桔子仍在地上，嚇唬小孩。我們路見不平，要你賠這小孩子的桔子。」田小慶敲著男青年的額頭吼。

這時，圍上了一大群看熱鬧的人。人們看到三個青年圍著一個青年打罵，聽到那三個青年指責那個青年騙小孩子的桔子，小孩在哭，兩袋桔子甩了一地。很顯然，正義、強大都在三個男青年一邊。大家就紛紛指責那個男青年。

這是絕大多數中國人從祖先那裡遺傳下來的一個特徵：敢於理直氣壯地指責弱者，表現出正義的英雄氣概。

男青年知道自已已經入了圈套，有口難辯，只想脫身，就說：「我辯不明白了。兄弟，大概五、六斤桔子，不值幾元錢吧，我給一張十元幣。」

「不行！你欺負小孩子，造成了精神傷害，要賠償。」田小慶抓住男青年衣領。

「你佔用了我們的時間，要付誤工費。」毛仲義說。

「走，到巷子裡去。」牛五推著青年後背。

四個青年和小孩一起走向小巷。

「唉，那個男青年是外地剛來的，被地痞宰了。」人群中有個中年人搖頭說。

看客們一下子明白了事情的原委，默默地散去。

這又是中國絕大多數人從祖先那裡遺傳下來的又一特徵：怕惹禍上身，沒有勇氣指責惡強者，表現出明哲保身，忍讓寬恕的哲人機智。

毛仲義等人來到小巷僻靜處站住。

「兄弟，我是從江南省來的。師專畢業後沒有分配工作，應聘到沿海市一家私立中學教書，只帶了路費和半個月生活費。等我上班了，再多給你們一些錢。」男青年哀求著。

「你有多少錢？」田小慶問。

「一百五十多元。不信，你們搜身。」男青年說著，從內衣口袋掏出所有的錢。

「我聽你口音是江南人。好吧，你就給一百元，我們不搜身。」毛仲義說。

男青年給了一百元錢，就脫身走了。

毛仲義等人得了錢，喜笑顏開，吹著口哨，在巷子裡逛。

他們走了四、五丈遠，背後有人大喊：「站住！」

三人同時扭頭望，一個大塊頭青年追上來。

「你想幹什嗎？」田小慶喝問。

「交出地盤費！」大塊頭說。

「想要錢，老子給你兩百塊！」田小慶說罷，一拳一腳向大塊頭打去。

那大塊頭一側身，左手一撈，抓住田小慶的腳，右手一幫襯，將田小慶甩出一丈多遠。

牛五見了，要衝上去，被毛仲義止住，毛仲義看見大塊頭後面跑來四個青年，想轉身逃跑，又被前方四個青年擋住。毛仲義知道碰上黑道人馬了，就笑著問大塊頭：「兄弟，地盤費多少？」

「二八開，你得二，我得八。」大塊頭說。

這時，九個青年將毛仲義四人圍住。

「好。剛才我們得了三十元，給你二十四元。」毛仲義只想脫身，從口袋裡掏錢。

「你耍猴子嗎？快給八十元。你們不要骨頭發燒，想挨揍。」一個絡腮鬍子說。

「仲哥，寧可死，也不能給錢，不能丟大師傅的臉。」田小慶說。

「給了錢就沒志氣了，老子與他們拼了！」牛五說著，大吼一聲，衝上去。

毛仲義、田小慶也只好動手了。雙方交架一陣，毛仲義、田小慶、牛五被綁了手，連同小寶一起被帶走了。他們被押到一垛高院牆的後門。後門旁掛著一塊長的牌子，上寫：蜀渝公司。進後門，穿過一堆放物資的大場地，上一棟大樓，來到三樓一間大會議室。會議室中部的辦公室擺成一個空心橢圓形，空心處放著人造花草；桌子向大門那頭放著三把高檔轉椅，兩旁放著軟坐鋼管高背椅；靠牆處放著兩排木條靠背長椅。毛仲義三人被緊緊地綁在木椅上，小寶站在毛仲義身邊。門口有兩個青年守著。

過了半個小時，進來兩個人：一個中等身材，清瘦；一個戴近視眼鏡。兩人坐在毛仲義對面的椅上。大塊頭等人坐在後背長椅上。

「搜！」清瘦的重重吐出一個字。

大塊頭等人把毛仲義三人身上搜一遍，有四百元錢和三張暫住證，交給眼鏡。

「狼哥，他們都住在永安街，說明是劉三強手下的人，要請示一下幫主再作處理。」眼鏡看了暫住證，說。

「好。」狼哥從腰裡拿出大哥大，按了幾下，說了幾句，關了機。他對大塊頭說：「熊四，你們看好人，晚上十點，上頭派人來處理。」

晚上十點，會議室燈火通明，進來兩隊人，分左右就座。有兩個人徑直走到桌子最頂頭，坐在兩把轉椅上。那兩個頭面人物，一個四十五、六歲，敦壯結實，川音很重；一個五十出頭，矮小精悍，普通話中帶有永安鄉音。

「你們認識他嗎？」川音很重的人指著身旁的人問毛仲義等人。

「不認識。」牛五說。

「他們剛來不久，不認識我。聽他們口音，是永安人。」帶有永安鄉音的人說，「我叫劉三強。這位是青龍幫幫主諸葛明兄。你們是和柯天任一起的吧？」

「是。」毛仲義說。他聽說揚子鱷幫幫主叫劉三強，沒見過面，就連忙說，「劉幫主，我們沒犯法呀。是他們的人打我們，綁我們，搜我們的錢。」

「你們剛來，不懂幫規。你們在青龍幫管地弄錢，犯了侵佔地盤罪，每人要罰款一萬元。拿不出錢，就在半夜時沉海餵鯊魚。有人擔保，就罰做苦力一年。我們都是家鄉人，就擔保你們在青龍幫這裡做苦力一年。」劉三強說。

「請幫主給我們大師傅通個信，我們死也瞑目。」毛仲義說。

「你大師傅是誰？」諸葛明很惱火，喝問。

「柯天任，名震江南的柯大俠。」田小慶大聲說。

「哈哈哈……」諸葛明大笑起來。他笑過後，陰沉下臉色，說：「我本來看劉兄面上輕罰你們，你們還說出什麼『大鴨』、『小鴨』。老子可不知道這什麼鳥的柯大俠！老子今夜就讓你們去餵鯊魚，再把那個『大鴨』、『小鴨』也丟進海裡，追你們的魂。」

諸葛明說著，氣忿忿地站起身，劉三強也無奈何地起身。

兩人正準備走，門外跌跌撞撞地跑進熊四。他手捂胸口，額頭青腫，急急地說：「幫主，不好了，一個叫柯天任的闖進來了，打傷了不少兄弟……」

熊四正說著，柯天任已進會議室的門。室內的兩排人呼地站起來。

「各位，請坐。我不是來鬧事的，是來救我兄弟，討個說法。」柯天任向眾人抱拳行禮，邊說，邊走到毛仲義那邊，在後排木椅上坐下。

諸葛明向眾人做了個坐下的手勢，自己也坐下來了。他輕蔑地問柯天任：「你就是他們的大師傅？柯大鴨？」

柯天任微笑著，點點頭。

「他們犯了幫規，劉幫主作了擔保。現在『大鴨』來了，劉兄的擔保作廢。我重新處罰：每人罰三萬元，加上那個小孩一萬元。你在一個時辰內拿來十萬元。過了一個時辰，那三個人和小孩一起就沉海餵鯊魚。」諸葛明冷冷地說。

「沿海市堂堂第一幫，難道就只有這個野蠻的法子，就別無鬥智鬥勇的法子嗎？」柯天任諷刺著說。

「你乳臭未乾，敢出狂言？別的法子有，你能辦到嗎？」諸葛明說。

「願意領教。」柯天任說。

「兩幫鬥陣，勝者為王。你若勝了，自然不罰；你若敗了，連你和揚子鱷幫一起受罰。」諸葛明正想找個機會佔領揚子鱷幫一些地盤。

「柯天任未入我幫，我幫不受牽連。」劉三強連忙聲明。

「不關劉幫主的事，我兄弟願自作自受。」柯天任說。他問諸葛明：「怎麼個鬥陣法？」

「先鬥將，再鬥兵。將戰五打三勝，陣戰各作各法，打出勝敗為止。你敢嗎？」

「怎麼不敢？敢入江湖，早把生死置之度外。」柯天任說。

「那就定在後天上午，地址在鯊魚灣，請紅獅幫主施大勇作裁判。雙方先交二萬元給施大勇。」諸葛明說。

「就這麼定。」柯天任說，「我兄弟可以走了吧。」

「嘿嘿」諸葛明冷笑兩聲，說，「你想耍滑頭嗎?想逃之夭夭嗎?要帶人走，除非劉兄作擔保不可。」

「我已聲明，我幫不介入這事。」劉三強說。

「那就留下我這三個兄弟作人質。我付三天生活費，你們不能虐待我兄弟。」柯天任說。他叫同來的潘複生付了三百元生活費。

諸葛明示意手下把毛仲義三人押往別處，讓劉三強帶走小寶。

柯天任跟著劉三強來到永安街。

欲知柯天任能否過這一關，且聽下回分解。

第八十九回　鯊魚灣比武勝青幫　白沙洲設計陷紅獅

卻說劉三強、柯天任等人回到永安街，被永安人圍住，詢問情況。

劉三強說：「那三個毛猴子不懂幫規，犯了侵犯地盤罪，青龍幫要罰款，要沉海，我替他們作保，罰一年苦力算了。可是，柯天任要逞英雄去鬥陣法，肯定要失敗。他們沒入我幫，我幫不能被牽連進去。」

「有道理。」有人說，「但是整了我們老鄉，豬尿泡打人不疼，氣人。」

「上次，青龍幫的人也侵犯我幫地盤，只放掛爆竹賠個禮了事。這次，他們也太欺負人了。」有人論理，抱不平。

「人家勢大呀，惹不起。他們說犯事的又不是我們幫的人，也有些道理。」揚子鱷幫第二號人物邢百算說，「我們不能因為幾個新來的小猴子，丟地盤。忍了吧。」

「鄉親們，我們新來這裡，人生地疏，多謝老鄉幫忙住下。我兄弟少不經事，闖了禍，要大家關心了。這次，與青龍幫鬥陣法，我是仔細想過的。若是勝了，一能救我兄弟，二能揚我永安人聲勢，三能擴充我們的地盤。若是輸了，我向諸葛明說明白了，劉幫主也聲明清楚了，與揚子鱷無關，沉海餵魚，我兄弟心甘情願。」柯天任說。

「我們不能太怕事了，不能不講故鄉情了。勢力是打出來的，地盤是爭下來的。柯天任六年前就威震兩省五縣，今天來到我們中間，使我們的勢力增強了。青龍幫欺人太甚，我們應該借柯天任之力，與青龍幫爭鬥一次。後天比武，我幫人馬都應去，我們不打旗號，插在觀眾中間。若是柯天任勝了，青龍幫要搞混戰，我們就幫柯天人一把。若是柯天任輸了，我們按兵不動，柯天人等人也怪不得我們。」有個青年大聲說。

柯天任一看，說話的是朱丹。朱丹原是永安城北門派第二號人物，現在劉三強手下做了個小頭目，沒得到重用。柯天任來了，朱丹想與柯天任結在一起，以求一逞，所以幫柯天任說話。

「好主意。」有人喝彩。

「贊成。」眾人叫喊。

「大家安靜一下，聽我說。」劉三強說，「朱丹出的是餿主意。即使柯天任贏了將戰，青龍幫人多勢眾，我們敵不過，輸了陣戰是肯定的。若是我幫公開參戰，損兵折將，丟了地盤，我們今後去喝西北風嗎？」

「劉幫主，你如此畏縮不前，是人老了呢？還是智盡能索呢？」朱丹質問。他又對眾人說：「擒賊先擒王。將戰勝了，嘍羅就沒鬥志了，陣戰也一定能勝！」他又對劉三強說：「劉幫主，你敢不敢和我賭一把？若是敗了，我朱丹向諸葛明請罪沉海，保你無事；若是勝了，你願讓賢嗎？」

「若是勝了，為鄉親們出了惡氣，爭了地盤，我劉三強自動退位讓賢。」劉三強說。

「這是在大庭廣眾下說話，你可不能後悔呀。」朱丹說。

「可以立約。」劉三強說。

「劉幫主，不必立什麼約呀。」柯天任說，「現在面對強敵，內部要團結。我新來，能為鄉親們立功，是應該的，怎能篡權奪位呢？」

「好吧，就這樣定。後天比武，不以揚子鱷幫的名義，以朱丹為首，自願者去，看勢行事。至於劉幫主讓賢的事，以後再議。大家睡覺去吧。」邢百算說。

眾人散去。

朱丹跟著柯天任一起去了。在柯天任住房，朱丹與柯天任一夥謀劃起來。在談到後天比武時，朱丹介紹了青龍幫的三個高手：布吉，張智勇，楊青雄，諸葛明擅使暗鏢傷人。柯天任作了安排：柯天任對布吉，鄧志強對張智勇，蕭俊傑對楊青雄，其餘兩場由趙小生、洪九大出場。朱丹說自己多帶些人去助戰。柯天任說：「黑幫本身不合法，佈陣群鬥更犯法。若是我們勝了，就不用說了；若是我們輸了，朱丹要看準時機報警，借助員警的力量來平息事件。」

在談到劉三強讓賢時，柯天任心中巴不得坐上幫主的位子，口中假惺惺地說：「朱丹，我不能奪劉幫主的位子，一來失了情義，二來人心不服，害了鄉親們。」

朱丹說：「劉三強在三大幫主中知識最高，智謀最多，會搞好各幫關係，擺平各種難堪局面。但他武功差，膽略小，處事優柔寡斷，是自守賊，成不了大事。我猜這次他提出讓賢是出於內心，因為他撈足了錢，看好就收，去享清富。若是他失言不退位，我組織一批人起哄，威迫他退。劉三強可能要把位子傳給邢百算。邢百算詭計多端，胸懷狹窄，是白衣秀士王倫似的人物，也成不了大事。大哥要在取勝的有利時機，果斷地當仁不讓，當上幫主，眾人會服的。一個邢百算掀不起大浪。」

鄢豔說：「朱丹一片丹心，你就不要冷了他的心。」

柯天任說：「到時候再說。」

朱丹與柯天任等人一直談到天明，才去睡覺。

比武這天，雙方人馬到了鯊魚灣。

鯊魚灣是風景保護區，林木昌盛，花草豐茂。在山窩裡，有一塊大平地。平地西邊有條溪水，東邊有一些零星岩石。當裁判的紅獅派幫主施大勇坐在頂上頭一塊大岩石上，身後站有四條大漢護駕。諸葛明坐在施大勇左下面的一塊岩石上，左右各站著三條大漢，青龍幫一百多人列隊站在平地北邊。毛仲義三人被綁在後面樹下。柯天任坐在施大勇右下首的一塊岩石上，朱丹在左，鄧志強十人列在一旁。觀看的人有一千多，朱丹帶來的一百多人插在觀眾中。

施大勇看了看手錶，高叫：「時辰已到，雙方先要交錢來。」

雙方各交給施大勇二萬元。

施大勇宣佈比武規則：「將戰，一對一，五打三勝；不能助陣，不能用暗器和槍彈。陣戰，雙方對陣佈陣，不能用槍彈。聽到裁判鳴槍，立即停戰，由裁判宣佈勝負結果。以上規則，雙方能不能遵守？」

「能。」雙方回答。

施大勇問諸葛明：「青龍幫如果勝了，需要什嗎？」

「柯天任一夥交我方處理，他人不能干涉。」諸葛明身旁一人說。

施大勇問柯天任：「你方如果勝了，需要什嗎？」

柯天任說：「釋放我兄弟，將青龍幫的一、二號碼頭給我兄弟經營。」

施大勇問：「各方是不是都答應對方要求？」

「答應。」雙方同時回答。

施大勇設了祭壇，燒了紙燭，鳴了鞭炮，領著諸葛明、柯天任各燒一柱香，對天發誓：

「神明在上，天理昭昭。今日青幫與柯天任狹路相逢，各不相讓，以比武決一雌雄。勝制敗，強凌弱，天道自然。雙方遵守比武規則，列出條件，以告天地，決不食言。失言者，天誅地滅。」

祭畢，施大勇舉起綠色三角旗，高叫：「富貴在天，生死有定！出場。」

青幫方走出個肉敦敦的漢子，坦胸露臍，叉腰赤腳，像廟裡鐵塔。

「這是第三條好漢楊青雄，外號耗牛。」朱丹低聲對柯天任說。

柯天任指示鄧志強出場，面授對策：「不能挨其身，遠距離游擊。」

鄧志強出場了。兩人在施大勇的「開始」喊聲中，對博起來。鄧志強靈活如猴，左旋右轉，時而閃電般出擊。楊青雄好氣功，轉動笨慢，總是抓不住鄧志強。經過二十分鐘的搏鬥，楊青雄跌下又爬起，口鼻流血，皮開肉綻。鄧志強又尋機猛踢楊青雄膝彎，使楊青雄倒地。施大勇數數完畢，楊青雄不能立起。

「第一場，柯方勝。」施大勇宣佈。

第二場、第三場青幫勝，第四場柯方趙小生勝。決勝在第五場。

第五場，青幫方走出一人，身高約兩米，腰壯如牛，背闊似熊，亂髮披肩；一件黑褂，只穿左手，右手赤裸在外；上臂比平常人大腿還粗；赤著腳蹼，兩耳吊著大銅環，高額暴睛。這就是諸葛明手下的第一條好漢，藏族人，叫布吉。布吉與人格鬥，穩站不動，只用雙手，每個動作致人死命，常把人撕成碎屍，是沿海市令人聞風喪膽的第一殺手。布吉看到柯天任上場，不言不語，氣息如牛，步履緩慢，腳步一踏一個坑，向柯天任逼來。柯天任在武林界見多識廣，面對布吉，毫無懼色。柯天任連出虛招，戲弄布吉。布吉穩站不動，揮動長臂，掌拳交加，發出呼呼風聲。柯天任不斷撩撥，引誘布吉運動。布吉終於耐不住性子了，怒吼著奔騰跳躍。柯天任瞧著布吉的腳步紊亂，見虛就擊。布吉向柯天任猛撲，柯天任從布吉腋下穿插，順勢向後彈踢，連打布吉背心。布吉向前踉蹌。柯天任轉身連擊，又著布吉翹起的長腿。布吉腿如鐵柱，將柯天任反彈出去。柯天任一個旋身，下沉蹲住。布吉轉過身去，向蹲著的柯天任拳腳鋪天蓋地打來。柯天任向後剪兩步，拉開距離。布吉幾下打不著對方，鼻涕雙流，抽空用手背抹鼻子。柯天任趁這一瞬間躍起，從布吉左側打擊，左腳尖打著布吉的鼻子，右腳尖打著布吉耳窩。布吉一聲慘叫，伸手撈住柯天任左腳跟，一個旋扭。柯天任順著布吉的牽力，旋轉一周，退下上腳布鞋，右腳猛彈布吉左腮。布吉疼得一鬆手，柯天任飛出去。柯天任一個空跟斗，站住，看到布吉向右側倒地，就快速縱身，像蜻蜓點水般連擊布吉利的屁眼、腰子、背心、脖窩。布吉不能起身了。柯天任想再擊布吉致命處。這時，柯天任感到背後傳來一絲氣息，忙向前一個箭步，轉過身，面向偷襲他的人。這人是諸葛明手下的第二好漢張智勇，使三節銅鞭打來。

「青幫犯規，二鬥一。」人群中有人吶喊。

張智勇揮鞭，一長一短猛打。柯天任左藏右躲。張智勇盡放銅鞭，向柯天任橫掃。柯天任使出南柯『百法』功夫中一招，蹲下左腳，讓那鞭子呼地從頭上掃過時，向前跨一步的同時，兩掌一上一下抄襲，左掌抄著張智勇陰囊，右掌抄著張智勇下巴。張智勇「哎喲」飛出一丈多遠，跌在一塊大岩石上。柯天任大吼一聲，箭步騰空，使了個連環腿，一腳板擊在張智勇膝蓋上，一腳尖擊在張智勇胸部。張智勇呻吟不已。正在這時，三道白光射來，柯天任向右側倒地，左腳向岩石一踏，身子貼著地皮，向發出暗器的方向滑去。那三支暗鏢射在對面人群中，有人慘叫。柯天任滑到了諸葛明腳下，趁著發暗鏢的諸葛明向對面人群瞧著的一剎那間，順手抓起兩個石子，向諸葛明射去，正中諸葛明的鼻子和左眼。諸葛明「哎——」的一聲向後仰身，屁股朝天。柯天任跳起，一拳打碎諸葛明板骨，一掌擊斷諸葛明腰肋，腰子移了位。

高手取勝，都在險招和連續快動作的一瞬間。柯天任連勝三人，都遵守了這個武術原則。青幫的所謂高手，只不過都是力猛性惡的亡命之徒，並無真正高超武功。

這時，青龍幫二百多人一齊向柯天任圍攻來。柯天任的兄弟們向前阻擊，朱丹一揮手，揚子鱷幫兩百多人上前助戰。一陣混戰，青龍幫全部受傷。

施大勇觀看著，心裡高興：「青龍幫失敗了，沿海市就是紅獅派的天下。」他揮動紅旗高叫：「雙方住手！」

柯天任招呼兄弟們退到南邊站住。毛仲義三人也趁機歸隊了。

施大勇宣佈：「青龍幫敗了，柯方勝了。柯方領回三兄弟，青龍幫明天上午交割一、二號碼頭給柯方。散會！」

永安人簇擁著柯天任回到永安街。朱丹要劉三強立即召開揚子鰐幫大會，收納了柯天任十二人入幫會。

劉三強說：「我有言在先，柯天任若勝了，我主動讓賢。今日看到柯老弟智勇雙全，年輕有為，就歡迎柯天任上臺就位。」

柯天任假意推讓，不肯上臺。

「柯老弟，當幫主是為鄉親出頭辦好事，又不是當官害人。你今日為鄉親除惡保平安，理應坐幫主之位，何必勸讓？鄉親們，鼓掌歡迎柯天任登位。」劉三強說。

「說得有理。」朱丹高叫。

「柯天任上臺！」眾人高喊，鼓掌。

柯天任才上了台。劉三強交割了事務，很樂意地退下臺來。

劉三強是真心讓位。正如朱丹所料，劉三強憑智謀，不與人鬥殺，當了幫主七、八年，撈了不少錢。他現在看到柯天任小勝青龍幫，青龍幫基本力量未動，會反撲，大禍在即，決心退出江湖，去圖個清福。

柯天任坐在臺上幫主位上，受了眾人膜拜後，說：「青龍幫雖然在比武中失敗，肯定不服，不會交出一、二號碼頭，今晚可能要襲擊我們。我現在命令：今晚永安街空城，老弱病殘者轉移，青壯年服從指揮，作好應戰準備。我們要徹底打敗青龍幫，使其不能復生。」

眾人表示服從柯天任。

柯天任立即組成了新的幫會領導班子，留住邢百算，提升朱丹，吸收鄧志強、毛仲義等人。柯天任指揮：朱丹帶一組人探聽對方虛實，等到對方出兵到永安街，就立即報警，讓員警制服青龍幫；毛仲義、牛五帶一隊人去襲擊青龍幫老窩，徹底搗毀；鄧志強、田小慶、趙小生帶兩隊人埋伏在半路上，等青龍幫被員警追擊轉回時，設置路障，配合員警擊敗青龍幫。柯天任、邢百算坐鎮山頭指揮。

凌晨一點，寂靜的沿海鎮傳來了摩托車隊的轟轟聲，車隊入了永安街，就響起了砸門聲。打牆聲，沒有搏鬥聲。永安街已空無一人。一會兒，警笛聲四起，永安街響起了打擊聲、槍聲。又過了一會，摩托車聲向峽谷方向響去，警車在追。摩托車在公路上遇上了一個又一個的路障，不斷翻車。青龍幫的人棄車逃跑。山上一片喊聲，揚子鱷幫的人衝下山來，幫著員警打人、抓人。揚子鱷幫的人又帶著員警去青龍幫老窩，搗毀了蜀渝運輸公司、蜀渝建築公司，抓了青龍幫大小頭目，驅散了青龍幫。

第二天上午，傳來消息，諸葛明、布吉、張智勇在混戰中死了，紅獅派搶佔了火車站和兩個娛樂城地盤。柯天任急忙指揮毛仲義、朱丹帶人去接管了一、二號碼頭。

青龍幫徹底崩潰了，柯天任在黑社會中名聲大震，揚子鱷幫與紅獅派成了對手。柯天任與施大勇相交，虛與委蛇，內心各懷鬼胎，都想吞併對方。

一年後，柯天任和鄢豔得了一子，鄢豔給兒子取名「學優」。鄢豔想兒子走「學而優則仕」的道路，不想讓兒子走柯天任蒙瞞拐騙、打打殺殺的道路。如前文所述，鄢豔跟柯天任，是想柯天任憑智慧勇氣打下一片天下，入政界做官，並不想柯天任搞一輩子黑社會。到了沿海市，鄢豔幫柯天任入幫會，是想搞到一筆錢，尋機賄賂官員，讓柯天任入政界。鄢豔的心思就一直用在這方面。有了這個思想和心理準備，鄢豔對柯天任能入政界的機會就特別敏感。

三年後的一天晚上，毛仲義、牛五向柯天任、鄢豔報告了一個消息：沿海市來了一個闊少，化名程同樂，實名叫張共樂。張共樂祖父是開國元勳，父親張致景是中央大員，權傾京城。張共樂是獨生子，憑著祖父、父親的權勢上大學。實際上不學無術，只知使權耍威，揮霍奢侈。張共樂發怒時，能使歌星、影星身敗名裂；高興時，能使地痞流氓當上區長、書記。京城人聞其名則談虎色變，見其人則退避三舍。

張共樂來沿海市四、五天了，住在沿海賓館裡。警衛五人，醫生、服務員、歌星、舞星等一大群，每日花費二、三十萬，一次豪賭百萬元。

毛仲義說：「張共樂狂妄自大，毫無戒備。他的行動路線和時間我都清楚。只要有精幹人員二十個，就可以制服他，得現金千萬元。」

鄢豔一聽，看到機會來了，就說：「對張共樂這種人，我們不要他的錢，只要他的權。我們搞幫會，終不是長久之計，只有入政界，才天長地久。張共樂是條入政界的帶子，柯天任抓住這條帶子就可以飛黃騰達，眾人也能相隨而上。這是天賜良機，不可錯失。」

柯天任的思想隨著鄢豔的話轉了一圈，認為言之有理，說：「怎麼能抓住張共樂這條帶子？我們來研究一下。牛五，你去把鄧志強等人找來，不要叫朱丹、邢百算等人。」

牛五去了。一會兒，十二人集在一起。

「張共樂是紈絝子弟，就送錢送美女給他，拉上關係。」田小慶說。

「張共樂不缺金錢美女。」鄧志強說。

「那就雇用一個高級妓女打進去，從長計議。」潘複生說。

「張共樂反覆無常，必須速戰速決，不能打持久戰，何況妓女靠不住。」鄢豔說。

「我帶十幾人把張共樂劫持住，逼他給父母寫信，給大師傅一個官做，不給，就不放人。」牛五說。

「那有抓人質要權力的？共產黨不整死我們才怪哩。」洪九大笑著說。

「牛五的話也有些道理。」鄢豔說，「對張共樂要用武。先派人把他劫持住，再讓柯天任帶人去解救他，讓他感激柯天任救命之恩，日後加以利用。」

「這樣作有道理，但很危險，要死人的。誰願意死呢？」柯天任說。

「我願為大師傅去死。」牛五說。

「死了牛五事小，可牛五是我們的人，就暴露了目標。」鄧志強說。

「不能用我們的人去劫持張共樂，要利用別派的人。」毛仲義說，「我想了個桃代李僵的計策。」

「說出來聽聽。」鄢豔說。

毛仲義把桃代李僵的計策說了出來。眾人七嘴八舌作了些補充。

柯天任聽了，頭腦裡很快形成了一個方案。他說：「這個計策仍然很險，弄不好要死三個人，而最大的勝利往往是在險招中取得的。」

「我的命是大師傅拼死救出來的，我願去冒死。」毛仲義說。

「我算一個。」牛五說。

「我也算一個。」田小慶說。

柯天任說：「我們要盡可能避免傷亡。若是事成了，你們三人為大家的幸福立了大功。若是你們還活著，最大的幸福應給你們；若是你們遇上了三長兩短，你們的家人就是我的家人，大家會盡力關照。」柯天任就把方案全盤托出來了，把關鍵情節說得很詳細。柯天任要求大家保密，不能讓十二人以外的任何外人知道，誰洩密，就處死誰。

眾人一一發了誓。柯天任就作了人員安排和行動部署。

一日下午，柯天任叫來鄧志強、朱丹，鄢豔關了大門，坐在客廳望風。柯天任關了房門，坐在轉椅上，示意鄧志強、朱丹坐在沙發上。

柯天任一個勁地抽煙，神情嚴峻，心情沉重，不說話。室內氣氛肅穆神秘。朱丹、鄧志強不知何故，都不敢說話。

坐了好大一會，柯天任好像自言自語：「人心難測呀。這世上最難的事莫過於識人。」

朱丹聽了，心裡打鼓，以目示鄧志強，想得到解釋。鄧志強臉色恐慌，搖搖頭。

「你倆是我的心腹兄弟，今天，我要告訴你們一個絕密。」柯天任說著，用手按了兩下收錄機。

那收錄機發出聲音來：

「哈哈哈，你小子敢耍我。柯天任是你師傅，又是你的救命恩人，你要幹掉他，是為什嗎？」這是施大勇的聲音。

「馬先鋒是施幫主的師傅，還是你義父，你為什麼要幹掉他？」這是毛仲義的聲音。

「你小子探到老子頭上來了！知道得太多，就死得早。」

「那我不說了，那事也白搭了。請幫主賜死。」

「我想聽，你繼續說。」

「你我彼此彼此，還不都是為了撈權，撈大錢嗎？」

「恩，無毒不丈夫嘛。」施大勇說，「我願幫你，事情還由你去辦。你要在夜裡把柯天任、鄧志強、朱丹引誘到鯊魚灣，通知我，我派人把他們幹掉。你也要受點傷，好蒙人。」

「他們死後，我要給他們開追悼會，邀請你去參加，你就當場扶我當揚子鱷幫幫主。」

「事成後，你給我什麼好處？」施大勇問。

「過了三天，你派人強佔一、二號碼頭。三年內，不准打擊揚子鱷幫，讓我坐穩天下。」

「你每年要給我私人二十萬。」施大勇的話很強硬。

「三年內每年孝敬你十萬元，我穩定後，再加碼。」

「那就一言為定。」施大勇說。

……

柯天任關了機子。

「好狠毒呀！」朱丹說。

「太沒情義了。」鄧志強說。

「你們口裡這麼說，心裡在問：這錄音帶如何得到的呢？現在我讓你們認識一個人物。」柯天任拍了兩下掌，一個人進房來。

朱丹吃了一驚，進房來的是施大勇的師弟翁志勇。翁志勇幫施大勇弄死了自己的師傅馬先鋒，坐了紅獅派第四把交椅。

「我與翁兄結拜一年多了。」柯天任說，「翁兄，請坐。你把毛仲義的事說說。」

翁志勇說：「前天晚上，毛仲義要單獨見施大勇。我就在施大勇室裡安放了收錄機，後來取出帶子給了柯大俠。」

「翁兄，你為什麼要向我報告呢？」柯天任問。

「為師傅報仇。」翁志勇說。

「我看你和毛仲義有著同樣的目的。」朱丹說。

「你這樣說也對。」翁志勇說，「我師傅本是要把幫主位子傳給我的。施大勇猜到了，就要謀害我，我鬥不過他，就順了他，謀害了師傅。我日夜在尋機會替師傅報仇，奪回位子。柯大俠智勇雙全，俠肝義膽，抱打不平，我想借他一臂之力，除了施大勇。」

「翁兄，你不能在這裡久留了，以免施大勇生疑。你救了我們三人生命，我們會盡力圖報。」柯天任說。

翁志勇走了。

「毛仲義要殺死我們，我對他下不得手呀。叫你倆來商量個完全之策。」柯天任說。

「大師傅，毛仲義觸犯了幫規條例，不處死，幫會就亂了。他不仁，我們就不義。」鄧志強說。

「這種人罪不可赦，死不足惜。」朱丹說，「我想，秘密處之，既不驚動施大勇，又顧了大哥面子。」

「必須殺一儆百，以正幫規。」鄧志強說。

「你倆各說對了一半。」柯天任說，「秘密審訊，公開以貪汙鉅款罪名處死。」

「這樣好。」鄧志強說。

「我贊同。」朱丹說。

「立即行動。你們把毛仲義秘密抓來，我們三人審訊。」柯天任說。

毛仲義當夜被抓。在審訊時，毛仲義開始抵賴，後來受了肉刑，面對錄音帶，就供認不諱了。毛仲義乞求柯天任饒命。

柯天任說：「你死罪難免。你跟我多年，為了你和我的名聲，對外，我不宣佈你陰謀篡位之罪，只說你貪汙公款之罪。你死後，你家人我會照看。你放心走吧。」

在揚子鱷幫宣判大會上，朱丹宣佈了毛仲義貪汙公款二十萬元的罪行，給以沉海處罰。

半夜，朱丹、鄧志強把毛仲義綁牢，連同石塊一起，裝進網路，繫緊結頭，拖上汽艇，丟進鯊魚灣裡。

毛仲義在水裡屏住呼吸，往海下沉。這時，海水一片光亮，有人托起他。一會兒，毛仲義被拉上一輛汽艇，看到了牛五和施二勇在給他解繩索。汽艇在鯊魚灣繞了一圈。開到四號碼頭。毛仲義要牛五迅速回永安街，以免引起柯天任懷疑。

施二勇、毛仲義秘密來到施大勇室內。毛仲義跪在施大勇腳下，感激救命之恩。

施大勇扶起毛仲義說：「苦了你了。我得到消息，你不是因為貪汙受懲，而是你我的秘密被柯天任知道了。」

「是的。」毛仲義說。他接著把受審訊的經過說。他問：「我死不瞑目，我倆的談話怎麼被人錄音去了？」

「是翁志勇在我椅下按了竊聽機。我今晚叫翁志勇死。」施大勇鼓出了眼珠。

這時，施大勇的手機響了。施大勇沒迴避毛仲義，與對方講起話來：「嗯，嗯，我自有安排。……我不會辜負你的。……你不要疑神生鬼的，不要壞了全局。……嗯，嗯。好了。」

施大勇關了手機。毛仲義不敢問，看了看牆上擺鐘，已是凌晨二點七分四十三秒。

「仲義，你好好療傷。」施大勇說著，要走。

「幫主，慢著，我有重要話要說。」毛仲義說，「有一筆大生意，我本想坐了揚子鱷幫幫主的位子自己去做的。現在，為了報答幫主的恩，就送給你吧。」

「啥生意？」施大勇站住了，問。

「從京城來了個少年富翁，叫程同樂。他日花百萬元，一次出賭資兩百萬。他手下有二十多人，只有五個保鏢。我們只需二、三十個兄弟就可得手千萬元。我們先做了這筆生意，再來收拾柯天任那傢夥。」

「好。」施大勇聽到可撈千萬元，眼睛發亮，放出貪婪的光。施大勇想了一會，說：「這是一樁大買賣，自己人在自己地盤幹，會被員警查獲，必須好好計畫一下。」

「我早就考慮了。我們冒充北京丐幫去幹。幹了這筆生意後，又冒充北京丐幫去暗殺柯天任。再給幹這事的兄弟一些錢，叫他們離開沿海市。」毛仲義說。

「這法子可行。我有個三十人的別動隊，可冒充丐幫。只是哪來的北京丐幫的標記呢？」施大勇說。

「我知道北京丐幫有三大派，標記有三種。我們製作一種就行了。」毛仲義說。

「你養好病，再和施二勇一起去偵探，制出具體行動方案。」施大勇高興地說。

欲知後事如何，且聽下回分解。

第九十回　謀深遠套住少貴人　創基業資助老領導

卻說施大勇聽了毛仲義的話，決定先搶劫程同樂鉅款，再殺死柯天任，一統沿海市黑社會。施大勇讓毛仲義住在一個偏房療傷，派兩個心腹監視，指使施二勇帶人去處決翁志勇。施大勇派人去查了程同樂的情況，與毛仲義說的一致，就解除了對毛仲義的監視。

施大勇，河南安陽人，農民出身，比柯天任大三歲，文化大革命後期的高中畢業生，與柯天任有著同樣的個人經歷，性格也差不多，只是更亡命。施大勇比柯天任有三個不如：其一，武功不如。施大勇的師傅馬先鋒是個地痞頭子，亡命之徒，並無武功。施大勇學得了地痞流氓的勇氣和大膽，練的是一般流氓毆鬥功夫。其二，謀略不如。施大勇所學所積的是地痞流氓毆鬥之類的陰謀，屬黔驢之計。其三，志向不如。施大勇的志向只在於當個幫主，殺得快活，過得舒服，根本不敢作皇帝夢。現在龍虎鬥智鬥勇，一生一死，已見一斑。

卻說毛仲義並未受內傷，身體很快康復了。施大勇叫人給毛仲義做了易容術，外人認不出來。毛仲義心中有個疙瘩：施大勇按插在柯天任身邊的間諜是誰？他把某日凌晨二點七分四十二秒打給施大勇的電話告訴牛五，叫牛五去查。牛五很快告訴毛仲義：「電話是朱丹打的，不用擔憂，只管按計劃行事。」

一日晚上，施大勇決定行動，將人馬分作三隊：一隊由毛仲義帶兩人，冒充港商，到望海樓娛樂城與程同樂賭博；一隊由施二勇帶六人，冒充員警，去賭場劫持程同樂，洗出鉅款；一隊由施大勇親自帶領，在望海樓製造混亂，掩護施二勇、毛仲義逃匿。

次日早飯後，毛仲義帶著牛五和施大勇手下兩個心腹來到望海樓，包了二樓一個大賭場，對老闆說要找個賭注百萬的對手玩子。毛仲義四人坐在賭場裡等待。約九點，張共樂帶一群人來了，吆三喝四，威風凜凜，直上三樓賭場。張共樂是個白臉小子，二十五、六歲，身材中等，留個休閒髮，肥肉白嫩，額寬鼻高，眉濃眼大，目光遊移。他身穿高檔西服，領帶金卡閃光，戒指金鐲帶彩，風流倜儻。他，既有高官氣派，又有巨賈風度，實是紈絝惡少，敗家子弟。兩個年輕漂亮的女服務員左持右護，一個中年文雅男子提著密碼箱相隨，五個保鏢前二後三。娛樂城老闆點頭哈腰引路，按座，倒茶。

張共樂並不與港商毛仲義打招呼，命令亮賭資。雙方開了密碼箱，都在百萬元以上。撲克鋪開，雙方摸起牌來。第一場，毛仲義輸了十萬。第二場開始不久，門外衝進六個員警，要查證件。張共樂不把員警放在眼裡，繼續摸牌。

「你要我老闆的證件，到市委去查。快滾開，不要掃我老闆的雅興。」張共樂的保鏢在吆喝員警。

「有個大逃犯流竄到沿海市，每個外來的人都要查。我們是執行公務，不認識你的老闆，要查一下。」帶隊的警官解釋著。

毛仲義見狀，對張共樂說：「先生，暫停一下吧，員警是不好惹的。」

張共樂正玩到興頭上，說：「不要停。」

員警和保鏢爭吵起來，攪得場內不安寧。

張共樂火了，從腰間撥出小手槍，一斜眼，「嗖」的一聲，打倒了一個員警。

「先生，你打死了員警，闖了大禍。」毛仲義叫起來，「我們快制止他們殺員警。」

毛仲義、牛五等四人一齊動手，幫著員警把張共樂一夥捆住，押進二樓一間偏房。

「我警告你們。我的老闆不叫程同樂，叫張共樂，是張致景將軍的兒子。你們不想活了嗎？」提密碼箱的中年人叫喊。他是張共樂的智囊，叫程機。

「閉上你的狗嘴！」警官搧了程機兩個耳光，喝道，「王子犯法，與庶民同罪。老子是包公！」

那警官說完，脫下警服，員警們都跟著警官脫下警服，港商也脫下西裝，露出北京丐幫的標記。

那警官是施二勇裝扮的。

「你在這裡守住，我去報告幫主。」毛仲義對施二勇說。毛仲義走了。

施二勇用手指戳著張共樂額頭呵斥：「老子是專打貪官汙吏的慣匪，劫富濟貧的好漢。老子知道你叫張共樂，從北京一直跟到這裡，劫你的財，要你的狗命，為民除害。」

張共樂聽說過黑社會厲害，卻沒見實。他一直嬌生慣養，氣使頤指，從沒經過這種場面，從沒落到這種下場，頓時戰戰兢兢，癱成一堆。

「好漢，我老闆願給你大錢，只討一條生命。」程機壯著膽子請求。

「大錢在哪裡？」施二勇踢著張共樂吼。

「這裡有一百二十萬元，老闆房裡有一千萬元。」程機遞過密碼箱。

「張共樂，快寫條，我派人去拿。」施二勇厲聲喝道。

張共樂顫抖著手，寫了字，交給施二勇。

「你帶我的兩個人去拿錢，在十五分鐘內趕回。你如果膽敢報警或耍滑頭，老子就打死張共樂一夥。」施二勇命令程機說。

這時，樓下傳來了吵鬧聲，打毆聲，夾有槍聲。

毛仲義帶著三個人衝上來，慌張對施二勇說：「二哥，大哥和一夥人打起來了，你去幫忙，這裡交給我。」

「幹掉他們。」施二勇說。

「不行！那樣案子太大。大哥說只要錢，不要人命。」毛仲義說。他對牛五說，「你和二哥一起去。」

牛五在前，施二勇在後，帶人走了。施二勇等人走在長廊上，身後響起槍身。施二勇轉身一看，毛仲義、田小慶兩架機槍向他們射擊。施二勇見情況有變，正要舉槍還擊，背心挨了兩槍。施二勇扭頭一看，牛五的手槍在冒煙。頃刻間，施二勇的人全部倒地。毛仲義、田小慶把機槍放在施二勇等死人手上抓著。毛仲義叫牛五、田小慶守住樓口，自己進了偏房。

毛仲義一進偏房，就給張共樂等人鬆綁，對張共樂說：「這些劫匪不是北京丐幫，是沿海市紅獅派冒充的。紅獅派得到張先生來沿海市的消息，就秘密謀財害命。他們的陰謀被我大師傅得知。大師傅說張先生是國家功臣後代，革命接班人，就要誓死保護張先生，派我打進紅獅派做內應。現在，我大師傅正在樓下與紅獅派幫主作戰。」

「你大師傅叫什嗎？」張共樂問。

「我大師傅不要我傳他的姓名。」毛仲義說。

「你大師傅是我的救命恩人，我要知道他的姓名，快說！」張共樂又耍起威風來。

「我說。但你與大師傅見面時不能說是我說的。」毛仲義說，「我的師傅叫柯天任，江南永安縣人，人稱柯大俠，專門行俠仗義，不求名利。」

「正是江湖好漢！」張共樂稱頌著。他對程機說，「我需要這種人。」

「現在正在搏鬥，你躲著沒動，我去幫大師傅一把。」毛仲義說。

毛仲義剛出房門，見施大勇身負重傷，向二樓逃來，被牛五、田小慶架住。毛仲義趕上前去，用匕首向施大勇心窩捅了兩刀。

「你這賊小子……」施大勇瞪著毛仲義，叫著，倒下去。

柯天任衝上二樓，見到施大勇已死，就和毛仲義一起來見張共樂。張共樂握住柯天任的手。這是張共樂第一次與一個平民握手。

「我要你跟著我。」張共樂說。

「我生性好遊俠，不願當官約束。」柯天任說。

「大師傅，張先生有心抬舉你，你就不要辜負張先生的好意。」毛仲義說。

「這事以後再說。現在最關鍵的是立即脫離險地，保張先生安全。」柯天任說。

「把我的名片給柯大俠，以後好電話聯繫。」張共樂對程機說。

程機拿出一盒名片給了毛仲義。

柯天任一夥保駕著張共樂一群人下樓。

這時，大樓外面警笛轟鳴，員警包圍了大樓。

「糟了，員警會把我們當劫匪，我們從後門逃走。」柯天任對毛仲義說。

「不用怕員警，我來對付。」張共樂說。他連忙打手機給沿海市市委，命令市委書記、市長立即趕到望海樓。

張共樂走在前頭，來到大門口，對著員警高喊：「你們帶隊的快來見我。」

從警車裡走出一個警官，帶著四個員警走到張共樂面前。

「劫匪劫持我，你們到哪裡去了？現在我脫險了，你們就來逞英雄、來領功了嗎？你們哪是員警？我看是豬雜！」張共樂指著警官大發脾氣。

那警官聽說過張共樂，並不認識，就僵持住了。

這時，市委書記、市長來了，說了許多好話，哄得張共樂氣消了。

「這是柯大俠，我的救命恩人。員警動他一根毫毛，我就拿你是問。」張共樂對市委書記說。

市委書記、市長把張共樂勸走了，員警也撤走了，柯天任一夥回到永安街。

柯天任清點人數，死了朱丹、邢百算等四人。柯天任為朱丹等人開了追悼會，親致悼詞，讚揚朱丹等人為保護首長張共樂的英勇犧牲精神。追悼會上，張共樂獻了花圈，捐了十萬元的撫恤金。市委「四大家」也獻了花圈。

這次戰鬥，柯天任可謂一石三鳥：拉上了張共樂的關係，摧毀了紅獅派，除了內奸朱丹、邢百算，做得乾淨俐落，不露蛛絲馬跡。柯天任、鄢豔好不歡喜。

柯天任、鄢豔又召開了十二兄弟會議，討論下一步行動。

「張共樂誠心誠意請大師傅去，大師傅為何推辭？」毛仲義問。

「跟著張共樂去北京，定會近水樓臺先得月，幹出一番事業來。」鄧志強說。

「張共樂這種人，人面獸心，反覆無常。你稍不如意，他翻臉不認人，跟著他有滅頂之災。再說，高層權力鬥爭，殘酷無情，說不定張致景會鬥敗。我認為，大師傅不能與張共樂共事，只能與張共樂保持距離關係，利用張共樂。」邵月鐘說。

「說得有理。」鄢豔說，「我們只能利用張共樂，不能受他控制。要步入政界，得從永安縣起步，必要時給張共樂打個招呼，要他從中幫忙，就可以在基層結成網路，攀緣而上。」

「好，殺回永安縣去。趁著張致景紅得發紫時，進入政界幹一場。」柯天任說。

柯天任立即對人員作了分工：鄢豔、邵月鐘跟著自己回永安縣打頭陣，事情順利，再通知十二兄弟回去；事情不順利，他再回沿海市。他任命鄧志強為揚子鱷幫幫主，毛仲義、田小慶為副幫主。柯天任離開沿海市前召開了一個大會，說自己要回家探親，號召全幫團結在鄧志強周圍。

柯天任、鄢豔帶著兒子學優，由邵月鐘作陪，帶了一百五十萬元回到永安縣。

柯天任四人先回到鄢豔娘家。鄢赤軍兩老口喜憂摻半：喜的是女兒、女婿安然無恙，發了財，添了外孫；憂的是女婿、女兒還在通緝中。

柯天任住在岳母娘家，暗暗打聽案子和幾位元熟悉的老領導情況。

柯天任的案子被法院定為經濟詐騙大案經歷了一番艱難過程。粟播國、柯赤兵把柯天任的案子定為詐騙大案，又是拍電視記錄片，又是登報，又是向市、省公安作彙報，以圖立功升級。沒想到案子到了檢察院，被打了回來。檢察院根據當時的《刑法》認為不是經濟詐騙案，而是經濟糾紛的民事案。粟播國就做檢察長工作，才立案送到法院。案子到了法院，受到經濟庭庭長邢忠恕干擾，說是民事經濟糾紛案，法院已結案，不受理，把案卷退回檢察院，又退回公安局。粟播國就找自己的老上級政法書記瞿思危。瞿思危召開了公檢法三家領導人會議，說：「公安局同志千辛萬苦，破了案，花了那大人力物力，縣、市、省的電視、報紙都作了報告，影響很大。如果不定為詐騙案，就要釋放在押犯人，那就影響了人民警察的形象，影響了公、檢、法三家的形象，也就影響了黨的形象。大家要從全域著想，定為詐騙案。在具體量刑時處理輕些。首犯就判個三年，主犯就判個兩年，該放的就放一批。這案子拖一年多了，該結了。」政法委書記表了態，大家沒話說了。法庭公審時，只判了李建樹等五個主犯的刑，其餘的都釋放了。法庭還特別寬大鄧頌雄，恢復公職。法庭對柯天任繼續通緝。柯天任的案子了結後，粟播國升到市公安局當第一副局長，柯赤兵升為縣公安局副局長，李森木升為打經隊隊長。

柯天任所熟悉的老領導都在職、升職了。尹苦海雖然年過七十，是受人尊重的革命老前輩，還在縣政協掛個副主席的職務。瞿思危已退居第二線，任縣政協主席。劉耀武也退居第二線，任縣人大第一副主席。陳繼烈升為縣委第一書記，縣人大主任，縣武裝部政委。鄧河流升為縣長，縣委第一副書記。邢忠恕升為縣法院副院長。

柯天任也打聽了柯和貴的情況。柯和貴是個不長進的傢夥，越活越不如，辭了鳳凰中學教導主任之職，當個一般教師，還負債累累。柯天任對鄢豔說：「不要去惹柯和貴，以免招來麻煩。」

柯天任、鄢豔、邵月鐘商量，認為案情不嚴重，稍加疏通就沒事了；關鍵的事是拉好尹苦海、瞿思危、陳繼烈等人的關係。柯天任吩咐邵月鐘去打聽了那些老領導的家庭住址和活動規律。

柯天任的第一站是尹苦海家。

尹苦海在縣城做了新房子。一日上午，柯天任、鄢豔來到尹苦海的新家。這是一棟小巧玲瓏的三層樓房子，茶色玻璃門窗，白色瓷磚，紅柱，月臺，對稱美觀。正屋大門外有個大院子，院門鎖著。從院門望風孔向裡望去，院裡四棵風景扁柏相對，六列瓦缽花草成行，兩畦青菜，一個涼亭，院子幽雅清新，風景宜人。

柯天任按了門鈴，走出一個中等婦女，腰繫白色清潔巾，表明是個傭人。

「你找誰呀？」傭人從望風孔裡問。

「我叫柯天任，找尹大伯。」柯天任說。

女傭人進屋去了一會，出來開門讓進，招呼客人在客廳坐了，說尹主席在搓麻將，要等會兒。過了一個多小時，尹苦海和三個老幹部下樓了，邊走邊說著出牌、糊牌的事。柯天任連忙站起身，向老幹部們點頭微笑，遞煙。三老走了，尹苦海與柯天任相向而坐。

尹苦海拉長臉，皺著眉頭，不知道這柯天任帶來什麼麻煩事。他看著柯天任：一身棕色毛料西服，高檔白色襯衫內衣，淺藍色領帶上有金色帶卡，黑亮皮鞋，手指上戴四個綠寶石的金戒指；平頂頭，面潔膚白；既像富翁，又像高幹。柯天任身旁的那女子，初看只二十二、三歲，再瞧，近三十；衣著得體豪華，一副貴夫人氣派。

「老伯，你七十多的老人，只幾根白髮，身板硬朗，肯定要活過百歲。」柯天任說。

「老囉，快要去見馬克思了，世界是你們的。」尹苦海搖著手掌說。他問：「天任，你出外多年，發財了吧？」

「托老伯的福，到沿海市混日子，賺了幾個小錢，見了世面，結識了些頭面人物。」柯天任說，「這些年，我日夜思念老伯的恩情，記著老伯的教導。今日上門，沒買什麼東西，給點小錢你去買點小食品，以表孝心。」柯天任說著，從小皮包裡拿出一個大信封，雙手遞過去，手指按住封底，讓那張開的信封口向著尹苦海。

尹苦海瞧那信封，是兩疊百子邊，估計是二萬元。他禁不住抓緊那信封，口裡卻說：「掙錢不容易呀，我不能收。」

「老伯，收下吧。天任從小得力你的教養，今日孝敬你是應該的。」鄢豔說。

「好，好。」尹苦海抓過信封，塞進內衣口袋，問柯天任：「這姑娘……」

「是我愛人。是你的媳婦，叫鄢豔。」柯天任說。

「真是個漂亮賢德的好媳婦。」尹苦海笑著說。他叫女傭人：「林嫂，去買些菜來，我要和天任喝兩杯。」

尹苦海和柯天任夫婦親熱起來，笑哈哈地聊起來。在談話中，柯天任隱去了在沿海市做幫主的事。只說開始擺小攤子，後來開公司，和沿海市市長、市委書記拉上了關係，又和張致景的兒子張共樂結為兄弟。柯天任把張共樂的名片給了尹苦海一張。

「天任，你拉上了張致景的關係，可了不得呀。陳繼烈也沒這樣的關係。你到政界來工作吧。」尹苦海指點說。

「老伯，張共樂要我去北京，我想著家鄉父老，就回家了。」柯天任說。

「這是對的，你一下子上北京，升得太快了，沒基層經驗，萬丈高樓平地起，先在縣級幹好，再叫張致景提你一把，升上去，就穩重了。」尹苦海教導說。

「感謝老伯指教。」柯天任說，「我這次回來是看看，如果我那案子有影響，就立即回沿海市去，那邊市長還在等著我哩。」

「你那案子我關心過，是公安局個別領導出風頭，搶功勞搞的。後來下不了臺，是瞿思危幫著定的調子。欠債嘛，國家也發國債券哩。你的案子，我去找瞿思危想法子撤銷。憑我這張老臉皮，這點小事辦得了。」尹苦海說。他想留下柯天任關照他。

「我真不好意思，自己這麼大了，還要老伯去操勞。」柯天任說。

兩人正談著，尹苦海在縣城工作的兒子、媳婦、女兒和讀書的孫子都回家吃午飯了。吃飯時，尹苦海對兒女們說：「你們看柯天任，不靠父母，自己闖天下，成了老闆。還與張致景的兒子結拜兄弟，前途無量。他從小就聽我的教導，今日發財了，不忘我這老頭子。你們要學習他。」人老了，話就又多又囉嗦。尹苦海反覆地說著自己光榮的革命歷史。一頓飯後，還喋喋不休，直到兒女們走了，柯天任夫婦告辭了，沒說話的對象，才停住。

柯天任夫婦辭別了尹苦海，到第二站瞿思危的家。瞿思危是案子的定調人，信封裡裝了三萬元，瞿思危也當仁不讓地收了。第三站是劉耀武的家，第四站是邢忠恕的家，第五站是柯赤兵的父親柯業章的家，站站過關。柯天任過了五關，剩下縣長鄧河流和縣委書記陳繼烈了。柯天任夫婦就在家裡聽消息，等機會，發起總攻。

一日，李森木得到了柯天任回到永安縣的消息，去請示柯赤兵：「柯局，首犯柯天任回了。我去抓捕他。」

「這案子過期限了，不要再去辦了。」柯赤兵冷冷地說。

「柯局，你可不能徇私呀。」李森木很激動。

「放屁！」柯赤兵火了，喝道，「那案子是你主辦的，弄得栗局下不了臺，是瞿書記協調了，才沒事。現在柯天任今非昔比，在鬧翻案，瞿書記和一些老幹部在為他跑路哩。你還去捕人，你那小隊長不想當了嗎？我這副局長想丟帽子嗎？你懂不懂？不懂，就給我寫辭職書，不要給我添亂子。」

李森木本想討好柯赤兵，再立新功，沒想到被罵了個狗血淋頭，垂頭喪氣地退下來。

每年十月國慶日時，縣民政局要舉行救助募捐摸獎活動。這一年又舉行了，柯天任向民政局捐獻三十萬。這在貧困的永安縣是個大爆炸性新聞，縣電視臺、報紙和市、省兩級黨報作為頭條新聞報導了。市委書記解放到永安縣巡視工作時，特意召見了柯天任，縣委書記陳繼烈和縣長鄧河流也分別找柯天任夫婦座談。柯天任事蹟在永安縣家喻戶曉了。

柯天任、鄢豔認為拜訪陳繼烈、鄧河流的時機到了。柯天任事先給張共樂電話聯繫，請給陳繼烈打個電話招呼一下，張共樂答應了。

陳繼烈、鄧河流是教師出身的知識型革命幹部，在全國、省、市受到了表彰的廉潔勤政公僕。兩人沒建私宅，住在縣委宿舍大樓裡，坐的是普通小轎車，穿的是普通毛澤東制服。

一天傍晚，邵月鐘打聽到陳繼烈在賓館陪客後要回家。柯天任、鄢豔就決定去過陳繼烈的關。夫婦倆來到縣委宿舍大樓院內，坐在一條水泥凳上等。陳繼烈的小車進院了，陳繼烈下了車，進宿舍大樓。柯天任、鄢豔再過了五、六分鐘，就進去按陳繼烈的門鈴。

門開了一條縫，一個三十來歲的婦女氣沖沖地說：「你是神仙嗎？測得那麼準，老陳回家不到五分鐘，你就逼上門來了。」

柯天任已查到，陳繼烈和原妻范老師離婚了，勾上了縣劇團著名演員胡香。胡香本是個潑辣騷貨，現在婦隨夫貴，更是氣焰囂張。柯天任不理會胡香的尖刻話，語氣柔和地說：「師娘，我叫柯天任，是陳書記學生，與陳書記預約了的。」

胡香聽了，就讓柯天任夫婦進去。

陳繼烈的客廳佈置得簡樸文雅，靠進門牆這邊，兩張單人沙發夾個木茶几，右邊沙發旁有張帶抽屜的小方桌，桌上有電話機，一個檯曆。對面牆下放張長條木椅。正牆上掛著一副中堂畫，畫中畫著陳繼烈和胡香的全身合影彩照。陳繼烈的頭微偏昂，高瞻遠矚；胡香滿臉甜笑迎人。中堂畫兩邊空白處有一聯：松蒼永葆青春色　位尊猶作孩提夢

中堂畫頂上橫書：賀陳繼烈同志五十大壽，底下落款：戰友鄧河流。

中堂畫下有一張長方桌，桌上的鐵書夾攏著一排書。

柯天任、鄢豔憑經驗坐在長椅上，等著。

二十多分鐘後，陳繼烈洗完澡，穿著白底藍條睡衣來到客廳。柯天任、鄢豔起身打招呼，被陳繼烈用手勢制住，又坐下。陳繼烈就坐在茶几右邊的單人沙發上。

「天任，我是看著你長大的。這次，我要感謝你為永安縣爭光，為我排憂呀。」陳繼烈平易近人地說。

「我小時候受著陳書記的教育、關懷，一直牢記著陳書記的諄諄教導，才有今日。我為家鄉人作點好事，是陳書記垂範的映照。」柯天任說。

「老陳，應該加餐了。」胡香說著，從一個十七、八歲保姆手中接過碗和碟子，放在桌上。胡香就坐在茶几左邊的單人沙發上。

那是一碗八寶粥，一碟切成細絲的牛肉干。陳繼烈拿起衛生筷吃起來。

「陳書記的飲食太素淡了點。」鄢豔說。

「我天生是個賤人，貧農出身嘛，上不得酒席，吃不得葷腥。有時為了應酬，也只喝幾口飲料。今天這日子，比起我祖父打游擊時好多了。老前輩住山洞，吃野果，才是苦呀。所以，我就養成了吃素淡、艱苦樸素的習慣。」陳繼烈說著，心情很沉重，表情很悲苦，好像真的在回憶與祖父一起打游擊的

苦日子似的。

這時，電話響了，陳繼烈放下筷子，對著電話機說了兩分鐘。他拿起筷子又吃起來。他吃得很慢，嚥得很艱難，彷彿在與祖父一起吞野果子似的。他沒吃幾口，電話又響了，他又對電話機說話。陳繼烈一碗粥吃了半個小時，接了六次電話。柯天任、鄢豔不敢插話，只是瞧著陳繼烈吃粥。陳繼烈吃完粥，去漱口，回到座位上。

「陳書記的勤政精神實在令人吃驚。不見不知道，一見嚇一跳。這書記真繁忙。」柯天任趕緊搶著說話。

「不接了，再不接了。我們來好好說些話。」陳繼烈微笑著，「別人以為當書記很悠閒，很玩味呀。我這個書記可煩死累死了。每日心裡想著全縣一百二十多萬人民的衣食住行，有幹不完的大大小小的政務。我真想退職去當個清閒的農民，領略一番田園風光呀。」

保姆遞上茶，放在茶几上。陳繼烈拿起茶杯，吹了兩下，呷了一口。他說：「天任呀，你做學生時就思想好、學習好，是個革命幹部的好胚子。現在成人了，如果你對政界有興趣，可以進來幫我減壓呀。」

「我是時刻離不開陳書記的教育和栽培的。」柯天任很有分寸地說。

「你如果到政界來，對哪方面感興趣呢？」

「我適合當個員警。」

「那好……」陳繼烈沒說完，門鈴響了。

鄢豔忙把一個文件袋放在茶几上，袋口向著陳繼烈。

陳繼烈、胡香的目光不約而同地投向文件袋，估計有五萬元。陳繼烈連忙把檔袋扔給柯天任，嚴肅地說：「天任，你怎麼來這一套？不要壞了你我的情感。」

「這是……」柯天任說。

「不要『這是』『那是』的，快收好。」陳繼烈威嚴地切斷柯天任的話說，「我是任人唯賢，不是任人唯親，更不是搞權錢交易。你倆回去吧，等消息。」

柯天任很識相地站起來，把檔袋放進懷裡，與鄢豔一起開門出去。門外已站著一對中年夫婦，操廣東口音，擰個黑提包，與柯天任擦肩而過。

柯天任、鄢豔下了樓，出大院，來到馬路上。

「陳繼烈這樣廉潔，我們怎麼辦？」鄢豔有點著急。

「呸！」柯天任向路唾了一口。他說：「我沒想到陳繼烈比劉備還奸猾，騙過了聰明的鄢豔。」

柯天任接著把陳繼烈陷害柯和貴等事情向鄢豔講了一遍。

「啊，陳繼烈不僅是隻惡狼，還是隻狐狸。」鄢豔聽了，說。

「這就對了。」柯天任說，「陳繼烈對我們這般客氣，又不收禮，那就告訴我們：張共樂的電話在壓迫著他。他嫌我們的錢少了，又要我們拐過彎把錢送給他。他這樣作，既要讓我們知道是他使我入政界的，要我把他當恩人，又讓我抓不著他的辮子。」

「錢不送是不行的，入政界要過陳繼烈這一關。我們就加到十萬，送給他老婆。」鄢豔說。

「這就對了。」柯天任說。

柯天任夫婦走後，陳繼烈又接待了兩次客人，已是十一點多了，胡香關了電鈴的電源，不再迎客了。

「老陳，你為什麼不收柯天任的禮？」胡香丟了錢財，心中不安。

「你只知謀小利，不知大厲害。不就是四、五萬元錢嗎？柯天任能比承包公路的廣東佬送的嗎？

他是本地人，是個不認爹娘、陷害叔父的惡人。現在，他又通天了，拉上了中央張致景的關係，對他，我必須謹慎小心。」陳繼烈說，「柯天任入政界是肯定的，我擋不住。」

「那你就應該順水推舟，提拔他，收了他的禮。不然，他會把你當成絆腳石，來對付你。俗話說：不與賊打傲，只與賊相交。」胡香仍忘不了那個文件袋裡的錢。

「說得有些道理。」陳繼烈說，「柯天任不管怎麼通天，還是要過我這一關的。過兩天，柯天任會加錢送給你的，你就收下，對他們說不能讓我知道。」

「我照你說的辦。」胡香高興了。

夫婦倆上床時，陳繼烈好像想起什麼大事，鄭重其事地對胡香說：「你與我的兒女搞好關係。家和萬事興嘛。廣東佬送來的那兩百萬迅速匯到在武漢工作的大女兒處存放。我總擔心，你把錢存多了，會出亂子。」

「好，聽你的。」胡香說。

果然，過了兩天的上午，陳繼烈去市里開會去了，柯天任夫婦來找胡香，送了一個鼓囊囊的文件袋。柯天任、鄢豔回家等著。過了四、五天，文件袋沒退回來，兩人就安心了。

柯天任、鄢豔又帶了一個裝五萬元的文件袋去找鄧河流。柯天任與鄧河流交談，多了一個柯和貴的內容，兩人都攻擊柯和貴傲氣重，擺著知識份子架子，其實沒什麼真本領。在氣氛十分融洽中，鄧河流收了柯天任的文件袋。

柯天任私訪完了，共發出小信封四個，大信封五個，文件袋兩個，又請客吃了三次飯，把基礎夯打得結結實實，只等著登臺，去收回投資和利潤了。

欲知柯天任能撈到多大的權力，且聽下回分解。

第九十一回 陳書記唯賢選棟樑 柯局長執法肅貪官

卻說柯天任發出的大小信封和文件袋就像「最高指示」和中央文件一樣靈驗，收到的人都為柯天任這個「五好接班人」去接革命的班忙碌起來。

卻說尹苦海接到柯天任的一個大信封，當時心裡一陣高興，答應幫柯天翻案、入政界。過後，他沉思起來，問自己：「這樣作對不對呢？」

尹苦海參加革命四十多年了，接受了一整套毛澤東思想的觀點，對培養接班人從心中早有一根準繩，那就是自己總結出來的「五點革命秘訣」。他用這「五點革命秘訣」培養出柯天任這個「五好接班人」。可是柯天任命運多桀，中途受阻，曾使尹苦海心痛過。現在，柯天任又起來了，還受中央首長張致景垂青，他尹苦海怎不高興呢？尹苦海想：「我為柯天任翻案入政界出力，是在平反冤假錯案，為黨選擇優秀人才，合乎黨的組織原則，上順中央首長之意，下賜柯天任之恩，於黨於國於民於人於己都有利，何樂而不為呢？有什麼不對呢？」

尹苦海這樣一想，就決定行動起來。

尹苦海先去找劉耀武。劉耀武已收了柯天任一個大信封，聽了尹苦海一說，欣然同意。兩人又去找瞿思危。瞿思危也收到了柯天任一個大信封，聽兩位老領導一說，十分贊同。三位革命老幹部一致認為：學習鄧小平同志，人在第二線，心在第一線，要為選拔革命接班人的事操勞，把「五好接班人」柯天任選拔到黨政機關來。三人商量的結果，有四件事要急辦：第一件，平反柯天任冤案；第二件，恢復柯天任黨組織活動；第三件，人大、政協聯合搞個「推薦柯天任同志」的提案；第四件，向陳繼烈、鄧河流進言。三位老幹部作了個分工：尹苦海負責柯天任黨籍的事，瞿思危負責平反的事，劉耀武負責搞提案的事。尹苦海去找陳繼烈，劉耀武去找鄧河流。三位老幹部商議定了，就各負其責，為革命事業奔波起來。

尹苦海帶著柯天任找南湖中學黨支部書記。支書雖然是幾換人員後的，但柯天任是校友，是名人，是南湖中學的光榮，又有老領導上門找他這個小小的支書，能不辦嗎？支書忙碌兩個多小時，把柯天任入黨時應有的手續都補辦齊全了。柯天任補交了十幾年的黨費，向母校捐獻了一萬元錢。尹苦海又陪同支書去縣組織部辦手續。組織部長已收了柯天任的一個小信封，辦事就十分麻利。

瞿思危又從柯天任手裡拿了五千元錢，在縣桃源賓館請了一桌客，劉耀武作陪。赴宴的有縣法院副院長邢忠恕，檢察院檢察長袁正，政法委書記兼公安局局長俞輝。

在吃喝中，瞿思危說：「我老了，退居第二線了。但是想起我在任政法委書記期間定錯了柯天任的案子，心裡就忐忑不安。市場經濟是個新生事物，連我們這些久經沙場的老將也不大懂，何況當時只有二十出頭的柯天任那些小子呢？做生意嘛，欠債、經濟糾紛是正常現象。粟播國當時急功近利，硬要把柯天任的案子定為經濟詐騙案，引起公、檢、法三家扯皮。我當時對新生事物認識不足，又照顧老同事粟局的情緒，一時感情用事，協調三家把柯天任的案子定為經濟詐騙案。結果呢？害得一大批有為的好青年成了罪犯，逼得五好接班人柯天任同志成了逃犯。是金子總要發光。柯天任同志到沿海市就幹出一番革命事業來，受到沿海市委書記的表彰，還被中央首長張致景賞識。事實證明，我錯了。有錯就改嘛。為了替革命負責，替受冤枉的同志負責，我建議：立即為柯天任同志平反昭雪。」

「我贊成。」邢忠恕說。邢忠恕不僅這次收到了柯天任一個大信封，以前還收了柯天任三萬元錢。他義憤填膺地說：「柯天任的案子我本已按經濟糾紛案審結了，那個粟播國沽名釣譽，知法違法，橫插一手。如果現在柯天任提起訴訟，我要粟播國坐在被告席上。」

「當時我們檢院是不同意提起公訴的，粟播國來作工作。今日糾錯，我贊成。」袁正說。

「我也同意。」俞輝說。

「大家統一了意見就好辦了。」劉耀武說，「我看不能公開糾錯，要照顧到公安局那邊的情緒。邢院長把柯天任的案卷交給政法委，由政法委給公、檢、法下個平反昭雪的文件，案卷或銷毀或退給柯天任本人。這樣就兩全其美了。」

「那就按劉書記說的辦。」瞿思危說。他又對自己提拔的俞輝說：「小俞，早點辦，辦時通知我一聲，我要親自為柯天任撤案子。不然，我良心不安。」

那瞿思危也說起「良心」來了。是不是他人老了，才良心發現自己作惡多端而有所懺悔呢？不是的。瞿思危根本不知道「良心」是什麼，也根本對自己一生無所悔改。在瞿思危看來，「良心」是個革命的褒義詞，就像「馬列主義」、「毛澤東思想」、「清匪反霸」、「土改肅反」等革命詞句一樣，使用起來就像演員在戲臺上念白那種隨口而出，任意揀來；也正如毛澤東使用「民主」、「新三民主義」那樣。本書前文已經記敘，瞿思危對柯天任案件並不負主要責任。何況，論法，柯天任確實是搞經濟詐騙；論理，柯天任騙人錢財，天理難容；論情，柯天任與瞿思危並無任何掛角。而瞿思危親手槍殺養育過他的親伯母趙氏，為什麼心安理得呢？瞿思危製造汪金界殺人劫財案為什麼不去為受害冤魂昭雪呢？瞿思危製造鐵耙冤案，使真凶柯天任逃脫，使無辜柯善良坐牢致殘，為什麼不知懺悔呢？瞿思危一生盡作壞事惡事，盡造冤案假案，靈魂像一塊骯髒的煤炭，從外黑到內，有何「良心」可言？

瞿思危請客後兩天，親自把一大宗案卷交給柯天任。

尹苦海、劉耀武又分別找陳繼烈、鄧河流，意見一致。三位元老幹部分別召開人大、政協常委會會議，聯合搞了個文件：《關於建議破格選拔柯天任同志到縣委領導崗位上來的提案》。陳繼烈召開縣委常委會會議，審議《提案》。會上陳繼烈作了《關於如何識別和選拔革命人才的報告》。現抄《報告》中下一段妙文如下：

「在馬列主義、毛澤東思想所論述的生產力三要素中，人是第一因素，人才是第一因素的第一因素，重中之重。所謂市場競爭，實際上是人才競爭。這符合馬列主義、毛澤東思想原理。

「中國歷代英明君主都懂得人才競爭，尋找和起用能人，提出了『任人唯賢』的原則。在這方面，有許多歷史故事：周文王拜姜子牙，劉備三顧諸葛亮，蕭何月下追韓信，唐太宗重用死對頭魏徵，等等。

「我黨是任人唯賢的光輝典範。毛主席用反對過他的周恩來、博古、徐向前和民主人士柳亞子，任用下層工人王進喜、貧農陳永貴，號召全國學習一個普通士兵雷鋒、基層幹部焦裕祿。鄧小平同志主動讓賢退位給革命化、知識化的年輕人，提拔江澤民同志。

「我在上任縣長就職演說中曾說過：在我任期內，在永安這塊土地上不埋沒一個人才，不使一個英雄無用武之地。我思賢如渴，時時處處留意人才，總想找一匹千里馬，好讓我放心退位。今日，人大、政協推薦了柯天任同志，正合我意。對柯天任，我很了解。在五歲時獲南湖公社紅衛兵背誦《毛主席語錄》第一名，是紅衛兵領導人，是中學團委書記、社團委常委、區團委員，入了黨。由於家庭困難，輟學回家，一邊務農，一邊練武，成了聞名的見義勇為的柯大俠。在辦公司中發生了經濟糾紛，被定錯了案，現已平反。到沿海市成了企業家，受到當地市委書記的表彰，得到中央首長張致景的讚揚，很快為振興永安縣做出了貢獻。柯天任同志是棟樑之才，我們不用，別人用。所以，我完全贊成人大、政協的《提案》。」

陳繼烈報告後，縣長鄧河流第一個表態擁護陳書記講話。常委們表決一致通過了《提案》。會議建議縣人大常委會人發了三個文件：《關於免去俞輝同志縣政法委書記兼公安局局長職務的決定》，《關於任命俞輝同志為縣人大副主任職務的決定》，《關於任命柯天任同志縣政法委書記兼公安局局長的決定》。

這年春節前，柯天任獲得了四個官銜：縣委常委，縣政法委書記，縣人大常委，縣公安局局長。

柯天任在全縣公安幹警會上作了就職演說，全文如下：

「各位領導，各位戰友、同志們：你們好！（掌聲。）

「國家正處在改革開放的高潮中，法律在作相應的改革，法律條文在作修改，執法機構在健全，一個在黨領導下的民主法治的新局面即將出現！（掌聲。）

「公安部門是政法系統的先鋒隊，員警是排頭兵。所以，我們必須首先學法、懂法、宣傳法，然後才能守法、護法、執法。我上任要幹的第一件事是：開展全局學法、講法活動，提高全體幹警的素質。方法是：定期舉辦法律知識學習班，向省、市公安學校、政法大學輸送培訓學員。我相信，這樣一來，不需很長時間，我們幹警將會成為一支本領過硬、秉公執法的維護公安的先鋒隊伍。幹警們，努力吧，讓你們帽額上的國徽大放光彩！讓群眾稱你們是『人民的好員警』！（熱烈的掌聲，嘖嘖的稱讚聲。）

「同志們，我有幸坐在這個局長的位置上，卻坐立不安，因為我是法盲，又沒有公安工作經驗。我必須好好學習法律知識，學習各位幹警們的工作經驗。只有這樣，才能使我無愧於這個位置，才能不辱使命。大家監視我吧！（長時間熱烈掌聲）

「我的話完了，謝謝大家！（掌聲，讚揚聲，歡呼聲。）」

幹警們從來沒有聽到這麼簡潔、恭謙、有水準的首長講話，就對新上任的公安局局長贊口不絕，都想去省、市參加學習培訓。

柯天任上任了，一家三口搬進了公安局家屬大樓居住。鄢豔出面，舉行了幾次宴會，結識了縣科局、鄉鎮的一、二把手。柯天任派邵月鐘去沿海市，交代只留鄧志強、洪九大主持揚子鱷幫工作，召回毛仲義、牛五等人。

柯天任在南柯村家裡召開了李建樹、毛仲義等十八兄弟的秘密會議，討論下步行動計畫。會上，由李建樹執筆寫了一個《公安系統整改方案》，主要有七點：一、開展學法、講法活動，表彰優秀幹警；二、分期舉辦學法培訓班，進行法律知識考核；三、定期選送在職的優秀幹警和社會上見義勇為的知識青年去省、市公安學校培訓學習；四、在各鄉鎮派出所設立見義勇為獎金站，開展全民懲惡揚善活動；五、開展全民普法宣傳活動，幹部接受人民監督，重視群眾來信來訪，查實來信來訪中反映的問題；六、對幹警中確有犯罪行為的人決不姑息，該清除的清除，該撤職的撤職；七、為了隊伍純潔精悍，為了減輕縣政府財政負擔，一刀切裁減臨時工民警。柯天任指示十八兄弟和原武館學員、徒弟，到各鄉鎮去幹見義勇為的事，以便被選中為培訓學員。

會後，柯天任把《公安系統整改方案》送給陳繼烈圈閱後，送給鄧河流審批，形成縣人民政府正式文件。

柯天任成立了一個公安局整改臨時小組，自任組長，柯赤兵任常務副組長。整改先是學習階段。在學習階段中，局裡舉辦法律學習班，全縣開展普法活動和懲惡揚善活動。不到一個月，全縣各所湧現出見義勇為優秀青年三十五名。柯天任親自審查篩選出二十五名青年，其中有李建樹、毛仲義等十五個兄弟，加上十名優秀幹警，共二十五人作為第一批送往省、市公安學校學習的學員。三個月後，第一批培訓學員回局了，柯天任向市局要了十五名正式幹警指標，將李建樹等人轉為正式幹警。

柯天任有了自己的正式員警隊伍，就進行整改第二步，部分調整機關幹部。邵月鐘任預審股股長，毛仲義任刑偵大隊隊長，董新軍任新成立的普法宣傳組組長。柯天任向董新軍下了密旨：「鼓勵群眾揭發幹警執法違法問題，不讓柯赤兵知道。」在董新軍的努力下，普法宣傳工作進行一個月，群眾揭發舉報信如雪花般飛到柯天任手裡。在幾千封信中，有一份還附了一首順口溜。柯天任讀那順口溜，忍不住笑了。柯天任囑咐董新軍叫人把順口溜抄寫成大字報，到處張貼。那順口溜是：

1　公安不公安，

2　專門造公亂。

員警來了，地痞帶路在前，
流氓護駕在後，惡棍是內線。

3

小孩見了尿褲，大人見了發抖，
女人見了賠笑，男人見了遞煙，
老頭見了下跪免禍，老婆見了磕頭求饒。

4

殺人犯不敢抓，專敲商販財錢，
專誣善弱作案。
這家的門被踢破了，那家的鍋被砸爛了；
值錢的被拿走了，不值錢的滿地面；
一村人啼啼哭，一條街哄哄亂。

5

誰敢提意見，妨礙公務罪有你好看：
電棒拳腳打得你半死，押進勞教所至少兩年。

這順口溜一張貼，在全縣民間唱開了，直傳到鄧河流、陳繼烈的耳朵裡。

柯天任抓住時機，決定進行第三步，大砍大殺粟播國、柯赤兵一夥。他向鄧河流彙報了公安幹警執法違法的嚴重犯罪情況。鄧河流批准成立「永安縣公安整改小組」，任命柯天任為組長，任命李建樹、田小慶、趙光耀為副組長，整治公安幹警內執法違法問題。

柯天任先從各隊所雇用的臨時工民警開刀。這些臨時工民警都是與基層幹警和黨政幹部有關係的地痞流氓，無法無天，胡作非為，最為群眾所痛恨。在審查臨時臨時工民警時，獲取了有關公安幹部的許多犯罪證據和線索。柯天任就把全縣六百多個臨時工民警「一刀切」解雇了，把犯罪的拘捕起來審訊。柯天任把有犯罪嫌疑的正式幹警都集中到縣公安局辦學習班，交代問題，揭發問題。搞了兩個多月，揭發出粟播國、柯赤兵、李森木一夥的重大罪行：李森木，得贓款十二萬，姦淫婦女四人，強佔一名兩年前在逃的詐騙犯的妻子為情婦至今。柯赤兵得贓款三十萬，強姦少女一名。粟播國得贓款八十六萬元，姦淫婦女六名，有槍殺情婦的丈夫盧生智的嫌疑，有參與走私、販毒的嫌疑。據牛湖洞鎮派出所朱紹光交代和揭發，柯赤兵、粟播國有受巨賄後釋放遼寧省重大逃犯王紅衛的嫌疑。

柯天任無權處理粟播國、柯赤兵，就帶著材料去請示陳繼烈。陳繼烈指示縣紀委書記、檢察長和柯天任一起去市紀委、檢院彙報請示。市紀委批准成立聯合調查組，將粟播國、柯赤兵、李森木「雙規」。一個月後，聯合調查組在黃土市逮捕了粟播國，指示柯天任逮捕柯赤兵、李森木。

柯天任立即成立十八人行動隊，分三個小組，毛仲義帶一組捉拿柯赤兵，牛五帶一組捉拿李森木，李建樹帶一組機動，柯天任親自指揮，在一個晚上十點行動。

牛五、李建樹當晚在李森木情婦家抓到了李森木，進行突擊審訊。李森木很頑固，不把李建樹、牛五放在眼裡，心想：「老子什麼也不說，熬過去就沒事了。」

李建樹就學著李森木審訊自己的法子，在房頂掛鈎上繫了繩子，來吊李森木。

「你們向已歸案的人施刑是違法的，老子上告你們，法盲！」李森木抗議。

「入你娘的，你不是這樣吊過老子嗎？今日，老子以其人之道還治其人之身，把你施給別人的毒刑都還給你！」李建樹踢了李森木幾腳，把李森木吊起。

李森木的雙手腕被手銬勒出白皮來，裂卷到手背上，鮮血直流，殺豬似地叫。

「交代不交代？」李建樹手裡拉著吊繩的另一頭，笑著問。

施刑了三個多小時，李森木斷斷續續地交代了犯罪事實，揭發了柯赤兵、粟播國的一些罪行，其中最重要的事實證實了朱紹光交代的粟播國、柯赤兵受賄釋放遼寧殺人犯王紅衛的事。

卻說柯赤兵，自從柯天任突然當上了公安局局長，心中就忐忑不安起來。他知道柯天任是不忠不孝、無情無義的惡人。開初，柯赤兵採取投靠柯天任的策略，阿諛逢迎，百依百順，還請柯天任到家裡作客，讓父親柯業章作陪，讓愛人褚真紅敬酒。柯天任對柯赤兵笑臉相迎。但柯赤兵的直覺告訴自己，柯天任是笑裡藏刀。柯天任搞整改了，柯赤兵猜到是借機整人。柯赤兵懂得，人一有了權力，要整掉下屬，沒罪也有罪。柯赤兵有大禍臨頭的預感，就準備反擊。他去向市公安局長粟播國反映情況。可是，粟播國自恃自己是柯天任上級，認為不敢整到自己頭上，叫柯赤兵不用害怕，繼續偵探柯天任的言行。後來，柯赤兵被「雙規」了，粟播國也被「雙規」了。柯赤兵要掙扎，囑咐心腹打探消息，以便定出對策。

一日晚上，柯赤兵在看「中央新聞聯播」，電話響了，柯赤兵拿起電話筒，聽到對方說：「今晚有大行動，不知道具體內容。」柯赤兵估計到可能要抓捕自己。「三十六計走為上策」。柯赤兵決定逃跑，急忙與愛人褚真紅一起收拾東西，燒毀和帳本，吩咐褚真紅帶了女兒到娘家去住，一個月後聽他的消息。

妻子走後，柯赤兵把電視機音量放大，趁監視的員警不防備，摸黑溜出門，租了輛中巴計程車，向飛燕鎮方向跑去。柯赤兵心想：「出了飛燕鎮就出了縣界、省界，就能跑到廣東江門市舅父家了。」

中巴車到了飛燕鎮街口，有兩個員警攔車檢查證件。柯赤兵知道最近在查殺人劫車大案，並不慌張。

中巴車停了。一個交警從車門進來，坐在油箱上，與柯赤兵並排。一個交警從司機門進來，檢查司機證件。

「你的證件有一份過期了，把車子開到交警隊去處理。」司機身旁的那個交警說。

「我的證件都是這個月換的，沒問題。」司機解釋。

「別囉嗦！老子叫你開去就開去。」那個交警橫蠻地喝道。

「慢點。」柯赤兵說，「不就是罰款嗎？我替司機墊上五百元，等我辦完急事轉來到交警隊去。」

「同志，我們是在值勤。如果車子到交警隊沒事，也只誤了幾分鐘。」坐在油箱上的交警說。

「告訴你們，我是柯局長，在執行一個秘密任務。你們隊長王鬍子的話我說得了。你們滾下車去，等我完成了任務再找你們理會。」柯赤兵耍起威風來。

「我倆都是新來的，不認識局長。很抱歉，車子要到交警隊去一下，只能王隊長放車。」檢查證件的交警說。他又對司機喝道：「開車！」

「砰」的一聲，柯赤兵開槍了，打中了坐在油箱上的交警，一下子跳到車門。

「砰」的又一聲，柯赤兵手腕中彈，手槍落了，腳被人抱住，向車門跌下；接著，手被扭住，上了銬子，押進車裡。

司機被嚇住了，歪著頭，張著口，聽到一個交警在喝道：「開到派出所去！」他才醒來，開車。到了飛燕鎮派出所大院內，柯赤兵看到幾個員警走來，為首的是董新軍、邵月鐘、田小慶。

「柯赤兵，你被逮捕了。」田小慶把逮捕證攤在柯赤兵面前。

「我向你介紹一下，這兩位交警叫趙小生、潘複生，你不認識他們，他們可認識你。」邵月鐘對柯赤兵說。邵月鐘又派人去叫醫生給柯赤兵、趙小生包紮傷口。

「警官同志，這手槍給你。」司機撿起掉在車廂內的手槍，交給田小慶。他說：「我實在不知道他是逃犯，只知道是雇車人。」

「沒你的事，快滾！」邵月鐘喝道。

警車亮起了紅閃燈，鳴笛向縣城開去。

「大師傅真是神機妙算！」在車上，田小慶對邵月鐘說。

「別叫大師傅，叫柯局。」邵月鐘糾正著。

原來，柯天任估計到柯赤兵會得消息逃跑，逃跑路線必然是離省界最近的飛燕鎮。飛燕鎮派出所所長蕭振興和交警隊隊長王鬍子是柯赤兵心腹，所以，在派毛仲義去抓柯赤兵的同時，派邵月鐘、董新軍、田小慶去接管了飛燕鎮派出所和交警隊，等著捉拿柯赤兵。

毛仲義一組人到柯赤兵住房沒抓到柯赤兵，立即趕往柯赤兵父親家和褚真紅娘家，仍沒抓著柯赤兵，就抄了家，帶來了柯業章、褚真紅。

柯天任得知犯人都被抓到了，指示二十四小時輪流審訊，徹底破案。

毛仲義、邵月鐘分別審柯業章和褚真紅。毛仲義在抄柯業章家時，抄出了五根金條；抄褚真紅娘家時抄出了一個十萬元的存摺和粟播國給柯赤兵的一封密信，信上語句令人費解。毛仲義、邵月鐘就追問這些東西來歷。柯業章交代：「十年前，有個叫馮道生的生意人，與人毆鬥，被砍傷在街道上。我送他醫院療傷，用了一千多元。後來，他為了報恩，就送了這五根金條。我記不住他是哪裡人。這事柯赤兵、褚真紅不知道。十萬元存摺是我一家四口的工資儲蓄款，不是贓款。」褚真紅也交代十萬元存摺是工資存款，不知道金條來歷，也不知道密信的意思。

田小慶、董新軍、趙光耀審柯赤兵。柯赤兵被打得遍體鱗傷，仍是一言不發，兩天後，還絕食起來。柯天任就派毛仲義、邵月鐘去審柯赤兵，指示說：「對柯赤兵只能攻心，不能讓他死。」

毛仲義、邵月鐘來審柯赤兵。柯赤兵仍是一言不發，也不吃不喝，只等死。

「柯赤兵，你對審訊工作很熟悉，你是不是有罪，你心裡清楚，我們也清楚。你以為軟抗，我們就抓不到你的罪證，你錯了。你想想，你的那些心腹會為你犧牲自己嗎？他們是一群以利相交的酒肉朋友，一旦失去了利益交往，就都在反戈一擊，將功贖罪。你不信嗎？我給你看兩分材料影本，你再決定你的態度。」邵月鐘說。他從厚厚的材料抽出兩張影本，丟給柯赤兵。

柯赤兵看到朱紹光、李森木交代釋放遼寧逃犯的材料，看到粟播國給他的密信，就顫抖起來。

「我還給你透露一個消息，柯天任同志希望保你一條生命。你現在的交代還算坦白交代。」毛仲義說，「柯赤兵，你是行家，為了你的父母、老婆孩子，你好自為之吧。」

柯赤兵想到會牽連父母老婆孩子，心理防線崩潰了，心裡在叫：「要受罪只能我一個人。」他讓情緒平靜下來，說：「我要見柯天任一面。」

邵月鐘拿起桌上的電話機給柯天任打了電話，說了一陣，對柯赤兵說：「柯天任同意要你交代問題後再見你。」

「我不信，我要見他。」柯赤兵說。

「好，我按免提，你聽著。」邵月鐘說，「柯局，柯赤兵要見到你後，才交代問題。」

「柯赤兵必須先交代問題，這是法律，不能講個人條件，不能讓人懷疑我徇私枉法。至於個人情感，我會來看望他的。」這是柯天任的聲音。

柯赤兵聽了電話，對邵月鐘說：「給我水喝。」

毛仲義給了兩瓶健力寶。柯赤兵一咕嚕喝光了。

柯赤兵交代問題了。他說粟播國的密信隱語是指示他釋放遼寧逃犯王紅衛，他怕粟播國以後殺人滅口，就讓褚真紅保存了密信。他說五根金條是江州一個叫羅駱駝的人給他的。五年前的一天，他到飛燕鎮檢查工作，所長正在審問一個收古董的駝子。那駝子看見他就叫他「柯局長」。柯赤兵看到面熟，就問了駝子。原來是和柯和貴一起去省城救柯天任時在江州見面的駱駝。柯赤兵就指示蕭振興罰了羅駱駝五千元錢，放了羅駱駝。後來，羅駱駝送了五根金條來感謝他。他說父親柯業章是在替自己頂罪，編了一套話。柯赤兵交代在打經隊時受賄八萬元，其餘罰款都給了粟播國。柯赤兵說那個存摺確實是工資存款。

柯赤兵交代了，也吃飯了。邵月鐘向柯天任作了彙報，柯天任說馬上過來。

柯天任來了，坐在柯赤兵對面，眾人都迴避了。

柯天任看到柯赤兵已經不成人形了：衣服襤褸，滿身是傷，兩腮粘著流乾的血塊，兩眼下陷，臉色煞白，精疲力竭。柯天任心裡幸災樂禍，口裡說著同情的話：「赤兵呀，你是我同宗共祖的房侄，我有難，你救我，我是記得的。你帶人追捕我，那是迫於公事，我想得通。今日，我倆換了一個位子，你犯的事太大了，我救不了你，你應想得通。但是，你個人的生活要求儘管講，我會盡力幫忙。」

「你救不救我不要緊。我死後，我家中的生活來源和兒女的讀書費用，靠我父親的退休金和褚真紅的微薄工資。你若能發善心，放過我父親和妻子，我在九泉之下會保佑你。你若作惡徹底，害我全家，我將變厲鬼害你。」柯赤兵說著，抽泣不停。

「你別說這種話。就公而論，我會在材料上寫上：認罪態度好，坦白從寬處理。你不會死。就私而言，你家的事，就是我家的事。你放心養好身體就是了。」柯天任說。

柯赤兵被押走了。

柯天任望著柯赤兵的背影，罵起來：「入你娘的！你不說，老子還忘了；你一說，倒提醒了老子。你那惡父是靠迫害老子父親做官的，還想退休金，呸！十六年前，老子叫小孩子糊你家小車的牛屎漿，發誓要入你老婆，今日就不會放過你老婆。」

欲知柯天任如何蹂躪柯赤兵父親和愛人，且看下回分解。

第九十二回　救父翁褚真紅失節　謀大事羅駱駝罹難

卻說柯天任與柯赤兵見面後，思考著如何姦汙褚真紅，如何取消柯業章的退休金。已是春夏之交季節。油菜莢飽籽熟，小麥拔節，鯉魚甩籽，鴛鴦交頸，老貓叫春，母狗發情，呈現出一派生長、欣欣向榮景象。

有一天的正八點，柯天任來到局長辦公室坐在轉椅上，放鬆身體，吹著煙圈。陽光從東邊窗上射進來，投到他身上，暖烘烘的。一會兒，他渾身燥熱瘙癢，胯間有條鱔魚向臍部蠕動。一年多了，他離開那逍遙自在縱情行樂的風流生活，過著緊張忙碌、壓抑獸性的生活。現在，在一個巨浪過去和另一個巨浪到來之前，浪谷下有一片寧靜的地方，有一瞬間休閒的時刻，他那肉體需求的獸性強烈地衝動起來。他微合雙眼，右手下意識地從褲腰插入胯間，揉搓著蠕動的怪物，想著各種誘人的情景：洋妞的藍色眼睛，翠翠的松惺目光，露露的扭曲腰肢，舞女的唧嘰呻吟，娼妓的骯髒浪語……他捕捉著記憶中的每一個風流細節，弄得椅子吱吱作響。

這時，有敲門聲：咚、咚咚咚，咚、咚咚咚，很有節奏，能辨出是女人手指節的敲動。柯天任連忙整理好衣服，去扭開門鎖，回到椅上，正襟危坐，說道：「進來。」

門開了，走進褚真紅。褚真紅，手裡提著一個黃色小皮包，身材像一尊玉觀音：矮小而不瘦弱，豐腴而不臃腫，細眉細眼，櫻桃小口，鼻樑高直潔亮，臉蛋白嫩有酒窩，下巴短尖微翹，皮膚白皙滑膩，烏黑的頭髮瀑布般散披肩腰上，上身黑色圓領胸衫，下身黑色緊身健美褲，胸高臀鼓，脖長腰細，黑白分明，弧線渾圓，足蹬高跟鞋，走起來像小腳女人般扭擺，煞是誘人。她雖然年過三十，卻像二十出頭的女大學生，風韻高雅。

柯天任正在想入非非，雄性勃發，眼前突然出現這個活生生的尤物，不覺心跳加快，全身痙攣，神魂顛倒起來，一雙火辣辣的目光，直射在褚真紅的曲徑幽道處。他口中啞啞欲語：「這女人越活越年輕風騷，玩起來肯定別有滋味。」

那褚真紅本是個愛整潔打扮的女人，並不是刻意化妝來勾引柯天任。她看見柯天任這般模樣，不覺腮上泛起彩霞，羞怯低頭，真想退出房門。但她想到今天前來是為了搭救夫翁，又怎能因小失大呢？就硬著頭皮，找個位子，與柯天任斜對著坐下。

褚真紅不敢正視柯天任，抬頭望著窗外，說：「柯局長，我知道柯赤兵罪大，救不了。但我夫翁無罪，你就開釋他老人家吧。」褚真紅說著，從小皮包裡拿出一個信封，遞放到柯天任桌上。

柯天任看那信封裡，約有一萬元錢，也不客氣，放進抽屜裡。他說：「我講親情了，冒著風險放了你。」

「感謝你了。」褚真紅知道自己是無罪釋放，並不是柯天任講親情，但只好順著柯天任的意思說話。

「你夫翁主動把黃金一事攬在自己身上，退一步說，他也有窩贓罪，想要無罪釋放，是困難的。」柯天任說。頓了一下，他甩出一個誘餌：「不過，柯業章的案卷還在局裡，沒交檢院，我想法子通融一下。」

「這就是說，我夫翁有釋放回家的希望了。」褚真紅高興了。她知道柯天任有權開脫夫翁，她聽柯天任語氣溫和，就解除了戒心，改敬畏的語氣為親熱的語氣，求情著：「我夫翁年高多病，你就想想法子放他回家吧。」

「你有法子。」柯天任笑著說。

「我有什麼法子呀？」

「漂亮聰明的女人總是有法子攻關的。」柯天任說著，站起來，去把門關鎖了。

的那種兇惡的人。

褚真紅抬頭看著柯天任：健壯美俊，平易近人，思想敏捷，意志堅定，並不是柯赤兵平日對她說

柯天任轉身過來，毫不猶豫地走近褚真紅，捧起褚真紅的臉蛋吻起來，由輕到重，以至猛烈。柯天任的嘴巴由上而下：吻兩腮，吻小口，吻脖子，吮兩奶，拉下健美褲，吻那個隱秘處，像豬公的嘴巴拱土一樣猛動起來。

褚真紅開始時心慌、害怕，使勁歪扭著，卻不敢叫喊。她感到強有力的雙掌捧住了自己的頭，堅硬的肘制住了自己的肩，粗壯的兩腿夾住了自己的下身，她動彈不開。接著，她感到粗野的雄性氣息罩住了全身。褚真紅，正處在性慾旺盛年齡，又好幾個月沒與男人做那事，那貞潔經受不住突如其來的強大的雄性力的摧毀，受不住那天生的性渴望的誘惑，就聽之任之，本能地迎接柯天任的每一個動作。一會兒，兩人都赤條條的了，像兩隻交頸的白鵝扭纏在一起，搏鬥了半個小時，才各自穿衣，回到坐位上。

「我告訴你，柯業章要自己改口供，不替柯赤兵頂罪，才能回家。柯赤兵罪行重大，我只能叫主辦人寫個坦白從寬，不判死刑，算他命大。」柯天任說。

「都是明白人，你看著辦吧。」褚真紅說著，站起身，走了。

柯天任望著褚真紅的後影，獰笑著：「柯赤兵，老子十幾年前就發誓要入你媳婦，今日算『還願』了。哈哈哈。」

褚真紅回到家裡，冷靜地想起與柯天任的事，又羞又愧。她再也不敢去找柯天任了，就靜靜地等著消息。半個月後，柯赤兵被判刑二十五年，罰沒三十五萬元；柯業章被判刑二年，開除黨籍、工作籍，取消退休金，罰款三萬元。褚真紅和父親的兩棟房子被沒收了，還欠了五萬元的債務。褚真紅氣得啼哭幾天幾夜，這才認識到柯天任是吃人不吐骨頭的惡人。

柯天任對公安系統的全面整改，為全縣人民對員警的仇恨出了一口惡氣，得到了全縣人民的歌頌。

一封封致敬信、讚揚信飛到柯天任辦公桌上，飛到縣長、縣委書記、市委書記、省委書記的辦公桌上。還有人仿照《東方紅》歌曲填寫了一首歌頌柯天任的歌詞：

東方紅，太陽升，
永安出了個柯天任。
他為人民伸雪冤，
冒著生命搞整頓。

柯天任，懲惡人，
三親六眷都不認，
清洗了地痞流氓，
整治了貪官汙吏。

柯天任，是青天，
公不貪，私不占，
為了振興永安縣，
人民歡呼柯天任。

這首歌很快在永安縣大街小巷、山村水鄉傳唱開了。

柯天任的光輝事蹟，還得到了上級領導的表揚和嘉獎。省委書記說：「一個革命幹部最大的榮譽，就是被人民群眾自覺地傳頌；一個革命幹部最大的政績，就是在人民群眾心中樹立了豐碑。柯天任同志作到了這一點。」柯天任被評為「模範公僕」、「五一勞動模範」，到處作模範事蹟報告。柯天任被提拔為市委常委。

柯天任、鄢豔認為基業已經打牢，應該創造更大的政績，向更高的目標進軍。從粟播國、柯赤兵等人的材料中，他們得知羅駱駝有走私古董、槍支的重大線索。柯天任夫婦又設計了一個大的行動方案：打跨羅駱駝。這個方案實施成功，影響比「整改」還大。因為，羅駱駝是全國有名的富翁，大慈善家，是全國人大委員、省人大常委、市政協副主席，與黨政界關係深厚複雜。柯天任卻知道羅駱駝根底，是黑社會頭目，江日集團是集走私、販毒、詐騙於一身的集團。如果將羅駱駝繩之以法，則會牽出一大批貪官汙吏，就會轟動全國、全世界。柯天任就會得到江總書記的賞識，加上張致景的提攜，會直飛中央，省了許多關卡。但是，要搞垮羅駱駝比搞垮粟播國、柯赤兵就困難多了，必須謹慎行事，周密部署，尋找機會。於是，柯天任就派李建樹、毛仲義一明一暗去偵探，又召回鄧志強、洪九大冒充港商去與羅駱駝做非法生意。

在現今中國社會，機遇總是跟著柯天任這種人跑。

一天晚上，柯天任、鄢豔正在看電視，門鈴響了。鄢豔去開了門，走進四個人。為首的那個人大大方方地坐在單人沙發上，其餘的人也相繼坐下。

「局長，貴人眼高呀，不認識我了嗎？」為首的那人笑著說。

鄢豔拉亮白熾燈。

「啊，秦兄。」柯天任認出來了，是秦擁軍。兩人熱烈握手。柯天任說：「分別多年，秦兄反而年輕了。」柯天任問了羅駱駝的身體、生活、生意情況，訴說了自己走過的曲折道路。

「柯兄，羅大哥得知你榮任公安局局長，很是高興。特備薄禮，叫我來探望和道喜。」秦擁軍示意隨從拿出一個大紅包和一張請柬。秦擁軍說：「這張請柬給你，望柯兄赴江州敘舊。」

柯天任把紅包放在茶几上，拿起請柬看。請柬說是羅駱駝六十大壽，請柯天任作客。柯天任說：「我一定去拜壽，順便請教請教。」

「還有李建樹、劉會猛諸兄弟，也請一起去熱鬧熱鬧。」秦擁軍說，「你們都是上了電臺、報紙的清官，手頭緊，就不必花錢送禮了，情義到了就行了。」

「要秦兄體諒了。」柯天任說。

秦擁軍等人又閒聊了一陣，看時間已九點了，就告辭了。柯天任一直送到公安局大門外。

「天任，秦擁軍這禮錢能收嗎？」柯天任回到屋裡時，鄢豔問。

「能收。」柯天任一邊回答，一邊使眼色示意不要亂說話。柯天任在秦擁軍等人坐的沙發裡尋找什麼。一會兒，柯天任從沙發後背找到一個小方盒，拿出來，按了一下機鍵。他對鄢豔說：「這是小型收錄機。羅駱駝不是看得起我這個小小的縣公安局局長，而是有大事要利用我。他又怕我靠不住，就按這竊聽機，想知道我倆背後議論他什麼。入他娘的，送上門來了。」柯天任又按了收錄機的機鍵，放到原處。

「沒想到羅大哥還記得我，看得起我。他知道我在做清官，經濟困難，所以叫秦擁軍送些錢來補貼我們。」柯天任故意說起話來。

「我一想起那年羅駱駝對你落井下石，拖走那麼多貨，心裡就不舒服。」鄢豔故意唱反調。

「你真是婦人之見。羅大哥當時並沒有害我之意。他看到我生意徹底失敗了，他不拖貨，別的債主也會拖光我的貨。他當時說的是想不讓我單獨做生意，跟著他幹。這是把我當著一個人才來看。他知道我性格倔強，不寄人籬下，而去了沿海市。今日，羅大哥派秦擁軍來看我，不是看我當了局長，局長在羅大哥眼裡算什麼。他仍然是把我當著一個人才看。」柯天任說。

「照你看，羅駱駝對你還講情義。」鄢豔說。

「是的，羅大哥是個重情義的人。」柯天任說，「鄢豔，以後我們這樣幹：在政界，我做清官，不貪錢；在家庭生活上不能過得太苦，暗暗和羅大哥一起做點生意，撈點家用錢。」

「我們從沿海市帶來的錢只剩下一千多元了，家庭開支大，你要找個知心的生意人做點生意，補貼家庭。」鄢豔說。

「我這次去給羅大哥拜壽，看機會跟他談談。」柯天任說。

兩人又閒聊些私房話，去睡了。

第二天一早，秦擁軍等人又來了，坐在沙發上，問柯天任帶幾個人去，以便作好安排。柯天任說去五個人。秦擁軍等吃了早飯才走。柯天任、鄢豔又去秦擁軍等人走動過的地方找竊聽機，沒找著，才放心地說起話來。

柯天任召來李建樹、劉會猛、石義氣、趙光耀四人，說明一起去給羅駱駝拜壽，並警告眾人說：「若是碰上了鄧志強、洪九大不能打招呼。」

柯天任等五人按時乘公安警車到了銀廈賓館。銀廈賓館被羅駱駝全包下了，場內停滿各式各樣的小轎車，大門進出各式各樣的體面人物。羅駱駝親自出大門迎接柯天任五人，接到五樓一間大廳裡，敘談一陣，羅駱駝走了。秦擁軍忙著應酬，由穆國慶陪著柯天任等人。

祝壽開始了，江州市人大第一主任主持儀式，市長致祝詞。來賓中講話的知名人士很多，還有日本、新加坡、韓國、港臺等企業家講話。柯天任被排在第一百零三號座位上，沒資格講話。有一位港商特別引人注目：年約三十，一口流利的粵語普通話，服飾豪華，風度翩翩，氣質高雅，善於言詞。主持人稱他為甄傑先生，說是香港包氏公司駐深圳公司總經理，來江州投資造船業。

晚上，柯天任等人被秦擁軍留下，安排到洋仙窟去玩子。柯天任說身體不舒服，叫李建樹等人脫了警服去洋仙窟玩子。柯天任提出要拜會甄傑先生，想他到永安縣去投資造船業。秦擁軍就把甄傑先生請來了，陪著說話。柯天任與甄傑先生交換了名片，說起來。甄傑先生說自己現在還沒有興趣去一個小縣城投資。話不投機，沒談幾分鐘，甄傑跟著秦擁軍走了。

柯天任送走甄傑先生後，關鎖上房門，拿起甄傑的名片對著燈光仔細瞧，找不出什麼隱語。柯天任就用手指去撚那名片，名片起層了。柯天任連忙將名片放在水中浸濕，剝開，有一行字顯示出來：

「羅正在聯繫走私軍火，急需億元周轉金。」

柯天任急忙將名片毀掉。

晚上十一點，秦擁軍對柯天任說：「羅大哥有空，要會見你。」

柯天任來到七樓十五號房，見到了羅駱駝。

羅駱駝與柯天任寒暄幾句，就開門見山地說起來：「天任呀，你已步入政界，在實現你的夢。說實在的，我是瞧不起那些苟苟蠅蠅的黨政界人物的，與他們是互相利用關係，談不上有交情。我與你才是同道人，情義之交。」

「我在社會上一起步，就得到大哥的指教和支持。我倆雖有些摩擦，那不過是牙齒咬著了嘴唇。我在智在勇都比不上大哥，今後的出息，還要大哥耳提面命。」

「中國古人論英雄，認知很低級，只憑武功一項。如項羽力拔山，呂布戰三英，關公過五關斬六將，李元霸錘震十八路諸侯，被稱為英雄好漢。毛澤東的『槍桿子裡面出政權』也屬於這種低級認知。曹操煮酒論英雄，多了一個『謀』，說：『夫英雄者，胸懷大志，腹有良謀，有包藏宇宙之機，吞吐天地之志者也。』曹操的英雄標準也只不過是指以欺詐術稱霸天下的權勢者。現代中國人論英雄，則有兩類：一類如曹操所言的擁有巨大權力者，另一類是曹操未言的擁有巨大財富的人。你若有巨大權而不爭大財富，去做廉潔奉公、忠誠老實的清官，或做政績卓著、恃才傲上的能臣，就會從政壇上滾下臺，做當代囚犯。你若運用手中的權力爭財富，去做貪官汙吏，欺上瞞下，阿諛逢迎，花錢賄賂，就會扶搖直上，成為當代英雄。你若有巨大財富，不去與權力結合，獨樹一幟，救貧救急，就會成為經濟罪犯，財富一夜之間化為烏有。你若花錢行賄，收買官吏，財富就安全無恙，就成了民族英雄。這兩類英雄都是要吃人的，不僅吃勞苦耕耘、受累工作的勞動者的血汗，還吃同類。大權吃小權，大富吃小富，小富倒大富，吃得越多，權力越大，財富越巨，吃到了權力之顛，就擁有全國土地、人口和工商業，所謂：『率海之濱，莫非王土；率土之民，莫非王臣』。在中國，為什麼有人在高薪養廉下也不交權力呢？因為有權幸福無邊，前呼後擁，一唱百偌，要錢有錢，要美女有美女；心血來潮，就出一個政策；頭腦發熱，就搞一項大工程；一怒，冤獄遍地；一喜，鬼蜮成仙。這就是玩權的滋味。在中國，為什麼有人詐了百萬、千萬、億萬還不滿足呢？就其個人、家庭、三代人的生活已享受有餘。但是就其要擁有全國資源、人口、工商業的欲望而言，則遠未滿足。這就是玩錢的滋味。於是就出現了中國當代權錢交易、爭權奪利、鬥爭殘酷、競爭慘烈的壯觀景象英雄時代。」羅駱駝出口千言，氣勢磅礴。他喝了兩口飲料，繼續說：「我是稱不上那兩類英雄的。我為了生存，從生意起步。後來賺了些錢，又隨手揮去，給了親戚朋友，救了貧困之人，守不住財富。現在年過六十，也不想去爭權拿錢了，只想再做一兩筆大生意，就退出江湖，安享晚年，造福子孫，和睦鄉鄰，施濟貧弱。老弟比我強，稱得上曹操所稱的英雄。你起步早，先經商，再爭權，有權錢交易經驗，肯定前程無量。不過，我提醒老弟，爭權力並不像小說中所描寫的那麼具有藝術性，而是大亂時，靠打不死的運氣；大治時，靠父輩背景，靠哈巴狗精神；靠花錢行賄。三件中，老弟只有一件：花錢買官。老弟已買了個公安局長，肯定不會就此止步。老弟的夢可大得很呀。你可別天真爛漫，靠什麼『整改』去取信於民，沽名釣譽升上去，那樣反而會使同僚怨恨，上頭猜忌，跌下臺來。我所能幫老弟的，只有賺錢方面。我說的這些道理，在獨裁專制的中國是真理。如果中國今後民主法制化了，我這些話當然是歪理邪說了。我很想看到中國實行民主法治的那一天。」

從這段話看來，羅駱駝的本質與柯天任根本不同，他良心未滅，利義兼顧，痛恨獨裁，渴望民主，羅駱駝才稱得上傳統的劫富濟貧的義士英雄。他搞詐騙走私、組織黑社會，是憤恨腐敗政權，劫共產黨的財，破壞共產黨的統治。而柯天任則已喪盡天良，爭利無義，自己渴望成為獨裁者，不管是搞詐騙、搞黑社會，還是當官，都說明柯天任是傳統的民賊。從這段話來看，羅駱駝對柯天任了解不全面，不深刻。他想與柯天任互相利用，卻看小了柯天任，將心比心，想用道義來感化柯天任入夥，就犯了一個認識上的大錯誤。

柯天任被羅駱駝的侃侃而談吸引住了，不斷點頭，一方面，心裡敬佩羅駱駝的話，既有理論水準，又有實用價值；另一方面，認為羅駱駝能上鉤。他說：「大哥對世事洞察真是透徹。我是花錢買了個公安局局長。入了政界，我又恥於行賄受賄，看不慣貪汙腐化，想為人民辦點好事，幹出點政績，保住官位，就搞了『整改』工作。正如大哥所言，『整改』工作招來同僚怨恨，上級猜忌，還窮了自己。我這次來見大哥，一是為大哥祝壽，二是來向大哥請教。大哥的一席話，驚醒了我。我想，我要利用這個公安局局長的條件，暗暗與大哥做生意，賺些錢，養活一家老小。」

羅駱駝聽了心裡高興：「這小子可以利用。」他說：「你知道，生意越大，風險越大。」

「要做就做大一點。我拿公安局局長的帽子去冒風險，幾萬、幾十萬是不幹的。」柯天任試探著。

「我手頭有兩筆大生意，轉眼能讓老弟賺百萬元。老弟的作用是看護一下，風口處我去遮擋，影響不了老弟的仕宦前程。」羅駱駝說。

「什麼生意？要我怎麼看護？」

「老弟不知道內情好，只管賺錢。老弟的作用有二：一、借你的一輛公安卡車跑一趟長途，需半個月時間；二、你帶五、六個心腹，駕兩輛警車警衛，只需大半夜時間。這生意，天知地知，你知我知，其他人不能知。」羅駱駝說得很神秘。

「大哥，我願與你一起拼死一搏。」柯天任說。

「等我的通知。你派兩個心腹到我這裡來，我派兩個心腹到你那裡去，以便聯絡。」羅駱駝說。

「一言為定。」柯天任說。

第二天一早，柯天任、李建樹等人走了。

羅駱駝召開了秦擁軍、穆國慶、樂常樂、魯嚴等核心人物會議，決定：一次性利用柯天任，兩筆生意一起做。他們對生意的全過程、重要細節、事件急轉和柯天任有可能叛變等情況都作了預料，擬訂一個周密行動計畫。羅駱駝對人員作了分工：秦擁軍負責西江方面事務，樂常樂負責在柯天任身邊偵察，穆國慶負責西安方面事務，魯嚴負責與甄傑交易，羅駱駝坐鎮指揮，關鍵時刻出面。羅駱駝最後說：「作成了這兩筆生意，就有資金購買槍支了，武裝三萬人的精良隊伍，與共產黨決一死戰，完成大師汪仁船未竟的事業。」眾人躊躇滿志，英氣勃勃。

寫到這裡，讀者已經知道羅駱駝就是羅偉民。羅偉民並不僅是個劫富濟貧的義士，而且是個老民主鬥士。羅偉民心中一直緬懷汪仁船，不忘民主大業，總想尋機一逞。他在八九年為了支援學生運動，花費了三千萬元；前年在走私古董中，丟了六千萬元，使江日集團虧空了。羅偉民就想出了兩件冒險生意，想撈一大筆錢進行民主革命。

卻說柯天任回局後，召開李建樹等十八兄弟會議，他們又與鄧志強聯繫。鄧志強說：「羅駱駝的大生意是走私億元古董，說在西安收集好了。我不同意放款到西安與古董販子見面。要羅駱駝把貨運到江州後再驗貨付款。」李建樹、毛仲義探察出江日集團已虧空了。柯天任等人分析：億元古董走私是筆大生意，羅駱駝為了安全，第一次交貨地點在永安縣內，轉手給鄧志強在江州市內。羅駱駝拿不出億元周轉金，就要想法子弄到錢。現在銀行緊縮資金，一時借貸不到，也不容易找到幹那種生意的合夥人。羅駱駝只有一個法子：搶銀行，成功率不大，風險太大；劫銀行運鈔車，只要情報準確，就簡單俐落了。幹這種事，一般打劫犯是不敢、也無能去做的，只有羅駱駝具有這種膽略和謀略。這可能是第二筆生意。

要柯天任配合警衛，兩筆大生意都同時在永安縣內進行。柯天任等人作了這番分析，就作出相應對策：李建樹、趙光耀去江州服從羅駱駝調遣和偵察情況，毛仲義繼續暗中去江州。邵月鐘、趙小生在柯天任左右傳遞資訊和命令，董新軍、牛五等十一人作好隨時待命準備。

雙方開始行動了。

樂常樂、林得閒來到柯天任身邊，李建樹、趙光耀去了秦擁軍身邊。一天，趙光耀帶著穆國慶找柯天任，要公安大卡車一輛，辦好運輸膠股藍茶葉的手續。柯天任給辦了，趙光耀、穆國慶開車走了。趙光耀走後第十五天中午，打來手機說，大卡車停在永安縣和金馬縣交界的永安縣境內南明村。這天下午三點，秦擁軍、李建樹從江州市來找柯天任，要柯天任調動五輛警車，每輛警車三名員警，一架輕機槍。李建樹、樂常樂開一輛，秦擁軍、劉會猛開一輛，柯天任指揮兩輛。柯天任的警車開到江南、西江兩省交界處，停在永安縣境內三公里處警戒，放過西江牌一輛廂式車和一輛警車，如果發現後面有西江牌警車尾隨，就攔住檢查半個小時；如果沒有警車尾隨，半個小時後把兩輛警車開到南明村東兩側三公里處警戒。柯天任用電話作了佈置。

秦擁軍叫林得閒回去，指示柯天任、李建樹、劉會猛、樂常樂再不能離開辦公室了，一起打牌，一起上廁所，一起在辦公室裡，由樂常樂去買盒飯。鄢豔打來了三次電話，說舅父、姨媽要見一面，柯天任也不能去。

已是傍晚了，柯天任不能向毛仲義、董新軍、牛五等人下達任務，連寫好的一張紙條也不能傳遞出去，心中萬分焦急。

天黑了，有人急敲辦公室的門。

「誰亂敲門？有事明天再來。」柯天任對著門外喝道。

「沒法子呀，舅父、姨媽要見你一面。」是鄢豔的聲音。

音。

「子龍呀，我和你姨媽等了你一下午了，你就見面答應一句話也不行嗎？」這是舅父石義實的聲

「你不答應我們一句話，我就坐在你辦公室門前不走。」這是姨媽石小梅的聲音。

「到底是怎麼回事？」秦擁軍問。

「我也不知道。」柯天任說。

「那就讓他們進來問問。」秦擁軍說。

樂常樂去開了門。鄢豔、石義實、石小梅進來了。

「我這裡有緊急公務，你倆老過兩天再來。」柯天任坐在位上沒動。

「過兩天你姨夫和表弟就被判刑了。」石義實一下子跪在柯天任面前。

「天黑了，也不能辦事呀。你們就在我家住一宿，明天我一定理你們的事。」柯天任趕緊扶起舅父，邊說邊拉著舅父向門外走。

鄢豔牽著姨媽跟在後面，樂常樂跟在鄢豔後面。

門外過道巷熄了燈，很黑。柯天任送舅父出門兩步，就轉身回到辦公室。樂常樂跟蹤在鄢豔後面，一直跟到鄢豔等人進屋關門，在門外貼耳聽了一陣，只聽到兩個老人哭，沒聽到說什麼別的話，才轉回柯天任辦公室。

卻說鄢豔在柯天任轉身與自己相撞擦身時，接住了柯天任的一團紙，捏緊，勸著舅父、姨媽走。她感到後面有人跟蹤，不敢看紙團。鄢豔回到家裡，進了裡房，連忙打開紙團看：「仲義，帶隊速去茅店附近埋伏，滅匪，見機行事。」

鄢豔打電話給毛仲義。毛仲義領旨，與田小慶、董新軍、牛五分析商議，帶了特別行動隊到北門派出所，開了警車向茅店奔去。到了茅店附近埋伏了，讓潘複生開車到飛燕鎮交警隊等候。

卻說秦擁軍看表已是晚上十二點，就下達命令出發。五輛警車各到指定地點。

茅店不是鎮，是兩個老夫妻開的一個茶水零食茅草店，正處在兩省交界的拐彎處。這段路有二十多公里沙石路面，人煙稀少，兩邊崇山峻嶺，茅草灌木叢深，毛竹大樹茂密，經常有盜匪出沒。

在凌晨二點多，從西江方向開來一輛警車，後面尾隨著一輛小型廂式車，選著路面，緩慢地走。走到離茅店還有兩里路的地方，碰上一輛五十鈴大貨車橫斜在路中，司機招手攔車。警車鳴笛無用，只好停下，後面的廂式車也停下。

「同志，借點機油，車子就能開動了。」五十鈴的司機對警車司機說。

「你瞎了眼啦，敢攔警車，快滾到一邊去！」警車司機喝道。

「你他嗎的！不借就不借，狂吠什嗎？」那司機指著警車叫罵。

這時，五十鈴車起動了，轟隆隆，突然向警車衝去，不歪不斜，正騎在警車上。那警車司機當即斃命，警車上的員警也被壓在警車裡不能出來。廂式車見狀，連忙起動掉頭。誰知一輛警車追過去，截住廂式車回路。五十鈴貨車上跳下十幾個人，持著手槍，將被壓著的員警、小型廂式車上的人都打死了。警車上也跳下三個人。人們連忙清除路障。突然，兩邊灌木叢中射出密集子彈，掃向路面，路面上的人來不及還擊，都倒在血泊中。二十多個全副武裝的員警衝向路面，圍著四輛車子搜查。

「入你娘的毛仲義，亂打槍，連老子也打。」李建樹從警車底叫喊著爬出來。

「師傅，我們沒瞄準你呀，不然，你就成烈士了。」田小慶笑著說。

「董新軍，快清場，把壓壞的警車抬到五十鈴車廂去，把屍體也拖上去，特別要保護好樂常樂、林得閒的屍體。你們在半個小時後乘坐五十鈴回局裡。毛仲義和我一起乘警車去，田小慶、趙小生剝去警服，開著廂式車跟我走。」李建樹說。

原來，那五十鈴大貨車是羅駱駝安排林得閒帶人開來劫運鈔車的，柯天任等人並不知道李建樹、樂常樂開著警車來護衛和幫忙。那小型廂式車是運鈔車，車上押車的銀行職員是羅駱駝的人。毛仲義帶的別動隊埋伏在茅店兩邊。後來毛仲義發現一輛五十鈴大貨車開來，停在離茅店兩里遠的拐彎處，就帶隊潛伏在五十鈴大貨車兩旁的密林中。

李建樹開著警車在前，趙小生開著廂式車跟著，向永安縣地面開去。李建樹先遇上柯天任的兩輛警車，向柯天任招手示意。李建樹又遇上秦擁軍。秦擁軍在離柯天任三里路的地方，監視著。

李建樹拉低車門玻璃對秦擁軍喊：「得手啦，快走。」

「樂常樂呢？」秦擁軍問。

「與林得開一起在清場，隨後就來。」

秦擁軍就忙起動警車跟在李建樹後面，用手機向羅駱駝報告了消息。

天剛濛亮時，在離南明村一公里的一個拐彎開闊處，擺著六輛車子，柯天任的兩輛警車分別在離開闊處兩公里遠的東西兩側警戒著。

羅駱駝上了公安大卡車，穆國慶搬開車廂中部上面三層箱子，讓羅駱駝再次驗貨，核價。羅駱駝下了大卡車，西安古董販老闆算了價錢和總金額，叫秦擁軍開了小型廂式車讓販子老闆驗錢，把一箱箱的錢搬到另一輛小型廂式車上。

貨款兩清後，兩隊人馬準備上車時，從山林裡突然冒出二十多個山賊，有端輕機槍的，有握手槍的，一邊衝下來，一邊叫喊：「不許動！舉起手來！」

羅駱駝見狀，舉槍射擊。羅駱駝的人和西安古董販的人合為一處，向山上打槍。雙方槍聲大作。李建樹、趙光耀、毛仲義、田小慶、趙小生分別跳上公安大貨車和兩輛小型廂式車，發動起來，向永安縣方向開去。這時，東西兩邊的警車鳴笛開來，堵去了兩邊去路，向羅駱駝的人射擊。

「柯天任叛變了！」羅駱駝大喊。

秦擁軍、穆國慶護著羅駱駝向北側路邊的一個高坎跳下去，以高坎作掩蔽，向一個山谷口逃去。過了山谷口是密林，翻山就是金馬縣。他們逃到谷口處，谷口冒出十幾個員警，烏黑的槍口對著三人。背後的員警也圍上來，將三人銬了，帶到南明村一個水泥稻場上。柯天任站在一輛警車旁，向著三人獰笑。

「大哥，能吃人的是英雄，吃人多是大英雄，大吃小，小倒大，是這樣吧。」柯天任譏諷著。

「局長先生，你別得意太早了。我倒看到了你的可悲下場。你沒有親人，沒有朋友，你的墳墓會被挖掘開棺暴屍。而我的墳墓每到清明會有幾束鮮花。」羅駱駝毫無懼色，很風趣地說。羅駱駝的心裡卻在痛苦地叫：「汪仁船先生，我不能實現你的遺志了！」

「我只管活得快活，顧不上死後情景。」柯天任仍然在獰笑。

「你這只沒人性的獨角獸，總有一天老子會宰了你！」秦擁軍憤怒地叫。

穆國慶沒作聲，猛地掙脫兩個員警的挾持，一頭向柯天任撞去。柯天任一讓，穆國慶撞在警車上，背心挨了一串子彈，倒在血泊中。

「把他們的手腳加上繩子捆緊，丟上車子走。」柯天任命令道。

逮捕羅駱駝戰鬥結束，柯天任把總結請功工作交給毛仲義、邵月鐘去做，自己每日忙於接待上級來人和記者採訪，組織拍攝表演記錄片。

柯和貴為追悼羅駱駝寫了一首賦曰：

挽羅駱駝

羅偉民，誤入染缸成警官，毆打思想罪犯汪仁船；天良未泯鬧造反，崇拜善知領袖汪仁船。身陷囹圄受折磨，成了羅駱駝。

羅駱駝，心有不甘走江湖，結拜地痞流氓義兄弟。胸懷憤恨創公司，闊論陰謀詐騙商賈經。誓與官方決雌雄，看鹿死誰手？
官人家，明火執仗占拿貪汙，吮吸民脂民膏，製造兩極貧富。羅駱駝，鬼使神差盜國庫，騙劫不義之財，救助窮人均貧富。
官人家，軍權政權一手抓，使用槍炮監獄，鎮壓國民，維穩特權者天下。羅駱駝，積累錢財買武器，組織江湖兄弟，武裝起義，繼承汪仁船遺志。
只期望——人馬武器兩俱全，再起蓮河革命；自忖國民已覺醒，一呼百應。我自揚眉揮劍，百萬同志齊北伐，千年黑暗見光明。雄哉，羅偉民！
誰料到——江湖義氣非真理，義兄弟見風使舵；柯天任輩被招安，冷不防反擊槍托。一腔熱血付東流，至今英雄淚滂沱。悲哉，羅駱駝！

卻說石義實、石小梅如約，過了兩天來找柯天任。

欲知石義實、石小梅找柯天任為了何事，且聽下回分解。

第九十三回　詐姨媽舅甥始斷交　清債務叔侄終絕情

卻說石義實、石小梅如約一大早來到公安局大門外等柯天任上班。八點過了，柯天任夾著公文包來了。石小梅趕上前與柯天任打招呼。

「我還沒進辦公室哩。你們在這裡等候。」柯天任沒停步，板著臉說。

石義實、石小梅就蹲在大門邊等。等久了，門衛把兩人趕開了。石義實、石小梅就走到大門對面的水泥路埂上坐著，眼睛望著大門。看著太陽當頭了，柯天任被一群公安人員簇擁著出大門。石小梅就上前去打招呼，柯天任說要去陪客吃午飯，徑直走了。

「不找這畜牲了！」石義實發火了。

「哥，他有公事。鄢豔可能下班了，我們去找她。」石小梅說。女人忍性比男人強。

「我倆別到她家吃飯。一大早來沒東西進肚了，餓了，買兩碗麵吃。」石義實說。

兩人吃了兩碗水麵，就到柯天任宿舍去。

鄢豔和兒子學優正在吃中飯，看見兩個老人進門不知道換拖鞋，皺了皺眉頭，露出厭惡神色，也不招呼，用筷子指著靠門邊的沙發，示意兩人坐下。

石義實、石小梅明顯地感覺到，鄢豔對他倆的態度不如第一次來時那樣驚喜、熱情。他倆當然不知道，第一次來時無意中被利用，解了鄢豔、柯天任的圍。

石義實看那學優是個活生生的小子龍，捺不住用手去摸學優的頭，誇讚著：「真像小時候的子龍。」

學優並不買帳，頭一歪，翹起鼻子，去嗅石義實的身子，叫道：「好臭！」接著，學優唱起兒歌來：

「鄉下崽，吃薯藤。傻瓜瓜，進了城。找不著廁所，憋死人。」

「嗤——」鄢豔笑得噴出飯來，用筷子敲了學優手臂一下，笑著說：「小聰明，學歪了嘴。」

石義實氣得烏了臉。

「小孩子鬧著玩，別責怪他。」石小梅連忙打圓場。她把話題扯正說：「鄢豔，那公安局的大門我們進不了，你叫子龍來一下吧。」

「姨媽，我要上班，又要送學優上幼稚園，沒空。」鄢豔說，「天任工作忙，白天不回家，你們還是到公安局去找他。要不，晚上再來我家。」

「我們走。」石義實氣鼓鼓地起身，走出門。

「哥，不能拿虎子和老蘇的命去賭氣呀。我們還是去找子龍。」走出門後，石小梅說。

兩人又來到公安局大門對面的一棵樹下，坐著等。等到天黑，看不到柯天任的影子。兩人轉到柯天任的宿舍去。

柯天任已吃了晚飯，在洗澡。鄢豔讓兩個老人又坐在門邊沙發上。

柯天任洗完澡，赤著上身，穿條褲衩，坐在單人沙發上，把電扇扭向自己，吹著風，點著煙，獨自抽著。他瞥到兩個老人沒換鞋進門，就教訓說：「我這屋是大理石地面，乾淨光滑，你們以後進門，要在門邊換上乾淨拖鞋，改掉不講衛生的惡習。」

石義實氣得臉肉抽動。石小梅趕忙緩和氣氛，問柯天任一些家事。

「不要囉嗦了，你們有什麼事快說。我太累了，要休息。」柯天任沒好氣息地說。

石小梅就說起石裕虎和蘇中家的犯法事來。

原來，石裕虎是石義實的獨生兒子，柯天任的親表弟，家窮，只讀了個小學。柯天任當了局長，石義實帶著兒子去找柯天任，想找點事做。柯天任擺著架訓斥道：「你讀個小學，傻裡傻氣的，能到機關工作嗎？不要出醜賣乖，回去老實種田。」石義實氣得拉著兒子回家了。蘇中家是安徽人，來永安縣打工，招親了石小梅，是柯天任的親姨父。後來，蘇中家在省城沿河大道三號碼頭當上了搬運工人，就帶去了石裕虎。一個熱天的下午，輪船運來了一排集裝箱，裝的都是電器。搬運工人是憑票據搬貨的。由於貨多人多，驗貨員時有疏忽，石裕虎有兩張票據、蘇中家有一張票據沒收去。蘇中家對石裕虎說：「虎子，我們把兩個冰箱和一個冰櫃搬到別處去，晚上運回去，可得四千元。」當夜，兩人就偷回了兩個冰箱和一個冰櫃，第二天賣了一個冰箱。第三天晚上，四個員警抄了兩家，把人和貨都帶到沿河水上派出所。在審訊中，兩人如實交代了，也退回了賣出去的那個冰箱的錢。但是，那天搬貨遺失的有八個冰箱、五個冰櫃，員警說都是兩人偷去了。石裕虎老實，在毒刑下仍說不出假話。蘇中家在毒刑下就編出話來說都是兩人偷去了。

蘇中家、石裕虎被抓走了，兩家人急得團團轉。有人出主意去找柯天任幫忙。石義實說：「那畜牲六親不認，我不去找。」石小梅說：「給虎子找工作難些，子龍不願是有道理的。這救急難的事，子龍不會不講點親情。他那年犯事，還到我家躲了兩天，拿了五十元錢去。」石義實才同意跟妹子一起來找柯天任。

「你們事先跟我打招呼，就抓不走人。現在人到了省城，我怎管得著？」柯天任說。

「這突來的事，如何能事先打招呼？你這裡是公安局，省城那邊也是公安局，總有些來往吧。」石義實說。

「你說得倒輕飄。出面說情，要花錢，公安局的車子一響要油費、路費。」柯天任說。

「子龍。錢的事我去辦，跑路的事，靠你。親戚就親在難中相救呀。」石小梅說。

「姨媽說得有理，天任不管怎麼忙，應該抽空為姨父、表弟跑跑路。花錢的事，現在說不準，你們多準備些。」鄢豔說。

「子龍，你估摸要花多少錢？」石義實問。

「暫時帶個三千去。」柯天任不假思索地說。他看見有錢了，就緩了語氣。他對鄢豔說：「你帶舅父、姨媽去下旅社，我要睡了。」

「我們自己能下旅社。過兩天送錢給你。」石小梅說。

石義實、石小梅捨不得錢下旅社，連夜步行三十多里回家了。兩家人忙著籌錢。東求西討，串親走友，忙了三天，湊齊了三千元，其中兩千元是高利貸。石小梅把錢送給鄢豔，千叮萬囑，要柯天任早點去救人。

恰好省廳副廳長的兒子考上了大學，給柯天任下了請柬。柯天任對鄢豔說：「你和學優一起去玩一趟，帶五萬元去，送四萬元，一萬元買些貴重衣服來。」

「我哪有五萬元呀。你這人真糊塗，只會花錢，不會算帳。從沿海市帶來的一百五十萬元早花光了。你當了局長，叮囑不能收禮，別人送的錢，退的退，繳公的繳公。你我的工資合起來才有八百五十三元六角，不夠生活費。半個月前秦擁軍送來了五萬元，你帶了三萬元給羅駱駝祝壽，我還了一萬元的債，用了兩千多元，只剩下……」

「別囉嗦了！」柯天任截住鄢豔的話喝道。他揚起拳頭在鄢豔眼前晃，吼道：「儘是你出的餿主意，要什麼清官名聲，害得老子吃苦一年多，成了窮光蛋。我告訴你，我投資出去的權力資本要給我加倍收回來！」

「那要看機會呀。」鄢豔沉住氣，說。「聽說褚真紅那婊子送給你一萬元，用到哪裡去了？」

「謠言！你相信反革命分子的話嗎？」柯天任斷然否認，面不改色，心不跳。他早把那一萬元花光了。柯天任頓了一下，緩下語氣，說：「不用吵了，眼下至少要拿出三萬元，不能壞了馬廳長的關係。」

鄢豔就到娘家借了一萬五千元，加上石小梅的三千，共兩萬五千六百多元。一家三口，有邵月鐘開車，一大早就去省公安廳馬副廳長家，送了兩萬元的禮。柯天任順便向馬副廳長彙報了一些工作情況，討了一些指示。

十一點，柯天任請馬副廳長一家到五星級賓館吃飯，請了方巨惠夫婦作陪，直吃到下午兩點半。吃完了中飯，柯天任夫婦在方巨惠夫婦陪同下逛了幾個大商場，買了四千多元的東西，已是下午五點多了。方巨惠夫婦請柯天任一家吃晚飯，柯天任執意要回家。

「天任，在酒席上，你為什麼不要我對馬廳長、方處長提表弟、姨父的事呀？」鄢豔在車上問。

「說那雞毛蒜皮的麻煩事，人家就掃興，我送禮請客的意義就變了。」

「那表弟、姨父的事不辦了嗎？不辦，要退錢的。」鄢豔說。

「那兩個傻瓜救出來有什麼價值？還不如在牢裡討碗飯吃。」柯天任說，「不能退錢。你對那兩個老傢夥說，用了四千三百多元，本來要判六、七年刑，現在判得輕些。他們又打聽不到真情況。」

鄢豔聽了，覺得柯天任也太無情狠毒了些，但沒反駁。

卻說石義實、石小梅送給柯天任三千元錢後，日夜打聽柯天任跑路的消息。兩人聽說柯天任夫婦從省城回來，趕忙去找柯天任問情況。

「我請省廳馬廳長、方巨惠處長、市局、辦案人員的客，用了四千三百多元。他們說表弟、姨父性質嚴重，又碰上嚴打，是典型，本來要判六、七年徒刑，現在可處理輕些。判刑是肯定的，估計兩、三年吧。」柯天任說。

「現在辦事難呀。不是天任開警車跑，八天、十天也跑不完。在省城，吃一餐至少是千元，送禮就別說了。你倆老不要去省城瞎跑，弄不好遭員警抓。等到判刑後，就送些衣服、零用錢去。我多用的那一千三百多元就算了，親戚嘛。」鄢豔說。

說。

「你總算為親戚辦了好事。等你表弟、姨父出來後再來感謝你。」石義實受了感動。

「鄢豔，勞累你們了。你墊出的一千三百元錢我一定要還，只是晚些時間。」石小梅心裡過意不去，說。

這次，鄢豔弄了一頓飯招待了兩位老人，柯天任還陪石義實喝了兩杯好酒。

過了三個月，石義實、石小梅接到省城沿河區法院的家屬通知書。兩人去出了庭，主犯蘇中家坦白從寬判刑三年，協從犯石裕虎抗拒從嚴判刑三年。

「不是子龍跑一趟，兩人要多判三、四年。哥，鄢豔墊出的錢要還呀。」在回家路上，石小梅說。

「還是要還的。可是，該借的地方借了，怎麼辦呢？」石義實說。

「我們去求姐夫擔保一下，鄢豔那邊也放心些。」石小梅說。

「行。」石義實說。

兩人就來到南柯村柯和仁家。

柯和仁獨自住在老屋裡，大門沒鎖，石義實、石小梅就進到堂屋裡。堂屋裡，地上鋪了塊尼龍膜，晾著濕穀；北牆下放著一堆乾稻草，南牆下靠豎著裝滿了乾穀的十幾個化肥袋。房門用鐵絲扭成門扣，上了把鏽鎖。石義實、石小梅坐在谷袋上等柯和仁回家。

太陽快落山時，大門外響起「噠噠」的赤腳板聲，柯和仁挑著打草滾回來了。石義實連忙上前幫著卸擔子。柯和仁六十八歲了，滿頭白髮，背駝腰拱，看上去近八旬。他只穿條補丁重疊、泥巴點點的黑短褲，肩上搭條白布長巾；全身黝黑，肋骨根根突出，手肚腳肚瘦癟。柯和仁從褲腰解下鑰匙開了房門鎖。三人進到房裡。這房子，既是臥室，又是廚房。窗上用個竹子叉攔住一塊尼龍薄膜擋風，地上亂糟糟，水缸、米壇、盆缽、罐甕放了一地。只有兩條小凳，柯和仁讓客人坐了凳子，自己坐在床沿上。柯和仁叫石小梅做飯，自己與石義實抽旱煙說話。他們親熱地聊起來，聊著今年的收成，聊著各種上交雜費，聊著共產黨比國民黨壞了多少，聊著世道險惡。

「姐夫，子龍那大的兩層樓房空著，你應該去住呀。這老屋就放些柴草行了。」石義實說。

柯和仁表情有些難堪，說：「我習慣這裡了。現在青年人講衛生，我這髒身子就不進去了。我只擔心有人打門撬窗，每天去轉幾趟。」

「姐夫，你身體不行了，不能幹那重農活，叫子龍每月給你五十元錢，自己種點菜，能過去了。」石小梅說。

「我爬得動，銜得來，能養活自己。子龍要做清官，生活也難，我不向他要了。我弟弟每月給我三十元錢，夠花了。」柯和仁說。

「和貴真是個有情有義的人。」石義實誇道。

「我母親也是他贍養。他四個孩子，個個在讀書。現在讀出一個大學生要幾萬元，不容易呀。他為人善軟，盡做自己吃虧的事，生活也困難。」柯和仁說。

「姐夫，我這次來找你，是要你去跟子龍夫婦說個情，欠他的一千三百元錢緩些時間還。」石義實說。

「你怎麼欠子龍的錢了？」柯和仁問。

石義實就把救石裕虎、蘇中家的事說了。

「你們倆家出那大的災難，我也不知道。都怪我出不得門了。」柯和仁說。他頓了一下，又說：「子龍幫忙是應該的，你們今後就不要提還錢的事。他討錢，你們就說給我了，我擔著。」

「那不行。憑良心，我們不能要子龍又跑路又墊錢。你一定要去跟鄢豔說一聲。再說，你孫子那麼大了，也應該經常去看看。」石小梅說。

柯和仁一聽，心裡作慌。他聞著柯天任的名字就打寒顫，怎麼敢去柯天任的家呢？又怎麼敢去說錢的事呢？那不是討罵討打嗎？他本想說句話遮掩過去，可是親人又逼著他去幹他害怕的事。這事不去幹，又怎對得住親舅子、親內妹呢？柯和仁有苦說不出，一時沒了主張。他想了一會，說：「和貴對子龍說話比我有用，我們一起去找他。」

當夜無語。第二天一早，三個老人乘車到鳳凰街，十點多到了柯和貴的經營部。

柯和貴家已有兩個客人。柯和貴就向雙方作了介紹。

「啊，你就是省公安方處長呀，我真要感謝你呀。」石義實拉住方巨惠的手，很驚訝，很激動。

「大伯，我沒給你做好事呀，為什麼要感謝我呀。」方巨惠聽不懂石義實的話。

「聽我外甥柯天任說，我兒子石裕虎和妹夫蘇中家的事是你和馬廳長出面幫了忙呀。」石義實說。

「我還是弄不懂。」方巨惠說。

石義實、石小梅就把蘇中家、石裕虎犯事和柯天任跑省城救人的事說了一遍。

「我根本不知道石裕虎、蘇中家的事。柯天任去省廳是給馬副廳長的兒子考上大學賀喜，我夫婦陪著吃飯，然後又陪柯天任夫婦去商場買東西，直到下午五點柯天任夫婦乘警車回家，自始自終沒有提救石裕虎、蘇中家的事。」方巨惠說。

「也許柯天任和你分手後去救人了。」柯和貴對方巨惠說。

「柯天任的司機叫邵月鐘，給了我一張名片，我打個電話問一下。」方巨惠說。他拿起電話薄子，翻找邵月鐘電話，用手機拔動了。雙方對話：「小邵嗎？我方巨惠呀。嗯，不用客氣。我問你，那天到馬廳長家送禮，你們與我分手後是不是直接回家了？啊，直接回家了。第二天又去省城嗎？啊，沒有。沒什麼大事，我只是說，你們以後到省廳就到我家玩子。」方巨惠關了手機，感嘆說：「柯天任真是缺德。他根本沒去救人，怎能對親人說謊呢？」

「大伯，你那三千元是借的吧？」方巨惠的愛人祁青青十分同情地問。

「還是高利貸呀。」石義實痛苦地叫。

「這就被坑了。」祁青青說，「真令人痛心！」

「他詐我的錢，真是不要天理良心了。」石小梅哭起來了。

「這傢夥真不是人！」柯和貴十分憤慨。

「你以為他是人嗎？他一遇難，就像一隻受傷的狗，求親人，連累親人遭難。他得志，又像一隻老虎，咬親人，給親人造難。越是與他親的人，越受他害。我就不相信電視、報紙吹他是清官的鬼話。」李秀雲拿著鍋鏟，走到廚房門口，說起來。

「家要敗，出妖怪呀。」柯和仁氣得渾身發抖，雙手抱頭，哭喊。

「我立即去找他算帳討錢。」石義實攘臂嗔目。

「一起去，把錢討回來。」石小梅心頭火起。

「你們去找他有什麼證據呀？聽誰說的呀？我家可惹不起他。」李秀雲說。

「不用怕。就說你們到省城去感謝我，是我說的。」方巨惠說。

石義實、石小梅、方巨惠夫婦在柯和貴家吃了中飯走了。

石義實、石小梅乘車去縣公安局，已上下午班了。公安局大門門衛認識兩人，放進去了。兩人徑直來到柯天任辦公室。

「錢帶來了嗎？」柯天任坐在椅上看報紙，瞟了兩位老人一眼，頭也沒抬地問。

「我帶了一萬元來，讓你詐騙個夠！」石義實站著，沒好口氣地說。

「你胡說什嗎？」柯天任一聽語氣不對，抬頭喝問。

「你這畜牲！你根本沒去救人，把錢拿去送禮買東西了，卻來胡詐我和你姨媽。」石義實怒氣衝天，指著柯天任額頭叫罵。

「老子為那兩個笨蛋跑了一整天路。是哪個狗雜種誣衊我？」柯天任仍在愚弄老人。

「是方處長說的。」石小梅說。她說去省城送衣服，順便去感謝方巨惠，才知道底細。

「我又去找馬廳長，馬廳長說不知道救人的事。」石義實也不老實了。

「子龍，錢你用了，人也判刑了，就算了。只是那三千元是高利貸，你還給我們，這事就了了。」石小梅息事寧人，說。

「今天你不還錢，我就鬧個天翻地覆，揭你的底子，出你的醜。」石義實怒不可遏。

柯天任聽著，臉上毫無羞怯，內心毫無內疚。他只是在想：「我戰勝過許多強大對手，今天能被這兩個老賤人打敗嗎？我的威嚴能被這兩個蠢貨損害嗎？三五兩下把這兩個老混蛋收拾乾淨，不能讓他們在這裡鬧。」柯天任想好了，就猛拍桌子，衝過去，朝石義實嘴巴左右開弓，打起巴掌，吼道：「給老子閉住鳥嘴！」

石義實遭到突然的打擊，向後倒退。石小梅連忙扶住哥哥，一起倒在地板上。

柯天任又逼上前，手指敲著滿頭白髮的腦殼，呵斥道：「你家是一窩傻瓜蛋，你那傻大妹若是不早死，我討飯去了。我是前世造孽，碰上了這門外婆親。我明白告訴你們：老子沒有為那兩個傻瓜跑路，用了你三千元。這三千元是你應該替你那早死的大妹補償給我的養育費。你還討個雞巴的錢！我再明白告訴你，這裡是公安局，不是你那破屋。你在這裡胡鬧，是喧鬧公堂，侮辱公安局長，妨礙公務，老子可以把你們抓起來，像那兩個傻瓜那樣判三年徒刑，拉牢孔死。看你們還敢不敢鬧？」

石小梅被恫嚇得像個小孩子，驚恐地瞧著柯天任：這個身材高大兇猛的惡人，不是子龍，不是她曾經抱過、餵過的親外甥，不是在落難時求她庇護給食給錢的有難親人，而是她在夢中見到的一個惡魔。這惡魔，睜圓帶血絲的眼睛，張開血盆大的口，裂齒呰牙，隨時要把她兄妹撕咬成碎片。她畏縮著，戰抖著，攜著哥哥。

石義實滿嘴冒著血泡，血泡牽線帶珠，向胸襟流滴，口裡喃喃自語：「沒天理了，沒天理了！」

「哥，我們走，這裡已沒理講。」石小梅哭著說。

「老子這裡沒理講，你們還想去告老子嗎？」柯天任吼著，一把抓住石小梅頭髮，按著石小梅的頭向地板上磕，「老子揍死你，看你還敢不敢去告狀！」

「你這畜牲，老子跟你拼了！」石義實發瘋了，用頭向柯天任撞去。

柯天任丟下石小梅，向後一退，石義實跌倒在地上。石小梅去抱住石義實，掙扎著爬起來。石小梅額頭上隆起青烏色肉包，兩耳嗡嗡響，心中充滿恐懼，扶起哥哥，跌跌撞撞地向門外走。

「這畜牲不認舅舅了，我也不認他這外甥。他把外婆路豎起來了！」石義實邊走邊叫罵。

「老子爹娘也不認，還認你這傻瓜蛋。我再不會去你那破屋子了。你若再來煩我，我就揍你。」柯天任在室內叫罵，並不敢出門去打老人，怕影響不好，有損自己的前程。

石義實、石小梅來到大街，已是傍晚，上了一輛中巴車回家。誰知兩位老人又氣又急，在車上昏睡，忘記了在紅石鎮下車，一直到了終點站，被售票員喊醒下車。外面天黑了，街燈在亮著，原來是鳳凰街。

「哥哥，只好去柯和貴家住宿了。」石小梅說。

「怎麼好又去麻煩他呢？」石義實說。他想了一下，又說：「也好，把這事跟他說說。」

兩位老人來到柯和貴經營部。柯和貴見狀，連忙扶石義實進屋，又去叫來醫生給治傷。石小梅就向李秀雲哭訴了柯天任的罪惡。第二天，柯和貴送兩位老人上車。

「你看見了吧，我們那錢也討不著了，送給鬼用了。」李秀雲對柯和貴說。

「我原來想他自覺地慢慢地還錢的，現在看來他不想還了。」柯和貴說，「我的錢給一個貧善人用，我不會去討，現在是被一個兇惡徒騙去了，我要立即去追討。」

「他要是像對石義實那樣打你呢？」李秀雲擔心地問。

「我量他不敢。他知道我不是石義實。」柯和貴說，「萬一他失去理智打我，大不了我去住院，我倆就絕了叔侄情。他今後還有災難，再不會來找我了，我不幫他，外人也不會說我無情了。」

「他在一步步升官，那裡有災難。」李秀雲說。

「你不懂。像子龍這樣絕無人性的人，與天下人結仇，會有好下場嗎？」柯和貴用肯定的語氣說。

柯和貴到內房，把柯天任三張借條找出來，都是救柯天任時的高利貸借款，共六千元，利息一萬一千三百四十二元，本利合計：一萬七千三百四十二元。柯和貴到街上把條子和結帳單複印了三份，把原條據給李秀雲保存好，帶著影本去找柯天任。

柯和貴來到柯天任的辦公室時，十點多了。柯天任、趙光耀、毛仲義在議事。三人見了柯和貴，都起身讓座，柯天任遞了一支煙。

「我要與柯天任單獨談點事。」柯和貴坐下，抽著煙，說。

趙光耀、毛仲義走了。

「叔父，我回家後一直很忙，沒空去看望你。你有什麼事要我幫忙，儘管說。」柯天任很客氣。

「我沒什麼事要你幫忙。」柯和貴說。他從包裡故意掏出三個同樣的信封，給柯天任一個，說：「我是來結帳的。我欠了不少債，孩子每年九月份開學要一萬多元。你欠的都是我貸的高利息錢，現在要還了。」

柯天任抽出信封了裡的條據和結帳單，是影本。若是原件，他會撕掉。他晃了一眼，把影本裝進信封，丟在桌上。他說：「我現在很窮，沒法支援你。以後富了，會支援你的。」柯天任的應付能力是很強的，故意把話說亂，想用像應付一般討債人那樣把柯和貴支開。

「我不懂你說的『支援』，我是要你還錢，並且刻不容緩。」柯和貴撥亂反正。

「要結帳，也不能憑你一方想當然，要雙方都拿出帳目來結。」柯天任想混帳。

「這話有理，你有什麼帳拿出來吧。」柯和貴欲擒故縱。

「我沒有條據，只有心帳。親人嘛，打條子、記帳，就顯得無情無義了。」柯天任倒打一耙。

「那你就把心帳說出來，我倒要看看你的有情有義。」柯和貴把耙子翻過去。

「我們之間的帳是做生意產生的。別的帳不說了，有兩筆帳我提一下。第一筆，你如果機靈一點，不被張家法綁架，我就不需要出一萬五千的鞭炮和五千元的現金救你了。這個損失你要賠給我吧。第二筆，柯赤兵抓生意人，你也是去開交易會的人，你免受萬元罰款和牢獄之苦，是因為我暗中保了你。我對下屬說：『寧可犧牲我，也不能揭發我叔父。』你應該補償我一萬元吧。如果我現在重新給你立案，看在親人面上不讓你坐牢，一萬元罰款是少不了的。這兩筆合起來有三萬元，我欠你的一萬七千元，兩帳一平衡，你還欠我一萬三千元。這一萬三千元我也沒上門討，就算支援我弟妹讀書了。這帳不就結清了嗎？」柯天任說得娓娓動聽。

不知內情的人，真的以為柯天任是通情達理的，柯和貴倒是無情無義的。可是，我們的讀者已讀過前七十八、七十九、八十三、八十五回，知道柯天任說的兩筆帳是存心顛倒黑白、無中生有的彌天大謊，在誣陷柯和貴，氣死柯和貴，達到混帳賴帳的目的。這種無恥之徒，這世上是大有人在的，作者曾親自領受過一位地方中的名士也是用這種手法賴帳。

聽著柯天任說出這樣兩筆帳，自稱有「大海胸襟」的柯和貴，頓時怒氣塞胸，那「平平靜靜性慈悲」的腦海，須臾間卷起颶風大浪，真是「海嘯揚波震九嶷」了。柯和貴霍地站起來，指著柯天任咆哮：「真是強盜邏輯！你詐騙張家法，我無辜受罪，還向我索賠！你辦公司專心詐騙，與我無掛無牽，求我借錢幫你逃跑，還說你犧牲自己保護了我，要我補償。強盜也有三個心腹，你比強盜惡毒十倍！」

柯天任瞧著柯和貴氣成那個醜樣子，心中舒暢，獰笑著，平靜地說：「嘿嘿，你要算帳，就這樣算；你不算帳，就把條據燒掉，我倆兩不欠。」

沒想到今日叔侄倆在爭鬥中倒了茬：柯天任異常平靜，沉著，占了上風；柯和貴異常暴躁，衝動，處在下風。

柯和貴很快意識到了這一點：被那畜牲激怒了，在心理上輸了半截。他連忙坐下，讓心情平靜下來，說：「條據我是不會毀掉的，帳是要結清的，我們私下算不成，就去公算。我倒願意你重新立案，到市公安局去算，到省廳去算，到法院去算，一定會算清楚。」

柯和貴這一點點到了柯天任的死穴，輪到柯天任發怒狂躁了。柯天任猛地一拳打在桌上，吼道：「你以為你有混帳學生方巨惠就能壓住我嗎？方巨惠那傢夥挑撥老子和舅父、姨媽的關係，老子總有一天要攆倒他。叫他來整我吧，我不怕他。」

「整你用不著方巨惠，我一人的力量有餘。」柯和貴冷靜地說，「作惡多端必自斃。惡有……」

「你別念那金箍咒了，我聽厭了那些陳詞濫調。」柯天任打斷柯和貴的話叫喊，「柯和貴，你一錢不值，用不著在我面前耍叔父威風、擺老師的架式。我根本不認你。你敢去告老子，老子要你全家不得安寧！」

「說得好！從今以後我倆絕了叔侄情了，你宣戰了。」柯和貴穩坐釣魚臺，大聲說，「我也明白告訴你，我不是石義實。我只是容忍人，並不是怕惡人。我看你作惡橫行到什麼程度？到時候，我會為民除害的。你聽著，我要揭發你辦公司詐騙行賄，要揭發你在沿海市的劣跡，揭發你買官的秘密，揭發你搞『整改』的陰謀，揭發你整柯赤兵、羅駱駝的內幕，要使那電視、報紙的謊言破滅，使你的清官名聲子虛烏有，使你的真面目露出來，從政壇上跌下來。你敢賭嗎？」

柯天任的拳頭攥得很緊，掌心在出汗。他鼓著兩隻老虎眼，瞪著一伸爪子就能抓到的柯和貴。這時，柯天任眼前出現了一個幻景：他一手掐斷了柯和貴喉嚨上的三根突凸的筋，一手抓著柯和貴稀薄的頭髮，將柯和貴的腦袋扭向一側，像那個喪命在賓館的廣東佬那樣，血向外噴，殷紅殷紅的；柯和貴的手腳在彈動，身體在抽搐蜷縮……但是，柯天任不敢伸出利爪去抓柯和貴，卻癱坐在椅子上：「他不是廣東佬，不是石義實。」柯天任心裡憤怒、仇恨、厭惡、恐慌……多種情緒在交織著，心裡在說：「現在不行，總有一天老子會要你的命！」

「你怎麼熄火了呀？你不是會打人嗎？來，打我呀，發狂呀！」柯和貴在挑釁，在撩撥。

「叔父，叔父。」不知什麼時候，冒出了鄢豔，在親切地叫柯和貴，「別發火。親的親不開，疏的疏不攏。你倆好歹是親叔侄呀，計較什麼怨恨呢？」

原來，趙光耀在門外聽到柯天任、柯和貴爭吵起來，自己又不好去勸解，就打電話叫來了鄢豔。

「我倆已經不存在叔侄關係了。」柯和貴說。

三人沉默。室內沉靜。

柯和貴站起來，指著柯天任說：「我警告你，你害人沒讓我看見，我就眼不見為清，不管你；若是你當著我的面害人，害我的親人，我決不饒恕你，與你同歸於盡。」

柯和貴走出辦公室，來到公安局大院，碰著李建樹。李建樹與柯和貴握手，問柯和貴有什麼事。柯和貴沒說討帳的事，只說玩玩。

兩人正說著，鄢豔追來了，說：「叔父，我知道你與柯天任爭吵什麼了。以前的帳我不知道，我經手的那兩千元立即還。按三分利息算，本利共是五千六百元。你跟我一起回家，吃了中飯拿錢去。」

「中飯就免了，你如果有錢，就去拿來；這時拿不出來，就以後送去，我再不來討了。」柯和貴說。

鄢豔叫李建樹留住柯和貴，自己拿錢去了。

過了二十多分鐘，鄢豔來了，把一個裝錢的信封給了柯和貴說：「叔父，你數一下。弟妹讀書有困難，你來找我。建樹，天任在氣頭上，還錢的事不要跟他講。」

柯和貴接過信封，放進包裡，說：「我相信你，不用數了。我寫一個收條給你。」

鄢豔說不用寫收條。

柯和貴對鄢豔說：「鄢豔，你要勸那傢夥，不要結仇太多，樹敵太寬。」

柯和貴走了。他走到大街等客車。一輛小轎車在他身旁停下，車門打開，走下一個人來，高叫：「柯和貴，今日見到你了。」

欲知那人是誰，且聽下回分解。

第九十四回　柯老師憤離歌舞廳　向小姐苦住娛樂城

卻說小轎車上下來一人，高聲叫柯和貴。柯和貴看那人，五十出頭，高個子，肥胖，好面熟。

柯和貴定睛一瞬間，就驚叫起來：「啊，邢百煉，我認出你來了。你人老了，發福了，變樣了，但那面容輪廓、眼神始終變不了。」

又在一瞬間，柯和貴眼前浮現出一個十六、七歲的初中生的邢百煉來：國字形的臉龐，笑眯眯的眼睛，嘻哈哈的歡聲，快樂，天真。頓時，柯和貴眼前出現一種幻覺：邢百煉還是年輕時的邢百煉，比剛才第一眼看到的五十多歲的邢百煉年輕了許多。

邢百煉，是柯和貴的初中同學，在本書第二十四、四十八回已敘述過他的故事。他的學習成績雖然比不上柯和貴，但比柯和貴活潑開朗，圓滑世故，是個樂天派，機靈鬼。他能同時與陳繼烈、柯和貴保持良好的關係，能在奸詐陰惡的邱遠乾手下搞好招生工作，能在老師最受人歧視時跳出教門躍到企業局當副局長，能在改革開放初期辭去企業副局長職務去當縣鋁廠廠長，能看到鋁廠即將破產時辭掉鋁廠廠長職務去私人辦鋁廠……他做人原則是：不怨人害人，說話隨和溫柔，趨吉避凶，機智應酬，瀟灑快活。

邢百煉一直敬佩柯和貴：聰明過人，有骨氣，有原則，有膽略，有名望。只是到了後來，一些同學當官了，一些同學發財了，柯和貴仍然是個地位低微的窮教書匠。邢百煉經常與那些有權力、有財富的同學一起聚會。同學們談起柯和貴時得出一個反面結論：讀書時成績好，並不能說明日後工作、生活有真本領，柯和貴就是個例證。邢百煉嘴中「嗯嗯」，心裡卻在說：「你們有什麼真本領，對上級搖頭擺尾，對下屬張牙舞爪。狗一樣的人，有什麼資格來評價聖賢柯和貴？」

兩人有二十多年沒見面了，雙方只有耳聞。柯和貴對那邢百煉在當鋁廠廠長時改名為邢似錦也不知道。今日驟然會面，當然又驚又喜。

「哈哈哈，你化成灰我也能認出來。」邢百煉笑哈哈地說，「你太瘦了，要靜心寡欲，少動腦，少憂愁，快活一點，多活幾年。老同學，今天我請客，一起去逛逛。」

「我有點急事，改日再來奉陪。」柯和貴婉言謝絕。在柯和貴看來，閒逛閑侃是浪費時間、自殺生命。他是個無事忙，邊吃飯邊看報紙，蹲在茅坑裡也看書，繫褲帶時嘴叼著書；別人有事叫一聲，就跑個不停。他忙來忙去，忙不出個名堂，卻忙出一個弱身體、窮家庭。現在五十歲了，還本性難移，與這現代人圖享受、求快樂的生活風氣格格不入。

「我知道你是個瞎忙分子。哈哈，今天你碰上鬼了，由不得你了，跟我一起去看另一個世界。」邢百煉笑著，說著，把柯和貴拖上小車，對司機說：「開到人民大禮堂北側。」

小車到了人民大禮堂北側停住，邢百煉拉著柯和貴下了車。

「和貴，你那小黑包有錢嗎？」邢百煉問。

「有五千六百元。」柯和貴老實地說。

邢百煉接過柯和貴的小黑包，交給司機說：「這包裡有五千六百元，交給你老闆娘保存。你對你老闆娘說我陪老同學柯和貴玩去了，晚上回來吃飯。」

「等一下，我拿出零錢用。」柯和貴說。

「不用啦，今天我請客。」邢百煉說。

司機開車走了。

邢百煉帶著柯和貴走進一個胡同。這胡同口擺滿了小吃攤位，擁擁擠擠，有五、六丈遠；攤位中間留下不足一米寬的走道，髒水滿地淌，地面滑溜，臭氣撲鼻。攤主一個勁叫喊：「客人，坐下吧。」「我這麵條是正宗川味。」「我這粉條是新鮮的。」「這碗碟消毒了。」……

邢百煉好像熟門熟路，沒理睬攤主的叫喊，徑直向裡走，柯和貴跟著。在攤位的盡頭處，右邊有個小院門，門前豎著長兩米、寬一米的歌舞看板，牌上畫著五、六個穿著三點式、舞姿迷人的彩色舞女人像，空白處點綴著五線譜符號，下面寫著：河南歌舞團。門口橫著一張長桌子，一男一女在買票。一個男青年坐在長桌右邊一把木椅上，在監視著出入的人。邢百煉付了兩張拾元幣，換了兩張票子，兩人進去了。走過小院，到了歌舞廳大門。大門掛著黑布簾，兩個男青年守著收票。邢百煉交了票，招呼柯和貴，掀了門簾進場。

歌舞廳不大。舞臺在北頭，長方形，沒有幕布；中間豎著一根銀粉色的圓柱；壁頂吊著盞亮著的的圓形彩燈；台邊有台25英寸的彩電，放著黃色錄像。台下陰暗，有十二排木條長椅，每排可坐十五、六人。前三排已坐滿了人，大多數是六十歲以上的老漢，從衣著上判斷，看客多數是領有豐厚退休金的革命老幹部和一些公職人員。邢百煉牽著柯和貴在第四排中間坐下。約過了半個小時，看客坐到了第九排。

表演開始了，臺上的電視被搬走，音樂聲一響起，閃光燈、探照燈亮起。

「扇子舞。」報幕員播出。

從舞臺左側偏門裡碎步扭出一隊女孩來，共十二個，按高矮順序排列。她們兩手各執一把粉紅色舞扇，穿著三點式：彩紅發亮的乳罩，透明的白色三角褲衩，臍孔繡著一朵蓮花。她們一個個在台前亮相，年齡最大的不到十八歲，最小的只有十四歲。她們臉蛋童稚，目光天真，乳房剛作苞，肩胛未豐滿，小腿還硬癟，臀部不渾圓。如果在學校裡都是中學生，如果在富裕家庭裡都是父母懷裡的嬌娃。現在在舞臺上，卻成了闖蕩人生的成熟女人，怎不叫善良人頓起憐惜之心、悲愴之感呢？她們舞步動作故意扭捏，故賣風流。

「單人舞。」扇子舞過後，又響起報幕員聲音。接著，朗誦出一段解說詞來：

「孔子曰：『色食，性也。』男子好色是英雄之本色，女子風騷是美女之情操。請看我們的小姐吧，一個個如出水般的風流荷花，婀娜多姿；似豔陽下的石榴花，含苞燦爛。其色，傾國傾城傾君子，惹得才子雄性勃發；其情，愛花愛草愛英雄，勾得好漢垂涎三尺。調戲吧，登徒子，撫摸吧，偽君子，快樂、快樂，盡人生天倫之樂！」

柯和貴聽了，一陣肉麻，一陣羞愧：「自己成了偽君子，登徒子了。」

「和貴，這段詞文字多優美呀，抒情多親切呀。」邢百煉扭頭向柯和貴笑。

柯和貴不敢抬頭，不敢作聲。

「好呀，一號種子出來了！」歡呼中有人叫喊。

柯和貴抬頭看臺上，一個十五、六歲的女孩在舞著。她肌膚雪白，黑乳罩，黑三角褲衩。

「脫呀，快脫呀！」有人拍手叫著。

女孩微笑著，用手指輕輕拔動乳罩帶子，一點點將乳房露出，一個旋轉，將乳罩甩掉，露出硬挺的兩個白瓷小酒杯般大的奶子。她用手有節奏地搓奶子。

「快把那三角黑抹掉，我最愛看尻襠。」有人狂歡。

女孩用手指彈動三角褲腰帶，那三角黑就不斷變形狀，黑裡的白色、紅色也隨之不斷改變形狀；漸次，那三角黑被抹去了，女孩裸露著胴體。她顫悠著各種姿勢，抓住台中柱子，向上爬，一時揚手，一時踢腿，一時正面，一時側面，一時背面，一時仰，一時彎……逗得台下嘻嘻哈哈，淫聲四起：

「光板的，真清楚。」

「母雞單立，翹高些，翹高些。」

「向前挺呀，再向前挺一點。」

「張開腿呀，再張開。」

「向兩邊翻開，翻開。」

「我來幫你。」一個六十多歲的健壯漢子叫著，走到台邊，雙掌托住女孩的屁股，低頭伸舌，去那尻下舔。

「好呀，老色狼。」有人鼓掌。

「老狗頭，滾到一邊去，遮住那嫩尻了。」有人嘻罵，打紙團。

女孩表演了一陣子，張開大腿，坐在台邊，強顏歡笑，用手指向觀眾挑逗。

這時，觀眾中有人招手，女孩跳下臺來，走到招手的那老頭面前，接了錢，騎在老頭膝蓋上，任老頭拿捏。一個老頭拿捏完了，又去另一個老頭那裡。女孩就在觀眾的肩上、頭上跨越。那觀眾的手一齊伸去，就像海底軟體動物嗅到了食物那樣突然伸開出密集的觸角，去觸摸女孩的身子。女孩不斷打掉那些不給錢的死乞白賴的傢夥的手。二十分鐘後，女孩的手上捏著錢，嘴上叼著錢，尻縫中夾著錢，就上臺了，把錢丟在臺上，有拾元幣、伍元幣，約有四、五十元。

「春花，你的時間過了，收場呀。」女孩又要到觀眾去，被台後一個河南腔的聲音叫住。

春花就連忙收拾臺上的錢，對著觀眾嗡聲嗡氣地說：「老幹部，老色狼，老革命，老雞巴，給了老娘錢，摸了老娘尻。你們是幹女人的老革命，入尻的老模範。拜拜，親愛的又老又硬的老幹部，老雞巴。」

這番話應該羞得那些老革命、老模範無地自容。可是台下發出了歡快的淫笑聲。

「雙人舞。」報幕員聲音又響起了。

一胖一瘦的兩個女孩出臺了，表演了一陣女人同性戀，下臺到觀眾中，淫態不堪入目，穢語不堪入耳，只剩下性交一項未看了。

後面的節目都是十二個女孩輪番表演裸體舞。

柯和貴開始時很羞怯，用手掌遮住額頭偷看。他感到身旁有人玩生殖器，就不安起來，對邢百煉說要上廁所。他來到最後一排，坐在外頭。最後一排的中間空著，只在裡頭坐著一個六十多歲很健壯的老頭。那老頭接二連三地招手叫女孩來，毫無顧忌地給了錢，撫摸。柯和貴被刺激得渾身燥熱，回到了人的獸性的一面。大概佛人、聖人都是人，都有七情六慾。但是，柯和貴沒有神魂顛倒，沒有忘了廉恥。他看到那些女孩接錢時臉有笑靨，被人摸得眉頭在皺，被不給錢的人白摸時嬌顏有怨恨；看到看客把錢塞進女孩的尻縫中而淫笑。他頓時一陣噁心，一陣傷心，要嘔吐，要哭泣。他又轉到了人的道德倫理的一面，心裡在咒罵：「畜牲，獸的活動！」

柯和貴再無心去看了，心裡在氣忿忿地喊：「錢，錢，錢，買來了荒淫，賣去了廉恥，使貧窮的子弟墮落，使權貴者靈魂糜爛！」

「那些女孩子是來自河南嗎？不，是來自貧困！」柯和貴在自問自答。他由此想到自己的貧困女學生，想到南柯村十三、四歲去做保姆、打工妹的女孩，想自己的女兒們，禁不住流下了淚珠來：「可憐呀，可悲呀！」

「那些看客是來自永安縣縣城嗎？不，是來自權貴！」柯和貴在自問自答。柯和貴觀察那些看客的面孔、側影、背影、體態，是曾經在權力機關的大院裡、會場上、電視新聞中見到過的。那些吸飽了工人、農民血膏的城狐小鼠，現在閑得無聊，用不乾淨的錢來誘壞良家女孩，毀滅幼稚的童貞，猥褻人的尊嚴，淪喪道德天良。柯和貴禁不住憤怒起來：「可惡！可恨！」

柯和貴霍地站起來，沒向邢百煉打招呼，氣憤憤地走出歌舞廳。

柯和貴慢慢地走到街上，肩上被邢百煉一把攀住：「你怎麼不聲不響地出來啦？後面有更好看的節目。」

「我看不下去。令人傷心，令人憤慨。」柯和貴餘怒未息。

「你這人真是稀奇古怪！」邢百煉說，「一方自願賣風情，一方自願買歡樂，公平呀，合市場經濟原則呀，你為什麼發杞人憂天的感慨呢？」

「如果換個位置，今日的賣方有錢，買方沒錢，會有這種骯髒的買賣嗎？」柯和貴忿忿不平。

「貧富差別總是有的，這是合理的。總不能回到窮平均的毛澤東時代去吧？」邢百煉說。

「現今的富者非法致富，貧者是合法貧窮，所以富者不仁，貧者賣身。這合理嗎？這合公平競爭原則嗎？」柯和貴說。

說到社會問題，邢百煉就不是柯和貴的對手。

邢百煉啞了一會，打趣地說：「我不與你論理了。我只感到你的生理有缺陷。」

「百煉，這是黃色表演呀，公安人員為什麼不管？」柯和貴問。

「老闆每月向公安局交五千元，坐在大門長桌右邊的那個男青年是北門派出所派來的維護歌舞廳秩序的。再說，那些看客是公安惹不起的。上臺去舔小姐屁的那老傢夥是退下來的原公安局政委苟紅軍，和你並排坐在裡頭的是原縣委副書記李愛民。聽說鄧河流、陳繼烈也經常在夜裡把小姐叫到一個小廳裡去表演哩。」邢百煉說。

「這社會真成了下水道了。」柯和貴恨恨咧咧。

「和貴呀，你是沖洗不了這下水道的污垢的。」邢百煉說，「只要我們保住良心不與官家一起去壓榨老百姓就行了，不要去做自我吃虧的打不平的事，要快活一點。我帶你再到一個地方去散散心。」

「我再不跟你一起去鬼混了。」柯和貴說。

「你不是想疏通下水道嗎？就應該摸清下水道的情況。走吧，去見識見識另一番天地。」邢百煉說著，笑著，拽著柯和貴就走。

邢百煉、柯和貴來到永安縣最繁榮的嚴管街中段。這裡有一座華麗的樓群，大門上有縣長鄧河流題寫的四個大字：永安商城

那字雖然不如一個小學生寫得好，但由於是縣長親筆，又鍍上金色，格外引人注目。

「這是做買賣的商場，有什麼特別的？」柯和貴問。

「是商場。可是不做百貨、副食、服裝、傢俱之類的買賣，是娛樂城呀。」邢百煉笑著說，「進去蹓蹓吧。」

商場是一年前新開發的紅燈區，陳繼烈書記為開業剪綵，公安局設立了警務區。柯和貴對這些並沒關心，首次來到這裡，好奇地東張西望。

商場為四方形，有東西南北四個城門洞。面向繁榮大街的西門為正門。從正門直通東門有條寬敞的人行道，兩旁有三排樓房夾著四個長方形活動水泥場，活動場相接處有弧形遊廊式扶梯上到二樓。從南門、北門進城，有回廊，兩邊是房屋。第二樓和第一樓結構相似，全城共有房室五百二十間，大廳十二間，廁所八間。正門的鐵柵門上了金黃色，門頂上有霓虹燈，整個前排燈壁輝煌，五彩繽紛。前排第一層門面是食堂、酒館、副食店、百貨鋪、衛生室。前排背面，第一層房室是遊戲機、各種棋類、撲克牌。四個活動場擺滿了球桌。第二重、第三重的樓上樓下，張燈結綵，門牌廣告刺激誘人，全是錄像廳、美容廳、休閒室、電子賭博……城內充滿娛樂氣氛。

柯和貴跟著邢百煉走。

錄像廳、影視廳的女老闆見到他倆就像見到親人一般熱情，爭著招呼說：

「一級片，全黃，包你看了捨不得走。」

「特級片，人與獸性交，可刺激哩。」

「剛來的新片，黑男人與白女子玩，看了不想女人才怪哩。」

……

女老闆邊說邊拉客。柯和貴掀門簾向內一瞧，那男女性交鏡頭使他渾身肉麻，嚇得連忙退步。

「你這老傢夥，是假正經呢還是沒有性慾？進去看呀。」女老闆拉著柯和貴說。

「老闆，我有心臟病，受刺激會發作的，死在你的廳裡就連累你了。」柯和貴說謊。

兩人沒看錄像，上到二樓。每個房室門口都坐著幾個年輕女子，見了邢百煉都一個勁地喊「邢老闆」，拉著邢百煉調笑戲謔。邢百煉使出渾身解數，掙脫了五、六個房室的糾纏，走到一個偏僻的巷子，進了一家「君樂休閒廳」。

休閒廳女老闆三十來歲，豔裝濃抹，見了邢百煉就滿臉堆笑，嬌聲說：「餵，你這死鬼，怎麼半個月沒來？」

「這不就來了一雙嗎？」邢百煉笑著說。

女老闆十分高興，招呼兩人坐下，喊小姐倒茶接待。四個小姐跑出來了，最年輕的二十一、二歲，最大的三十一、二歲。一個年輕小姐一屁股坐在邢百煉膝頭上，一個稍大點的坐在柯和貴沙發扶手上。另兩個動作慢了些，涼在一邊，面有慍色。女老闆叫那兩個小姐進房休息，等下面的客，自己端了個小圓凳坐到門外邊。

邢百煉和那個年輕小姐調笑一陣，就進包房去了。

柯和貴低頭喝茶，不敢作聲。

「先生，你這樣羞怯，是頭一回吧？我叫小向，我們進包房說話吧。」小向摟著柯和貴的肩頭說。

「向小姐，我是個教師，不能作這種事。」柯和貴說。他從口袋裡掏出工作證給小向看。

小向頓時不高興了，把柯和貴的工作證扔到了地下，說：「教師是鋼筋水泥做的嗎？不是血肉之軀嗎？」小向撚著柯和貴的肩膀說：「這不是肉、不是骨頭嗎？」

柯和貴聽了這話，很新奇有趣，沒惱怒，笑著說：「你做這事，還有一套理論根據哩。」

「不瞞你說，我也是教師。我倆才是一對兒呀。」小向轉惱而笑。

「我不信，一個教師怎麼會來賣身，不要人倫道德了嗎？」

「我們山村，民辦教師一年內工資共計只一千五百元。我丈夫是個老實農民，我大兒子讀高中，二兒子和女兒讀初中，一年的學費、生活費要六千多元。我再教書，我的小孩就不能讀書了。」小向說。

柯和貴被這番話觸動了心中的痛苦，他也是再教書兒女就不能讀書才下海經商的。他很同情小向，就勸著說：「你可以做點生意或打工呀。」

「做生意，沒本錢，沒關係，能賺錢嗎？我去打過工，在一家服裝廠踩電機，一天干幹十五、六個小時，一年到頭只發一次工資，不到三千元。一次，我昏倒在電機上，手被機針紮了幾針，險些丟了生命。老闆就把我炒魷魚了。我流落街頭乞討，才被逼走上了這條路。這生意是下賤，但我一天能掙三、四十元錢，能維持我一家生計。俗話說：家貧起盜心。逼上了絕境，要生存下去，有何道德人倫？我沒偷沒搶，只是作踐自己，全是為了生存和兒女前途呀。」小向說到這裡，喉嚨嗚咽。她頓了一下，又轉笑臉說：「我今天一個生意也沒作，你我斯文同骨肉，就照顧一次生意吧。」

柯和貴的眼睛濕潤了，抬起頭看小向：很美，很會化妝，粗看上去只三十出頭，但從那魚尾紋來判斷，已有三十八、九歲了。她那聰明忽閃的眼睛，透出賢良悲傷的光來。人倫道德在她的身上沒有淪喪。柯和貴說：「小向，我決不能侮辱你。你陪我說了這一陣子話，使我又看到一層世界：你們這類人並不是社會渣滓，是令人同情的人。我給你四十元錢，就算支援你吧。」

小向沒有接柯和貴的錢，凝視著柯和貴，口裡在說：「天下竟有這樣的怪人嗎？」

柯和貴把錢硬塞個小向，說：「我不是怪人，我也有常人的七情六慾。我只是不願猥褻別人的尊嚴。我還想冒昧問你一句：小姐們怎麼有那大性慾？一天接客幾次，天天如此。」

小向聽了，笑了，說：「你在說傻話。人的性慾雖然有大有小，但一個女人的性慾也不會大到每天與五、六個男人相交的程度。那全是為了錢，那有性快樂可言呢？為了討好客人，下身沒水了，就偷偷注入溫水。」

「啊——」柯和貴痛苦地叫了一聲。

「餵，那位先生，你不做生意就不要陪著小姐說話，別的客人要來哩。」女老闆不耐煩了，向柯和貴下了逐客令。

柯和貴就站起來，出門，走在巷子裡。

向小姐對女老闆說：「他給我四十元，給你十元吧。」

「你碰上大傻瓜了，佔便宜了。」女老闆小聲說。她轉頭叫柯和貴：「先生，你坐在門外吧，等老邢出來。」女老闆拉出一個小圓凳。

柯和貴就坐在大門邊。

過了約半個小時，邢百煉喊女老闆進去，給了五十元錢，拍著年輕小姐的奶脯笑著說：「她會玩，態度也好。」

年輕小姐撒嬌地說：「過兩天你要再來啦，不然，我會想死你的。」

邢百煉轉臉問小向：「我那朋友下水了嗎？」

「他不肯進房。」小向說。

「你沒用。我是帶給你的，你是教師，他是教師，會談出感情來。」邢百煉說。

「他是特殊材料做的人，我看任何小姐都拉他下不了水。」小向說。

「老邢，下次可別帶這種偽君子來。」女老闆說。

「下次我帶個騷老頭來。」邢百煉笑著說。

「邢百煉，你不出來，我可走啦。」門外柯和貴在喊。

邢百煉出來了。

兩人剛下樓梯，有人上樓高喊：「110在東門抓人啦！」

這一喊，整個商城亂成一團糟，樓上樓下響起了一片亂的腳步聲，人們向東門跑去。邢百煉、柯和貴也向東門走去。

東門的人行道上、內場上、走廊上都擠滿了人，圍著四輛警車看熱鬧。十幾個員警忙碌著，搬三家錄像廳的電器，把三個女老闆押著，把一百多看客押上警車；又押出兩家美容廳的女老闆、三個嫖客，揪打著三個小姐，也押上車。忙亂了約一個小時，四輛警車開走了。

警車走後，一直不敢作聲的圍觀者紛紛議論起來。

「抓了那麼多人，不知怎麼處理？」這是不知情的人在問。

「根據《刑法》，容留賣淫的要判徒刑，嫖客、妓女要判勞教。」這是一位法學家回答。

「你這是書呆子說的話。員警那裡會按法律辦事，只管罰款。嫖客被罰五千至一萬，小姐被罰五千元左右，看錄像的被搜身，有多少沒收多少，另外還罰二百元。錄像老闆拿二千元去換取電器，美容廳老闆不被罰款，只配合員警寫證明材料。你們看，老闆們不是都回來了嗎？」這是知情人在作解釋。

眾人向東門看去，五個老闆都邊走邊說地回來到各自廳門口。

「這下子 110 可發財了，一下子罰沒了五、六萬元。」有人說，「員警不抓老闆是聰明的，流著青山，慢慢砍柴。」

「紅燈區按法律是不允許的，永安縣縣委在無法非為。」法學家說。

「你這人少見多怪。紅燈區在各大中城市早開了，中央在三亞搞的開發區還不是開賭場、妓院發財嗎？我們縣學得太遲了。你怎能責怪縣委呢？」有人有家鄉氣節。

「既然允許開紅燈區，那員警就不能闖紅燈區呀。」有人憤慨。

「員警是執法的，根據法律可以掃黃。」法學家說。

「法律是人大訂的，政策是黨中央和各級黨委訂的，黨是領導者，人大是被領導者，政策比法律更具有權威性、實用性。法律是說給國外聽的，說得全面長遠；政策是針對老百姓的，是臨時萬變的。如果你是員警，是執法還是執行政策？」一位社會學家說。

「法律這樣說，政策又那樣說；中央的政策這樣說，地方的政策又那樣說。這不相自矛盾、亂了套嗎？」有人氣憤。

「唯物辨證法是講對立、矛盾、鬥爭，主張亂套。對我有利的我就揀一條去幹，對你有利的你又可去揀另一條與我對著幹。大家互相鬥爭，權力大的得利，權力小的和沒有權力的就吃虧。今天員警有權就發財，老闆、嫖客、小姐無權就被罰款。這符合辨證法。」一位哲學家說。

「紅燈區是縣委開的，老闆、嫖客、可以去縣委告員警呀。」

「你說的是小孩話。縣委開紅燈區是為什嗎？就是為了撈錢。叫誰來撈錢？叫工商稅務和公安局來撈錢。工商稅務只能撈小款，公安局才能撈大款。撈去的大部分上交縣委。縣委早就規定了公安局今年要上交五百萬。公安局到哪裡去找錢，就是到紅燈區這樣的地方來找。員警罰嫖客、小姐的錢是為縣委撈錢；不罰老闆的錢，是執行縣委開紅燈區政策。這是對立統一的，也是合辨證法的。」哲學家說。

「那老闆、嫖客、小姐就抗議，不到商城來做生意。」有人抱不平。

「老闆、小姐都是下崗工人和貧苦農民，無工作可做，做農虧本，無路可走，無法生活下去。有了這商城，老闆開店，小姐賣身，雖然遭辱遭罰，但是能掙到養家糊口的錢，怎能抗議不到商城做生意呢？嫖客都是性慾不滿足的人，或是有錢要縱欲的人。他們到商城來玩，給小姐幾個錢，被員警罰幾千，比起那去通姦而遭奸殺、破壞家庭和去強姦而坐牢、判死刑，就小了風險，怎能去抗議而不來商城玩呢？」社會學家說。

這時，一位青年女老闆也插進來說話：「那些員警是養不熟的黃皮狗。他們要吃要拿要玩小姐，就笑臉上門，說保護老闆小姐。他們一轉背就翻臉不認人，抓小姐、抓嫖客，強迫老闆寫證明材料。110有個傢夥白玩了我店鄧小姐幾次，稱兄道妹。前天就又抓走了鄧小姐，抄走鄧小姐四千多元錢，要小鄧揭發出五個嫖客好罰款。小鄧不與他合作。他就把小鄧打得遍體鱗傷。小鄧火了，就揭發了他。他就反誣小鄧誣陷人民警察，罰小鄧五千元，拘留半個月。他還把我抓去關了四天四夜，罰了一千元。」

「你在這裡開店，不要亂說話。心要忍，嘴要緊。」一位道德家教導說。

「開這店賺的錢，大頭歸了員警。老娘準備不開了。員警要抓我，我就上市、上省、上中央告他們。我知道十二個有名有姓的員警在我店裡嫖娼。」女老闆叫喊。

「你想死啦。你鬥得過員警嗎？到處是便衣，還不趕快回去。」女老闆的丈夫吼道，把她拉回去了。

這話提醒了發議論的人，一下子都啞了，面面相覷，瞄著周圍的人，好像有許多便衣員警和員警內線。眾人默默地散去了。

邢百煉、柯和貴轉身向西門走去。

「這商城成了一條黑煤壟了。」柯和貴憤憤地說。

邢百煉沒理他，快步走。邢百煉走到大街旁，打手機叫司機開車來接人。

對於歌妓和妓女，柯和貴作賦一篇曰：

哭妓女

歌舞廳裡，你翩翩起舞，綿綿嬌歌；霓虹燈下，你扭捏身姿，頻頻獻媚。你舞掉乳罩，扭脫褲衩，赤條條一軀酮體，賣弄風騷。你拍打嫩股，顫吐舌尖，音唧唧幾種淫聲，勾引淫棍。

舞臺下，有衣冠楚楚的幹部，有白髮蒼蒼的老人；有大腹便便的商賈，有橫肉墩墩的地痞。

你看到了——觀眾們，平日裡，一本正經，正襟危坐，道貌岸然君子相；這時候，三尺垂涎，搔頭摸尻，渾身欲火禽獸樣。

你聽到了——觀眾們，平日裡，個個滿口仁義道德，人人辱罵妓女嫖客；這時候，中年像公牛哞哞叫，老年如雄雞咯咯歡。

你一招手，一聲唧，禽獸們踴躍上前，又摸又親暱，五元十元塞滿你的上口下穴。你臉上笑罵：「老幹部，老雞巴。」心裡憎恨：「老流氓，老地痞，我與你的孫女一樣大。」

試問你：「胸未滿，臀未豐，無陰毛，腿不圓，為何不讀書、不打工，來任人凌辱？你即使唱成了李師師，仍然是富翁、官翁縱慾的玩偶，哪有人格尊嚴？」

你回答：「如果家裡富裕，誰不願在父母懷裡撒嬌、上學把書念？我哥哥要錢讀高中，父親等錢住醫院。我去打工，受不了，沒工錢。參加歌舞團，一天三場，三七開，能拿到九十元。可憐我十五歲，為的是養家糊口，被迫賣唱賣笑，豈敢奢望有人格尊嚴？」

娛樂城內，你粉臉朱唇，嬌聲滴滴拉嫖客；包廂房中，你赤身裸體，淫態浪浪強作歡。你一天接客五六次，身心疲倦，哪有性慾？只是為了賺錢，忍著痛苦讓人蹂躪。

嫖客無情，求歡時說加十元，下床後卻減五元。地痞流氓來了，只能隨他們白幹。員警來了，捉去審訊：先是又抓又咬，滿足獸慾，說是狼虎情；再是要交代五個嫖客，每人罰款五千；最後交出所有賺的錢。如果不配合，扯陰毛，挖陰道，燙乳頭，毀容貌。酷刑之下，有的屈招，有的屈死，有的被判刑五年。

試問你：「徐娘半老，身體尚健，為何不安分守己、來做小姐？即使你做成杜十娘，也只能怒沉百寶箱，有何幸福晚年？」

你回答：「丈夫是老實農民，婆婆癱瘓在床，女兒大學念書，兒子正上高中，一年開支兩萬多，我只好出外打工。服裝機鋼釘穿透手掌，皮鞋廠毒氣薰得腦發脹。一天工作十六小時，一月工資七百九；七除八扣和吃飯住宿，無錢治療工傷和病痛。一個深夜下了班，三個流氓來強姦；跑去報告派出所，又被警官淫一番。眼前生路霧茫茫，只好流落煙花巷。一月能掙兩千元，家庭開支差不遠。不怕流氓來白幹，就怕警官來立案。立案鄉親會知道，丈夫沒臉面，兒女抬不起頭，我只有死路一條！哪能積成百寶箱？豈敢奢望幸福在晚年？」

噫！誰說「婊子無情」？真情在兒女，真情在丈夫，真情在家庭，真情在人間。三宮六院有真情嗎？三房四妾有真情嗎？情婦二奶有真情嗎？豢養公狗有真情嗎？拋妻棄子有真情嗎？背夫偷情有真情嗎？原來妓女是性情中人，是賢妻良母的真情人。

嘻！誰說「妓女傷風敗俗」？風俗傷敗女人，風俗傷敗家庭，風俗傷敗社會，風俗傷敗人間。三綱五常是風俗乎？三從四德是風俗乎？男尊女卑是風俗乎？貞節牌坊是風俗乎？「餓死事小失節事大」是風俗乎？「滿口仁義道德，滿腹男盜女娼」是風俗乎？原來，妓女傷風敗俗，是在移風易俗，是在破壞惡理惡習，是在批判傳統思想，是女權主義者在控訴。

嗚呼！良家富有的女子，誰願意去做歌妓？福利社會的女人，誰願意去做妓女？歌妓，妓女，是窮苦人家女子，是專制社會底層女人；是在死亡線上掙扎的女子，是被社會拋棄的女人；是生活無保障的女子，是法律不保護的女人。歌妓，妓女，出生貧寒卑賤，成長喪失人權；立家不堪重負，糟蹋肉體賺錢；老年被人歧視，死後含冤九泉。「莫愁女，莫愁情」，豈止是一個「愁」能說完？悲哉！憐矣！

又，無名氏有詞曰：

望江南

無名氏

莫攀我，攀我太心偏。

我是曲江臨池柳，這人折了那人攀，恩愛一時間。

一會兒，邢百煉的小轎車開到了商場大門前，兩人乘車回到邢百煉的家。

欲知後事如何，且聽下回分解。

第九十五回　邢百煉演說鋁廠史　潘複明激勵企業家

卻說柯和貴跟著邢百煉乘轎車來到邢百煉家。邢百煉的愛人盧愛新在院門口迎接。盧愛新是柯和貴、邢百煉初中時下一屆的同學，是有名的長辮子校花。

盧愛新見到柯和貴，高興地叫喊：「老夫子，什麼風把你吹來了？」

「和風呀。你夫婦造了這風和如麗的景象，我能不來嗎？」柯和貴笑著說。

柯和貴進了院門，欣賞起這庭院。院內，當中一條閃著各種光澤的水磨石路，路旁有整齊的女貞樹，兩側有葡萄架對稱著，架上一片蔥綠，架下掉著串串青葡萄，地上有仿樟樹蔸的造型的圓桌、圓凳，兩角有扇形菜畦，長著青菜，沿院牆放了一圈花草瓦缽。院子的設計和景色表現出主人的性格：有經濟價值、娛樂價值、觀賞價值。那房子小巧玲瓏，共三層，頂上有個八角涼亭，大門前兩根頂天圓柱，弧形大門洞，紅色屋脊，藍色檁椽，青色琉璃筒瓦、褚色牆壁，大紅圓柱，白玉欄杆，灰色門框，有中西建築藝術相結合的風格，表現了主人開放開朗、不拘一格的性情。

進了客廳，綠茵茵地毯，藍天白雲的雕頂，迎面牆上一副「八仙過海」中堂畫，一副對聯：

蓬萊風景雲海中　八仙神通波浪裡

真是畫如其人，文如其人。

柯和貴坐在客廳的一張茶几後的沙發上。盧愛新擺出瓜子、花生，泡了一杯龍井茶，削了一個雪梨給柯和貴。邢百煉丟給柯和貴一包「紅塔山」香煙。

「今天老同學聊天，不見任何客人。你去弄點菜，精一點，少一點。」邢百煉對盧愛新說。

「弄菜的事，晶晶放假在家，吩咐她去做。我也是同學，參加聊聊。」盧愛新說。

「是的，男女平等呀。」柯和貴笑著說。

在閒聊中，柯和貴知道了邢百煉有兩男一女，邢百煉夫婦和一個兒子在自家的「百煉鋁廠」工作，大兒子曾到南昌航院委培過，二兒子在大學未畢業，女兒在讀縣技校。

聊了家庭瑣碎，就聊個人所經的事。邢百煉一個人包場，滔滔不絕起來：

「那時，毛主席搞什麼三線建設，把一些重型企業、保密工廠遷到山區，永安縣就建設起一個石佛工業區。改革開放了，石佛工業區的領導和工人鬧著回省城，一窩蜂似地飛了，丟下七億五千萬元的國營企業固定資產。國家又花了八個億在省城建廠安置回城領導和工人。永安縣撿了個大便宜，只花五千元就買下了石佛工業區。國家純虧了十五個億。」邢百煉說到這裡，嘆息著：「最大的浪費是盲目搞基礎建設。」

「你這一說，我倒想起了。三米五一塊的預製板，每塊只六元，我買了八十塊，做了一棟房子。按現在的價算，我賺了四千多元。」柯和貴說。

「那是守廠人偷賣給你的。你也偷盜國家財產，不是清白人了。」邢百煉笑著說。他喝了一口茶水，繼續說：「永安縣黨委是群草包官僚，得了這筆大財富，卻不派人去看守。當地農民偷格子門框，撤磚下瓦，盜機械零件當廢鐵買，弄得建築物破爛不堪，機器變成廢鐵。他們又不懂生產，不會利用現成的設備廠房開工廠，牛頭不對馬嘴地用機附廠辦麻紡廠、傢俱廠，用量具廠辦麻袋廠，亂撤建，亂打洞，把原有的機器拋到露天場鏽爛，七億五千萬元的石佛工業區值不上一億元了。幸虧永安縣有個企業天才，叫邢百煉，看著這大浪費心疼，就毛遂自薦，去當鋁廠廠長，只花了六十元換個牌子，改石佛工業區鋁廠為永安鋁廠，保住了鋁廠的廠房和設備。」

「你就當上了永安鋁廠第一任廠長了嗎？」柯和貴問。

「我去把鋁廠弄妥時，縣委並沒有封我為廠長，把『土改』式老革命的政法委書記瞿思危任為廠長，給我一個供銷科長的職務。」

「那是信不過你，擔心你當了廠長，縣委撈不到油水。」柯和貴說。

「你分析准了。我當供銷科長，卻供不贏，銷不動。縣財政、銀行只好不斷輸血，職工只好不斷集資。快兩年了，搞得七零八落，人心渙散，工資發不出，虧了七千多萬元，資不抵債了。」邢百煉說，「頭上無人不做官。我高中同學樂學博有個財政大學的同學當了副省長，到永安縣來巡察工作，就提拔他當了縣計委主任。他又反覆向劉耀武、陳繼烈推薦我當了鋁廠廠長，調瞿思危去當縣政協主席。不是吹牛，我一上任，不到兩年時間，產品對路，扭虧為盈，還清了七千多萬元債務，第三年盈利五千三百萬元。」

「鋁廠變成了一個全省百強企業原來是你搞的。那大名鼎鼎的邢似錦廠長就是你嗎？」柯和貴說。

「對。」邢百煉說，「鋁廠變成了一塊肥肉，可熱鬧了。劉耀武、陳繼烈親自來廠指導工作，召開慶祝大會。上級領導巡視，帶外單位參觀，帶大批記者採訪。陳繼烈在第一次來廠時拍著我的肩膀開玩笑地說：『邢廠長，你那名字老是在原處鍛煉，與『發展是硬道理』有些不符合。鋁廠前程似錦，你個人前途似錦，就叫邢似錦吧。』縣太爺金口玉言，我的名字就被改過來了。後來，報紙上、電視上宣傳的都是邢似錦。那些寫條子、打電話開後門的和上門要捐獻的都叫我邢似錦。」

「人怕出名豬怕壯。你要被人宰了。」柯和貴笑著說。

「你言中了。」邢百煉說，「我被接待、會議、談話、開後門等幾條粗繩捆住了，沒時間去管理鋁廠了。開後門進廠的職工一下子進了九百多人。我可沒有你那麼多的書呆氣，也乘機把我內弟、侄兒、侄女、表侄拉進九個，占了開後門的九百分之一。還把我大兒子以鋁廠名義送到南昌航空學院讀委培生。」

邢百煉說罷哈哈大笑，盧愛新笑了，柯和貴也笑了。

「四面八方的吸管都伸進來了，七要八要，死討硬要。有個中國殘聯來的人自稱鄧朴方派來的，硬要去五百萬元。到了第四年，鋁廠虧了一千二百多萬元。為了發足工資和獎金，我向銀行貸了五千萬元。……」

「開飯囉。」晶晶在喊。

一隻水蒸鱉魚，一盤螃蟹，一盤炒藕絲，一盤青椒瘦肉，一盤牛肉片，一碟花生，擺了一桌。盧愛新拿出一瓶孔府宴白酒。柯和貴說不喝酒，邢百煉說喝酒有益有害，少喝活血，喝醉成毒。在勸來勸去中，柯和貴與邢百煉、盧愛新各喝了一杯，喝得滿臉通紅，額頭沁汗。邢百煉獨自喝了半瓶。酒足飯飽後，餐桌撤去，談話又起。

「入他娘的！劉耀武、陳繼烈都是烏龜王八蛋！」邢百煉酒後說話勁頭更足了，大聲叫罵。

盧愛新向門口瞥了瞥，起身走到大門外，又轉回來，叮囑邢百煉不要亂說話。

「我們都是毛澤東時代過來的人，閉嘴的痛苦受夠了，還成了習慣。」邢百煉聲音小了好些，說，「你柯和貴如果不亂說亂寫，早就當總理了。」

「我即使沉默寡言，也不是當官的料。如果實行民選，我就參加總統競選。」柯和貴笑著說。

「我向銀行貸了五千萬元，總算度過了第四年，計畫第五年產值翻番。到元旦，劉耀武、陳繼烈指令我要辦外向型企業，到國外去考察學習；擴大生產規模，到海南開分廠，到深圳建五星級賓館，與華僑、外商聯繫。劉、陳二人親自到鋁廠召開展望明年大會，要我作元旦獻詞。我就作了，其中有這樣一段話：

「『我們鋁廠勝利了，是劉書記、陳縣長直接領導具體指示的結果。展望新的一年，鋁廠前程似錦，燦爛輝煌。我們將遵照劉書記、陳縣長的指示，將鋁廠生產規模擴大一倍，職工增加至三千人，產值翻兩番，產品打進國際市場，到國外考察，到南海開分廠，到深圳建賓館，工人工資增加百分之十，上交財稅兩千萬元，成為全省十強企業。廣大黨員們，幹部們，工人們，努力吧！我們的目標一定要達到！

我們的目標一定能達到！』」

邢百煉揚起右手，眼望前方，唾液噴出老遠，聲音高吭，好像真的在職工元旦慶祝大會的主席臺上致祝詞。

「你發酒瘋啦！聲音放小一點。」盧愛新說著，又走出大門張望。

「這話不會惹禍。」柯和貴說，「有意思，說吧。」

「你看，這牛皮吹得夠大吧，這馬屁拍得夠響吧。」邢百煉打了個酒嗝，喝了口茶，壓低聲音說，「我開始組織外出考察小組了。我自己不去，共摸出七人，總工程師余輝任組長，生產管理廠長方雄任副組長，到日本考察鋁業生產、管理、銷售情況，規定開支不能超過十萬元。這時，陳縣長打來電話，說為了便於黨的現場領導，讓劉書記任考察團名譽團長，劉書記的飲食起居，他愛人熟悉，一起去。我連忙答應了五、六個『好』字。我聽到了陳縣長的弦外之音，為了縣政府的現場領導，陳縣長應該去，陳縣長的飲食起居，他愛人熟悉，一起去。我就重新組織人員。劉書記又來電話指示：陳縣長的兒子陳新科在省工學院學習經營管理，思想好，學習好，是鋁廠委培生，正在實習階段，讓他隨團出國學習，將來好回廠工作。我放下電話，一下子癱在椅子上，小聲臭罵起來。但我馬上警告自己：要冷靜，不能激憤，不能感情用事，不能反黨叛黨，要做黨的馴服工具。我讓自己平靜下來，順著劉書記、陳縣長的思路仔細想下去：呀，好險！劉書記的外甥占建新也是鋁廠委培生，在重慶建院學習，應該去。我的同學樂博學是鋁廠主管單位領導，也應該去，樂博學的愛人是副廠長也應去。原鋁廠廠長瞿思危是老革命，也應去。我是廠長，也應去。我愛人是廠婦聯主任，為了調動女工積極性，也應該去。外加請翻譯三人、財務一人、醫生一人、護士一人、後勤兩人，共二十人。考察組改為考察團，劉書記為團長，陳書記為副團長，我和余輝、方雄為團長助理。我把考察團的組成名單交給縣黨委審查，通過了。考察團出發了，經澳大利亞、日本、美國、英國、法國、埃及、南非、德國、巴基斯坦、俄羅斯，回到哈爾濱、北京，返回鋁廠。共四十一天，花了一千七百多萬元，什麼也沒考察學習，旅遊一大圈，飽賞了異國風光，購買了一大堆異國貨物。」

「獨裁制度可憎！枉花民眾血汗錢。」柯和貴憤慨地說。

「吃喝玩樂算什嗎？最大的浪費在建形象工程、瞎指揮。」邢百煉說，「過了春節，劉書記、陳縣長又去海南、深圳考察，建分廠和五星級賓館。回廠後，兩人又親自組建鋁廠擴建工程領導小組，陳繼烈為名譽組長，陳新科、占建新為副組長，陳新科負責建南海分廠，占建新負責建深圳五星級賓館。我被夾在中間，只管簽字同意，拔款。劉、陳兩人親自召開建行、工商行、農行、中行行長會議，指令拔給鋁廠兩億元貸款。」

「我怎麼至今沒聽說有海南分廠和深圳永安賓館呢？」柯和貴問。

「如果那兩個工程成功了，我今天還有空閒與你聊天嗎？」邢百煉睜著佈滿血絲的眼睛說，「入他娘的！我預測到鋁廠的滅頂之災要來了，在別人爭著鑽進鋁廠時，我連忙將自己的親人分散到其他單位和廠礦企業去。過了八個月，陳新科、占建新耍足了衙內威風溜回鋁廠了。兩處工程都泡湯了，鋁廠一下子背了兩億元的債。我這個『樂天神仙』樂不起來了，痛哭了。我痛定思痛，為了鋁廠的生存，為了職工的生存。我再不能圓滑隨和了，要抗爭，要行使廠長權力。我找余輝、方雄商量，根據黨中央『黨政分開、政企分家』的新政策，作出了挽救鋁廠的兩個決策：第一，儘快變賣海南、深圳兩處工程，挽回部分損失；第二，辭退新進廠的一千五百名臨時職工，每人發六個月的基本工資，還給集資款。風聲很快傳到縣委去了。劉、陳二人找我談話。陳縣長說：『老邢，這樣大的事，你甩開黨的領導，自作主張，性質嚴重嘛。鋁廠是國營企業，不是你的私人家當嘛。』劉書記說：『天下事難不倒共產黨員，共產黨人寧可陣亡，決不後退。你還像個共產黨員嗎？把你那兩個反黨決策收回去！』我當時氣詐了肺，但沒有分辨，就回廠了。我又找余輝、方雄商量。我說：『入他娘的！那兩個老混官撈足了，還死要面子，不顧工廠和工人的死活了。老子這一次，寧可亡黨，決不亡廠，決不亡工人，要頂到底，頂到牢裡去才甘休！』余輝、方雄表示願與我風雨同舟。我就分派方雄主持全廠工作，我和余輝分別帶兩個小組去海南、深圳變賣工程。兩個工廠雖然虧了九千萬元，卻被我們收回了一億一千萬元。我還了銀行五千萬元，準備拿四千萬元給被辭退的臨時工還集貸款和工資，兩千萬元起動鋁廠生產。我開始抓辭退臨時工工作時，遇到了不可逾越的障礙。陳新科組織一批工人到縣委大院靜坐，給我列了十大罪狀，把出國考察、到南海、深圳搞工程帳都算到了我的頭上。接著，占建新又帶一批工人到縣政府大院靜坐。靜坐抗議的工人高喊：『我們要工作，要吃飯！』『還我工廠！』『打倒工賊邢似錦！』『打倒資本家邢似錦！』『誓死保衛國營企業！』劉耀物書記對全體靜坐的工人慷慨陳詞：『你們反映的問題是真實的，要求是合理的。鋁廠是黨的企業，是工人階級的企業，誰要是膽敢改變鋁廠的性質，使工人失業，我就帶領工人去砸爛誰的狗頭！』陳繼烈接見工人代表說：『有黨在，就有工人階級的利益在！我立即派調查組去查實處理問題。』陳新科、占建新成了工人階級的領袖了，劉耀武成了工人階級的大救星了，我成了叛徒、工賊、內奸、萬惡的資本家了。我感到真的要『亡我』了，又感到在對用馬列主義、毛澤東思想武裝起來的工人階級面前恐懼了。我被他們當階級敵人打倒而『亡我』實在劃不來。我就重新調整思維，決定不『亡我』，要『自保』。柯和貴，你說說我該怎樣避免『亡我』。」

「第一，把幕布拉開，向工人揭露內情，向上級反映問題；第二，放棄抗爭，忍氣吞聲。」柯和貴說。

「按你的性格就只有這兩個法子。這兩個法子都不能『自保』平安無事。我按自己的性格想個法子。玩世不恭，演個滑稽劇，皆大歡喜。問題的癥結在於：陳新科、占建新乘機造事奪權。好吧，我就樂於讓權，但要求不傷害我。我主持召開了全廠職工大會。在會上，我說：『工人同志們，你們是領導階級，是用毛澤東思想武裝起來的覺醒最高的中國無產階級，像鋼鐵一般團結在中國共產黨這個核心的周圍，有飯大家吃，有衣大家穿，有苦大家受，有福大家享，誰敢砸你們的飯碗，就應該砸爛誰的狗頭。我本來也是你們中的一員，可是蛻化變質了，成了叛徒、工賊。我的罪狀不只你們列出的十條，還有兩條：第一條，不要黨委領導，私自變賣兩大工程。第二，分裂工人階級，辭退一批，留下一批，破壞了工人階級的團結。我感到自己罪該萬死，後悔莫及。我決定先辭職，接受黨紀國法的懲處。』我說完，雙手把辭職書舉過頭頂，在臺上轉了一圈，鄭重其事地放在桌子上。我走下臺，哭了。全場鴉雀無聲。工人們自覺地為我讓出一條人巷。我走出會場，身後傳來工人的哭聲。有人突然高喊：『狗娘養的！有比邢廠長強的就上臺吧！』」

「我出了會場，乘車去縣委，向劉書記、陳縣長認罪。我說我放鬆了對馬列主義、毛澤東思想的學習，沒有保持工人、貧下中農本色，不要黨委領導，出賣工人階級利益，犯了罪，應該辭職，接受黨的處分。我建議把鋁廠升格為永安縣鋁業集團公司，推薦陳新科為總經理、占建新為副總經理。劉書記、陳縣長沉默了一會。陳縣長說：『老邢，你對鋁廠的建設和生產還是有功勞的嘛。後來犯了錯誤，不上推下卸，主動承擔責任，用行動糾錯，態度誠懇，是犯錯誤的同志，不是罪犯嘛。』劉書記說：『你的功勞三七開嘛，犯了錯誤能改，好同志嘛，黨委不會追究你的什麼罪行的。』我終於過關了，哭了。」邢百煉說著，真的哭了，頓了一下，笑起來。

「你的應變能力實在令人佩服。」柯和貴讚賞著。

「適者生存呀。過了三天，縣政府下了文件，永安鋁廠升格為永安鋁業集團公司，委任陳新科為總經理，占建新為副總經理，我為顧問主任，余輝為生產廠長，方雄為後勤科科長。不少老職工在我面前為我鳴不平，辱罵陳新科、占建新。我卻不管在人前人後都為陳新科、占建新辯護，清除兩人對我的疑慮。我的作法果然有效，陳、占對我的戒心解除了。我就趁機拿出一些發票分別找陳、占簽字報銷，撈了三、四萬元，成了貪汙犯。」邢百煉哈哈大笑。

「看來，你還是經不住權力和金錢的誘惑。你今日向我承認貪了三、四萬，我看不只這個數。你當了幾年廠長，做了這棟好房子，置了這些高檔傢俱，PB機和大哥大都有，大兒子結婚，二兒子讀大學，女兒讀技校，至少也得二十多萬。我的工資也不算低，還開了個商店，四個孩子讀書，已欠了三萬多元。你卻不欠外債，錢從哪裡來？」柯和貴說。

「你這話可有些冤枉我了。」邢百煉說，「我報銷了三、四萬元，是我應得的。我為鋁廠創造了三個多億元，只得了獎狀，沒得獎金。我的房子、傢俱、大哥大，還有一輛價值三十萬元的小車，都不是永安鋁廠的錢。是我離開永安鋁廠自己創辦了個私人鋁廠賺來的錢。我的私人鋁廠年利五十萬元，這錢是從正道上來的。」

「我不知道這些情況，請講詳細些。」柯和貴說。

邢百煉繼續講起來。

邢百煉退居為顧問後，預見到鋁業集團公司沒有前途了，就設法脫身，另尋出路。萬變不離本行，邢百煉對鋁業熟門熟路，就想辦個私人小鋁廠。私人開工廠，可不比國營企業。國營企業虧了是國家的，私人企業虧了是個人的，弄不好就家破人亡。他很慎重，把自己的想法對盧愛新講了，得到了盧愛新的鼓勵。邢百煉就利用出公差機會去海南調查賣出去的海南分廠的設備。他發現海南分廠已經轉產為汽車零件廠，制鋁的設備閑放在庫房裡。這是一筆大財富，邢百煉決定弄到手。

汽車零件廠是股份制企業，廠長潘複明和幾個大股東都是邢百煉的老熟人，熱情地招待了邢百煉。

邢百煉是心懷不軌而來的。在與潘複明等人閒聊中，有心地又裝著無事的樣子把談話的內容拐到閒置著的制鋁設備上。他說：「小潘，我慷了國家之慨，把一億四千萬元的固定資產只作六千萬元就送給你們了。我的貢獻可不小呀。」

「老邢，你算得上是個老奸商了。」潘複明笑著說，「你說陳新科那小子帶了一億四千萬元來建廠，我們按最高價來清算，頂多隻值八千萬元，陳小子貪了六千萬元。你說的那價值四千萬元的設備，放在我們庫房裡鏽爛了，一錢不值。我們只買到了一塊地皮和需要改建的廠房。我們上了你的大當，你今日倒來說風涼話了。」

「當時陳新科的確是帶了一億四千萬元來開工廠的，有帳可查。」邢百煉說。他頓了一下，又誠懇地說：「那制鋁設備被閒置，那可是你們自己的責任。要是換著是我，就辦鋁廠；不辦鋁廠，也要及時地把設備轉賣出去，不至於閒置了四年多，成了一堆廢鐵。」

「辦鋁廠，我們不在行，找不到銷路。我們派幾個人跑了一年多，去轉買設備，沒人要。與陳新科那小子聯繫，說新價一半，叫他來拖，他也不買。」潘複明說，「到現在，那設備真的快成廢鐵了。老兄，你就想個辦法把那設備替我們買掉，我們只要收回五百萬元，多餘的給你。你這才算為我廠作了貢獻。」

「我去為你們跑跑路，看有沒有人要。」邢百煉說。

「餵，老兄，你自己可以辦個鋁廠呀，你有搞鋁業的經驗。」潘複明說。

「我雖然不是國營鋁廠的廠長，也是個顧問呀，還是縣人大代表哩。我不端著鐵飯碗吃大鍋飯，而去做個儘是麻煩事的私人廠長嗎？」邢百煉故弄玄虛。

「這種話我早聽厭了。」潘複明搖著頭說。他喘了一口氣，眼珠睜圓，目光逼人，粗聲粗氣地說：「說這種話的有三種人：一種是傳統的知識份子，沒有風險意識，一心走仕途之路，穩穩當當吃皇糧，渙散了自己的銳氣。第二種是附炎趨勢的庸碌之徒。像軟體寄生蟲一樣寄附在權力機構上生存。第三種是傳統官僚階級。他們只知道撈權撈錢，魚肉人民，蹂躪社會。在爭取上司得寵時像一隻狗，在取得權力後像一隻狼，在撈到一大堆錢後又像一隻豬，躺在豬欄裡享受。聽老兄的話，好像想作第二種人後再去升級為第三種人。如果你是那樣的人，就不要與我作朋友，我是瞧不起那種人的。」

「罵得好！」邢百煉拍起掌來。他笑著問：「老弟，你有沒有最敬佩的人呢？」

「有。」潘複明說，「我最敬佩的是這樣的人：不把自己束縛在埋沒自己才華和特長的環境中，尋找和創造能施展自己能力的環境；賺了錢，既不揮霍浪費，也不作守財奴，而是在事業上壑欲難填，不斷地投資和創造，讓更多的失業者有工作，為人類留下物資財富和精神財富，為消滅貧困和愚昧而奮鬥終生。譬如美國有個大企業家——我記不得名字了，不把財富傳給兒女，而是捐給慈善機構。還有瑞典的諾貝爾。我雖然成不了那大人物，但我將以他們為楷模。如果中國有一大批那種人物，不就大變樣了嗎？老兄，我是佩服你的，你應該辭掉那個無聊的顧問職務，去成為一個真正的企業家。你到我這裡來辦私人鋁廠吧。」

「小潘，我原來以為你是個一般的生意人，沒想到你還有那高的思想境界，那貴的道義精神。」邢百煉大為感動，不敢不誠實起來。他說：「我真想辦私人鋁廠，這次是為這制鋁設備而來的。但我只能到永安縣開工廠。在那裡，天時、地利、人和我都能得到。」

「如果你辦私人鋁廠，那制鋁設備就作廢鐵價給你。你只給一百萬元錢。」

邢百煉一聽，心裡一陣狂喜，但他還要討價：「一百萬元，我買不起。」

「你總不能給我五萬元吧，堆地費也十幾萬元了哩。」潘複明說，「你真的要，就開個明價，我們正式談生意。」

「五十萬吧。」邢百煉說，「我還不知道鏽爛到什麼程度了。」

「我倆一起去看貨。」潘複明說。

兩人去倉庫裡看了貨，整個設備完整無缺，有些連包裝也沒打開，有些在搬運中剝落了些漆，出現了鏽斑。

「一百萬元，老兄，已是廢鐵價了。」潘複明認真地說。

「五十萬元，一次性付清。一百萬元，分三期付款。」邢百煉說。

生意人一談起生意，就不講朋友交情了。一方力爭少虧，另一方力爭多賺，都為的是在生意中取得心理上勝利的喜悅和安慰。

「容我去找幾個股東商議一下。」潘複明說。

潘複明與股東們商議的結論是：賒四不如現三，就五十萬，限在兩個月內付款提貨。雙方簽定了合同。

邢百煉興沖沖地回到家，先與盧愛新說好了，又找來余輝、方雄商量。余輝、方雄同意跟著邢百煉幹，但不做股東。於是四人同時向陳新科提出辭職。陳新科、占建新正想攆走四人，就立即批准了辭職書。邢百煉去找經委主任樂學博，提出租用江南石佛工業區機附廠廠房。機附廠房子被縣委利用開了個傢俱廠，傢俱廠倒閉一年多了，廠房門窗被附近農民偷撤了。樂學博請示了陳繼烈，陳繼烈批准了。廠房年租金三萬元，頭三年免交，用來補償維修廠房用。邢百煉向銀行貸款一百萬元，指定盧愛新管財務，方雄負責供銷，余輝負責生產。邢百煉忙了六個月，永安縣百煉鋁廠掛牌生產了。八個季度後，百煉鋁廠還清了銀行貸款；又六個季度後，盈利一千萬元。邢百煉一方面擴大生意，一方面在永安縣設立百煉助學獎學基金會。

在邢百煉辭職時，永安鋁業集團已負債一點五億元，靠銀行貸款發放工資。邢百煉離開鋁業集團後，陳新科、占建新又盲目搞新項目，失敗了，負債二點八億元，資不抵債了。陳新科、占建新決定裁減二千名職工，由於無法還清職工集資款和發放基本生活費，向被裁減職工打「白紙條」。被裁減職工就去縣委、縣政府大院靜坐抗議。劉耀武、陳繼烈再不出來為工人講話了。憤怒的工人砸了縣委、縣政府辦公設施，焚燒小車子。公安員警、地方軍隊聯合進行鎮壓，抓走了二十六個反革命暴動頭目和一百一十五個打砸搶分子。劉耀武、陳繼烈沒砸爛邢百煉的狗頭，卻砸爛了鋁業集團公司、縣委、縣政府大樓，砸爛了大批職工的鐵飯碗和家庭的瓷飯碗。

永安縣鋁業集團公司被裁減職工到縣委、縣政府大院鬧事，被當著反革命暴亂鎮壓下去了，雖然消息被封鎖住，沒傳到海外，但是黃土市委、江南省委知道了。市委、省委認為永安縣出現不安定因素的原因有二：一是階級敵人亡我之心不死，二是永安縣縣委領導軟弱無能。陳繼烈就抓住機會，向市委、省廳暗中參了劉耀武一本。劉耀武因此被迫退居第二線，當縣人大副主任，陳繼烈因此升為縣委第一書記。陳繼烈就把對自己有愚忠精神的縣教委主任鄧河流提升為縣長。

鋁業集團的職工們懷念起邢百煉了，邢百煉也有計劃地吸收失業工人。

邢百煉滔滔不絕地講，柯和貴興致勃勃地聽。夏日夜短，不覺已是第二天早晨，邢百煉用小車子送柯和貴回家。

對於公有制企業，柯平斌有順口溜一首：

公有是國有，官人是公人，國與家是一家。
公有國有，都是官有，人民什麼也沒有。
不信且看永安鋁廠事，財權人事權歸縣委，廠長邢百煉是傀儡。
官人官錢去旅遊，胡亂開發好占貪，鋁廠破產能怪誰？
工人都是傻瓜蛋，畫把鐮刀和鐵錘，你就掄起去打人，廠長成了替死鬼。
等到覺悟後悔遲，踢出廠門哭啼啼，遊行示威被鎮壓，人妖不分就吃虧。

暫且按下柯和貴話題不表，來說柯天任的事。

欲知柯天任受了柯和貴訓斥後有何動作，且聽下回分解。

第九十六回　迎首長子民獻忠心　愚子民首長弄姿態

卻說柯天任受了柯和貴一頓訓斥，實在咽不下這口氣。在柯和貴走後，柯天任牙齒咬著嘴唇說：「柯和貴，老子認你是個老雞巴的叔父！總有一日，老子要扭斷你的脖筋！」

柯天任自我發洩了一通，去廁所拉了屎尿，暢快多了，就關了門伏在辦公桌上瞌睡起來。

柯天任不知睡了多久，一陣急急的敲門聲把他驚醒。柯天任氣呼呼地去開了門，見到是陳繼烈的貼身秘書小張，連忙賠笑，讓坐。小張沒坐，說打了幾次電話，柯天任沒接，只好上門來叫了，叫柯天任火速去縣委開緊急會議。柯天任不敢怠慢，連忙梳抹一下，乘警車去縣委開會。

柯天任來到縣委會議室時，已滿滿一堂。

鄧河流主持會議，說：「都到齊了，現在開個緊急會議，請陳書記講話。」

陳繼烈講道：「接市委電話指示，有位中央高級首長到南方巡視工作，明天中午要到我縣來巡視工作。建國以來，我們這個偏僻落後的小縣還從未來過高級首長。這次來了，說明黨中央惦記著、關心著革命老蘇區的人民，這是我縣全體黨員、幹部和人民的最大光榮，是我縣歷史上最輝煌的一頁。我們要把這次接待中央高級首長工作當著頭等緊急的政治大事來抓。我們要給中央首長一個好印象，不能出縣委的洋相。為此，縣委成立以鄧河流同志為組長、柯天任同志為副組長的縣委接待小組。我現在宣佈幾條紀律：一、一切聽從縣委接待領導小組的統一指揮；二、各部門都成立相應的接待領導小組，第一把手任組長，出了問題組長負責；三、從現在起到首長離開後，各級黨政領導人堅持二十四小時工作制，如有疏忽，出了問題，追究黨紀責任和法律責任。主要工作任務是：第一，全縣實行戒嚴兩天；第二，不准出現攔車喊冤上訴事件，把那些喜歡上訪告狀的退休老師看管起來，必要時抓幾個關起來；第三，不准出現遊行、靜坐、示威事件，容易出問題的單位，關起門來，派員警守住；第四，不准出現地痞流氓尋釁滋事；第五，縣城街道上、主要公路上不准出現乞丐、看相、算命、賣老鼠藥等衣冠不整的人；第六，把街道上、主公路上的棚攤、地攤、破舊招牌和門面，一律砸掉，換上新牌子，紮上彩門，拉起紅色橫幅，呈現整潔繁榮景象；第七，黑市車輛、麻木、三輪車、板車、自行車，一律不准出現；第八，不准農民在公路上曬糧食、打糧食；第九，全黨全民動員起來，放假兩天，穿著節日的盛裝；第十，從明天八點起，組織百萬人在主街道口、主路口上排隊歡迎首長。口號由縣委統一擬定。」

陳繼烈作了統一部署後，又分別對幾個主要單位領導作指示：「公安部門擔子最重，警力不夠，可借助軍隊，人民武裝部要配合。現在不知首長從哪個方向來，又從哪個方向去，公安局要派偵察員去偵探，及時向縣委報告。教委任務也不輕，要組織起全縣師生做迎送隊伍的主力軍。首長可能微服私訪，各科局、鄉鎮領導要統一口徑，統一答話內容，不能讓下級和群眾亂說話。」

陳繼烈這次作實動了一番腦筋，方方面面、大大小小的問題都考慮到了，做到了滴水不漏，使與會者沒有補充的意見。

與會者聽了陳書記的講話，心理壓力很大，倒不是擔心接待工作做不好，而是擔心自己的問題會露出馬腳。與會者在想：「是不是有人向中央告了自己的狀，中央首長來調查自己違紀犯罪的事呢？如果是，自己的生命就難保了。」散會後，與會者心情十分慌張，都抓接待工作去了。

只有柯天任心情坦蕩。他上任不久，工作出色，沒有問題被人抓住。

當天下午，永安縣全民被動員起來了，搞起了迎接中央首長的轟轟烈烈的革命運動。

在城關，員警隊伍、市容執法隊、工商執法隊、稅務執法隊、城關鎮巡邏隊……一群一群地在大街小巷橫衝直撞；小貨攤、小食棚、地攤、挑擔提籃小販……一家家被搗毀；看相的、算命的、賣草藥的、賣老鼠藥的、擦皮鞋的、乞討的……一個個被驅趕、抓走；板車、三輪車、麻木、破舊小貨車……被圍趕到偏僻的地方，罰款、沒收、壓碎；留長髮的男青年，燙金髮的女青年，被當著流氓阿飛捉走；

歌舞廳、旅社、美容美髮店遭抄搜；一批喜歡告狀的老教師遭追捕……一時間，永安城像來了日本鬼子，警笛聲哇哇哇，腳步聲咚咚咚，搗物聲嘩嘩，打砸聲嗟嗟，吆喝聲，叫罵聲，怒喊聲、哀求聲、哭啼聲、喊冤聲……一片混亂，一片恐慌。混亂了一個下午，到傍晚，各機關工作人員、各街道居民出動了，打掃衛生，搭架彩門，修理門面，掛出新牌，拉起橫幅，刷寫標語……第二天早晨，整個永安城煥然一新。

在鄉鎮，各派出所、政府執法隊、巡邏隊、交警隊都出動了，燒毀曬在公路旁的稻穀，驅趕衣服襤褸、體態畸形的人，追捕曾鬧過事的不安定分子，撤毀茅棚、蓬攤，搭彩門，拉橫幅，刷標語……

第二天八點整，永安城三十二萬人都來到主街、大道兩旁，列隊歡迎首長。主要街道口、十字路口、立交橋、「四大家」大院門前，都有儀仗隊、腰鼓隊。全城披上了節日的盛裝，又顯得十分莊嚴肅穆。在鄉鎮，凡八歲到五十五歲的男女，都穿上最好的衣服，手拿三角紅旗，由黨支部書記率領，到指定的公路段列隊兩旁，形成百里夾道歡迎的陣容。員警三十米一站，執法人員十米一站，二十多輛警車在公路上來回鳴笛巡邏，以防階級敵人的破壞。

這天，天氣說好也好，說壞也壞。說好，一大早，萬里無雲，一片蔚藍，太陽像一個火球從東方升起，紅豔豔一片。說壞，到了十點，沒一絲風兒，太陽變成了白熱光點，天空一片白光，路面和建築物都反射著刺眼的光點、光柱，灼著人的背心、胸脯。黨組織規定：只准戴太陽帽、新白草帽，不准打傘、搭涼棚；只准站，不准蹲；只准用水壺喝水，不准吃冰棒、霜淇淋。人們以為只那麼一兩個小時，也就不願花錢去買新帽子，有的帶了一壺涼開水，有的乾脆沒帶。到了十二點，卻酷暑難擋了。到了下午一點，溫度升高到四十餘度，水泥路面像燒紅的煤爐鐵壁，滾燙火熱；灑水車灑在路面的水，一會兒成了一片蒸氣；各單位、各居委會不斷送來涼自來水。水，生命之源的水，從人的口中咕嚕嚕地進去，又從每個毛孔裡泌出來，被強烈而乾燥的陽光蒸發到空中。水就這樣，從人體的小宇宙中迴圈到大宇宙去。據說，水在大宇宙中分佈不均、迴圈不當，就會鬧出乾旱和暴風雨來；在人的小宇宙中分佈不均、迴圈不當，就會鬧出病痛來。這時，不斷從各路段上傳來有人中暑昏厥的消息。在高懸到半空中的立交橋上，永安一小的腰鼓隊學生倒了不少。醫療隊不停地救護，員警不斷地維持秩序。立交橋是中心地帶，不能亂，不能撤，儀仗隊、腰鼓隊更不能敗陣，那怕是犧牲了一批小學生也在所不惜。陳繼烈、柯天任親自來到立交橋前線督陣。柯天任是當過小紅衛兵司令的，懂得小孩子們的心理，只要激起鬥志熱情，就會不要命的。柯天任向小學生鼓勵了一番，教他們唱起《毛主席語錄》歌來：

「下定決心，不怕犧牲，排除萬難，去爭取勝利。」

這歌聲像一支興奮劑注射在幼稚的身體裡，小學生們帶勁地唱起來。這歌聲具有戰無不勝的傳染力，大街、大道的大人們也帶勁地唱起來了。

天熱，地熱，人心更火熱，熱到了著魔瘋狂的情景了。在中國歷史上，曾有個無數次的子民跪在大道兩旁迎接聖駕的場景。時到今日，中國的臣民們將這種忠君的優良傳統弘揚到了頂峰。在這種情景下，臣民們忘記自己是人，是自然的人，甚至忘記自己是活生生的動物。他們的神經被一雙邪惡的鐵手扭成一條鞭子，被緊緊地攥著，操縱著；他們像一群木偶在演戲，沉迷，麻木，單調，瘋狂，只知道敬畏，只知道用忠心來朝聖教主，只知道用肉體作炸彈給教主使用。這時，要是有誰提醒他們：「你們是人，是生物，受不了那酷熱的。為了活命，去找陰涼吧。」他們中的大多數會向那個「誰」怒吼：「瘋子，敵人！」那個「誰」就被用石子打死，被腳踩成肉漿。這是什麼品質？這就是中國當代政治家們、道德倫理學家、文學家們所歌頌的、弘揚的「凝聚力」、「英雄氣概」、「犧牲精神」、「艱苦奮鬥的優良傳統」、「民族主義」。

但是，革命人民的火熱心情和火熱的革命景象，遭到了三隻狗的破壞。陳繼烈書記對接待工作考慮得滴水不漏，卻偏偏漏了一滴：沒有強調各家各戶把狗嚴管好。正在革命歌聲四起的時候，有三隻狗伸著紅紅的長舌頭，在大道、大街上若無其事地追逐著，不理會臣民的革命熱情。那三隻狗，有一只是發情的黃色母狗，翹著尾巴，露出紫色的腫大的陰戶，引誘著後面一白一黑的兩隻公狗追著。那兩隻公狗都把紅色的陰莖伸出一小截。這三隻畜牲像中央首長一樣，自以為高人一等，欣賞著愚昧的人群，檢閱著忠心耿耿的子民。它們遊覽了一圈後，情意濃濃地走上立交橋。在一片橋面灑了水的中間處，黑公狗追上了黃狗，搭上背，又像中央首長一樣目中無人，肆無忌憚地快活地交配起來；又屁股頂著屁股，咧著嘴，爽快地拉扯著。那只白公狗在一旁吠咬著，戲弄著。

立交橋上的人群一下子停住了歌聲，恢復了動物性，羞怯地低頭斜眼，看著狗的調戲交配全過程。

這三隻畜牲真是畜牲，竟然不識時務，不辨貴賤，不懂忠君和革命為何物，不知人類有神聖的時刻，竟然用無拘無束的自然行為褻瀆了革命的尊嚴，羞辱了革命的人民，破壞了革命氣氛，搗亂了革命紀律，該當何罪？

柯天任開始時也斜眼看那畜牲交配。當大家停住了革命歌唱時，柯天任才覺悟到那三隻狗的反革命破壞行為，就拔出手槍，連打三響，將三隻狗擊斃。他又命令三個員警把狗拖走，指示查出豢養三隻惡狗的反革命主人。後來，那三家主人都被抓去坐牢了。因為法律沒有制訂出狗有「顛覆國家政權」罪的條文，三家主人判不了刑，只被罰款和判勞教十五天。

與三隻狗破壞革命的同時，永安縣還有五個人沒加入到迎駕隊伍，那就是柯和貴夫婦和兩個小女兒，加上辛龍水。這天一大早，柯和貴夫婦就關了店門。柯和貴找鳳凰中學校長說要去城關和讀中學的女兒一起參加迎接首長。柯和貴到永安一中對女兒的班主任說鳳凰中學要女兒去領帶腰鼓隊，把女兒帶回來了。柯和貴又去鳳凰小學帶走了小女兒。一家人上了李衡權廟，與辛龍水一起在泉水洞裡乘涼聊天。李秀雲說要帶女兒去看熱鬧。辛龍水告誡說：「你一入了隊伍，就出不來了。不曬死，也要得一場大病。」李秀雲才沒下山。柯和貴對辛龍水說：「六・四慘案後，共產黨更加專横了，民眾更加恐慌了。

你看，一個什麼狗屁中央首長居然到下面來耍起毛澤東接見百萬紅衛兵的威風了，永安縣一百多萬民眾居然服服帖帖地去曬烈日。我看，中國的民主政治還遠著哩。」

卻說在烈日下的迎駕人們在一分一秒地熬著時間。到了下午四點十五分，從城南傳來了轟轟的車隊聲。漸漸地，能看到三縱列摩托車隊駛進永安大道南段。緊跟著兩輛大卡車，卡車上軍人雙手握槍，眼視前方。接著，九輛銀色的、紅色的小轎車緩緩而來。第一輛小轎車是敞開的，車廂上支個高篷，沒人。後面又是兩輛軍卡車，六輛摩托車。

大道旁鼓樂齊鳴，歡呼聲雷動。那歡呼聲按著縣長教授的節拍呼出：

33 — 553 — 33 — 553 —

首長你好首長幸苦了

那歡呼聲從永安大道響起，電波一般傳遍全城、全縣。

在這激動人心的偉大時刻，中央首長當然也很激動。他要與民同慶，讓子民們滿足瞻仰自己尊容的渴望。中央首長命令車隊停下，從第四輛紅色小轎車走下來，讓兩個矮小的女服務員扶著，走上第一輛敞篷小車車廂上。這時，第五輛小車走下兩個青年首長，跳上老首長兩旁，護著。那老首長叫張致景，青年首長是張共樂和張致景的秘書。張致景，六十多歲了，身材高大，被染黑的稀疏頭髮向後順著，兩腮像兩塊豆腐；脖子後掛著一頂白色草帽，上身穿件白色襯衫，下擺紮在藍色褲腰裡，棕色的軍用皮條攔腰束住；袖子挽到手肘上，褲腳卷到腿肚上，手和腳露出白藕四截；白色的腳蹼肉綻出黃色的條帶涼鞋腳背上。張致景的這副裝束使人想起毛澤東從田間來的那副畫像。看來，張致景刻意按照自己心目中的偉大領袖那副畫像來打扮自己的。那副畫像和現在的張致景裝束的偉大意義在於告訴全民：偉大領袖、偉大首長都是從田間地頭走來的，是與人民心連心的，是全心全意為人民服務的。

張致景在敞篷車上站好姿勢，揚起雙掌，輕輕地拍著，向人群旋轉身子，口裡高呼：

「人民好！」「同志們辛苦了！」

首長那高貴的姿態，慈祥的面容，溫和的微笑，把恩澤灑向人間，把幸福賜給子民。子民們受寵若驚，受到了極大的鼓舞和刺激，沸騰了，瘋狂了，拼命高呼：

「首長，你好！」「首長，辛苦了！」

人群騷動了，有的向前擠，有的掂起腳跟，爭著想挨近首長，想看清首長的面容，想摸一下首長的乘車，以期榮耀，以期獲幸。員警慌了，擔心首長安全，一邊手拉手擋住人群，一邊用警棍敲打人頭，不讓人群越過警戒線。

張致景首長在烈日下，與子民同甘共苦了五分鐘，心連心了五分鐘，就威武地面向前方，左手抓住篷車前欄，右手從脖子上解下草帽，捏著，他慢慢地舉起草帽，一點一點地，一點一點地，舉過頭頂，用力一揮，停在空中。

張致景的這一動作，立即使人想起偉大作家方紀寫的《揮手之間》。方紀憑著自己偉大的無產階級的政治嗅覺和敏銳觀察力，抓住了偉大領袖毛主席舉帽子的偉大動作，描繪出一副偉大的畫面，寫出了偉大不朽的著作《揮手之間》。毛主席那一偉大的舉帽動作，作出了一個偉大的歷史決定，給中國帶來了許多偉大歷史事件：三年內戰、中華人民共和國成立、土改肅反、合作化運動、反右運動、三面紅旗、三年大饑荒、十年文化大革命……現在，張致景首長完全模仿了毛主席那一偉大動作，肯定也是作出了一個偉大的歷史決定，將會給永安縣帶來許多偉大的歷史事件，這就是本書後文所要記載的主要內容。

張致景首長完成了這一偉大動作後，汽笛齊鳴，車隊緩緩向前開動。車隊經永安大道北頭向東拐，經環城大道西拐，經車站路進入公安局大院。他把所有大街轉了一圈，普施恩澤，滿足了子民們的願望，讓子民們感到榮幸、幸福、安慰、鼓舞。

首長走過後，子民們還戀戀不捨地尾隨著車隊鵲叫雀跳。有的記下了見到首長的偉大時刻，有的紛紛議論首長的福相，有的神秘地說首長是赤腳大仙下凡，有的考證說首長是張天師的後裔……縣長鄧河流一時詩興大發，詠贊道：

四海翻騰雲水怒，五洲震盪風雷急。葵花朵朵向太陽，萬眾一心迎首長。

卻說車隊進了公安局大院，張致景被人攙下車，張共樂、張致景夫人也下了小車。接著，江南省省委書記、省長下了小車，黃土市市委書記、市長下了小車。陳繼烈、鄧河流、柯天任慌忙趕來，他們沒想到首長不進縣委大院，卻來到公安局大院。

張共樂趕過去，拉住柯天任，對父親說：「這就是柯天任。」

張致景伸出手來，讓柯天任抓著，稱讚著：「英俊嘛，是革命好後代。我這次來，是向你一顧茅廬嘛。」

「感謝首長，我萬分榮幸。」柯天任激動得心砰砰地跳，感激得真想跪下去，叫一聲：「張致景，我的好爸爸！」

「柯天任，我父親今天是專程為看你來的。你快扶父親去休息。」張共樂說。

張共樂一揮手，服務員都退下了。張共樂和柯天任一左一右，攙著張致景到公安局會議室。在會議室裡，張致景首坐，張共樂、柯天任左右護坐，省、市、縣領導按順序列坐兩旁。服務員獻上永安最好的土產茶葉茶。張致景噙了兩口茶，吸了兩口氣，放了兩個響屁，感到渾身一爽。

張致景學著毛澤東的姿勢、動作，耍足了權威。現在坐在會議室裡，又要學毛澤東說話的口吻、語氣了。「嘛」是毛澤東經常使用的語氣助詞，很快成了權力的象徵，官員們說話都「嘛」起來了，張致景當然也會「嘛」起來。

「請首長給我縣工作作指示。」陳繼烈傾身向前，小聲請求。

「永安縣是老蘇區，有光榮的革命優良傳統嘛。永安人民對黨有深厚的階級感情嘛。根據遺傳學，永安人的後代應該是革命的英雄好漢嘛。別的不說，單是眼前的柯天任，你們的報紙、電臺都宣傳過了，是少年英雄嘛，是永安縣革命後代的驕傲嘛。」張致景緩緩而談。他又噙了兩口茶水。突然，板起面孔，射出嚇人的目光，惡狠狠地說：「大家還記得『六・四』反革命暴亂嗎？老子們打下了天下，創造了社會主義幸福生活，養活了那些教授、專家、大學生。他媽的，他們卻恩將仇報，搞什麼資產階級自由化，向黨要起民主來，要起權利來。我們能答應嗎？不能！他們能得逞嗎？不能！他媽的，他們讀了幾句書，就拿起筆桿來，向我們進攻。他們忘記了，我們手裡有槍桿子。是筆桿子硬還是槍桿子硬？我看是槍桿子硬。『槍桿子裡出政權』！中央一聲令下，全國反革命暴亂就立即被平熄了。這是個嚴重的歷史教訓！教訓是什嗎？就是國內外階級敵人亡我之心不死，就是資產階級知識份子靠不住，就是我們要有革命化、年輕化、專業化、知識化的接班人，就是我們的後代要緊緊掌握住槍桿子，保住無產階級的國家政權。我這次南巡，到幾個省都講培養革命接班人和任人唯賢的問題。你們永安縣有個柯天任，我很高興，大家都很高興。柯天任這樣的人才，地方先用，將來中央也要用。我馬上要回中央了，我希望在短時間內聽到江南省任人唯賢的好消息。」

張致景說完，站起來，向門外走去。柯天任連忙趕前去攙扶。

「首長的指導很重要，我們一定照辦。」陳繼烈也連忙趕上前去，躬著腰說，「請首長到桃花泉賓館去，吃了飯再走。」

「不要搞什麼招待，要艱苦奮鬥嘛。」張致景邊走邊說。他又扭頭批評陳繼烈說，「你這個縣委書記喜歡搞形式主義。以後，不管什麼首長來，不要搞什麼群眾夾道歡迎這一套，勞民傷財嘛。」

陳繼烈嚇得把頭點得像雞啄米似的，口中連連吐出「是是是」的聲音。

張致景進了小車。

張致景夫人和張共樂被邀請到柯天任辦公室裡接待貢品。「縣四大家」送的是珍貴古董、金製品。柯天任早在張共樂上敞篷車時就電話鄢豔，把從羅駱駝家抄來的一副吳道子書畫真跡和一件翡翠筆架帶到辦公室等候，現在送給張共樂。

張致景一行人走了，省、市領導也走了。陳繼烈、鄧河流帶著人馬去桃花泉賓館赴宴，開會。盛大的迎駕活動結束了。永安人有得有失：縣財政虧空了五千多萬元；每個個體工商戶捐獻了兩百元，教師、醫生、機關幹部捐獻五十元，工人、農民、學生每人捐款十元；被捉被關的人大倒楣，有錢的罰五百元，沒錢的去勞教場打石頭一個月；各級幹部從中撈了一大筆，各種執法隊、巡邏隊也在搜、罰、搶中發了一筆小財，醫院、衛生所在治療眾多中暑中也收入了一筆；損失最大的是死去的五十七人，其中小學生二十八人，中學生十二人，老年人十七人；最勞心的是陳繼烈書記，過後最憂愁的也是陳繼烈書記。

柯平斌對迎接首長有順口溜一篇：

說什麼——官是父母官，皇帝是萬歲爺，臣是臣子，民是子民。民見官人要下跪，臣見皇帝磕頭呼萬歲；君要臣死不得不死，官要民亡不得不亡。於是乎，就有了今日這一幕迎首長。

請看這——首長要來了，下官慌慌張張，滿城張羅，萬民空巷。不怕犧牲，拜見首長；烈日暴曬，兒童遭殃；整整等了一天，就來那麼一刻時光。見到首長，好像是饑餓的孩子見到了奶娘，欣喜若狂；又好像是一群綿羊見到了一隻大灰狼，誠恐誠惶。

再看那——首長來了，威武赫赫，裝模作樣；大腹便便，一副臭皮囊，原來是一隻蠢頭蠢腦的豺狼。靠什麼臣服億萬民眾？就是那一副黑心腸，一隊軍警炮槍。

殊不知——那傢夥，幾萬里跑來，口稱視察為民，實際是來提拔一個親信，收羅犬狼。眾下官，一群奴才，動用全縣人力財力，口稱為民爭光，實際是阿諛逢迎，希望得到賜賞；勾心鬥角，害怕開除出黨。可憐一縣民眾，又被愚弄一場。

這樣的戲劇，唱了幾千年，何時能拆臺停演？一旦愚民覺醒了，定會驅趕虎豹豺狼，翻它個底朝天！

卻說陳繼烈書記聽了張致景首長的指示，心情十分沉重。

欲知陳繼烈為何心情沉重，且聽下回分解。

第九十七回　苦角鬥柯天任得勢　黑交易陳繼烈禪位

卻說陳繼烈聽了張致景的指示，深感到泰山壓頂，自己的政治危機到了。「柯天任這樣的人才，地方先用，將來中央也要用。」陳繼烈心想：「這意思不是很明白嗎？就是要我做柯天任的人肉墊子，把書記的位子讓給他，讓他直升上去。老子好不容易爬上這縣委書記的位子，要讓，萬難！除非把我提升到市委去。」但他又想：「要是抗旨不遵，那可就不但保不住書記的位子，還下臺得很不體面。」陳繼烈犯難了。他想了好幾天，決定等待省、市委的指示。過了十天，省委下了文件：《關於任人唯賢和選拔優秀革命人才的通知》，內容比較空洞，沒點柯天任的名。過了半個月，市委下了文件：《學伯樂，發現和重用真才實學的革命人才通知》，點了柯天任的名，但沒指明怎樣重用柯天任。陳繼烈召開了縣常委會議，學習了首長講話和兩個文件，把柯天任誇讚一番，也不作具體安排。陳繼烈決定把重用柯天任的問題拖下去。

卻說柯天任得到了張致景寵愛後，知道自己官運亨通、要升職了。他等了一個月，縣委沒有什麼響動，猜到陳繼烈在暗中使絆子。他開十八兄弟秘密會議。會議決定：一、柯天任不能到市委去掛個虛職，必須當永安縣縣委第一書記，幹出政績，再升上去。二、向陳繼烈逼宮。估計陳繼烈不會自動讓賢，市委也不會提拔陳繼烈，陳繼烈會千方百計地保住自己位子不讓。會議定出逼宮的方案：第一，發動群眾向市委、省委上訪告狀，揭露永安縣的問題：教師工資不發、少發，農民苛捐雜稅，工礦企業破產，工人失業等，激起眾怒，造成事件。第二，組織民眾請願，要求陳繼烈下臺，柯天任上任。會上對具體工作的人員作了分工，規定：一保密，二在一個月內見成效。

柯天任的十八兄弟都在黨政界掛了職，就各自秘密活動去了。

一個月後，縣委、縣政府、縣信訪辦、縣紀委、縣檢察院的辦公桌上，不斷有市、省、中央批轉下來的上訴信，有些批文還點了陳繼烈、鄧河流的名，責令兩人迅速查處問題。陳、鄧兩人派出人員秘查寫信人，但一無所獲，因為信件都是打印的匿名檔。正在陳繼烈對信件批文一籌莫展、寢食不安時，事件不斷發生了：鋁業集團工人罷工、吉山銅礦工人靜坐，失業工人遊行示威，農民不斷抗交，小販、私人汽車司機罷市……

一日上午，陳繼烈正在辦公室裡發愁，聽到辦公大樓腳步聲嗵嗵亂響。他起身向窗外望去，縣委大院人聲喧嘩，站滿了成百上千人。人群中，一個青年和一個老頭在指手劃腳。一會兒，人群中走出兩個高個青年，拿出一支青皮竹竿卷軸，一人抓住一端，舉過頭頂，那卷軸像門簾一樣舒落下來，上面大書：《請願書》。人群高呼：「請陳繼烈書記接見。」

陳繼烈離開窗前，在室內焦急地踱著步子，口裡嘟囔著：「入他娘的，上下夾擊！」

咚咚咚，一陣腳步聲，秘書小張推門進來，神色慌張地說：「陳書記，你不接見他們，他們是不會離開大院的。」

「天塌不下來。」陳繼烈在下屬面前故作鎮靜地說。他又問：「你看清那《請願書》的內容嗎？」

「沒有。」小張說，「陳書記，我看你不要去接見他們。我打電話叫柯天任帶員警來驅趕他們。」

「柯天任？靠不住。」陳繼烈說，「我還是要去接見群眾的。你打電話叫鄧河流調員警來。注意，在我與群眾說話時不要抓人、打人。把群眾勸送後，再去抓鬧事的頭目。」

陳繼烈交代完了，走到大鏡面前，整理了一下衣服，向大院走去。

「歡迎陳書記接見！」為首的青年高呼，帶頭鼓掌。人群中響起了掌聲。

「看來沒有惡意。」陳繼烈心想。他心裡踏實了好些，膽子也大些了，揚起手來向群眾鼓掌。他鼓掌了一陣，揚起右掌，向人群大聲說：「父老鄉親們，縣委歡迎你們提意見，你們有什麼話儘管說吧。」

「我們是來請願的。現在朗讀《請願書》。」為首的青年說。站在為首青年身旁的一個老頭走到《請願書》前面。這老頭，七十多歲，白頭髮，白鬍子，中等個子，身板硬朗。他乾咳了兩聲，清了一下嗓子，大聲地朗讀起來：

請願書

永安縣委陳書記繼烈先生閣下：您好！

古人曰：國家興亡，匹夫有責。我等是永安縣人民，關心永安縣興亡。為此，敢冒死呈《請願書》一紙，具文如下：

國之興，在君；家之興，在長；廟之靈，在方丈；縣之強，在書記。故此，武帝即位，有中興之世；海瑞治州，有州民之福，此所謂事在人謀也，此所謂下愚聽於上智、臣民忠於君主也。永安縣之治亦然。我永安縣，有貴河之水，吉山之脈，湖泊星羅，阡陌相連，山藏寶礦，地產豐物，東有長江橫流，中有公鐵縱貫，有水患而不足為患，有旱災而不足為災，此乃天賜永安人也。然而，礦未開採，水未利用，地不增產，湖不增收，受害於內地，落伍於外界，何也？錯不在天，錯不在民，錯在糸千里馬於槽櫪之間也。前個月，中央首長駕臨永安，雖只瞬間，卻高瞻遠矚，明察秋毫，望出永安病態，診出永安癥結，開出治理良方。首長曰：「任人唯賢」。又曰：「柯天任，少年英雄嘛」，「地方先用，將來中央也要用」。陳書記、鄧縣長施才於永安，貢獻於民眾，選拔柯天任於民間，已屬明大理、識大義之好官。但年事偏高，智勇在衰，哀哉！悲哉！柯天任入政界，已露頭角，聞名天下；現今仍屈才於一隅，展力於一局，惜哉！痛哉！我等小民，受中央首長之馴化，見柯天任之實踐，窺柯天任之善良，感柯天任之廉潔，以為永安之興，人民之福，非柯天任莫屬也！故此今日請願縣委，切望陳書記學堯舜，委重於柯天任，使其有扭轉乾坤之權，有英雄用武之地。噫！民之願，只能為願；人才之用，全系於上也！

以此

呈送

永安縣人民稟上

某年某月某日

老人讀完，退在一旁。擎卷軸青年齊步走向陳繼烈，遞上《請願書》。陳繼烈雙手接過卷軸，轉交給工作人員。

陳繼烈對眾人說：「父老鄉親們，你們為永安振興出謀出力，是好事。你們對柯天任同志的建議，縣委會研究。」

縣委辦公室主任說：「父老鄉親們，陳書記已表了態了，你們可以回去了。」

「我們要得到明確的答覆。」為首青年大聲說。

「是的，我們要得到明確的答覆。」眾人高喊。

正在鬧哄哄時，院門衝進了兩隊員警，抄包了請願人群。

「和平請願，反對鎮壓！」有人高呼。眾人高呼。

鄧河流、柯天任走到了前面。

「天任，你來得正好，看看《請願書》。」陳繼烈招呼柯天任，要試一下柯天任的態度。

柯天任看了《請願書》，內心高興，臉上裝出惱色，說：「簡直胡鬧！」他轉身對請願人說：「鄉親們，感謝大家對我的信任和關心。我的職務升降，是由黨組織決定的，不是靠大家吵鬧得到的。大家的心是好的，而行動錯了，錯在衝擊了黨委機關。黨是廣開言路的，不會計較大家，大家回去吧。」

「聽柯局長的勸，我們回去。如果縣委不順民意，再來請願。」為首的青年說。請願隊伍散去了。柯天任也命令員警散去了。

陳繼烈像一頭在角鬥中受了重傷的老公牛，悒悒不安地回到家裡，直進臥室，關起房門，半躺在床上喘氣。

這間小臥室，是陳繼烈的一統天下，曾經充滿著陰謀、歡樂，現在，卻籠罩著憂傷、恐怖。

陳繼烈沉浸在痛苦中，眼前晃動著一片片影像：上級批轉下來的雪片似飛到辦公桌上的上訪信件，遊行的人群，靜坐的工人，請願書，老頭念請願書時晃頭晃腦的神氣樣子，為首青年振臂高叫的威武姿態，人群的憤怒神色……漸漸地在那些影像背後隱約露出一個面孔：柯天任。

「入他娘的！其源皆出自柯天任！」陳繼烈從床上蹦起來，憤怒地罵起來，「柯天任，你這小子，老子豢養了一隻惡狼，今天反而來要吃掉我了。你要老子的命，老子就與你拼命！」

其實，柯天任並不要陳繼烈的命，只要陳繼烈的權。但是，對於在官位上的陳繼烈來說，被人要去了權，就等於要去了命，甚至權比命更重要。這種觀念，並不是陳繼烈發明創造的，而是中國自古以來就遺傳下來的傳統文化基因，是博大精深的文化遺產。為了爭權，在中國歷史出現了無數個可歌可泣的偉人、英雄，那些偉人、英雄至今成了中國人眼前的「鮮活的面容」、「熟悉的姓名」（注：《三國演義》歌詞），為了爭權，不認父母兄弟，不分恩怨，只知道殺人送命。正如中國共產黨人所說：「有權的幸福，無權的痛苦。」這種幸福和痛苦，不是缺衣少食的老百姓所能理解的，也不是傾心於學術研究的書呆子所能體會到的。權力，多麼神聖、昂貴、珍麗、誘人啊！得到它，牛糞成了烏金，一人得勢，雞犬升天；失去它，烏金成了牛糞，一人罷官，九族誅連。陳繼烈嘗過得到權力的幸福，現在要失去權力，當然比被人要了命還痛苦。陳繼烈是個有雄心壯志的人，早就作過登上天安門城樓的美夢，一生在研究官吏之道，現在已經撈到了縣委第一書記，正想青雲直上時，卻遇著了柯天任，使他的交椅吱吱作響，搖搖欲墜。他怎能甘心？怎能不與柯天任拼命呢？

這種拼命的角鬥，狀如兩頭公牛為爭奪牛群霸主的角鬥。陳繼烈在與劉耀武那頭強悍的老公牛角鬥時，逼得劉耀武讓出了霸主位子。現在，陳繼烈遇上了柯天任這頭年輕力壯的公牛了。陳繼烈雖然富有角鬥經驗，但畢竟勇力衰退下來了。在第一場角鬥中，陳繼烈和柯天任各哞的一聲，昂頭比角，抵觸一陣，陳繼烈就受了重傷，敗下陣來。如果要進行第二場角鬥，結局將怎樣呢？這不能不使陳繼烈慎重地研究起後果和對策來。

「我能贏嗎？」陳繼烈在問自己。這一問，使他冷靜下來了：「柯天任年輕，兇狠，狡詐，又得到張致景的支持，有銳不可擋之勢，硬拼，我會慘敗。」

陳繼烈點了支煙，吸了起來。他問天：「為什麼柯天任偏偏出在永安縣、又緊步在我背後呢？這是天意嗎？」

天只有預兆，沒有明示。

「我將怎麼辦？」陳繼烈又問自己。他的思路自然地想起歷史人物：劉備行韜諱之計，偉大的毛主席面對博古、李德時也忍辱負重，以求一逞。……「聽毛主席的話：『打得贏就打，打不贏就走』。主動放棄。」陳繼烈心裡在說。

陳繼烈頭腦裡的各種引力和壓力經過一陣亂撞之後，由無序到有序了，定下三個決策：上策，主動向市委推薦柯天任當縣委書記，表現自己寬闊的革命胸襟，以革命利益為重，不計較個人得失，取得上級好感，力爭上調到市委掛個職，變逆境為順境，以待「柳暗花明又一村」；中策，與柯天任私談，表明願意禪讓，但有條件，暗中協議條款；下策，如果柯天任要把自己一棍子打死，就只好撞個魚死網破了。

陳繼烈想到這裡，心裡安靜了，決定按步驟行動起來。

陳繼烈在黨政界混跡了三十多年，上頭關係不少。只是新陳代謝的規律無情，那些培養和提拔過他的幹部，都退休，或退居第二線了。但是，為了救急，陳繼烈還是帶了十萬元去省、市找有關的老幹部。那些老幹部卻對自己失去實權牢騷滿腹，情緒消沉，對幹部升降問題不敢過問，都繞著彎子搪塞陳繼烈，使陳繼烈白花了十萬元。陳繼烈只好直接去找現任市委書記解放。

解放書記六十四歲了，曾當過張致景父親的警衛員，土改時蹲點南柯村，後來一級一級地升，升到江南省常務副省長。在改革開放時，他堅持毛主席革命路線，公開跳出來反對胡耀邦，被撤去了主要領導職務，掛了個省工會主席的閒職。在胡耀邦被鄧小平等老革命撤了總書記職務後，張致景親自出面點名起用解放，解放就被調到黃土市任第一書記。陳繼烈不是解放直接提拔的幹部，關係不密切，只是在尹苦海的引導下去拜訪解放兩次。現在情勢逼來了，陳繼烈不得不硬著頭皮去拜見解放書記。

一天中午，陳繼烈帶了二十萬元去解放家。陳繼烈見到了解放，彙報了永安縣革命工作情況，談了自己如何識別和提拔柯天任，講自己願為革命繼續努力工作。

陳繼烈講了近一個小時，解放聽得不耐煩了，截住陳繼烈的話說：「你們知識份子當官，就愛說話遮遮掩掩的。你找我有什麼事，就說白一點嘛。」

陳繼烈見狀，就斗膽地說：「柯天任同志是個棟樑人才，我來推薦他到市委工作。」

「柯天任基層工作經驗不足嘛，我看還是留在永安縣裡工作。」

「那我就推薦柯天任同志任永安縣縣委第一書記，我自己可以到市政府搞點收收發發的工作。」陳繼烈下決心要摸清解放的底牌。

「你能主動讓賢，是革命利益第一，個人利益第二，很好嘛。」解放說，「現在市委、市政府還要減員，你對永安縣情況熟悉，又是柯天任的培養人，可以留在永安縣政協工作嘛，當柯天任的顧問嘛。」

陳繼烈還想說什麼，看到解放看了看錶，站起身，知道是下逐客令，就很識相地告辭了。

陳繼烈花了二十萬，買得了一個明確的消息。他知道自己的上策行不通了，要急忙採取中策。

陳繼烈被逼到「無可奈何花落去」的境地，準備與柯天任私下攤牌，有條件地禪讓。他的條件不是什麼自己去當縣政協主席，那個位子是跑不掉的，而是要為兩個兒子的前途打算。大兒子陳新科死活要賴在鋁業集團總經理的位子上。那鋁業集團是「金玉其外，敗絮其中」了，何況鋁廠職工人已向市、省揭發了資產流失和經費貪占的嚴重問題，現在又失去保護傘，陳新科必須迅速離開鋁業集團。陳新科到哪裡去呢？陳繼烈不願意兒女入黨政界，希望兒女吃知識本領飯。他對黨政界太熟悉了，黨政界是一片充滿陰謀、陷阱的險惡灘塗，鑽進黨政界的人儘是些不學無術、既當狗又當狼的流氓、惡棍。他冒險當了大半輩子的狗和狼，再不能讓兒女們去當了。陳新科有知識，熱愛工業，可以到市最大最好的國營企業黃土水泥廠去當個工程師。二兒子陳新學，大學快畢業了，應該去美國留學，當個美國公民。「打倒美帝國主義」，中國共產黨喊了四十多年，他自己也喊了三十多年，結果喊出了一個缺衣少食的中國，又喊出了一個貪汙腐化的中國。美國是個什麼樣子，在陳繼烈心裡一直是個「謎」。對美國的了解，陳繼烈是從一些人搞資產階級自由化開始的。他從那時起，看了大量的反映美國狀況的大小報紙和書籍，偷聽敵臺。後來，他有幸以鋁廠出國考察的名義去了美國，留心觀察了美國一些情況。他得出結論說：和中國相比，中國是人間地獄，美國才是共產主義天堂。在美國，有人生安全感，沒有人人自危現象；人人民主自由，沒有政治陰謀家的立足之地；人人靠知識和體力生活，沒有專靠做狗做狼的人的生存空間。……美國真是吵不亂、罵不垮、打不破的開放、繁榮、強盛的國家。陳繼烈又悟出另一個玄機：毛主席和老革命們為什麼要喊「打倒美帝國主義」，為什麼要封鎖海外資訊、害怕「美國之音」，如果讓美國人的普遍價值觀在中國傳播，馬列主義、毛澤東思想、鄧小平理論就狗屎不如了，就不能指導中國人了，毛主席的領袖地位和黨天下就穩定不下來了。憑心而論，要是他陳繼烈能繼續做狗和狼，不斷地向權力高樓上爬，也會總想中國人貧困愚昧、有忠君愛國思想；也害怕美國人的價值觀念傳播到中國，動搖民眾的思想；也要高喊「打倒美帝國主義」，封鎖海外資訊和「美國之音」，也希望充滿陷阱、人人自危的「黨天下」萬萬年。現在，他陳繼烈被排擠到權力中心週邊，他想沿著權力階梯爬的機會沒有了，想做狗和狼的時機過去了，權慾萎縮了，就突然感到自己回到了人群中間，有了一些人味了。他的憎愛對象驀然間顛倒過來了，憎恨起那些曾與自己一起做狗做狼的人，憎恨專橫獨裁的「黨天下」，覺得昔日的仇人柯和貴可敬可愛起來，希望美國人的普遍價值觀早日在中國傳播和實現，自己甘願與那些狗入的做狗做狼的人一起受到懲罰。這時，他預感到地球日益變小了，人類價值觀越來越傾向一致了，「黨天下」的日子越來越短了。他要趕到「黨天下」末日來臨前，迅速安排好自己和家人，把陳新學送到美國去安頓好，再把自己的五百萬元資金轉到美國去，安全地過日子。

陳繼烈想好了自己的退路和兩個兒子的前途，決定把這些作為向柯天任交班的條件，要柯天任答應：把陳新科安排到黃土市水泥廠，把陳新學公費送往美國留學，自己任人大常務副主任。如果柯天任不辦這些事，他不退位，要給柯天任製造麻煩。陳繼烈決定先明來，再暗來。

陳繼烈從解放書記那裡回來後的第五天，召開了縣委常委擴大會，作了長篇報告。

在總結過去的工作後，陳繼烈說：「我主持永安縣革命工作到今年元旦整十年了。雖然我無才，但在全縣革命幹部和黨員的共同努力下，成績是巨大的，對我們過去的工作，仍然可以概括為：成績巨大，問題不少。今後，我們要弘揚成績，解決問題。」

在談到重用柯天任問題時，陳繼烈說：「我親眼看著柯天任同志長大，並親自培養了他，提拔他。柯天任同志任公安局長後，表現出非凡的才華，取得了公安系統的巨大成績，使永安縣聞名天下，也使我個人臉上有光彩。我們今後要宣傳柯天任同志。」

在說他自己時，陳繼烈謙虛一陣後，說：「為革命工作，共產黨人要能上能下。我決定，在一個月後的中共永安縣第十屆黨代會上提名柯天任同志任縣委第一書記的人選。我將把這個議案提交給市委，市委如果不同意，我就反覆請求，直到市委同意為止。對於我個人的職務，我不計較。我只有一個要求：我是永安人，熱愛永安縣，願作為永安縣一個平民，為永安縣的振興鞠躬盡瘁，死而後已。」

這就是陳繼烈的「先明來」，放出試探氣球，看柯天任有何反映。現在，陳繼烈在等待著與柯天任暗來。

卻說柯天任一方面指使十八兄弟向陳繼烈發射了一枚又一枚子彈後，摧毀了陳繼烈的陣腳，打亂了陳繼烈的正常思維；另一方面與鄢豔商量去拜訪解放書記，爭得市委支持。

柯天任帶著從羅駱駝家抄搜來的一尊紅色翡翠玉觀音和四塊金磚，在市委招待所住了兩天半，第三天晚上七點被安排去解放書記家。

解放的家在黃土市北湖休閒區。那北湖，四面環山，東邊有個寬闊的谷口，一條長約三公里的小河把湖和長江連接起來。湖中有許多小山，風景奇麗。十五年前，湖中小山，湖邊高山，都有寺廟、寶塔、名人遺跡，是江南的一個旅遊聖地。現在，那些名勝古跡、寺廟寶塔都不見了，變成了革命老幹部的休閒療養區。湖中，有兩條垂直交叉的水泥路大堤，伸出許多牽來引去的小堤，連通到各處小山。堤壩造型美觀，上有拱橋、扶欄遊廊、亭臺樓閣……隱藏在山中青松翠竹下的別墅，各具風格，有西洋式、中國古代式、中西結合式。住在別墅裡的人都是中央、省、市為革命勞苦功高的老幹部，分了等級，有長征牌、抗日牌、解放牌、土改牌、公社牌。在一片面積最大的湖面中部，湧起一大堆青蔥，青蔥中隱約露出一片、一塊、一條、一點的紅色、黃色、白色、黑色的建築物的一部分，從青蔥伸展出四條遊廊堤壩，牽向東西南北。那青蔥處是休閒區中心，在職的解放書記就住在那青蔥裡。

柯天任的小車從東邊駛進堤壩路，在橋頭停車場停下。橋頭堡有武警守衛，柯天任出示了證件，被允許進入休閒區。柯天任獨自步行上橋。他走過一段湖堤路，又有垂拱橋。橋堡裡有哨所，柯天任再次接受檢查，才過橋上山。

山上曲徑眾多，用各色各樣水磨石鋪成。林木遮蔽，路燈閃著淺黃色的光，顯得陰森。柯天任曾經來過一次，不需問路，向南走了一百多米，向右上坡。他走過六十多級平緩石階，有一塊大平地。草地上，綠草茵茵，中部有兩株櫻桃，樹下有人造樹蔸桌子、凳子。過了草地，有一堵高院牆，牆上有高壓線圍繞。柯天任來到一個拱形院門前，鐵柵院門鎖著，兩側有持槍武警。武警驗了柯天任證件，按了門鈴。門鈴響過後，裡面走出一個中年男子，又驗了柯天任證件，打了電話，才開門讓柯天任進去登記。柯天任向裡走。先是一個花園，花缽五彩繽紛，幽香撲鼻。花園靠山坡那邊，有幾間座落有致的小平房，房頂有塔形的、球形的、平臺形的、梳披形的，順勢造型，與自然山坡渾為一體。房子四周都是高大的喬木，藍天成了八方形的一片，數顆星星像屋上雕頂的小燈在閃爍著。

柯天任走過花園，傳來兩隻狼犬的吠聲，把柯天任嚇得站住了。在吠聲中走來一個年輕的女服務員，驗了柯天任證件，把柯天任引到北邊第二排平房的一間小客廳裡。柯天任連忙把手中的小皮包給了女服務員。女服務員走了，柯天任才敢坐在一張單人沙發上。柯天任聽說能在這個小客廳受到解放書記接見的下屬，是很榮幸的。他不覺有點興奮，但又不敢出大氣，不敢抽煙，只敢端正地坐著，把要說的話溫習一遍，簡潔一遍。

大約過了二十來分鐘，柯天任聽到窸窣的拖鞋聲，接著，解放踱著步子來了。解放剛淋浴過，穿著寬鬆的灰色睡衣，軟底紅絨拖鞋，染黑的頭髮後順，鹵門亮堂，方面大耳，中等身材，微胖。

柯天任畢恭畢敬地站起來，伸出雙手。解放隨意揚起左手，拼攏著五指，伸過去，讓柯天任握著；用右手示意柯天任坐下，自己坐在柯天任對面的鬆軟轉椅上。解放兩腿張開，兩手攤在椅幫上，仰面靠在椅背上，整個身子成了一個小篆體「大」字形。

柯天任向前俯著身子，雙手成抱握式，滿臉堆笑，說：「書記為黨的工作日理萬機，在萬忙中抽出時間來開導晚輩，真使我感激不盡。我今日來，想當面聆聽書記的教誨。」

「你是全省聞名的大英雄嘛，中央首長也禮賢了你，我能不接見嗎？」解放緩緩地親切地說，「我十六歲參加打蔣匪，兩處受傷。革命勝利了，黨給了我一些權力，但我總忘不了那些為革命犧牲的戰友。比起他們，我微不足道嘛。我當上了書記，不敢去住高樓大廈，只願住在這小平房裡，睡硬板床，不能丟掉艱苦樸素的革命優良傳統嘛。」

「我要牢記書記的教導，學習書記為革命日夜操勞而不圖個人享受的精神。」柯天任奉承著。他從解放的口氣和藹的態度中，已猜到所送的禮品在起作用，張致景的垂詢在起用，就壯起膽子說：「對永安縣的情況，書記早就明察秋毫，只有書記的關心，永安縣才能任人唯賢，改變落後的面貌。」

「毛主席說：『政治路線確定之後，幹部就是決定因素。』對永安縣的人事情況，我心中已有安排了。毛主席又說：『世界是青年人的』，你要為永安縣的革命工作挑重擔嘛。」解放說。

柯天任正想答話，電話鈴響了。解放順手拿起話筒，「嗯」了一聲後，突然站起身，彎著腰，連連「啊」著。解放接完電話，好像很累，雙手叉在腹部，合上眼皮。

柯天任判斷出那電話是解放的上級打來的，解放的情緒受到了干擾。柯天任也從解放的語音中得到了自己所要得到的東西，就不願再吵煩解放了，很知趣地站起來，說：「書記，你休息吧，我告辭了。」

柯天任說著，伸出手去。解放沒揚起手，只是微啟雙唇，小聲說：「去吧，好好幹革命工作。」

柯天任下山，過橋，來到橋頭停車場。他回頭望那湖中小山，黑乎乎的，透著斑斑黃光點，既羨慕，又嫉妒，狠狠地向湖面吐了一口痰，那痰好像在很遠的地方「當」了一聲，打在水面上。

柯天任在拜訪解放的第三天，參加了陳繼烈召開的縣委常委擴大會，聽到了陳繼烈的長篇報告，明白了陳繼烈準備禪讓。但是，柯天任仍然不安心，不願消極等待，就又召開了十八兄弟秘密會議。會上出現了不同意見。

劉會猛說：「不能讓陳繼烈那老狗有喘息的機會，我再組織一次請願。」

邵月鐘說：「我去叫余輝寫報案狀子，把陳新科逮捕起來，讓鋁業集團內幕曝光，陳繼烈就會坐牢。」

李建樹說：「我不同意繼續倒『陳』。陳繼烈不是柯赤兵，他老謀深算，在政界混了三十多年，織成了上下關係網。打狗入巷，反口咬人。既然陳繼烈願自動讓路，我們就順水推舟，讓他體面下臺，讓大哥平安登基。我建議，大哥要找陳繼烈私談，爭取在十大時平穩接班。」

鄢豔贊同李建樹的意見。

柯天任總結說：「按李建樹的意見辦，大家再不要搞倒陳活動了，注視事態發展。」

卻說陳繼烈在焦急地等待著柯天任的暗訪，果然柯天任上門了。兩人寒暄了一番，就聊起來了。

陳繼烈說：「天任呀，我看著你一天天長大了，終於成熟了，我能向你交班了，感到很欣慰。不過，你的接班要通過黨代會的選舉才名正言順，你要爭取選票呀。」

柯天任聽出了陳繼烈話音中的一軟一硬，連忙說：「選舉不過是個形式，主要還是靠陳書記的栽培和關懷。陳書記對我的栽培，我沒齒難忘，總是尋機會報答。今日，陳書記有什麼教導，有什麼個人要求，應該像對待親兒子那樣對我說，我一定聽話，照辦。」

「我從來不向黨組織提出什麼個人要求。」陳繼烈見時機到了，十分婉轉地說，「我那兩個兒子比我思想現代化，不願從政，想靠知識技術吃飯。新科想到技術力量強的市水泥廠當技術員。新學大學快畢業了，想去美國留學深造。兩人吵著要我幫忙辦。我批評他們說：『新科，你自己去市水泥廠應聘，我不會出面。新學，你不要求學慾望太強了，我借債把你讀了個大學本科，那有錢給你去美國留學！』兄弟倆說我思想保守，要去找你談，還真的把你當親大哥了哩。」

「兩位兄弟不願從政，實在可惜。他倆是知識精英，靠知識技術生活，理所當然，要求合理。」柯天任說，「他們還沒找我談，那我就主動地找他們說談，幫他們一把。」

「你們青年人的事，隨你們鬧去吧。」陳繼烈笑著說。他喝了兩口茶，嚴肅地說：「我當書記時，人大主任一職由劉耀武任了一屆，麻煩可大哩。你當書記，要兼任人大主任。那樣大權獨攬，才好辦事。」

「那可不行。陳書記不能退盡，還要扶我一陣子。」柯天任佯作請求的樣子。

「我到政協去掛個職。」陳繼烈露出誠懇的神色。

「這真使我於心不忍。」柯天任作無可奈何狀。

兩人暗中協議成功了。

柯天任高興地回到家裡，對鄢豔說了。鄢豔說：「陳繼烈老謀深算，機關眾多，你必須在十大召開前把他兩個兒子的事辦好，以免他牽腸掛肚，另起不良。」

柯天任就急忙去為陳新科、陳新學辦事。

陳繼烈在柯天任走後，連忙電話兩個兒子，告訴他們如何向柯天任提要求，力爭在十大召開前把事情辦好。

柯天任找陳新科、陳新學談話，再去找縣長鄧河流，以縣政府名義下了兩個文件：一個是推薦陳新科到市水泥廠當技術科長，一個是由縣財政撥款一百萬給陳新學去美國公費留學。柯天任又親自去市水泥廠辦成陳新科上班的事，去陳新學學校辦成陳新學去美國留學的手續。

陳繼烈看到柯天任為兩個兒子辦了事，就召開縣常委委會，確定了十大召開前的兩個宣傳主題：一、永安縣十年來改革開放的輝煌成就，二、柯天任同志的光榮生平、優秀品質、超人才智。第一個主題，是給陳繼烈當縣委第一書記的十年罩上光環，以防柯天任上任後暗算自己。第二個主題，是討好柯天任，同時把柯天任舉到缺氧的高空，懸在光天化日之下，成為眾矢之的。兩個主題宣傳了一個月，中共永安縣第十次代表大會召開了。

全縣黨代表、革命幹部渴望已久的中國共產黨永安縣第十次黨員代表大會召開的日子終於到來了。各縣直機、鄉鎮、廠礦企業、農場，都張燈結綵，紅色標語鋪天蓋地，各種宣傳隊、腰鼓隊、舞龍隊，載歌載舞，鑼鼓喧天。喜氣洋洋的黨代表們光榮、享受的日子來到了。一千多名代表乘專車，敲鑼打鼓，紅旗飄飄地從四面八方來到縣城，住進高級賓館。一時間，城關地區人數倍增，顯得擁擠，商場、娛樂城、美食城，都有胸佩紅色塑膠小方塊的黨代表進進出出；代表們購物優先優惠，市民們賠笑相迎。

會址設在人民大禮堂。大禮堂的廣場和左右街道實行戒嚴，員警五米一崗，十米一站，警車來回巡邏。

大禮堂佈置一新，顯得莊嚴肅穆。門頂上，橫幅又寬又長，上書：

熱烈慶祝中國共產黨永安縣第十次黨員代表大會勝利召開

兩旁有長聯：

領導我們事業的核心力量是中國共產黨

指導我們思想的理論基礎是馬克思列寧主義

進入會場，主席臺後牆上掛著馬克思、恩格斯、毛澤東、列寧、史達林巨幅肖像，鐮刀斧頭交叉的黨旗懸在肖像下面；台前上方懸著長幅：

中國共產黨永安縣第十次黨員代表大會

兩旁柱上有對聯：

我們的黨是光榮的黨、偉大的黨、正確的黨我們應當相信群眾，我們應當相信黨

這天上午七點半，轎車、吉普車、微型車、中巴車駛進人民廣場。正八點，代表們在各機關、鄉

鎮黨的第一把手率領下魚貫而入，人人表情虔誠，內心喜悅。八點半，大會開始，鄧河流主持，陳繼烈作報告。大會分發了兩個文件：《中央、省、市首長對柯天任同志評價的講話》，《柯天任同志的簡歷和工作成績》。下午，大會分組討論《報告》和兩個文件。代表們一致認為：陳書記的報告具有歷史的現實的偉大意義，柯天任是我黨傑出人才，是黨員的楷模，是永安縣人民的驕傲。

第三天上午，大會進行選舉，每個代表接到一張紅色選票，票上寫有第一書記、副書記、常委候選人姓名，姓名後留有一個空格，代表們在空格上按順序打勾，文盲、半文盲代表就請識字的代表指點姓名打勾。代表們對黨懷著一顆火熱的忠心，向投票箱裡投了神聖的一票。下午，投票結果揭曉，柯天任以全票當選為第一書記，全場爆發出長時間的熱烈的掌聲，還夾有歡呼聲。

第四天上午，舉行了第十屆一中全會，第一副書記李建樹主持會議，柯天任作工作報告。

柯天任報告的副題是：《加強黨的領導，增強黨的團結，進行黨的基層組織建設》。《報告》強調全體黨員要重新學習毛主席的《反對自由主義》，克服黨內官僚主義、山頭主義、宗派主義，團結在縣委周圍，創造穩定局面，進行經濟建設。對柯天任的《報告》進行了三天的學習。代表們時分散、時集中，交流學習心得，提高認識水準，統一思想。在學習、討論中，代表們十分活躍。一些連續參加了四屆縣黨代會的老代表，很高興地說：「我從來沒聽到這樣好的報告，打心眼裡敬佩柯天任同志。」有的代表說：「柯天任同志的報告，有理論水準，切合實際，是革命的理論與革命的實踐相結合的光輝典範。」在集中發言中，鳳凰區紫金山村黨支部書記鄒美日的發言表達了全體代表們的心聲：「我們終於盼到了柯天任同志的領導。有了柯天任同志的領導，全縣黨員就不會迷失方向。我向縣委表示決心：紫金山全體黨員們堅決擁護以柯天任同志為核心的縣委領導，堅決團結在以柯天任同志為核心的縣委周圍。柯天任同志指向哪裡，我們就奔向那裡！」李建樹及時抓住鄒美日的典型發言，向全會推廣。代表們就都效法鄒美日向大會表了決心。

大會開了八天，李建樹總結說：「這是一個團結的大會，勝利的大會，具有偉大的現實意義和歷史意義的大會！」

第八天中午，代表們每人領五百元心勞津貼費，戀戀不捨地回去了。

對那種權力交接方式，柯平斌有順口溜一篇：

說得動聽悅耳，心裡熱乎乎：人民代表，選舉革命幹部；電視廣播，大張旗鼓；張燈結綵，萬民歡呼。

從表面看：老幹部高風亮節，主動讓賢；組織部審幹嚴格，集體推薦。個個代表，滿臉堆笑，為人民負責，投了神聖的一票。屈屈一把手，都是星宿下凡，都是特許人才，都能接好革命班。

往裡面瞧：老幹部賴著官位不讓，要讓有條件：保住我的待遇，給我兒女方便。後繼者急急忙忙，要搶班奪權。相互惡鬥又妥協，各方大搞陰謀。每個代表，都是黨組織欽點。代表領了錢，就在一張字紙的第一個姓名打勾；代表成了豬狗，還感到非常榮耀。屈屈一把手，都是出洞魔妖，都是地痞流氓，貪權又貪錢，吃人肉又啃人骨頭，哪有人的智謀？

誰說家天下黑暗？我看家天下不掩不遮。公開宣稱天下是皇帝一人的家業，世襲制理所當然，天下人都看得明白。只有這黨天下最黑暗，分明是一黨專政官世襲，卻歌頌為千秋偉業；分明是黑箱操作耍陰謀，卻鼓吹什麼民主投票；剝奪公民權利，卻厚顏無恥、死要臉面。

欲知柯天任當了永安縣縣委第一書記有何作為，且聽下文分解。

第九十八回 帝王制小子誅前臣 陰陽鏡老頭鑒善惡

卻說柯天任當了中共永安縣委第一書記，算是打下了永安縣這片天下，坐上了這個小王國的帝位。用他自己的話說：「我要學毛主席在瑞金搞蘇維埃的作法把永安縣當作一個國家來治理，以永安縣為根據地，擴張開去。」柯天任開始施展他的英明君主的政治謀略了。毛主席說：「政治路線確定之後，幹部就是決定因素。」這也就是古訓所云：「一朝天子一朝臣，朝朝天子有能人。」柯天任懂得這個治國大道，第一步人馬大換班。柯天任指示李建樹抓宣傳工作，在縣電視臺、《永安報》，大張旗鼓地宣傳中共永安縣十大會議精神和毛主席吐故納新的革命幹部路線。柯天任派出五個選舉監巡小組，到各機關、鄉鎮指導黨委會選舉工作。一個月後柯天任又主持召開縣人大、縣政協「兩會」，選舉縣政府領導班子。在選舉中，根據縣委提議，柯天任被選為縣人大主任，董新軍為常務副主任，李建樹為縣長、石義氣為副縣長，毛仲義為政法委書記兼任公安局長，邵月鐘為紀委書記，鐘月為法院院長，周華床為檢察長。柯天任的十八兄弟和學徒分別擔任了機關、鄉鎮的黨政府第一把手，各級領導班子全面地實現了年輕化、革命化、知識化。

選舉工作結束後，柯天任就進行全縣黨政整改工作，規定：一、年滿六十歲的幹部一律退休，年滿五十歲的一律退居第三線；二、加強黨紀、政法、信訪工作，對人民群眾的來訪要熱情接待，來信要記錄在案，及時查處。一時間，永安縣又沸反盈天了。人民群眾一邊高歌：「柯天任，咱們的好書記」，一邊怒氣沖沖地揭發老幹部的違法亂紀罪行。

在選舉和整改中，尹苦海、劉耀武、瞿思危等一大批老幹部退休閒居了。這些耍權使威一輩子的當官專業戶，突然變成了無所事事的老百姓，本來就一時不習慣，心裡有怨氣，又加上花翎頂戴一摘下，就有人揭發他們在職時的種種罪行，不由得對柯天任怨恨起來。老幹部們不知不覺地集合到尹苦海家，傾吐內心的痛苦，發洩對柯天任的不滿。他們發出一連串的質問：柯天任為什麼如此仇恨革命老幹部？他是不是共產黨員？是不是黨的領導幹部？是不是革命接班人？他要把革命引向何方？是不是在繼承「四人幫」的反革命事業？老幹部們議出兩個方案：一、推舉尹苦海先去教育一下柯天任，使其有所收斂；二、如果柯天任不收斂，革命老人們就要發揚「一不怕苦、二不怕死」的革命精神，與柯天任決一死戰。尹苦海感到事態嚴重，也感到柯天任做得太過分了，真有點像「四人幫」那樣要把老革命趕盡殺絕。尹苦海心中被激起一股革命責任感，就接受了眾老所托，去向柯天任進諫，為「幹」請命。

冬天的一個上午，十幾位老革命們來到尹苦海家，催尹苦海去教育柯天任。尹苦海安慰了大家安心搓麻將，就出門去了。

冬霧彌漫著大地，太陽像個圓燈籠掛在東方上空，紅光冷颯颯的；瓦上有薄霜，水上有厚冰。楊柳伸著光禿禿的丫枝，梧桐樹枯枝上掛著幾片大葉，衰枯的草死氣沉沉地趴在地上，辣椒的乾葉像被醃過一樣，一派蕭索的景象。

尹苦海穿了件灰色呢子長大衣，戴了頂藍色呢布鴨舌帽，雙手籠在袖裡，佝僂著身子，走到街邊，咳了一陣，吐了一堆濃痰，叫了輛麻木，到了縣委大院門前。尹苦海擠下麻木車門，拉了一下帽沿，緊了一下大衣，正了一下身子，昂首闊步，走進去。門衛向他點頭致敬，他隨便「嗯」了一聲，彷彿這個院子還是他的家。他徑直過院上樓，來到書記辦公室，推開門。

柯天任正在召開常委會，瞥了尹苦海一眼，沒打招呼，繼續講話。有人擠出一個空位，向尹苦海招手。尹苦海就大模大樣地坐下去，參加會議。

會開完了，常委們都起身走。柯天任也夾起小黑包準備走，被尹苦海攔住。

尹苦海大聲叫：「天任，我有話對你說。」

柯天任坐下，丟了一支煙給尹苦海，說：「大伯，我很忙，你有什麼話快說吧。」

「這次我來找你，不是為私，而是為了革命事業和革命同志。」尹苦海嚴肅認真，以長輩口吻說，「你上班不到半年，搞選舉，搞整改，搞掉了一大批老幹部。毛主席說：『老幹部是革命寶貴財富』，老中青『三結合』，不能少了『老』呀。老幹部們都來質問我：『你培養的柯天任是革命接班人，還是『四人幫』的接班人呢？聽著這些話，看著你幹的事，我心裡很難過呀，就來提醒你。」

「啊，你是來做說客的。」柯天任哂哂笑著說。他猛抽兩口煙，板起臉，又說：「我料到那些老傢夥丟了官比死了父母還傷心，但我沒有料到他們竟然官迷心竅到要與青年人爭權奪利起來。你不用來教導我，你去質問那些老朽們：懂不懂吐故納新的常理？為什麼偉大的秦始皇不能萬萬歲？為什麼導師馬克思還要逝世？為什麼黨要有退休政策？如果他們的前任不離不退哪有他們今天的官位？他們是當官的老幹部，還是『四人幫』所說的打著紅旗謀特權來經營自己安樂窩的老反革命分子？」

柯天任一連串侮辱老幹部的反問，使尹苦海很氣憤。但尹苦海忍著不爭吵，想以理說服柯天任。他說：「我今天不與你論理，我只講黨的領導方法和革命人道主義。你想想，如果不是老幹部們信任你、培養你，你能坐上這個位子嗎？你對老幹部們就應該有深厚的無產階級感情，要設身處地地想想他們，要用和風細雨的方法安慰他們，說服他們，讓他們有所安排，有所養，過安靜幸福的晚年。你現在對老幹部的方法就太簡單粗暴了，作出幾項硬性規定，還讓人民群眾揭發老幹部的所謂罪行，老幹部們能沒有怨恨嗎？所以，我來勸你：要正確對待老幹部，再不能讓人去揭發、批評老幹部了。」

「老幹部們能工作的到了第二線、第三線，已有所安排；不能工作的都領了豐厚的退休工資，已有所養。他們為什麼還不滿足呢？他們在職時為什麼不設身處地地為下崗職工、做農虧本的農民想一想，讓工人、農民也有所安排、有所養呢？今日，人民群眾自發揭發一些老幹部們的違法亂紀行為，也是有怨氣呀。共產黨人是為人民服務的，幹部是人民的公僕，應該聽聽人民的呼聲呀。人民在呼喊；劉耀武、陳繼烈、瞿思危、尹苦海這類人是罪犯，應該取消功名利祿，去坐牢殺頭。我抽屜裡就有不少群眾揭發你們的罪證。我正是懷著你們對我恩情，壓著群眾的揭發材料沒作處理。你去告訴那些老朽們：識相一點，捫心自問一下，應該知足了，安分守己過日子。否則，他們不會有好下場！我的話說到頭了，要辦公事了。你好自為之吧。」柯天任說著，看了看手錶，夾起小黑包，揚長而去。

尹苦海沒想到柯天任過河拆橋，沒想到親手交給柯天任的戈到頭來反擊到自己身上。他喘著氣，張口結舌，渾身發抖，癱在沙發上。他坐了好大一會，用力撐著沙發背和扶手，站起來，感到一陣頭暈目眩。他支撐著身子，不讓自己倒下，兩腳沉重，步子一高一低，緩慢地走著。他出了縣委大院，叫了輛麻木車，回到家裡。他懶得去見那群等待他回話的在樓上搓麻將的老幹部們，就讓保姆服侍著，進了自己的臥室，倒下就睡。

樓上的老幹部們聽保姆說尹苦海回來了，一窩蜂地下樓，擁進尹苦海臥室，七嘴八舌地問。尹苦海閉目不語，搖手不答。老幹部們看到一直大聲大氣、悠哉悠哉的尹苦海，突然口訥舌木，滿臉愁容，就猜到尹苦海在柯天任那裡受了窩囊氣，有苦說不出。他們知道大事不妙，就你一句，我一句，謾罵起柯天任來。老幹部們發洩了一通，各自離去。

尹家沉寂起來。

尹苦海躺在床上，大聲咳嗽，向痰盂嘔吐了一灘帶血的濃痰。他感到特別冷，叫保姆開了電熱毯，加了厚棉被。他又感到燥熱，心跳砰砰，血管奔突，高燒盜汗。

保姆見到尹苦海這個樣子，就急忙打電話叫來尹苦海的兒女們。兒女們圍在尹苦海床邊，商量著把尹苦海送進醫院。

尹苦海擺著手掌，低聲說：「俗話說：一直不病，一病必死。我這病是治不好的。我是古稀老人了，應該死了。我只有一事要交代：我死後，不能火化，按民間風俗葬在尹東莊祖墳山裡，好保佑你們。我和鐘德班老師早就選好了風水地，點了墓穴。」

「父親，這事要柯天任答應呀。」大兒子尹家新說。

「是的。」尹苦海說，「你把手機打開，讓我叫他來我身邊說話。」

尹家新連忙打開手機，撥了柯天任號碼，貼著尹苦海耳朵。

「天任，你快來一下，我死之前要見你一面。」尹苦海對著手機說。他沒等對方回話，就推開手機，說，「我相信天任會來的。」

卻說柯天任和鄢豔、學優吃午飯時接到了尹苦海的電話，對方只說了一句話就關機了。柯天任很不耐煩地對鄢豔說：「尹苦海那老傢夥上午跟我吵了一陣，這時又來電話叫我去，說是死前要見我一面。他真會裝樣子，我才不去哩。你帶點東西去看望一下，說我接見外賓去了。」

「快八十歲的老人，說死就死。你要去看望一下尹老頭。」鄢豔說。

「現在的尹苦海不是以前的尹苦海，幫不了我的忙，還盡找我的麻煩。他如果在病中再向我為那些老朽請命，我不好回答。我還是不去為好。」

「尹老頭出面跟你吵，說明那些老幹部怨氣重。那些老幹部雖然被掃到了一旁，但是能量很大。如果他們聯合起來對付你，就難對付了。你根基未穩，不能得罪老幹部太重了。」鄢豔說，「尹苦海是永安縣的陳毅，你要學毛主席吊念陳毅，化解老幹部們的怨恨。他來電話，可能在死前有個人要求，你要去聽聽。如果他再提老幹部的問題，你就又開話題，不正面回答。」

柯天任覺得鄢豔說得有理。午睡後，柯天任帶著鄢豔、學優一起去尹苦海家。

尹苦海一家人正在屋裡亂哄哄的，見柯天任來了，都退到四壁，給柯天任一家人讓出空間。

柯天任問了尹苦海的病情，胡猜是心臟病。他知道心臟病一受到刺激就會猝死，他母親就是那樣突然死去的。柯天任心裡驀然產生一個險惡的念頭：狠狠地刺激他，讓他早點死去。

柯天任和鄢豔、學優進房去探望尹苦海。尹苦海看到柯天任來了，很高興，想掙扎著坐起來，被柯天任勸止住了。

「我要與天任單獨說話。」尹苦海對家人說。

尹氏家人和鄢豔、學優就退出房去。柯天任去關了房門。

尹苦海說：「今天上午，我去與你吵了，是聽了別人的唆使，我向你道歉。你能原諒我嗎？」

柯天任說：「大伯，你與我吵，說明我倆關係特殊嘛，我怎會計較你呢？」

「你這樣說，我心裡就寬慰多了。」尹苦海說，「我馬上要去見馬克思了。我想向黨組織提個小要求：我的屍體不能火化，要拉回老家，按民間風俗安葬。你能答應我嗎？」

「這——」柯天任說了一個字，沉思起來：「這老傢夥還信風水迷信。這就是他死前的心病。」柯天任認為刺激尹苦海的時機到了，就說：「大伯，這就難了。中央有關於黨的幹部火葬的規定，你在職時，永安縣縣委也有關於黨的幹部一律火葬的檔。你提出的不是個人的小要求，是要我去違犯黨紀呀。以後還有老幹部去世，提出同樣要求，叫我怎麼辦？這個例子開不得呀。」

「你說的這些大道理我也想過。我認為，火葬是基督教搞的，是西方資產階級文化，不合中國國情，不合毛澤東思想。毛主席就不理他，去祭祖墳。我們共產黨人只信仰馬列主義、毛澤東思想，堅決反對資產階級自由化，反對全盤西化，也要向火葬說『不』。我是個黨員，誓死反對火葬！」尹苦海態度堅決。

柯天任聽了，心裡發笑：「這老傢夥真有一套理哩，會用最時髦、最閃革命光彩的詞句來裝飾自己的骯髒靈魂，使自己的無理要求革命化、合理化。」柯天任忍住笑，凝視著尹苦海：臉色蒼白帶青紫，喉結上下滾動，喘急痰響。「這個垂死的傢夥，心還沒死。再擊他一下。」柯天任心裡在喊。他對尹苦海說：「大伯，我聆聽過你許多教導，越來越糊塗了。你們革命前輩們到底是裝糊塗的政治陰謀家還是真正自己昏昏的一群老混蛋呢？你們罵天安門的大學生們在搞全盤西化，其實你們也是在搞全盤西化呀。馬克思並不是中國的馬姓人，而是西方猶太人；恩格斯是希特勒的同胞，列寧是落後的俄羅斯人，史達林是野蠻的高加索人，你們把馬列主義硬搬到中國來，建起馬列主義、毛澤東思想的『黨天下』，不是全盤西化又是什麼呢？毛澤東思想是什嗎？是馬列主義的變種，是毛澤東把馬列主義中的階級鬥爭、無產階級專政與中國的農民起義、帝王專制攪拌在一起，形成思想糟粕一鍋煮的大雜燴。你們就根據自己奪權、耍權的需要，把不利於你們的思想文化斥為不合毛澤東思想的『封、資、修』；把有利於你們的思想文化垃圾撿起來，說是符合毛澤東思想。這不是像小孩子在玩翹翹板遊戲嗎？當你們的權力受到中國善性思想文化威脅時，你們就翹起馬列主義、無產階級專政那一頭，舉起馬列主義旗幟，批判孔孟之道和孫文主義，造成一批革命積極分子把中國知識份子打成右派、黑幫、牛鬼蛇神；當你們的權力受到西方民主自由思潮衝擊時，你們就翹起帝王專制、忠君思想的那一頭，舉起愛國主義、民族主義旗幟，批判資產階級自由化，反對全盤西化，對美帝國主義說『不』，造就一批民族英雄把宣傳民主自由的知識份子打成賣國賊、崇洋媚外分子、民族敗類。中國老百姓就在翹翹板的兩頭來回奔命，互相仇恨，互相鬥殺，你們就漁人得利，政局穩定，政權穩固。就拿這火葬來說吧。本是西方文化，屬資產階級的，正如你所說，毛澤東懂得《易經》，信風水，多次去自己家祖墳山祭祖，自己死了不火化，把屍體盛進水晶棺，葬在中國的風水寶地——天安門南邊，想他的皇位由毛氏子孫繼承。中國共產黨應該反對。可是毛澤東贊成火葬。那是為什麼呢？我猜毛澤東是怕別人葬了天子風水地，把別人的屍體化成灰，沒有靈性了，毛家就萬萬年了。中國歷史上不是有許多挖別人祖墳的農民領袖和皇帝嗎？大伯，你可沒有毛澤東那大嚇人的權威呀，不要妄想葬風水地，保佑你的子孫也像你一樣當官得利。你死後還是火葬好，不要害我降職罷官。我再不會被老革命們愚弄了。」

柯天任的話真如一把把鋒利的匕首，剖解出尹苦海的心跡。尹苦海內心一陣陣絞痛，連連嘔吐出血痰來。過了好一會，尹苦海緩過氣來，仍然不甘心地自嘆：「我一生忠於黨，為人民服務，從沒提出個人要求，難道死了連一個屍體也保不住嗎？」

柯天任看到尹苦海還作垂死掙扎，進一步說：「大伯，對一個人的評價不能由他自己說了算。劉少奇一生忠於毛澤東，在被毛澤東逼死前的一刻才醒悟，說道：『歷史是人民寫的』。『人之將亡，其言也善』。劉少奇說得對呀。我接到人民群眾揭發你的劣跡的信件很多。人民是這樣評價你的：尹苦海的一生，先是做敗家子、流浪漢，再是做牛經紀，最後做人經紀，是插科打諢的一生，是吹牛拍馬的一生，是整人為樂的一生，是陷害打擊知識份子的一生，是說謊詐騙的一生，是吮吸民脂民膏的一生，是……」

柯天任越說越起勁，尹苦海越聽越急火攻心。柯天任看到尹苦海喘氣越來越劇烈，喉嚨越來越呼響，面部抽搐，全身扭曲，目光呆直，快要咽氣了，才停住嘴。柯天任獰笑著，俯下身子，對著尹苦海的耳朵，殘忍地說：「老傢夥，去死吧！」

柯天任直起腰，看著奄奄一息的尹苦海，轉身，走出房門，來到客廳。

「柯書記，父親對你說些什嗎？」尹家新試探著問。

「大伯要求不火化，按民間風俗安葬。」柯天任說。

「那怎麼辦呢？」尹家新問。

「哎，這是要我違背黨紀呀。」柯天任裝著難堪的樣子，嘆了一口氣。他停了一下，說：「家新，我不能擔得太重了，你也要擔著點。這樣吧，你先暗後明。在大伯逝世前，你先把病人弄回去。若是去世了，就在家裡入棺，然後通知縣委。我就裝著什麼都不知道，只發訃告。這樣，誰也不會過問火化的事了。」

「難為老弟了。」尹家新說。

「老人對你我都疼愛了，葬禮要辦隆重些。」柯天任補充說。柯天任說出這句話，是因為在他心裡又生出了一個政治陰謀。

柯天任交待了這些話，帶著鄢豔、學優走了。

卻說尹苦海的心靈接連受到柯天任的撞擊，內心像發生了地震一般，震得神志恍惚，朦朦朧朧，見到各種影像：活潑可愛的柯天任吊著兩顆長流牙咬他；瞿思危在他的背後放槍；陳繼烈把他往一個深淵裡推；李得紅在揮著鐵鍬活埋小毛、尹家新；柯鐵牛、柯國慶把他的孫子往烈火中丟；趙來鳳在掏挖趙月英的心臟；一大群饑民向自己討飯；尹安定的心在流血……

「凶呀！慘呀！」尹苦海在喊，但喉嚨閉塞，喊不出聲來。

漸漸地，尹苦海腦裡模糊零亂的影像清晰有序起來，化成了一場惡夢——

兩個無常鬼來到尹苦海面前，一個牛頭，一個馬面。牛頭用鐵索套住尹苦海的脖子，向前拉；馬面用夜叉頂住尹苦海的背腰，向前推。尹苦海知道自己被帶到平時所聽說的陰世地府中。地府冥冥，霧靄沉沉，陰森恐懼。尹苦海來到一條河渡口，有牌子寫著：奈何橋。奈何橋是一根百丈腐藤，從河的這邊懸崖上牽向對岸的懸崖上。腐藤下是一片水，像河，又像海，烈焰騰騰，沸水翻湧，水面上若明若暗地顯出兩個字：火海。牛頭上了橋，尹苦海不敢上，馬面就用力推。尹苦海在腐藤上戰戰兢兢地挪步子。突然，尹苦海一滑腳，掉下去了。尹苦海感到皮肉灼痛，五臟俱焚，喉頭乾裂，鼻孔噴火，有一股腥焦味。尹苦海嚇得大聲喊「救命」。牛頭、馬面卻在藤橋上發笑。尹苦海遭火燒油炸一回，被牛頭提起來。

「你在人間火燒油炸過別人嗎？」馬面問。

「沒有。」尹苦海老實地回答。

「你還敢隱瞞自己的罪行嗎？」牛頭瞪著凶眼說，「你和邱遠乾把王熾興等人打成右派，又夥同陳繼烈、鄧河流、胡華、柯天任陷害柯和貴，這不是火燒油炸文人的心靈嗎？」

「啊！」尹苦海恍然大悟，原來老天有眼，時時處處在檢察著每個人的言行。

過了奈何橋，看到前面一座白花花的山，像是冰山。走近一看，原來是刀山，插滿了白光閃閃的四面鋒利的尖刀。尹苦海嚇得跪在地上，不肯走。「走！」牛頭馬面齊聲喝道。他倆浮在刀光上面，尹苦海走在刀叢中間。尹苦海的腳板、腳跟、小腿被刀鋒劃破，刺穿，鑽心地疼痛。他倒在刀叢裡，卻被拖拉著走，臀部、腹部、胸部、頭部都劇烈疼痛起來，鮮血在刀山留下一條紅河。

「你逼別人上過刀山嗎？」牛頭問。

尹苦海痛得說不出話來，只是搖頭。

「你這傢夥又不認罪了。」馬面說，「你和解放、李得紅、柯鐵牛、柯太仁、柯業章不是這樣向尹安定、柯丹青施這種酷刑的嗎？」

尹苦海想起了尹安定、柯丹青跪瓦鋒、滾狗子刺的情景。

尹苦海被押進一座黑色宮殿，上頭坐著一個黑臉判官。尹苦海跪在判官前面。

黑臉判官看了尹苦海一眼，對牛頭馬面說：「這傢夥的心子中間還有一點軟紅，沒全部硬黑。你們先把他帶到十八層地獄看著，以醒其迷；再送回陽間去受一段活罪，以警世人。」

牛頭馬面押著尹苦海走。

尹苦海被押到一堵峭壁前，有一個高大石門，門頂上寫著黑漆大字：十八層地獄。黑色鐵門鎖著，兩個凶神守著。馬面開了鐵鎖，押著尹苦海走進出。走過一段黑巷道，就豁然開闊，好像一個大廳堂，光線暗淡，寒風颯颯。這裡有望不到頭的小房間，每個小間都有人在受酷刑：有的被壓在大石磨裡研磨，血水肉漿從磨縫裡流出來；有的舌頭被鐵鉤掛起，有的在釘床上打滾，有的在燒紅的鋼板上烤……發出種種淒慘的呻吟聲。馬面說：「這是地獄的第一層，罪人都在這裡受審受刑。」

尹苦海被帶到一間房裡。牛頭對他說：「我們不必帶你去看十八層地獄了。你就站在這面大鏡子前面，心想看什麼，鏡面上就出現什麼。過了一刻鐘，我們來押你出去。」

牛頭、馬面走了。

尹苦海這才發現在房子北牆上有一面圓鏡子，像道士道袍上印著的太極陰陽圖案，黑白各占一半。尹苦海盯著鏡面，心想：「這叫什麼鏡子？」鏡面上立即出現幾個字：

夢幻太極陰陽鏡

尹苦海感到神奇，就想看自己想知道的東西。

尹苦海第一個想知道的是自己死後在陰間哪個地方。鏡面上出現了第一層地獄的一個小間隔，牆上掛著一個本子，封面上寫著：尹苦海帳簿。翻開第一頁，寫的是尹苦海簡歷。簡歷之後，詳細記載著尹苦海一生所作的事，明事暗事都有。作惡頁上記了犯罪四條：第一條，遊手好閒，賭博嫖娼，不讀書，破家產；第二條，背信棄義，陷害叔父尹安定；第三條，夥同解放、李得紅、瞿思危、陳繼烈、柯天任等惡徒迫害文士，製造冤案；第四條，收了柯天任賄賂，教柯天任作惡。在行善頁上記有五條：第一條，給尹安定收屍，經常聽取善人趙月英的勸告；第二條，照護了善人柯和義、李朝清；第三條，救了被活埋的青年柯和丁；第四條，反對糧食虛報產量；第五條，制止瞿思危鎮壓南湖摘菱角饑民和柯鐵牛等惡徒殺害無辜。結論：罪大於功，惡重於善，罰到第一層地獄，來世投胎為人，患陽痿不育症。

「我應該受這種懲罰。」尹苦海心裡在說，「不知道趙來鳳受何種處罰？」

鏡面上出現第十六層地獄，在一個陰暗的角落裡，一個鐵籃裝著趙來鳳，像一隻脫毛開膛的白雞婆，舌頭被鐵勾拉出，手腳被折斷，肚腸流著墨汁。鐵籃邊上掛著一本帳簿，記著趙來鳳作的惡事。

尹苦海懶得去詳細看趙來鳳的帳簿，就想知道解放、李得紅、瞿思危、陳繼烈等人的下場。鏡面上出現第十七層地獄的一間暗房。解放是一隻黑鷹，鼻孔上穿一支尾毛，掛著解放的帳簿；下顎被鐵勾穿透，吊在頂板的鐵環上；兩翅被鐵絲纏住，牽拉在兩牆上；屁股眼裡掉下一截黑腸，滴著黑血。李得紅、瞿思危、陳繼烈是三隻狼狗。李得紅被埋在地裡，只露出狗頭；後腦殼上打進一枚長釘，釘上掛著帳簿；脖子上套了桎枷，與地皮連在一起；向上仰著面，張開狗嘴，接吸那黑鷹滴下來的黑血。陳繼烈、瞿思危都被鐵鐐鉗住脖子、手腳，繫在地上鐵樁上，蹲在地上，舔著黑鷹滴在地上的黑血；胸腹都被剖開，漆黑的心腸。陳繼烈是一隻白狗，咧嘴像笑，目光狡黠；瞿思危是一隻黑狗，毛被烙光，肉裂成紋，帳簿都繫在鐵樁上。

尹苦海想到柯鐵牛、柯太仁、柯業章，鏡面上出現了第十五層地獄，三人都是看家狗。

尹苦海不願細看，就去想柯天任。鏡面上出現了第十八層地獄。柯天任是一隻豹子精，被十枚大釘釘在鋼板牆上，豹頭與豹身離了位置，手腳張開，蟲蟻滿身，全身是腐肉膿血。

尹苦海不願想地獄的事了，他想看看天堂。他想：「毛澤東不知道死後在天堂的哪一重？」

鏡面上出現了第十八層地獄，在一個單間暗房裡，烏色的牆上貼著一隻大甲魚，頭額、脖項上了鋼箍，套釘在牆上；後腳被紮在地上，前腳板被拉開釘在牆上，甲殼被撬開，從脖項到肛門被剖開，四根短鋼筋條撐開胸腹，只剩下一副甲殼；滿身流著骯髒的血污，發出腐腥氣味。在頭上立著一隻大甲骷髏，根根枯骨被打了孔，用鋼絲穿紮起來。在這大甲骷髏左右，排著一大串骷髏。大甲魚的後腳板上掛著帳簿寫著「毛澤東」，大甲骷髏的鎖骨上掛著的帳簿上寫著「秦始皇」，每具骷髏的帳簿都寫有名字，是各朝各代的皇帝、盜頭。

尹苦海沒心思去一一辨認，自語著：「原來毛澤東真是民間傳說中的甲魚精，與秦始皇是同類，不是星宿下凡。不知那蔣介石是不是傳說中的烏龜精？」

鏡面白處上出現一片波濤洶湧的大水，水面上有一葉扁舟在打旋，舟頭上站在著一個人，光頭，灰色長袍，雙手抓手杖，身子在晃動。那人是在電影中出現的蔣介石。

「奇怪，那蔣介石怎麼不在妖精之列、打入地獄呢？」尹苦海犯疑了，「秦檜、汪精衛應該入地獄吧。」

鏡面白處出現了一處園林，林中有精美的亭子，亭上有一個匾，上寫：秦汪亭。有兩個人坐在亭上對奕，一個穿古裝，一個穿西服，兩人一邊走棋，一邊嘆息自己在人間所受的冤屈。

尹苦海感到更奇怪了：「陰間的是非標準怎麼與陽間截然相反呢？怎麼把偉人、英雄打入地獄，把賣國賊、漢奸請進天堂呢？」

鏡面上出現了幾行字：「陰間陽間的是非標準本來是一樣的，都是根據天理人性定的。可是，陽間從秦始皇時就被妖精統治了，將是非標準顛倒了。孫逸仙把是非標準更正過一次，後來又被毛澤東顛倒過去了。錯在陽間。」

「孫逸仙是誰呢？」尹苦海在問。

鏡面上出現一副畫面：孫中山站在一片海灘的一塊岩石上，右手摟著一個剛出世的嬰兒，左手揚起，在向一群學生、漁民、軍人演講。在孫中山背後，站著老子、莊子、墨子和幾個叫不出人名的西洋學者。

「不知道那些入了地獄的人來世怎樣？」尹苦海想。

鏡面上出現幾行字：「第一層到第五層者，負罪投人胎，以正其心。第六到第十層者，投胎家畜家禽，為人役使食用以贖罪。第十一層至第十五層，投胎飛禽走獸蟲蟻，任人捕殺。第十六層至第十八層者，永囚地獄，不得翻身。」

尹苦海就擔心起趙月英來，不知道該在哪裡。

鏡面上出現一個花園，趙月英、李寡婦、張愛清在一起澆花，說笑。

他想起自己陷害過的叔父尹安定。鏡面上出現一個殿堂，坐著許多學者，尹安定、柯丹青也在其間讀書，寫書。

尹苦海放下心了。

他又想：「柯和貴又將怎樣呢？」

鏡面上出現了一個浩瀚無邊的天空，柯和貴身穿道袍，手執拂塵，腰繫金葫，腳踏彩雲，在遨遊，不屬三界管轄。

尹苦海還想看，牛頭、馬面進來了，把他押走。

尹苦海被押著往回走，走到奈何橋，看到橋對面站著趙月英，向他招手。尹苦海急著要過橋，卻被牛頭、馬面齊聲大喝「下去」，推下橋，向火海跌下去。尹苦海一陣驚嚇，喉嚨肌肉猛地緊縮，叫出聲來：「月英，救我！」

對尹苦海的這個噩夢，柯和貴有詩一首云：

人生原本一場夢，千年世道是陰溝。
抱阮哭泣《金瓶梅》，僧人笑吟《好了歌》。
曾經迷信辯證法，幾度追隨殺人魔。
老年驚夢陰陽鏡，赤身露體返南柯。

（注：「抱阮哭泣《金瓶梅》，僧人笑吟《好了歌》」：抱阮，《金瓶梅》作者笑笑生，號抱阮；《好了歌》，《紅樓夢》裡的一首詩歌。）

欲知尹苦海是死是活，且聽下回分解。

第九十九回　趙月英贖罪入基督　尹苦海悔過歸父神

卻說尹苦海在惡夢盡力驚叫一聲。這一叫，將一腔濃濃的血痰吐出，醒了。

「父親，父親，你醒了！」尹家新在驚喊。

圍在旁邊的一家人都轉憂為喜。尹家中拿了枕巾給尹苦海楷抹脖上胸上的血痰。

尹苦海微微睜開眼睛，看到了熟悉的空間，看到了熟悉的面孔。可是，頃刻間，這熟悉的空間化成了地獄，這熟悉的面孔變成了牛頭、馬面、鷹犬、骷髏……尹苦海嚇得從床上跳起來。

一家人被驚愕得一下子退開床旁。

尹苦海看到牛頭、馬面退出路來，就霍地一躍起身，跳出房門，衝到外面去了。

「父親中邪了！」尹家新猛然醒悟，叫著，衝出去，在院門外拉住了尹苦海。尹家中也趕來拉尹苦海。

尹苦海見到牛頭、馬面又來捉他，憑全身力氣，把兩人摔倒在地，向街上跑去。

尹苦海赤著腳板，穿著單衣單褲；頭髮蓬亂，臉色紫紅，嘴角流涎，鼻孔滴涕，高一腳低一腳地亂走，口中念念有詞：「天裡有眼，我有罪，入地獄，得報應！」

有時，尹苦海朝天哭著高呼：「神明赦我，月英救我！」

尹苦海竄到集貿市場，看見擺在攤上出賣的甲魚，指著大笑：「領袖，英雄，英雄，領袖。」他看到那案板上掛著的脫毛的雞，又大笑：「趙來鳳，趙來鳳！」他看到開膛的狗，哈哈大笑：「李得紅，瞿思危，柯鐵牛。」

……

尹苦海日夜不回家，被家人扭回家，又跑出去。他渴了，喝下水道的污水；餓了，吃地上的髒物。

「尹苦海瘋了！」這個爆炸性新聞很快傳開。

尹苦海的確瘋了。柯天任的無情無義，使他看到世人的陰毒殘忍；柯天任的挖苦諷刺，使他認識到自己悟錯了理、走錯了路；死亡的威脅，使他感到人生的短暫；火化的恐懼，使他感到肉體的虛無；夢中的懲罰，使他悔恨自己的所作所為；閻王的帳簿，使他畏懼天理神明；地獄的慘狀，使他感到惡人終究難免死亡和靈魂的懲治；天堂的美景，使他嚮往善人，良心得到安慰，靈魂有個安宿……種種情緒，樣樣念頭，像爆炸開的大大小小的石頭，在尹苦海腦殼裡亂蹦亂撞，亂打亂碰。他那被人洗過的腦子，被人梳順向一個方向而又扭成辮子的神經纖維，猛然遭到撞擊，辮子散亂成一團，纖維根根斷裂，思維沒了秩序，思想失了方向，觸覺沒了冷熱，視物沒了明暗，聽音沒了大小，動作沒了輕重……只有在那神經中樞的纖維末梢裡還殘存著一個清晰的影像——趙月英。

卻說趙月英，是個七十八歲的老太婆了。她飽受了清匪反霸、土改肅反的痛苦和恐懼，後來被迫配了尹苦海，入了共產黨，當了區婦聯主任。她一直感到自己有罪，沒去上班，也沒去城關住小洋樓。她總勸戒尹苦海行善，自己到處求神拜佛，想解脫自己和尹苦海的罪孽。趙月英看到寺廟裡和尚尼姑雜居，斂取錢財，菩薩要香火紙錢才肯渡人，心中有了疑慮：「佛門聖地並不聖潔，佛祖菩薩仍要錢財。」

正在趙月英迷惘時，那個曾經在柯和貴家居住過的高雲英成了基督教徒，到南柯村來傳教，李寡婦、柯和義、張愛清都入了教。趙月英就去找高雲英說出心中苦悶。高雲英說：「佛教並不信神，只講自信、自修。但人有原罪，並不能自救，靠自力是不能修到功德圓滿的，必有他力幫助。菩薩是人用木用泥用石膏做的，智慧低於人，怎麼能渡人呢？唯有上帝和他兒子耶穌才是真神，是全能萬能的主，才能救人。」趙月英就去教堂聽課，大受感動，認為自己找到了「救主」，就入了教。她把家裡的神龕和菩薩牌位撤了，換上了十字架，每日早晚向著十字架做祈禱，求耶穌來救贖她和尹懷德。

一日中午，趙月英聽房叔尹懷福說：「大哥瘋了。」趙月英渾身顫抖，內心鑽痛，連忙向主祈禱：

「主啊！我是罪人，趙月英受不了惡勢力的迫害，配了罪人侄兒尹懷德，犯了亂人倫罪。今日尹懷德瘋了，我罪上加罪。但是，我保有一段藕斷絲連的自然真情。求主耶蘇寶血洗淨我，赦免我一切的罪，我願意接受你，我的救主。從今以後，求你保守我，帶領我，一直行在你的話語上。奉主耶蘇的名禱告。阿門。」

趙月英每日祈禱，入神入化。一日未時，有個噪音傳來：

「神明赦我，月英救我……」

一條黑阿門影投到十字架上。

門外響起了雜亂的腳步聲和議論聲。

趙月英扭頭一看，尹懷德站在背後，大門擠滿了看熱鬧的人。

「有什麼好看的？走開！」尹懷福吆喝著人群。

人們走開了，屋裡只剩下趙月英和尹懷德。趙月英看那尹懷德：身穿一套藍條白內衣，內衣成了百衲衣，被屎尿、污泥、油膩弄成黑一塊，黃一塊，紫一塊，灰一塊；內衣又像件百鳥羽毛粘貼衣，一片片，一條條，隨著顫抖的身軀在抖動；赤著腳板，腳跟凍瘡腐裂，像一棵腐爛老樹蔸；腳趾甲翻卷，露出鮮紅的趾頭肉；頭髮像一堆被揉白的麻絨，夾著爛草渣和灰塵；額上凸起一個個大小不一的肉包，像擺在白瓷盤上的桂圓、荔枝、草莓之類；顴骨突起，左顴像用小刀刮下一片紅薯皮，翻出紅肉來；鼻翼像被人打了一拳，向右歪著，左塌右鼓；嘴角撕裂，流著血，牙縫裡卡滿果皮、草屑。白胖魁梧的尹苦海已不成人形，像一株被雷電打斷了梢杪的油樹幹，皮開肉綻，瘢疤累累，瘦骨嶙嶙。

趙月英心中一陣慘楚，淚如雨下，沒有言語。她握住尹懷德滿是汙穢的冰冷的雙手，示意尹懷德面向十字架，立正，合掌，祈禱。尹懷德看著慈祥的趙月英面孔，就順從著趙月英，學著趙月英，注視著那十字架。他感到有一種清靜肅穆的氣氛，感到有一種神秘莫測的力量。

趙月英站在尹懷德前面，面向十字架，虔誠地說：「主呀，我不能替尹懷德禱告，我要引導他禱告，讓他歸了主。」

趙月英就教尹懷德禱告，尹懷德跟著趙月英的聲音，心中默默地念：

「父神啊！你無所不知，無所不能。我從前不知道有你，更不知道你這樣愛我。現在我明白了：主啊！你來釘死在十字架上，是為我擔當我的罪。我罪孽重大（尹懷德默念自己的罪行）。我願接受我主為我預備的救法，願主赦免我的罪，帶領我一直行在你的話語上。奉耶蘇基督的名。阿門！」

祈禱完了，趙月英去燒了一鍋熱水，給尹懷德洗了，換乾淨衣服；又給尹懷德煮了紫蘇蛋麵條，給尹懷德吃了，讓尹懷德去睡。

尹懷德睡在柔和溫暖的被子裡，心裡安寧了好些，口中又不自覺地禱告起來。他一遍又一遍地禱告，態度十分認真，心子十分誠懇。忽然，他看到了父神在空中顯現：面容煥發光彩，慈愛可親，衣服潔白似雪，吐語如玉：「你要我救你嗎？」尹懷德高喊：「主呀，快救我！」救主右手掌向下，往高空擎起。尹懷德被一種親和力提起，升入天空，到了一個聖潔美好的世界。尹苦海心中的一切恐懼、痛苦、顧慮、怨氣全沒了，看不到那人間的鬥殺了，看不到那地獄的慘景了。尹懷德向下看著自己屋裡，看到趙月英在十字架前禱告，就高興地向著趙月英喊：「月英，我得救了！」

卻說趙月英服侍尹懷德睡後，收拾了一陣屋子，和衣與尹懷德睡在一起。到了下半夜，趙月英感到尹懷德的身子越來越冷，就細聲叫他：「懷德，懷德。」尹懷德沒作回答。趙月英用手去摸，尹懷德的身子僵硬了。趙月英連忙摸黑穿衣，起身，拉亮電燈，俯身觀察尹懷德：面容安詳，嘴角掛著一絲微笑，鼻孔沒了氣息，心臟停了跳動。趙月英叫了一聲：「懷德，你得救了，你隨主走好。」

趙月英連忙夜晚去邀請了教友李寡婦、柯和義、張愛清，關起大門和房門，在十字架前為尹懷德和南湖人的靈魂祈禱：

「主呀！我知道那些南湖活人會在安葬喪禮中折騰尹懷德的靈魂，我沒有能力去制止有惡，我有罪呀！我萬能的主呀，您救贖了尹懷德的靈魂，也會救贖那些折騰尹懷德靈魂的南湖人的靈魂。這人間罪孽深重，連那純潔的南湖靈魂也受蒙垢。我們願接受我主為我預備的救法，願主赦免我的罪，帶領我一直行在你的話語上。奉耶蘇基督的名。阿門！」

祈禱後，又唱起《讚美詩》：

一、耶穌獨自禱告歌

耶穌獨自為我禱告，在客西馬尼園，他為我獨償苦杯，面上汗流如血。
耶穌為我獨自受審，在彼拉多庭前，他獨自戴荊棘冠冕，為世人所輕看。
耶穌獨自為我受死，在各各他山上，聽他口中高聲呼喊：「成了！成了！成了！」
為我！為我！他為我釘十字架！
捨身流血還我罪債，他傷心是為我！
為我！為我！
（阿門！）

二、受難歌

至聖至首受重傷，稀世痛苦難當；遍壓荊冠皆恥辱，譏評、嫌怨、憂傷；仰瞻慈容何慘澹？想見滿懷悽愴！此刻愁雲掩聖範，當年基督輝光。
眼見我主英勇力，戰爭中間消盡；眼見冷酷的死亡，剝奪主身生命；嗚呼痛苦又死亡！因愛萬罪身當！懇求施恩的耶穌，轉面容我仰望。
將來與世長別時，懇求迅速來臨；賜我自由與安慰，昭示寶架光明；凡百守信而死者，因愛雖死猶生；願我微心起大信，與主永遠相親。
（阿門！）

三、審判日要來歌

審判大日要來，那日就要來，不知何時那日就要來。
到那時聖徒、罪人必要分列左右隊，
此日要來，你有否預備？

審判大日要來，那日就要來，不知何時那日就要來。
愛主者在主面前可以享榮耀富貴，
此日要來，你有否預備？

審判大日要來，那日就要來，不知何時那日就要來。
那時主要把作惡的人一齊都定罪，
此日要來，你有否預備？
審判日必來！
（阿門！）

四、求主潔清我心歌

求主潔清我心，除去一切罪愆，寶血洗滌汙穢，罪孽主全赦免；耶穌賜我永生，心中充滿平安，主必保守導引，直到見主那天。

求主潔清我心，使我常想主言，眼前明燈永亮，生命嗎那日添；我要儆醒祈禱，在世作光作鹽，主必保守導引，直到見主那天。

求主潔清我心，我心為主聖殿，懇求永居其間，保守聖潔完全；終身榮神益人，直到見主那天，主必保守導引，直到見主那天。

阿門！

又有古詩《仰止歌》：

未畫開天始問基，高懸判世指終期。

一人血注五傷盡，萬國心傾十字奇。

閶闔有梯通淡蕩，妖魔無術逞迷離。

仔肩好附耶穌後，仰止山巔步步隨。

（阿門！）

尹苦海逝世了，又是一條新聞傳開了。

欲知尹苦海家族和黨組織怎樣料理尹苦海的喪事，且聽下回分解。

第一百回　老前輩安息尹東莊　接班人建造烈士陵

卻說尹苦海去世了，尹懷福忙起來，叫人給尹苦海穿壽衣，攤板門，打電話叫尹家新等人回來。

尹苦海的兒女們租車回家了，尹東莊的人圍來了，一時間，尹苦海家哭聲震天。哭鬧了一陣，村支書尹家兵來了，白鶴先生鐘德班老師也被請來了。尹家新就對尹家兵說：「柯天任答應不讓父親火化，叫我們入棺。」尹家兵說：「苦海大伯是尹東莊的光榮，我們要把喪事辦隆重體面些。」尹家兵就成立「尹苦海治喪小組」，自任組長，尹懷福任常務副組長，鐘德班任副組長，組員有四人。「治喪小組」討論決定：陳屍三天三夜，眾人瞻仰遺容；停柩兩天三夜，眾人謁拜英靈；出殯那天比常人提前三個小時開飯，家人先做起碼祭，起碼祭不能超過兩個小時；縣人大再做追悼會。考慮到送殯的人車多，需七、八里長的路段才能拉開陣式，而靈堂到墳地只有兩里多遠，這就要拐彎到公路再繞到墓地。「治喪小組」作了兩條規定：第一，凡尹東莊男女老少，不分輩分，一律披麻戴孝；第二，尹苦海兒女在送葬期間不能為安葬費、禮物、遺產的分配爭吵。「治喪小組」對追悼會場作了精密的設計和周密的佈置。白鶴先生鐘德班在定時辰時第一次遇上了困難：平常死人，只需根據死者的生辰八字定出吉利時辰就行了，而為尹苦海定時辰，既要根據死者生辰八字，又要根據組織定的時間來定。鐘德班折騰了好一陣子才弄出入棺、入土的時辰。

最忙的要算尹懷福，既要管內務又要管外場。他叫來料屍人。料屍人把十個煮熟的打狗米粉坨放進尹苦海的上衣口袋裡，把桂圓、荔枝、紅棗穿成兩串，繫在尹苦海左、右腕上。兩個女兒給尹苦海的手腕上各戴了一個金殼手錶，三個兒媳各拿出麻將、紙牌、撲克放在尹苦海腋下。料屍人用樹皮、艾葉、蒜稈煎水給尹苦海抹了屍體，用白布包裹了屍體。

尹苦海直挺挺地躺在板門上，臉上蓋著一片黃紙錢，任憑活人擺弄。

趙月英沒有去哭喪，把十字架移到自己的房裡，關起房門來，不停向十字架禱告：「主啊，我沒有能力阻止活人作弄尹懷德的屍體，我向你贖罪。」

尹懷福想到尹苦海的兒女、媳婦們都是黨政幹部，不會哭，也哭不出喪心來，就請了村裡四個婦女幫哭。這四個婦女在四十歲左右，是吹鼓樂隊的哭喪能手，哭起來雖然沒有眼淚，但哭得慘聲驚天動地，哭得有節奏好聽。四個婦女輪換哭道：

335——332——6653——2——

老人呀老人呀我的苦老人呀

柯天任接到報喪時正在縣委會開會。他立即宣佈休會，悲痛起立，率眾向著尹東莊方向默哀三分鐘。柯天任指示成立「尹苦海同志治喪委員會」，自任主任，縣長李建樹任常務副主任，尹東莊村支書任副主任。「治喪委員會」在縣電視臺、報紙發表訃告，通知縣直機關、鄉鎮一、二把手都要去瞻仰遺體、參加追悼會。

訃告發出後，市、縣各級領導陸續來瞻仰尹苦海遺體，慰問家屬。尹東莊頓時車水馬龍，人流不息，直到出殯時熱鬧到了高潮。

出殯這天，尹東莊哀樂驚地，鑼鼓喧天，爆竹震屋，煙火騰空；村裡各處場地、草坪、樹林停滿了各種車輛。尹苦海的靈柩停在公屋大堂前第二重，棺木上覆蓋著中國共產黨黨旗。人們一群群到靈前吊念，有行默哀致敬禮的，有行三跪九叩禮的。

柯天任的弔念方式特別，先帶領縣常委委員到靈前獻花圈，行默哀致敬禮；再帶領鄢豔、學優重新從大門進，放萬響鞭炮，送私人輓軸花圈，到靈前，整冠，擰衣，行三跪九叩大禮。柯天任此舉令人讚不絕口，流為美談。

一些來得早的人，弔念完後，離開靈堂，到車裡、草坪、樹下打起麻將、撲克來，賭錢玩樂，消磨時間。

一時間，靈堂裡充滿悲哀氣氛，尹東莊四周卻充滿歡樂氣氛。弔念完後吃喪飯。喪飯不是農村原來的「老八套」菜，而是四十九套全葷菜，酒也高檔，吃得弔客們肚圓冒油汗，喝得送葬人臉紅喘酒氣。這實在是永安縣縣委的一次喪飯改革開放創舉。

吃過喪飯開追悼會。八腳們把靈柩抬到大屋場，靈柩兩旁擺著花圈、輓軸。花圈擺成了個八腳螃蟹形狀，左右各延伸十來丈遠，螃蟹的前腳彎曲向前，包圍了整個追悼會場；輓軸懸掛在花圈週邊。花圈中以柯天任私人送的最大，放在中心，中間一個大「奠」字，掛著一副挽聯：尊亞父尹公諱苦海大人仙游，義晚柯天任率媳婦鄢豔、義孫學優頓首拜泣。在許多輓軸中，要算尹苦海兩個女婿的輓軸醒目，軸上的字都用人民幣貼成，小字用十元幣，中字用五十元幣，大字用一百元幣，每個軸子貼了一萬多元紙幣。孝男孝女們跪著，白皚皚一片。追悼場上五彩繽紛，錦簇繁榮，只嫌那白紙上寫的「喪」字沒換上紅紙上「喜」字。

追悼會先由尹苦海的孝子們做「起碼祭」。九個禮生站在各自的位子上，唱著：「起杖」，「下杖」、「稽首」，「上香」……唱了一個多小時，讀祭文。擴音器播傳出哭讀聲，那聲音有哭無哀，有慘無悲，晦澀不清，不通古文的人只聽到「之乎者也焉矣哉」，通古文的人聽到的是千篇一律的應酬文，只不過換了死者的姓名。「起碼祭」留下「起柩」一項，待縣委追悼會開過後再進行。

追悼會開始了，儀式簡潔。

柯天任穿著孝服致悼詞：

各位同志，各位來賓：

今天在這裡，我代表永安縣縣委、人大、政府、政協和全縣共產黨員以及全縣廣大人民沉痛追悼尹苦海同志！

與尹苦海同志在一起工作和生活過的人，都了解尹苦海同志：平凡！偉大！

尹苦海同志的一生，是革命的一生，戰鬥的一生。從清匪反霸到現在，在黨的歷次運動中，他總是率先響應黨的號召，站在前線，為革命衝鋒陷陣。他不愧是位偉大的共產主義戰士！

尹苦海同志的一生，是把革命理論與實踐相結合的一生。他有洞察事物的敏銳目光，有識別真偽的金睛火眼，善於思考，善於分析，在大風大浪中從不迷失方面。他不愧是位革命的思想家、政治家！

尹苦海同志的一生，是為人民服務的一生。他從不謀私利，從不向黨向人民伸手，克己為人，急人所急，兩袖清風，廉潔奉公。他不愧是位毫不利己、專門利人的人民的好公僕！

尹苦海同志的一生，是維護黨的團結的一生。他服從領導，聽從指揮，自己的不同意見未被組織採納，也能忍辱負重，以黨的團結為重心。他不愧是位黨的衛護士！

尹苦海同志的一生，是為革命培養接班人的一生。他不僅把自己的畢生精力獻給黨，還為黨的事業的後繼有人日夜操心；他誨人不倦，教人有方，親手為黨培養和造就了一大批領導幹部。他不愧是革命晚輩的導師！

尹苦海同志雖然不是在槍林彈雨中壯烈犧牲的，但他在平凡的革命工作中表現出了偉大的精神，死得重於泰山。他是我們每個黨員和幹部的楷模！

現在，尹苦海同志與我們永別了，我們再也看不見他的慈容，再也聽不到他的教誨，但他給我們留下了寶貴而巨大的精神財富。尹苦海同志的逝世，使黨失去了一位好戰士，使人民失去了一個好公僕，使革命晚輩失去了一位好導師，使革命蒙受了巨大損失！縣委號召全縣黨員、幹部，不管在職的還是退休的，都要學習尹苦海同志的六點精神，擁護黨的領導，維護黨的團結，為黨的事業作出貢獻和犧牲，以此來沉痛悼念尹苦海同志，以此來安慰尹苦海同志的英靈！

願尹苦海同志在地下安息！

柯天任一邊用手帕擦眼淚，一邊嗚咽著聲音讀悼詞。全場鴉雀無聲，在悲痛中，在激動中，在贊許中。

追悼會開完了，九個禮生一齊大叫：「起——柩——」。八個腳夫一齊吆喝：「喲——夥夥——。」

靈柩抬起了，向前緩行。白色引路幡在前頭，舉花圈、扛輓軸的緊跟其後，柯天任親扶靈柩走著。靈柩後是端靈牌的孝子尹家新和端遺像的尹家中，孝男孝女跟著。縣、鎮戴著白花的車隊跟在後面。送葬隊伍有五、六里長。俗云：「拉喪拉喪，任意選路。」送葬隊伍所經處，菜園、田地裡的莊稼被踏出一條極寬的綠色道路，被糟蹋的蔬菜、莊稼有十幾畝。

靈柩到了墓地，柯天任不懂裝懂地察看墓穴、向旨，連贊「好風水地」。他指示尹家兵把尹苦海的墓地擴大為兩畝地，建造一個陵園，以便後人紀念、受教育。

暫不表尹苦海的靈柩落字造墓，也不表尹苦海的兒女們為安葬費收支、禮品和遺產分配爭吵得你死我活，單說柯天任、鄢豔回家後閒話尹苦海的死和殯葬。

「人死了，一切都空了！看來，人不必那樣殘酷地鬥來鬥去的。」鄢豔嘆著。

「你這是宿命論，虛無主義，婦人之仁。」柯天任批判說，「不錯，人總是要死的，不能萬歲。夭折是死，活八十歲老死也是死；自殺是死，他殺也是死；戰死是死，病死也是死；一個人死是死，成萬人一齊去死也是死……都是沒命了，空了。這是自然規律，是天理人道，合唯物辨證法，沒什麼值得嘆息的，沒什麼靈魂鬼神。但是，人人都怕死，都想活，還想活得幸福，活得榮耀，活得富貴，就產生了鬥爭。在鬥爭中，人人都想戰勝別人，鬥死別人，奴役別人，『寧可我負天下人，不可天下人負我』，殺人如嘛，血水成河，『一將功成白骨堆』。極少數智多力強者得到了榮華富貴，芸芸眾生的愚昧善弱者丟了生命，活著的成了強者的魚肉、牛馬。這就是自然規律，是天理人道，合唯物辯證法，正如眾多的低級動物是少數高級動物的食物一樣，沒什麼殘忍作惡可言。『弱肉強食』、『優勝劣淘』，沒什麼值得嘆息的。所謂『扶弱鋤強』、『揚善除惡』，是一些失敗的強者想取勝用來蠱惑弱者的口號，是違背自然規律的，是反天理人道的，不合唯物辯證法。我知道自己總有一日要死，但我不願去想死，只想活著做個強者，活得幸福，活得榮耀。讓天下人都為我活得好去死吧！」

鄢豔畢竟是個婦人，少不了有點婦人之仁，聽著柯天任這番高論，雖然反駁不了，卻心裡發怵，目瞪口呆，說不出話來。

「鄢豔，你怎麼傻了？聽見我說話沒有？」柯天任看著發傻的鄢豔問。

「啊，啊，我聽著哩。」鄢豔回過神來，還心有餘悸。

「我這次可把尹苦海當著永安縣的陳毅來辦喪事了，給那些有怨氣的老傢夥一顆定心丸了。」柯天任繼續說，「我還想在尹苦海的墓陵上做點工夫。我已經指示尹家兵給尹苦海造陵園，讓縣財政撥點款子資助。那些老傢夥就羨慕極了，爭相效法，提出一個個要樹碑造墓的提案，我就一個勁地批准，讓老傢夥們有事幹。」

「那不是勞民傷財嗎？對你有什麼好處？」鄢豔問。

「真是婦人之見！」柯天任說，「你知道全國建了多少烈士陵園、造了多少像座、立了多少紀念碑嗎？那要勞多少民、傷多少財呢？難道那些高級領導是為了真心紀念死者嗎？不！是用死人壓活人，借鍾馗打鬼，借屍還魂，從而來鞏固自己的特殊地位，穩定自己的奢侈生活。在永安縣，前幾任書記只知撈權撈錢，在這方面沒有什麼大作為，給我一個機會。我今天就學著那些高級幹部的政治手段，在永安縣大興烈士陵，用實際行動回答那些攻擊我的老傢夥：為烈士建造陵園、緬懷先烈，是不是繼承革命事業？為革命老前輩樹碑立傳、宣傳前輩的革命精神，是不是接共產黨的班？幹好這件政治大事，既能取悅上級，又能化解那些退休老傢夥的怨氣，你怎說對我沒有好處呢？」

鄢豔聽了，心裡在嘀咕：「不知後人要費多少人力財力來清除那些陵園和紀念碑啊？」但她又佩服柯天任能及時抓住政治契機，進行政治投機的能力，就說：「你分析得對，這事應該幹。」

柯天任就對大造烈士陵和大建老前輩紀念碑進行謀劃。他召見了劉耀武、陳繼烈、瞿思危、鄧河流等老幹部，指示他們先寫一個《尹苦海同志墓陵建造的提議》，交縣長李建樹撥款十萬元；再向人大、政協寫個議案：建造「江南烈士陵園」和一些烈士小陵園、紀念碑。劉耀武等人聽後，想到自己死後也有個小陵園，並且能趁機撈一筆錢，就十分高興，去忙碌起來。很快，兩個《提案》得到了批准，柯天任對第二個《提案》作了部分修改，指出：「凡在革命戰爭年代的烈士和在建設年代逝世的縣局級、鄉鎮級領導幹部，由縣政府統一建造、題詞，縣財政統籌撥款；凡縣局以下逝世的領導幹部，由機關和鄉鎮政府建造、題詞，自籌經費。柯天任指示成立「江南革命烈士陵園建造領導小組」，自任名譽組長，李建樹任組長，劉耀武任常務副組長，陳繼烈、瞿思危、邵月鐘任副組長。縣人大、縣政府、縣政協分別下了紅頭文件，縣電視臺每晚開闢了「緬懷革命烈士」的二十分鐘特別節目，全縣進行大宣傳，稱讚這是永安縣改革開放的一項大舉措，是全縣人民頭等喜事，表達了全縣人民的心聲。

「江南革命烈士陵園」園址選擇在桃花山西南側，與桃花源賓館緊緊相連。

桃花山在永安縣城西北邊，在歷史上是永安縣十景中的第一景，是宗教聖地。永安縣人傳說，桃花山原來叫瑞鵲山。在唐玄奘西天取經回來時，觀音姥姆駕彩雲隨其後。觀音菩薩路過永安縣天空時，俯視到永安縣西北角瑞鵲山一片祥靄，又微察到離縣城三十里遠的南柯村有個節婦。那節婦是一位舉人的二媳婦，識文理，守寡在家，現已三十六歲，正是六六大順之數。觀音菩薩就停雲下降，托夢給那節婦，指點迷津，賜名「色無」法號，囑她到瑞鵲山泉的源頭邊造庵傳佛法。節婦把夢當真了，就到瑞鵲山東邊的泉水源旁搭了個草庵，削髮為尼。色無看到瑞鵲山儘是荊棘蒿草，在山坡腰有五棵千年桃樹，結的桃子又甜又香，就決定披荊斬棘，栽種桃樹。到色無的晚年，瑞鵲山滿是桃樹。一到春天，桃花盛開，從永安城樓望去，像滿天晚霞，又像遮蓋西天的一匹紅綢緞。桃子成熟時，翠綠的枝葉掛著紅色桃子，像碧湖中間閃著的點點燈光，又像青綢上綴著紅寶石。山腰中，長年不息的泉水湧流，滋潤著桃樹。色無就把瑞鵲山改名為桃花山，把泉水命名為桃花源，把草庵取名為桃花庵。桃花庵香火日盛起來，到了第三代比丘尼，草庵換成了青磚碧瓦大庵殿。到了宋徽宗時，有個道士自稱是陳摶老祖的弟子，在桃花山南邊建起東嶽廟。到了明太祖定「八股文」時，永安縣知縣在桃花山西邊建起儒學堂。這桃花山就成了永安縣儒、佛、道三家聖地。到了柯天任上任縣委第一書記時，桃花山上看不到一枝桃花，也看不到泉水，更看不到儒、佛、道三家聖地的影子，只有在桃花山西南側的陡坡下有一家尼姑草庵。

原來，毛澤東坐了龍庭後，桃花山遭到三次大洗劫。

第一次是在「三面紅旗」時。那時有個「三治」和「大煉鋼鐵」運動，桃源大隊黨支部書記帶著共產黨員、共青團員、革命積極分子開進桃花山，破除迷信，治山治水，大煉鋼鐵。他們把山上的桃樹連根挖掉，放火焚燒；把桃花庵，東嶽廟拆了，把山裡的墳墓掘了，把菩薩、屍骨都丟進火裡焚，把拆下的磚石和墳墓碑石搬去築土高爐。桃花庵的青年尼姑和東嶽廟的小道士都逃之夭夭了，只有一個老尼姑、兩個中年尼姑和一個老道士不怕死，守著廢墟不跑。老尼姑呼天哭地，跳進火堆，在革命者的嘲笑和謾罵聲音中上西天了。老道士大叫大喊：「我雲遊天下，到過毛主席的家鄉韶山沖，毛主席的祖墳山沒挖，還擴建了，毛主席也回家祭祖。你們搗寺廟，挖別人的祖墳，壞別人的風水，是害怕再出天子嗎？天理不容你們！」這老道士竟敢惡毒攻擊偉大領袖毛主席，被革命者當場打個半死，送到大牢，以現行反革命分子被判死罪槍決了。那兩個中年尼姑卻不言不語，不吃不喝，死死賴在桃花庵瓦礫地上。後來，山上種的小麥杆子細矮，當頭三粒子；土高爐裡煉的黃鐮石沒變成一丁點鋼鐵；大隊支書得暴病死了，當地人說是被觀音姥姆和李老太君聯手來懲處成這個樣子。桃花山荒蕪了，沒人管了。兩個中年尼姑趁機又搭起草庵，在山上栽桃樹。三年後，草庵又變成了瓦庵，山上又一片桃花。

第二次洗劫是在紅衛兵大破「四舊」時。紅衛兵們衝上山去，把菩薩神案等砸了，拖出尼姑戴高帽遊行，放了一把火，燒了桃花庵，但沒砍桃樹。那兩個中年尼姑真頑固，遊行後又回到庵廢墟上搭草棚。

第三次洗劫徹底。劉耀武當了縣委第一書記時已是五十掛零的人了，是老幹部了。「英雄惜英雄」。劉耀武對老幹部抱有深厚的革命感情，把桃花山一分為二，西邊劃為縣局級以上老幹部建造私宅的休養區，東邊劃為桃源賓館建設區，接待上級領導。桃花庵地基推平了，桃花泉被堵塞了，桃樹被連根挖掉了，墳墓被挖掘了，桃花山成了嶄新的世界：東坡上高級的桃源賓館，西坡是別墅建築群。桃源賓館成了黃土市一流的建築，後升為五星級賓館。賓館大門外有三大部分：中間一座兩丈高的毛主席塑像，立在圓形大花臺上，塑得純白，披著敞開長大衣，右手插在大衣口袋裡，左手舉過頭頂，向桃源賓館的革命者招手，臉上的微笑比觀音菩薩還慈祥，把幸福賜給革命後代。塑像兩旁各有一個橢圓形大花池，花池中擺出見方一米的五彩花字：毛主席萬歲，中國共產黨萬歲。兩條彎曲的水泥路通進賓館大門，標有「進口」、「出口」字樣。大門是中國古代門樓式，紅牆黃瓦，六角翹起，頂上有個球形匾額，上寫：桃源賓館，遠看像顆龍珠；兩邊院牆各有一條金黃色巨龍，昂頭張口，去搶那龍珠。門內有武警守衛，經檢查後進門。進大門就是一個廣場，場中有假山，有自來水噴泉，噴出高高低低、大大小小、五顏六色的水花。廣場東北是高樓大廈，西邊是別墅群。開會的代表住高樓大廈，領導幹部住別墅。賓館內有大小會議室、娛樂城、旋螺浴、桑拿浴、按摩廳、美容廳、高爾夫球場、高中檔餐廳，還有全方位女服務員。劉耀武雖然把桃花山一分為二，但在西南側陡坡下還有百畝硬黃石地，荒著，因為建房成本太高，又與主體不連貫，老幹部們就沒有去動它。可是，在黃石地上出現了兩棟不倫不類的土木結構瓦屋，一棟門楣上寫著：安福寺，另一棟門楣上寫著：色無庵。

現在，柯天任要建造「江南烈士陵園」，就選中了這百畝黃石地，那兩棟寺庵就被夷為平地，桃花山徹底地無產階級革命化了。江南烈士陵園建成後，實際圈地兩千二百多畝，連同相鄰的虎頭山、相連的蓮花池一起被圈進去了。拆除了公用、民用建築兩百多間，毀林六百多畝。陵園共有四部分：廣場，大型紀念碑，紀念館，公園。共投資一億五千三百萬元。在「江南烈士陵園」建造的同時，各地也在建造中、小型陵園和紀念碑。全縣共有中型陵園二十個，小型陵園三百六十六個，紀念碑五千四百五十七座，又開資一億二千三百萬元。資金來源是：省政府下撥六百萬元，市財政下撥五百萬元，縣財政撥了五千萬元，永安籍港、澳、台、外僑胞捐資二千五百萬元，永安縣在中央和外省、市領導幹部、個人捐資七百萬元，銀行貸款三千萬元，合計一億三千六百萬元，餘下的一億四千一百多萬元，由永安縣人民群眾攤派：每個農民五十元，每個中學生五十元，每個小學生二十元，每個教師和機關工作人員五百元，私人企業每戶捐資一萬元，個體商販每戶捐資五千元，還有各種抗交罰款。「江南烈士陵園」統收，各局、鄉鎮烈士陵園領導小組加收，攤派集資款遠遠超過了實際數字。在攤派集資中，抓捕抗交鬧事的頭目五十二人，其中農民二十六人，下崗工人十四人，商販五人，教師五人。

「江南烈士陵園」落成典禮大會很隆重熱鬧，有中央、省、市出席，有永安籍在縣外黨政領導、專家、歌星、名人，還有永安籍僑胞。永安縣在中央級別最高的一位中將和一位原國民黨高級將領——現在大陸投資的台商，共同剪綵。兩位昔日互相鬥殺的敵對將軍，今日握手言歡，真是：化干戈為玉帛，熔階級鬥爭為一爐。這個難得的鏡頭被電視臺記者抓住了，拍攝下來，在縣、市、省、中央電視臺播放。

建造陵園和紀念碑工作進行了近兩年，永安縣各級黨政領導都多少不一致地發了一筆財。劉耀武、瞿思危趁機為自己劃出了「生基」（注：活人的墓地），打好了墓陵基礎。陳繼烈是大烈士陳新國的孫子，理所當然地在大陵園北側為祖父建了一個中型陵園，連同陳氏家宅也一起建造起來了。當然，名利收穫最大的是柯天任：不僅消除了老幹部們的怨氣，還得到了老幹部們的誇讚，得到了中央、省、市領導的表揚，神不知鬼不覺地撈到了五十多萬元。柯天任實在要感謝尹苦海大伯，死後還給他那麼大的恩賜。

卻說柯天任一上任就幹了建造烈士陵園、紀念碑的偉大事業，取得了巨大的政績，當然心裡高興。但他十分冷靜，認為與他登上天安門城樓的遠大政治抱負相距太遠，還要繼續幹出驚天動地的革命業績來。

欲知柯天任又要幹出何種革命業績，且聽下文分解。

第一百零一回　圖偉業書記展韜略　修公路夫人鼓腰囊

卻說柯天任建造了烈士陵園，取得了巨大政績，還心不滿足，要再接再厲，幹出更大的政績來。

這是一個冬日的上午，柯天任提前上班。他進了辦公室，脫下了大衣，抽起煙來。室外，朔風凜凜，大雪紛紛；室內，因空調的作用，暖氣洋洋，溫和如春。

柯天任愉快地想著：「前年今日，尹苦海那老傢夥在這辦公室裡與我爭吵，我當時恨不得把他砍成八塊。沒想到他死後還為老子服務。」柯天任臉上露出了得意的殘忍的笑，心裡在叫：「尹苦海，你是牛是馬，老子是真龍。」

柯天任想到這裡，就想起了陳瞎子給他小時候算的命：「貴不可言，是真龍。」他耳邊響起鄧頌雄老師那激昂的聲音：「偉大的中華民族，造就了秦始皇、劉邦、李世民、成吉思汗、朱洪武、毛澤東這些偉大人物。『俱往矣，數風流人物，還看今朝』。同學們，努力吧，去爭當今朝的風流人物。我看柯天任同學會成為今朝的風流人物！」

「好眼力！」柯天任回憶著，禁不住叫道。

柯天任激動起來，起身走到玻璃窗前，欣賞起窗外雪景。他觸景生情，情不自禁，大聲朗誦起毛主席的《沁園春‧雪》。柯天任朗誦了一遍，又不由自己地感嘆：「毛主席呀毛主席，唯有你我才志同道合，你真是我的偉大導師！」

柯天任被激勵著，情緒高昂，吐著煙圈，右腳不停地拍打著地板，憧憬著美好的前途，謀劃著眼前要幹的大事。

「爭取在五年內上市或省，十年內上中央，在四十五歲時登上天安門城樓。」柯天任想，「必須在這三年內幹出大政績來，撈到幾百萬的送禮錢。」

「眼前要幹什麼大事業呢？」柯天任在問自己。他回到座位上，從包裡掏出本子和筆，思索起來。

永安縣是個落後縣，要幹的事很多。柯天任一件一件地記錄著，進行比較，挑選。他選出了兩件急於要幹的大事：一件是從紅石鎮到城關鎮的四十公里公路還是三級柏油路，要修成二級水泥路面的高速公路；一件是引外資，創辦永安縣金銀冶煉公司，開發金牛山的金銀礦藏。

柯天任定出了這兩件事，就立即通知縣長李建樹來商量。

李建樹很快來了。他也想新官上任三把火，幹出些政績來，就帶來了新政府作的關於永安縣經濟改革和建設的方案，讓柯天任審批。

柯天任等李建樹坐下，問道：「李縣長，你上任了兩年了，對永安縣的經濟建設有什麼方案呢？」

李建樹聽了，就從一個大檔案袋裡找出彙報提綱，胸有成竹地講起來：什麼增加教育經費、維修校舍、穩定教師隊伍呀，什麼精簡集體幹部、減輕農民負擔呀，什麼修建水利、發展水產養殖業呀，什麼整頓改革縣電廠、化肥廠……李建樹講了一個多小時，還在繼續講。

柯天任從聽得懨懨欲睡到心煩情躁，心裡在罵：「這傢夥要當劉少奇了！」柯天任終於忍不住了，粗暴地截斷李建樹的話說：「我聽不下去了。你攬了一堆問題在身上，一輩子也解決不了。你不是政治家！」

「這些材料是基層幹部和群眾反映上來的，我和縣政府人員作了深入調查，縣政府領導班子進行集體討論……」李建樹受了委屈，也害怕，忙作說明。

「別說了，都不妥！」柯天任一擺手，斬釘截鐵地給了否認了。他吸了幾口煙，緩下語氣說：「老弟，你現在不是武館的軍師，不是公司的業務經理，是縣長。你再不能婆婆媽媽，找那些拖泥帶水、雞毛蒜皮的事幹，要抓大事，幹有轟動效應的大事。永安縣被前幾任官僚弄得百孔千瘡，一窮二白，遺留問題多如牛毛，說也說不清楚，怎能解決清楚呢？就拿教師工資一項來說吧。十幾年了，財政只發百分之七十，教委的貪官又扣去百分之七點去照顧家屬和親戚，各級黨政機關又不斷向教師攤派，教師實得只有百分之五十。教師日子難過，就去加收學生學費，這就帶動教師編制被佔用，好教師下海，教師素質降低，校舍不能維修，學生失學等等一系列問題。你去解決，就得八年十年，不被拖死嗎？你若去給教師增加百分之五的工資，每年財政要多出四千多萬元。教師高興一天，第二天提出足額發放，第三天提出補發以前拖欠工資，縣財政不就被你挖空了嗎？你自己不被坑死嗎？如果你想給教師辦點好事，我告訴你，你去把教委扣去的百分之七收回來，給教師增加百分之三，讓縣財政也增收百分之四，你只得罪了教委的幾個貪官，卻取悅了教師，做了清官。這就是曹操借管糧官的頭安撫軍心的政治藝術。減輕農民負擔，你減得了嗎？一減就亂，不減，窮苦慣了，才穩定。對基層群眾反映激烈、上級又批文下來的問題，只能：一是拖，使群眾感到無望而安靜下來；二是作解釋說好話，讓群眾感到心安理得，不鬧事。千萬動不得真格子去觸動遺留下來的老大難問題。我現在交給你起辦一件大事，保你名利雙收。把從紅石鎮到城關的四十多公里的柏油路改建為二級高速公路。這是人人看得見、摸得著的好事：上級領導的小車跑得平穩，坐車人舒服，會表揚你；改變了永安縣的交通面貌和形象，修橋補路是傳統的美德，叫化子也說你好；交通便利了，外商來了，商品繁榮了，你拿點什麼也方便、容易。這就是務實。現在，你要提出這樣的口號：勒緊褲腰帶搞改革，艱苦奮鬥創大業，兩年困苦，三年艱苦，五年脫貧，八年小康，十年大康。你我能在這偏僻落後的鬼地方待上八年十年嗎？我們要迅速升上去。你以為歷史真有海瑞、焦裕祿嗎？這就是務虛。這樣地務實務虛，就叫解放思想，改革開放，就叫講政治、搞政治。你不想這些，卻去想些陷自己於泥潭黑洞的愚事，你是政治家嗎？我看你的腦殼裡裝的是一塊硬土磚，要加水溶化。你要學毛主席認真地讀讀《資治通鑒》，學點政治謀略。」

「還是書記高明！」李建樹從心裡佩服柯天任。

「好吧，你先去張羅修公路的事。修了公路，再來創辦『金銀冶煉公司』的事。」柯天任說。

李建樹受了一頓教訓，得了兩個指示，出去忙碌了。

這天，柯天任想多了，推遲下班。秘書和司機站在門外不敢離開，也不敢叫喊，縣委其他工作人員也不敢下班。是呀，書記這樣勤政，誰還敢先書記下班呢？書記那樣為全縣改革操心，誰還願去向書記說下班時間到了而干擾書記的偉大思想和偉大部署呢？

柯天任感到肚子嘰咕咕了，一看表，已是下午一點多，就乘小車回家了。

鄢豔的中餐辦得很豐盛。柯天任一邊津津有味地吃著，一邊津津有味地對鄢豔說著自己的遠大的政治抱負、謀略和建設二級高速公路、創辦金銀冶煉廠。

鄢豔聽了很高興，翹起拇指稱讚說：「真是毛主席的接班人！」

「我告訴你，你要留心在修公路時把我的權力投資撈回來。」

「只要你指示了，我會辦到的。」鄢豔實著說，「為了你當上這個書記，我們花掉了一百五十萬元。以後，你還需更多的權力投資。」

「你真是我的呂雉。」柯天任笑了。

鄢豔趁著柯天任高興，就把近些日子上門送禮的名單和禮品登記給柯天任看。

柯天任一邊吃，一邊看。他看了一頁，發火了，噴著菜汁罵道：「這些王八蛋好不曉事，送兩瓶酒、一條煙、幾百、千把的就要縣委書記替他們辦事？你把送五千元以下的名字抄一張，送到縣紀委去曝光，把五千元以上的收下。」

「我看不用曝光了，都是熟人，我退回去就是了。」鄢豔說。

「又是婦人之仁。」柯天任批評說，「你不辦，我叫紀委書記邵月鐘來辦。」

「好，好，按你說的辦。」鄢豔讓步了，收起帳本，放進箱裡。鄢豔溫和地說：「你要我在修公路時撈錢，承包者要知心人呀。」

「我一時想不出這個人，到時候再看吧。」柯天任說。

「到時候就亂了，由不得我們了。」鄢豔說，「你怎麼把鄧志強忘了？那次搞掉羅駱駝，他就配合得很好呀。」

「搞羅駱駝時，我只需他扮演個假角色，不需要他拿錢出來。這次是辦實事，他哪有億元呢？」

「鄧志強有活動能力，會找人帶資來的。」鄢豔很有把握。

「那你就去聯繫他。」柯天任說，「你注意，如果他真的帶老闆來，你一接上頭，就把他甩掉。」

「他不得到好處不會幹吧。」

「你對他說，這修公路的事眼目太多，不能搞鬼貪錢，叫他不要露面，不要插進來。說我另外把『金銀冶煉廠』的工程給他。」柯天任說，「你想想，鄧志強知道你撈大錢，不是把我攥到他掌心裡了嗎？他以後敲詐我，我怎麼辦？」

鄢豔點了點頭。

卻說李建樹領旨後就積極行動起來，召開縣政府主職幹部和縣交通局一、二把手會議，寫了一份《關於修建從石佛鎮到城關鎮高速公路的報告》，呈送給柯天任，柯天任立即批示「同意」。李建樹就成立了「修建高速公路領導小組」，派人測量繪圖，核算投資，約需一點五億元。「領導小組」就發出《招標廣告》，公開招標。《廣告》發出，大大小小的建築公司、個體投資商趨之若鶩，搶工程、要指標，請客送禮。工程還沒承包出去，與工程有關的大大小小負責人就發了一筆小財。「領導小組」對眾多的投標者進行篩選，選出有實力的公司七家。李建樹把這七家上報給柯天任，柯天任卻不表態，單等鄧志強來。

鄧志強終於帶老闆來了。他沒有去找縣交通局、縣政府和「修建高速公路領導小組」，徑直靜悄悄地去柯天任的家。鄢豔留住了客人，打電話叫柯天任回家。柯天任立即回來了，與客人一一握手。鄧志強作了介紹。來人都是「沿海市公路建築集團公司」的負責人，總經理叫單元友，五十多歲，中等個子，體形乾瘦，目光深邃，性格豪爽；總工程師叫萬能裏，四十多歲，戴副近視眼睛，小個子，文質彬彬；財務經理叫於曉東，三十多歲，沉默寡言。

「柯書記的大名早在沿海市就如雷貫耳，這次見到尊容，是本人的榮幸。剛才聽尊夫人說，應標的公司有不少了，但我堅信：憑我公司的財力、技術實力、對市場的適應能力，憑鄧先生的面子，柯書記會選中我公司。」單元友很有風度地說出有分寸的開場白。他接著叫於曉東把公司文件給柯天任審閱。

柯天任接過文件，翻看著。他對那些看不懂的技術檔裝樣子看了看，重點去看營業執照。他注意到「性質：中外合資，註冊資金：五千萬美元。」柯天任眼光離開文件，擺了個領導人接見外賓的姿勢，說：「與貴公司實力相當的公司已有七家。現在是市場競爭嘛。競爭勝負不是由黨政領導人來決定，要看競爭者的競爭手段。貴方的目的是賺錢，我方的目的是為永安縣人民造福。如果貴方一心只想賺大錢，條件苛刻，使我方吃虧到承受不了，那就很難得標。我們就看那一家給永安人民的好處多，就把工程給那一家。」

「修建公路，最重要的是質量問題。」萬能裏說，「修建同樣的公路，有的使用一年就壞了，有的能使用三年，有的能使用十年。這個隱形價值差別很大，賺錢與吃虧的含量也很大。」

「我說的給永安縣人民的好處，當然是包括工程質量。技術性的具體問題由雙方技術人員去商討，我要強調的一點是：在得標前，投標方必須先把資金匯到建設銀行永安縣支行投標方自己的帳號上來。修公路是搞實業，搞不得空頭支票、虛假註冊資金。」柯天任不懂修公路技術，但懂得搞詐騙公司和簽訂合同，這得力於他搞過詐騙生意，所以能說出內行話來。

「我在一個月內匯來五百萬元人民幣。」於曉東說。

「搞財務的人都是小氣鬼，手攥得很緊。」柯天任握起拳頭，笑著說，「你們在一個星期內匯來一億元人民幣，讓我們的人看到你們有修路款，你們才有主動權、優先權。」

「聽柯書記這番話，我心裡就踏實了。」單元友說，「小於，以我的名義立即電告公司，明天上午電匯一千萬美元來。」

在柯天任與單元友等人談話時，鄢豔叫鄧志強幫著做飯。兩人一邊忙著，一邊說著話。弄了一個多小時，擺上了一桌酒菜。

在酒席間，雙方情投意合，酒量也大，四瓶茅臺白酒亮了底。吃了兩個多小時，鄢豔電話邵月鐘開來小車，把四位客人送到桃源賓館歇息。

在賓館裡，鄧志強對單友元說：「我這仲介人完成了任務了囉，明天，我就回去了。」

「你不在，我們有好多話不便說，等幾天再走吧。」於曉東說。

「我在，你們有許多話才不便說，有許多事不便做。」鄧志強半開玩笑地說。他又嚴肅地說：「我提醒你們，抓住柯書記夫人鄢豔，其餘的人不要去找。單總是生意上老手，一定會成功的。」

單友元理會了鄧志強的意思，說：「你萬一要走，我不強留了。如果我需要，一個電話，你必須到位。小於，暫時付給小鄧一萬元小費。」

第二天，鄧志強回沿海市去了。

第三天上午，於曉東從建行永安支行拿到了八千二百五十萬元人民幣的活期存摺，在單友元吩咐下，取出五十萬元現金送給鄢豔。鄢豔卻拒不接受，說柯天任從不搞這一套。於曉東、萬能裏惶惑了。單元友苦笑了一下，叫於曉東取出五百萬元，以鄢豔的名字存入農行一個儲蓄所，自己拿了活期存摺，獨自去找鄢豔。

單元友親切地稱鄢豔「小妹子」，說：「這次修路是一筆大生意，你本可以入股，但礙於柯老弟的職務，就不便了。在生意場上，凡是出智出力的都應得利，外國還有智囊公司哩。於曉東來送禮，這有行賄受賄之嫌，有損柯書記的形象。我這裡以你的名字存入了銀行五百萬元，存摺你保存著。生意成了，算你的報酬；生意不成，你退回就是了。」

「我代為保存可以，你們要用，隨時拿去。」鄢豔沒有拒絕了，接了存摺。

一天上午，招待會在桃源賓館會議廳召開，投標的八家反覆競爭，柯天任與「領導小組」成員反覆比較，終於讓廣東省沿海市建築公司得標。下午，雙方簽訂合同，柯天任、李建樹沒去了。在談合同條件時，雙方在兩項上發生了重大分歧：一項是基礎工程伸縮性太大，難以定價，永安方只按三千萬計算，沿海市按五千萬計算；另一項是徵收路費期限，永安方只允許沿海市徵收八年，沿海市要徵收十年。兩項合計差額有九千萬元。永安方就去請示李建樹，沿海市就去請示鄢豔。

鄢豔聽了單元友敘述後，說：「這個差價太大了，柯書記雖然一句話能定音，但對他個人聲譽影響太大，不好說。」

「俗話說：虧公不虧私。我們寧可把好處給小妹，也不願在合同上輸得太慘。這是生意人的原則和樂趣。」單元友態度堅決。

「話雖這麼說，但你們總得在表面上作些讓步，讓柯天任好圓場。」

「這個自然。只要柯書記出面說話，我會見風駛舵。」單元友說。

卻說李建樹聽了「領導小組」成員的彙報，作不了主，就去請示柯天任。柯天任說：「縣委、縣政府主職領導都參加合同洽談，當場拍板，不要拖泥帶水。我們還要幹別的大事。」

合同洽談重新開始，柯天任、李建樹等主職領導都參加了。參加具體洽談的交通局人員士氣大增，都抱著在書記面前表現一番的心理，一個接一個發言，火藥味很濃，大有逼沿海市退出談判桌之勢。沿海方也不甘示弱，針對批駁，大有寧可放棄工程而不願作原則讓步之勢。李建樹等領導人插了不少的外行話，無濟於事。

柯天任靜靜地聽著，心理在權衡，等到雙方辯駁了一段落，就不失時機地說：「我以個人名義發表意見。討價還價的爭論，是生意場上的正常現象，傷不了和氣。做生意嘛，誰不想賺點呢？基礎工程測量數位元元元與實際施工數位肯定有出入，年徵收路費數量也估價不準。根據縣交通局提供的近五年資料，這四十公里車流量平均每年可徵收路費二千萬元。高速公路修成後肯定大與這個數字。為了雙方把合同簽好，我說個不成熟的意見：基礎工程就按交通局的意見辦，徵收路費年限就按沿海方意見辦。單總，貴方去商量一下，看能不能這樣辦？」

沿海方出了會議室，到自己房間商量去了。

「你們迅速討論一下，按柯書記的說法，我們是虧是盈？」李建樹對談判人員說。

「我們已核算好了。」交通局管工程的副局長說，「如果每年徵收費二千萬元，增加兩年只四千萬元，扣除基礎工程投資的五千萬元的利息，我方沒吃虧。問題在於基礎工程，按我們預測計算，征地費、房屋拆遷費、塘堰填補費、青苗費、挖山費、材料費、機械費，等等，需三千萬元，與沿海市承包基礎工程基本持平。如果沿海市投資五千萬讓我方做基礎工程，我方可賺一千萬元，把利息計算在內，淨賺二千萬元。柯書記的意見，雙方可接受。」

柯天任聽了，說：「既然這樣，那我方就承包基礎工程吧，我們有勞動力。修路是全縣人民的事，農民出點義務工，商販和拿工資的捐點錢，縣財政能增收四、五千萬元。」

李建樹立即表態：「我贊成柯書記的決定。」

大家就一致贊成柯天任的決定了。

過了半個小時，沿海方回到了談判桌。萬能裏說：「我方贊同柯書記意見，只是基礎工程作價不准，按三千萬元算，我方虧了。」

「這好說。」柯天任爽快地說，「基礎工程複雜些，牽涉到多方面的付費，也許中途會有人想出個什麼理由來敲詐你們，恐怕五千萬還不夠。就按你們所說的五千萬元核算，基礎工程由縣交通局承包，你們檢查質量。你們到我縣投資，為我縣人民造福，我們應該尊重你們，幫你們解決問題，為你們創造好的環境。主人讓客三千嘛。」

「啊——」單元友等三人都驚訝起來。單元友想：「永安方放棄了所有的條件。這是為什麼呢？這一方面鄢豔在起作用，多兩年徵收，送給我們四千萬元；另一方面，永安方承包基礎工程，也賺了四、五千萬元，只是苦了永安縣老百姓。柯天任實在是個梟雄。」單元友想到這裡，真後悔不該堅持基礎工程要投資五千萬元，但現在不好收回所說的話了。單元友笑著說：「柯書記是個政治家，還是個精明的生意人。我方感謝貴方支持了，訂合同吧。」

合同簽訂了，沿海方先撥出五千萬元人民幣給永安方做基礎工程。

李建樹主持召開了全縣村長級以上的三級幹部修路大會，柯天任作動員報告。會上提出的口號是：「人民公路人民修，修好公路為人民」，「全黨動員，全民動手，艱苦奮鬥，修好公路」，「路路相通，脫貧致富，振興永安，造福子孫」，「修橋補路，積善積德，出錢出力，人人有責」。李建樹與各鄉鎮第一把手簽訂了責任狀，分了路段，規定了質量標準和進度時間表。縣政府號召：凡領財政工資人員在工資上扣除修路費一百元，城鎮居民每人二十元，每戶個體戶集資二百元，私人企業集資一千元，大工商戶捐贈一萬元，向港澳臺和海外僑胞收集捐贈五百萬元。向上級申請下撥一千五百萬元，共計徵收一點二億元。縣政府向二十一個鄉鎮平均下撥二千一百萬元，向公路所經過的五個鄉鎮多撥五百萬元，共開支二千六百萬元。縣政府淨增收九千五百萬元。這筆錢不入財政，由縣政府支配使用。鄉鎮一、二把手得到了撥款，積極性很高，就與各村支書訂責任狀，不下撥什麼支付費，只給村幹部發勞心費和獎金。村幹部把路段任務劃給組，組幹部又劃給戶，每人口平均出義務工費三十元。公路所經過的五個鄉鎮

一、二把手統一口徑：只付房屋拆遷費，按房屋原材料叫價計算；其餘費用一概不付。理由是：土地、山林、塘堰都是國家的、集體的，公路被佔用的土地重新分配；青苗是私人的，但是公路修到了你家門口，出入方便，毀點青苗值得。這樣，基礎工程還沒動工，各大大小小負責人就腰纏萬貫、十萬貫、百萬貫了。這真應了一首民謠：

幹部盼工程，工程富私人，工程顯政績，官宦都飛騰。

一場修公路運動開展起來了。在四十公路路段上，標語，黨旗，國旗，單位旗，彩旗，迎風飄揚，成了四十公里的紅河；五十萬大軍擠在狹長的路基線上，挖土的，掀土的，挑土的，兜土的，熙熙攘攘，成了四十公里戰場；廣播聲，警笛聲，隆隆聲，嘘嘘聲，演講聲，戰歌聲，吶喊聲，吆喝聲，叫罵聲，爭吵聲，……成了四十公里交響樂；黑道傾巢而出，紅道趁機而起，紅黑勾結，設障礙，堵汽車，造事故，強討惡要，哄搶貨物，殺人打劫，亂抓亂罰……成了四十公里黑河；幹部們根據「不管黑貓白貓，捉到老鼠就是好貓」的真理，高薪聘用各種執法隊頭子、地痞流氓拐子當管理人員、監工頭子，懲罰民工，鞭笞民工，延長工時，拉行人做義務工，攔貨車拖石頭，攔客車捐款……烏煙瘴氣，哀鴻遍野，成了四十公里勞改場。

全縣人民奮鬥了八個月，基礎工程完成了。又八個月，路面工程完成了，整個工程提前四個月竣工。在全線通車慶典會上，省交通廳廳長和黃土市市委書記被邀前來剪綵。三級柏油路面的公路變成了又寬又直的二級水泥路面高速公路，省、市領導表彰了柯天任政績，來往司機贊口不絕，永安縣人民雖然在修路吃盡苦頭，但也稱頌柯天任做了一件大好事。「模範共產黨員」、「人民公僕」、「傑出青年」等貴冠都戴到了柯天任頭上，閃出一道道光環。

高速公路修了，柯天任又指示李建樹搞金牛山礦藏開發工程。

欲知金牛山礦藏開發工程如何，且聽下回分解。

第一百零二回　鄧志強再次引外資　柯天任首回受內騙

卻說柯天任上任後，搞了烈士陵園工程，接著搞修高速公路工程，一次比一次的政績大。現在，他一鼓作氣，又謀劃起金牛山礦藏開發工程。

金牛山被國家地質隊勘探了二十年，證明有色金屬礦藏豐富：第一層是鐵礦，第二層是銅礦，第三層是金銀礦。第一層被集體和個體亂挖亂採，礦藏破壞和浪費很大。

柯天任計畫：創建永安縣有色金屬冶煉廠，自己開採礦石，自己冶煉。初步預算投資資金需兩億多元人民幣。永安縣一下子拿不出這麼多錢的，只好引外資，搞股份制。根據中央政策：國家股必須占百分之五十一以上，控制人事權和財務權，永安縣必須拿出一億多元。柯天任設想：一、沒收金牛山集體和個體企業的設備、礦石和外加罰款，籌集到四千萬元；二、人民群眾集資四千萬元；三、四大銀行貸款四千萬元；四、引外資一億元。

柯天任設計好了，指示李建樹按計劃辦事，必須在五個月內動工建廠。李建樹立即成立了「永安縣礦業集團公司」和「永安縣礦業治理執法大隊」。執法隊對礦山掃蕩了兩個月，死了三個個體戶老闆，逮捕了五個違法分子，沒收設備價值一千一百萬元，罰款九百三十二萬元，開支了二十萬元。在集資中，每個教師七百元，每個機關工作人員三百元，農民每人口五十元，城關居民每人口二十元，商販和私企業主看其經營規模，從一千元到一萬元不等。結果，拘役了八個敢於上訪的教師和一大批抗議的青年農民、市民，弄得牢房人滿為患，集到資金三千萬元。四大銀行，中行行長叫苦無錢可貸，被撤了職。其他三家銀行各貸了一千萬元。總共得到款子七千萬元，不夠數。餘額只有靠引外資了。李建樹發出了《招標廣告》。來了廣東、福建、浙江三地的幾個老闆，都自稱有幾個億，但是李建樹等人始終見不到對方的鉅款，洽談沒有成功。有位日本企業家帶了鉅款，由於縣委在人事權和財務權上不作讓步，也沒談成。

鄢豔接連打電話給鄧志強，催促快點帶老闆來。

一天下午，有兩輛250型高級黑色「賓士」轎車到桃源賓館。車上下來一個男青年，中等身材，戴墨鏡，手提高級密碼箱。接著，下來三個人，一男一女的青年人攙扶著一個五十多歲的大腹便便的男子。有點閱歷的人一眼就能看出：那五十多歲的胖子是老闆，女青年是秘書，高個男青年是保鏢，戴墨鏡的青年是助理。他們住進了最高檔的房間。就在小轎車到桃源賓館的這天晚上，柯天任一家人正在看「中央新聞聯播」，門鈴響了。鄢豔開了門，進來個男青年。鄢豔看那男青年，身段好熟悉，但那最能表現一個人特徵的面部被兩個大黑圈遮住，一時認不出是何人。那男青年不作聲，熟門熟路的走進客廳，落落大方地坐在茶几旁的單人沙發上。

柯天任打量了那男青年好一陣子，命令似的說：「志強，把墨鏡摘下。」

「還是大師傅有眼力。要是我再添些鬍鬚，改變氣息，大師傅就難以認出來了。」鄧志強摘下墨鏡，笑著說。

「你怎麼鬼鬼祟祟的？」鄢豔埋怨著。

「送財喜來呀。」鄧志強說，「我帶了一個香港大老闆來投資開發金牛山。」

「志強，上次修路，你為家鄉人作了貢獻，我代表家鄉父老感謝你。」柯天任說。

「大師傅，家鄉人為尹苦海立了碑，可沒有在公路邊給我立碑呀，也沒給我什麼好處，我還貼了路費。這次開發金牛山，要給我一點小費吧。」鄧志強笑著說。

「那是應該的。在與港商談判時，你提出要求。永安方讓些好處給港商，你在港商那邊拿好處。這樣，對你我都有利。」柯天任說。他頓了一下，問：「港商有錢吧？」

「港商叫錢永勝，住在桃源賓館，是正五八經的企業家，比單元友還實在。」鄧志強說，「搞礦產開發比修路的經濟風險大得多，有許多意想不到的事故和麻煩，也不是一年兩年，萬一有什麼閃失，就有影響於大師傅的名譽和前途。我建議，在具體談判和一些業務上，大師傅最好不要公開露面，讓手下人去弄。大師傅只不過暗中幫忙，比如讓錢永勝得標。如果成功了，還不是大師傅的政績嗎？」

「你大師傅一直把你當作心腹，你能說出這些話來，忠誠可見了。」鄢豔說。

「大師傅是我的救命恩人，我能不忠於大師傅嗎？」鄧志強說。

「這麼說，我剛才說的話要收回來。在礦業沒有利潤前，你也不要拋頭露面，搞砸了，有人會指責你我搞鬼，批評我任人唯親。你要得什麼好處，就暗中向錢永勝談條件，或讓他得標，他給你仲介費，或你暗中入股。」柯天任說。

「這樣好。」鄧志強點頭說。

「你叫錢永勝搞快一點。最好明天請客，要給市委解放書記下個請柬，四大家和礦業公司的主職領導都要請。」柯天任說。

「我會催他快點的。」鄧志強站起身來，說，「那我就回賓館去。」

鄧志強走了，柯天任夫婦閑坐了一會兒，睡去了。

一日下午兩點，縣四大家領導和金牛山礦業集團公司的人員都拿著請柬，乘小轎車來到桃源賓館。賓館的高級餐廳裡擺好了二十桌餐具，按級別排好了座次。領導們在服務小姐引導下入座。赴宴者心裡有一個共同念頭：來了一個大財閥，拉上他的關係，趁機撈一把。

下午正三點，錢永生董事長在一男一女的陪同下，拄著黑色手杖，緩步進入餐廳。那錢董事長，身材矮胖，腮肉鼓起，下巴有三個肉圈，眼睛只有兩個小黑圈點；頭戴黑色高頂禮帽，身著黑色西服，肚子腆得很高，西服下扣綳得很緊；白色襯衫，紅色領巾，帶夾閃著金光，戒子閃著綠光。這副裝束，使人想起卓別林，或想起一隻白臉、白脖、白肚的黑色大青蛙。

錢董事長進門向左，走到一個講桌前，面向眾人站著，那一男一女侍立兩旁。這時，柯天任書記、李建樹縣長也走上講桌，與錢董事長客氣一回，坐在兩邊。

李縣長對著麥克風講話：「同志們，錢董事長為了支援永安縣經濟建設，不遠千里來了，這是永安人的榮幸，我們表示熱烈的歡迎！」

長久的熱烈掌聲。錢董事長很高雅地摘下禮帽，向眾人三鞠躬，又分別向書記、縣長鞠躬。

李縣長向大家簡介了錢董事長的經商簡歷。錢董事長的高祖是江南省天馬縣人，曾祖出洋後定居香港，已曆四世，錢董長是老二，現任香港東方企業集團公司的副董事長。李縣長介紹完後，大聲說：「現在請錢董事長講話。」

又是一陣長久熱烈的掌聲。

錢董事長向桌子走了一步，正了正身子。李縣長連忙把麥克風扭低一點，對著錢董事長的嘴。錢董事長說：

「女士們，先生們：

敝人感謝大家賞光！（掌聲）

中國人就有中國心，不管到天涯海角，對祖國、對家鄉都懷有深厚的感情。我的根在江南，我與大家是同胞，是同鄉。我在澳大利亞考察時，聽到江南省有個永安縣招商開發礦產，就立即飛回香港，召開董事會，決定前來投資，以表赤子之心，報效祖國！（掌聲）

當今世界，冷戰結束，是和平建設時期，是企業家大顯身手的好時機。企業家，也就是大陸同胞所稱的資本家，並不是一心只追求利潤，黑著心腸剝削工人的壞傢夥，也不是賺了錢後只圖個人和子孫坐享其成的一身銅臭的為富不仁者。企業家不斷地賺錢，不斷地擴大生產，廣招職工，減少失業，善待工人，上下團結；企業家無私地向慈善機構和災民捐贈，援助科技教育，為人類作貢獻。當然，企業家要賺錢，只有賺錢，才能表現企業家的才華，才能使企業與旺發達，促進社會經濟繁榮。如果吃虧了，破產了，怎能稱得上一個好企業家？錢，本身不壞；好和壞，就在乎人們怎麼去賺錢，怎麼去花錢。

我的家庭三代是企業家，賺了二十多個億，在國外有八家子公司。我一直在尋找支援家鄉建設的機會。今天，機會終於來了，我與老鄉在一起共商開發金牛山礦產了！（掌聲）

我希望鄉親父老們，拋開階級偏見，拋開互相猜疑，團結一心，創辦我們的企業！（掌聲）

金牛山礦業一定要賺錢，一定要越辦越興旺發達！（長久熱烈的掌聲）

謝謝大家！（掌聲）」

「講得好！有感情，有雄心！」冷不防門邊有人拍手喝彩。

眾人一齊向門邊望去，原來市委解放書記來了。慌得柯天任和李建樹連忙走過去，扶著解放走到台前。柯天任向錢永勝作了介紹。解放與錢永勝熱情地握住手。

「你我原來是敵對階級，現在成了最好的朋友，矛盾轉化了嘛。我們現在不叫你是資本家，改稱企業家了。企業家和工人為振興祖國經濟成了一家人嘛。我代表市委和永安縣人民歡迎你！」解放很風趣地說。

眾人又是一陣長久的熱烈的掌聲。

「感謝書記大駕光臨，敝人感到十分榮幸！」錢永勝不亢不卑地說。

解放書記向眾人作了簡短的講話，指示縣委、縣政府與錢董事長通力合作好。柯天任也講了話，礦業公司的領導表了決心。直到五點半，共產黨的領導們和香港資本家在親切友好的氣氛中，共進晚餐。晚餐後，錢董事長分別向與會者贈了貴重禮品，領導們萬分感激香港資本家的厚恩，戀戀不捨地散去。

宴會的第二天，雙方簽訂合同，柯天任因病未出席，李建樹主持洽談。錢永勝投資二千萬美元，折合人民幣一點六億多元，卻只占股百分之四十八。本來，按兩億人民幣的總投資計算，錢永勝應有股權百分之八十。但是，錢永勝出於愛國愛家的感情，不斤斤計較出錢多少，按共產黨的政策在中外合資企業裡中方國有企業的股份不能少於51%，保持企業的社會主義性質。永安縣方面當然十分滿意，合同訂得很順利。礦業公司掛牌慶典那天，解放書記與錢董事長共同剪綵。

礦山開採和冶煉廠同時開工了。按照合同，基礎工程由港方出資。錢永勝撥出二百萬元使用，說大批款子在一個月內到位。基礎工程進行了二十多天，二百萬元快用完了。錢永勝連連電催香港，又派人飛往香港催款。香港那邊來電：因為有緊急情況應付，要延長一個季度來款。錢永勝就派人向李建樹提出兩個方案：一、錢董事長親自回香港催款，但又擔心回港後被事務纏住。造成停工；二、港方暫向工商銀行永安支行借貸，兩個月後還貸，不佔用永安方的投資款。李建樹同意了第二個方案。錢永勝就派助理吳風雨去工商銀行辦理貸款二千五百萬元，並全部提取現金，以便使用。錢永勝支付工程五十萬元。工程進行了一個星期，錢又用完了。錢永勝的人員都有四、五天沒到工地來視察檢查了。礦業集團領導就到桃源賓館拜訪錢永勝。賓館人員說錢董事長找市委解放書記商量什麼造船工程去了，已去了四天。過了五天，錢永勝的人還未回賓館。礦業集團公司領導作慌了，把情況彙報給李建樹。李建樹一聽，感到情況不對，起了疑心，帶著礦業集團領導人一起去賓館，沒見著錢永勝一夥人的影子，又轉去向柯天任作彙報。

柯天任一聽，連忙給解放書記打電話，彙報了情況。解放說錢永勝來找過他，談造船的事，只談了一個多小時就回永安縣了。

柯天任說：「解放書記，我猜錢永勝等人是詐騙團夥，到市委是爭取逃脫的時間。我立即派縣公安局人員追查，請你指示市公安局配合。」

電話裡，解放停了一陣子，說：「這件事追查和不追查都是壞事。如果錢永勝等人不是詐騙犯，抓了他們，就是國際醜聞。如果錢永勝等人是詐騙犯，抓了他們也是永安縣的醜聞，你和有關領導人都犯了瀆職罪。此事不能曝光。只能派人暗中查訪，追回贓款。」

「好，我按書記指示辦。」柯天任說。柯天任關了手機，長籲一口氣，向李建樹和礦業公司領導人傳達了解放書記指示。他把李建樹和礦業公司領導人罵了個狗血淋頭，說為何不跟著錢永勝，不早點向縣委彙報，若是犯了事，就追查當事人的瀆職罪。他又指示在場的人保密，指示李建樹派人暗中追捕錢永勝一夥。

等到礦業公司領導人走後，李建樹對柯天任說：「錢永勝一夥中有個戴黑眼鏡的神秘人物，一直沒公開露面，取款的人就是他。那傢夥的背影好熟，很像鄧志強。」

「你有百分之百的把握看準他是鄧志強嗎？如果有把握，就派毛仲義到沿海市把鄧志強抓來，老子不整死他才怪哩。」柯天任故作姿態地說。

「沒有百分之百的把握，只是猜疑。」李建樹說。

「那就不要節外生枝了，弄不好，你難脫關係，事情是你一手經辦的。」柯天任說。

李建樹心驚了，不作聲。

「我告訴你，不能讓工商銀行的人知道款子被騙了，你迅速把款子納入金牛山開礦投資中去，用縣財政的錢補上去。金牛山礦業和冶煉廠不能停工。」柯天任說。

李建樹唯唯是諾，辦事去了。

柯天任回到家，鄢豔在做晚飯。

「鄧志強給你錢嗎？」柯天任鐵青著臉問鄢豔。

「沒有呀。」鄢豔邊炒菜邊回答。

「入他娘的！騙到老子頭上來了！」柯天任火了，罵起來。

鄢豔問發生了什麼事。柯天任用最骯髒的話罵起來，罵了鄧志強，又罵了鄢豔。鄢豔從柯天任的叫罵聲聽出了事情的眉目，不敢吱聲，由柯天任發洩。

「幸好老子拉上了解放那個老賊，不然這次就吃不了，兜著走。」柯天任自言自語。

一家人沉悶地吃了一頓晚飯。

晚上七點多，柯天任在看電視，電話鈴響了。柯天任拿起話筒，對方說話的是鄧志強：「大師傅，感謝你幫了大忙。幫人要幫到底呀，你不要派人到沿海來抓我，讓我安定過日子。」

「你小子太狠毒了，想把我和李建樹徹底砸掉，是嗎？」柯天任叫。

「共產黨的錢，當官的大把大把地撈，我也拿一點，這是大師傅教導的呀。二千五百萬元，還剩二千二百萬元，按五人分，師娘也有四百四十五萬。等事情平靜了，我會給師娘送來的。」

「你少跟我油嘴滑舌，快把錢一分不少地送過來。不然，我就派毛仲義過來抓你？」柯天任惡狠狠地喊。

「大師傅，放冷靜一點，不要衝動，不要幹出不可挽回的蠢事來。我沒有害你和李師傅的意思，事前就提醒你了。你沒有公開插手呀，沒有責任呀。如果你要破案立功，我住在沿海市永安街一五八號，不會跑的，到時候，大家都進法庭。我看……」

「你狠！」柯天任心裡一驚，不敢再賭狠了，但還嘴硬地說，「我警告你，李建樹懷疑到你了，被我搪塞過去了，你小子再不要亂打電話來。」

「感謝大師傅。大師傅如果用得著我的話，我一定盡忠報答。」

「我與你一刀兩斷，你給老子閉嘴！」柯天任氣呼呼地掛斷了電話。

柯天任軟綿綿地癱在沙發上。他第一次被人欺負了，第一次被自己的心腹詐騙了，第一次失敗了。

打敗他的人是心腹學徒，他能不生氣、憤怒、傷心嗎？柯天任垂頭喪氣地半躺著，接連抽煙，無可奈何地想：「小不忍，則亂大謀。這事就讓它過去吧。」

鄢豔不敢透氣，哄著學優睡去了。

永安縣工商銀行鉅款被詐騙的事，只有解放、柯天任、李建樹和礦業公司一、二把手知道。那些人都是胸有丘壑的英雄，對任何無損於自己利益的公共損失，都提得起，放得下。況且這事一提起，就要損害自己，所以那些人都不提這件事了，一直保密下來。柯天任卻因禍得福，成了解放的心腹，兩個月後，被解放提升為市委常委。

對那權錢交易，柯平斌有順口溜一首：

你騙我來我騙你，權錢交易是真理。
官人有權，並不參加生產；騙子有謀，也不創造貨財。
玩權術是貪，耍詐術是騙，有權有詐就有錢，「勞動致富」是謊言。
貪來貪去，騙外騙內，搜刮的是民脂民膏，哪來的「你騙我來我騙你」？

俗話說：「福兮禍所依，禍兮福所伏。」又說：「運來鐵成金，運去金成鐵。」柯天任正在走紅運，因禍得福一次，接著，又因禍得更大的福。第二年，永安縣發大洪水，柯天任成了抗洪英雄。

欲知柯天行如何成為抗洪英雄，且聽下文分解。

第一百零三回 縣書記抗洪逞英雄 副省長下鄉察災情

卻說這年端午節後，太陽就像行駛到湖北十堰市到四川達縣市的那段鐵路上的列車，過了一條黑深長隧洞，光亮幾秒鐘，又鑽進黑乎乎的隧洞裡。整整兩個月，太陽沒鑽出烏雲幾個小時。天氣預報，要麼是中雨，大雨、暴雨，要麼是暴雨、大雨、中雨。雨水落在高山低坡上，那被治山治水英雄們連年翻松的泥土沙石、枯枝敗葉、樹茬草根，隨水沖下山來，匯入溪流。溪流立即混濁，溪溝堵塞，一股股黃色洪水，打著漩兒，滿壟滿畈亂沖，沖進小河。小河兩岸被治水英雄們圍墾了，河道不夠用，洪水一怒，把兩岸村莊吞沒，成了一條條大黃河，浩浩蕩蕩，漂動著大片大片黑色的浪渣屑，浮游著人和家畜的屍體，匯入貴河。貴河被英雄們攔腰截斷，貴河兩岸湖泊、灘塗、蘆葦蕩都被治水英雄們圍墾造田了。各圍墾堤的泵站轟鳴，向貴河排出座堂水；貴河上游被攔斷成水庫，水庫向下溢洪；貴河下游出江口處被排灌站大鐵閘鎖住；洪水暴漲，在貴河左右上下奔騰衝突，得不到流暢，憤怒了，衝破河堤，翻決圍墾堤，淹沒莊稼、房屋，讓險情時時刻刻發生，讓突發事件層出不窮。每晚電影上總有災情、險情鏡頭出現：樹木梢杪在洪水中掙扎，僥倖的小男孩騎在樹杈上，屋頂像魚的背脊，哭喪著臉的老太婆伏在瓦楞上……

豪言壯語曰：「小雨小幹，大雨大幹。」「危險時刻，方顯英雄本色。」「讓暴風雨來得更猛烈些吧！」

海燕渴望暴風雨，英雄渴望危險時刻。在這暴風驟雨、洪水氾濫、天災大降的時刻，是從中央到地方的革命領導和共產黨員、共青團員、人民戰士表現英雄本色的時刻。總書記江澤民來到了長江荊江分洪段，身穿雨衣，手拿擴音喇叭，安全地站在巨輪甲板上，觀看那「一片汪洋都不見」的景象，欣賞那「軍民團結一條心」的抗洪壯觀場面，表現著洪水、部屬、士兵、人民圍繞在自己打漩的核心地位，體會著毛主席一揮手、百萬紅衛兵晃來蕩去的領袖風味。這景這情，是總書記表現偉大領袖權威的最佳時刻，他揚起喇叭筒，對著江面，對著抗洪士兵和老百姓，發出了氣吞山河的聲音，號召抗洪士兵、老百姓要不怕犧牲，戰勝洪魔，讚揚團結在黨中央周圍的中華民族的高度凝聚力。抗洪士兵、老百姓在總書記的鼓勵下，沒命地奔跑，沒命地往水裡跳，不斷地做英雄，不斷地做烈士。與荊江分洪相鄰的牌洲灣江堤破了，一夜之間五百多老百姓成了落水鬼，並沒成為烈士，保障了領導幹部的生命安全，讓領導幹部在災後去主辦授獎大會。

永安縣委書記柯天任是個極其機靈的人，當然要抓住這個時刻執行總書記的指示，效法總書記的楷模，表現自己的英雄氣概和領袖風度，取得抗洪中巨大政績。

柯天任站在縣委辦公大樓書記辦公室的窗前，觀賞著窗外的雨景：瀑布似的雨條扯天拉地，大院雨水四溢，街道成了小河，小車被陷，大車緩行，商販在慌忙中哭叫，小學生被突來的水流卷走；遠山烏蒙，貴河汪洋，洪水中的船兒忽而不見了。柯天任情不自禁地朗誦起毛主席詩詞來：

大雨落幽燕，白浪滔天，秦皇島外打魚船，一片汪洋都不見，知向誰邊？

往事越千年，魏武揮鞭，東臨碣石有遺篇，蕭瑟秋風今又是，換了人間。

「雄偉！壯觀！秦皇偉大，魏武英雄。」柯天任激昂起來，大聲詠贊。驀然間，他頭腦裡跳出一個殘忍的念頭：「洪災，不死一批可憐蟲，稱不上重災區，要不來大批救災款；抗洪，不死一批傻瓜蛋，表現不出英雄氣概，幹不出抗洪政績。讓暴風雨來得更猛烈些吧！」

柯天任真不愧是一個偉大而非凡的英雄，他的思想是偉大而非凡的，是與毛澤東心連心的，是渺小而平凡的正常人所想像不到、領會不了的。在面對暴雨洪水時，正常人能有雅興讚美大自然的壯麗嗎？能有雄心想起秦皇、魏武嗎？能歡呼「讓暴風雨來得更猛烈些吧」嗎？不能，常人只有擔憂，像范仲淹那樣的擔憂。只有列寧、毛澤東、柯天任這些超人天才有那種壯志豪情。

柯天任抒發了一陣豪情壯志後，就通知召開科局、鄉鎮領導幹部的緊急電話會。在電話裡，柯天任說：

「革命幹部們，共產黨員們，我們遇到了百年不遇的大水災。面對嚴重災情，面對危難時刻，我們不能畏縮，到抗洪第一線中去，領導人民，不怕犧牲，戰勝洪魔。誰怕死，誰狗熊，誰不怕犧牲，誰英雄。同志們，表現共產黨人英雄氣概的時刻到來了！」

柯天任發了號召後，李建樹作了具體安排和要求。

電話會後，柯天任指示邵月鐘、毛仲義去弄汽輪，和自己一起到貴河巡視和指揮抗洪。邵月鐘、毛仲義當然明白柯天任的指示，要保護好書記的安全。

在永安縣的貴河的上游，一艘大汽輪和四艘護衛汽艇，順流而下。柯天任站在大汽輪甲板上，身穿雨衣，手提高音喇叭筒；邵月鐘手捏指揮電棒，站在左邊；毛仲義一身警官服，手叉腰間手槍，站在右邊。電視臺記者，在柯天任前後左右拍攝鏡頭。貴河兩岸，堤壩上下，奔跑著百萬抗洪民眾、戰士。柯天任每到人多的一處，就停下來，用高音喇叭發出電激雷崩的聲音。柯天任所到的地方，幹部們就帶領民眾跳下水去，手挽手，形成護堤弧形人牆，高喊：「下定決心，不怕犧牲，排除萬難，去爭取勝利！」高呼：「為柯書記爭光！」柯天任來到飛燕鎮段，發現沒人下水做人牆，就命令毛仲義、邵月鐘乘汽艇去抓來一個村支書和一個副鎮長，就地免職，以示懲罰。

柯天任來到下游東湖段。這段險情嚴重，洪水已超過老堤，加高的新堤都是編織袋裝土做的。柯天任的船隊在急流的河面上激起了巨浪，拍打新堤，翻越堤面，新堤一下子潰出兩個缺口，呼嚕兩聲響，河堤破了，上游的洪水急速向缺口沖，下游的洪水掉轉頭奔騰而來，河面上頓時起了好多巨大漩渦，走在柯天任前頭的汽艇被卷下去了。毛仲義急命汽輪舵手掉頭。汽輪很吃力地離開了缺口，駛到一個山坡懸崖下停住。柯天任嚇出一身冷汗，看到汽輪平穩了，才定下神來。他看到那兩個缺口，愈來愈寬，洪水向堤內低處洶湧澎湃，浪頭有兩、三尺高，浪潮一下子奔出五、六里遠。在浪潮中，那艘汽艇變成了一片藍葉，在翻滾；無數個屍體變成一個個水泡，在沉浮；傾間，兩邊堤內「一片汪洋都不見，知向誰邊？」。後來據不完全統計，這次缺堤，護堤人員死了二千六百多，沖沒村莊十八個，沖毀房屋五百多間，淹死群眾一千四百多人。

柯天任的汽輪再不能向下游走了，就開了回去。

當晚，縣電視臺播放了柯天任書記親臨抗洪前線的一組新聞記錄片，後來，市、省電視臺轉播了，中央電視臺也轉播了兩則。而那缺堤、毀屋、死人的情節被封鎖了。柯天任抗洪英雄事蹟揚名天下，在省抗洪英雄授獎大會上，作了典型發言。

柯天任在發言中說：「我們黨和人民經受了一場戰爭考驗，在抗洪戰爭中，表現出全國人民團結在黨周圍的高度凝聚力，表現出黨和人民戰無不勝的英雄氣概。黨和人民勝利了，洪魔失敗了，人定勝天！」

可是，地理風水先生鐘德班躲在陰暗角落裡說：「洪水使全縣損失十幾個億，奪走了幾千條生命，吆吆喝喝地翻堤越壩，無拘無束地流入大江，並沒有理睬抗洪大軍。洪水勝利了，犯天條的人失敗了。不是『人定勝天』，而是『天定罰人』。」

洪水退了，中央、省、市、縣領導下來考察災情了，領導人民打一場救災運動。

江南省一位副省長率團來到重災區永安縣。

在副省長到來前時，黃土市長電告柯天任：「省領導來考察，要摸清永安縣受災多大，了解基層幹部抗洪和自救情況，再決定救災多少和表彰單位人員。你要作好彙報準備，不准有差錯。」

柯天任急忙召開鄉鎮以上幹部電話會，指示說：「一定要把災民生活安排好，要有典型區，讓上級領導看了放心；一定要把抗洪事蹟彙報好，讓上級領導聽了舒心；一定要把災情說嚴重，讓上級領導分發救災款時定下決心。誰出問題，誰負責。」

各鄉鎮召開村、組幹部會議，辦收容災民典型區，挑選被訪問的災民代表，進行思想武裝，訓練對答內容，作好充分準備。

省考察團分為三個小組，柯天任引導有副省長參加的那個小組。那個小組重點考察紅石鎮南湖災區和牛湖鎮東湖災區。

五人考察小組出發了，隊伍浩浩蕩蕩，員警摩托車隊開路，接著是公安局長毛仲義小車，柯天任小車，副省長小車，市領導小車，縣蹲點機關領導小車，武警中隊大卡車殿後。一路上，到處是迎接省考察團的橫幅和標語，只是不見人影，因為實行了臨時戒嚴。

在紅石鎮界邊，鎮委書記劉會猛帶隊迎接。劉會猛請示柯天任，是不是先到鎮裡吃飯後再去考察。柯天任請示副省長。副省長用手一擺，生氣地說：「我不是來吃吃喝喝的，是來了解災情的。直接到災區去，我要真實情況。」

劉會猛立即指示鎮派出所和南柯村村支書開路。

南柯村支書乘坐的小車帶頭奔去，鎮派出所所長小車緊跟著。在高速公路的一個岔路口，向南一轉，上了一條坎坷土公路。

在上坡的地方，有三個六、七十歲的老漢跪在路中間，攔車哭叫：「青天大老爺呀，救救我們吧！」

柯支書下車，俯身去扶一個老頭，說：「大伯，今天省長是來救我們的，你們快回去，不要跪在這裡出醜。」

「我們要向省長當面說災情，你們這些沒良心的傢夥，會匯黑報的，村裡許多事就是壞在你們手裡。」一個老頭說。

「我們不鬧事，出什麼醜？你才出祖宗十八代的醜！」另一個老頭說。

這時，劉會猛的小車來了。他看到有人攔車，連忙下來，走向前，一手牽一個老頭，說：「老大爺，我們是來救災的，你們先回去，讓開路。」

「青天大老爺，你聽我說。」老漢不認識劉會猛，看見劉會猛身材魁梧，衣著整潔，有富貴相，以為是省長，就哭訴起來，「南湖圍墾堤是洪水沖不破的。村支書和村裡幾個流氓地痞勾結在一起，搶包了南湖，深夜派人去挖堤腳，放魚到圍墾田吃稻穀。我們村民有人自覺地去守堤壩，趕了挖堤的人。但那堤腳被挖了一個大窟窿，向內冒水。看堤人就去報告村支書，找不著鬼影子。一個時辰後，堤就破了。第三天中午，村支書才帶蹲點的鎮幹部來抗洪，組織了二十多隻船運土，請來縣電視臺記者拍抗洪表功的電視。這些狼心狗肺的貪官汙吏，害得我村三千多畝快成熟的水稻被淹了，全村人生活沒著落了。青天大老爺呀，你替我們作主呀！」

這時，後面的車隊來了，劉會猛急了，大聲喝道：「你們這些老傢夥，好不曉事，鎮村幹部帶頭抗洪，你們卻誣衊幹部，是現行反革命分子！來人，快把這三個老反革命分子抓到派出所去！」

派出所長指揮員警和聯防隊員抓走了三個老漢。

路暢通了，車隊繼續前進。

副省長來到南湖東北角一個土山上，看那南湖水面：弧形的圍墾堤像一條黑色帶子漂浮在黃蕩蕩的水中，堤內有露出的瓦楞屋角，有像一株株蘑菇似的綠色柳樹冠，有插著紅旗在運土築堤的幾十隻木船。副省長觸景生情，詩興大發，吟誦出一首古詩：

江上往來人，但愛鱸魚美。君看一葉舟，出沒風波裡。

副省長感慨了一回，對隨同官員們說：「洪水使這裡幾千畝良田顆粒無收，天不順人意嘛。你們這些做父母官的，要體察民情，救濟災民呀。」

眾官感嘆。

副省長又對柯天任說：「永安縣人民都喊你是『柯青天』。現代的『青天』比古代的『青天』不好當嘛，不僅要為民伸冤，還要解決人民的衣食住行問題。這裡的災民都安置好了嗎？柴米油鹽和子女上學有問題嗎？」

副省長詢問得很詳細，連掃帚、尿壺之類都問到了，表現了對災民無微不至的關懷。劉會猛書記一一作了詳細回答，表現了基層幹部愛民如子的精神，讓省長放心。

副省長在山頂上站了十幾分鐘，看見西邊有雨下起來了，就提出要親自去看看災民生活情況。劉會猛連忙去攙扶副省長下坡。

副省長在劉會猛引導下，來到鎮經委大院災民安置區。

副省長走進中間一戶。這戶有五口人，一對老夫婦，一對少夫婦，一個小孩。副省長察看屋內情況：煤氣爐，沙發，紅籐家俱，棕繩床，擺得很整齊。還有彩色電視機、音響、電扇，一家人穿著也時髦，是個小康之家。經介紹，那老頭子叫王金益，六十七歲了。副省長拉著王金益老人的手問寒問暖。王金益老人對答如流，還會說順口溜：

「黨的改革開放政策好，農民由窮到溫飽，有黨的領導和關懷，洪魔作祟不算啥。劉書記在抗洪最前線，日夜戰鬥身體瘦。柯書記不斷來問寒，真是人民好青天。省長親自送溫暖，人民見到了豔陽天。」

說得大家都笑起來了。副省長表揚王金益老人說：「在大災面前不悲觀，有樂觀主義精神，真不愧是老蘇區人民嘛！」柯天任從口袋裡掏出一個信封，塞到副省長手裡。副省長把信封送到王金益身邊的老婆子手裡。那老婆子有些耳背，柯天任就大聲地說：「這是省長給你的慰問錢，是黨的關懷。」

那老婆子從信封裡抽出錢來，嶄新的百子邊有五張，就眉開顏笑，連連道謝。省、市、縣電視臺記者搶拍了這個珍貴的特寫鏡頭。

副省長又走訪了一家，才放心地離開了災民區，驅車來到鎮委大院。

副省長在鎮委辦公大樓會議廳裡，聽了劉會猛的工作彙報，對紅石鎮抗洪救災工作十分滿意，作了高度評價。副省長對今後救災工作作了重要指示：

「紅石鎮是重災區。在洪魔面前，我們看到了基層幹部、共產黨員的大無畏精神，看到了黨和人民的魚水感情，看到了黨和人民的巨大凝聚力。紅石鎮幹部用實踐檢驗了『人定勝天』的真理。今後，我們要發揚這種大無畏精神，來搞好生產自救。我提三點建議：一、積極排澇，補種二季稻，搶種油菜；二、旱地兩用，紅薯地裡套種蔬菜；三、在生產自救中開展對手賽，比一比，人民群眾的積極性就調動起來了。紅石鎮標語說得好，『一年受災，一年恢復』。『要想富得快，快快栽油菜』。現在，要讓冬收補足秋收。你們不要依賴上級撥款謀生，要搞生產自救。我相信，老蘇區的人民是好樣的。」

副省長作完指示後，市、縣領導講了話，劉會猛向上級領導表示了生產自救的決心，各村支書都表了決心。會後，父母官們與民同樂，共進晏席。幾位災民代表陪同副省長同在一桌。副省長向各位災民代表敬了一杯水酒，說是想起災民們就吃不下飯，退席了。副省長由於大事纏身、日裡萬機，不去東湖考察了，乘車回省政府去了。隨後，市長等領導也走了，只留下考察組四個工作人員繼續工作。

省、市四人考察組在南湖考察了五天，劉會猛將鎮直機關和各村支書、村長編成十個陪同組，輪流招待和送禮品給考察組人員。

有一次，劉會猛看見鄧頌雄老師，就拉去陪考察小組吃席。鄧頌雄老師看到考察組只有四個人，而陪吃的有八十多人，席面太豐盛了，送的禮太厚重了，就私下批評劉會猛說：「災民生活無著落，你大擺筵席，大送禮品，良心何在？這哪裡是考察救災團？我看是吃喝收禮團！」

「老師，你又發書呆氣了。現在是送禮年代，是筷子頭打人年代。不招待好，哪來的重災區名稱呀！又哪來的救災款呢？我是為家鄉父老著想呀，沒奈何呀。」劉會猛說。

鄧頌雄聽了，搖搖頭，沒話說了。

考察組走後，住在鎮經委大院內的災民們也撤退了，那些臨時借用的家俱、家電歸還了。那位得了五百元慰問款的王金益老頭是已退休的經委老書記，以後被人指著脊樑骨罵了三年：「老奸賊！不要臉！」那三位擋路攔車告狀叫苦的南柯村老人，在派出所關到第十天，每人罰了一百元回家。有位老頭被兒媳罵得沒處鑽，跳湖自殺了。

一個月後，救災款和物資撥下來了。副省長指示給紅石鎮十萬元和十卡車衣物、大米。永安縣救災領導小組自調了四萬元和五卡車物資，只撥給紅石鎮六萬元和五卡車物資。紅石鎮實際花去招待和送禮費十二萬元，盡虧六萬元。鎮黨委作出規定：拿出三千元和五卡車物資分給災民。凡房屋被沖毀的，每戶五十元，一百斤大米，一床棉絮，兩件衣服；凡房屋被淹的，每戶十元，五十斤大米，一床棉絮，一件衣服；其他災民，每戶平均二十斤大米，伍角錢，衣物視情況而發。錢和物資到了村，精明的支書又克扣了一部分。

南柯村得到了救災，使隔河相望的東湖村災民很羨慕。因為東湖村沒有被副省長考察，溫暖就送不到了；柯青天只「青」了南柯村上空，讓烏雲都聚集到東湖村上空。當然東湖村災民不知道紅石鎮虧了六萬元，到了年關，南柯村災民是要加倍付出的。

在執行副省長「生產自救」指示中，紅石鎮和牛山鎮成了對手賽，兩鎮的重點都在重災區南柯村和東湖村。紅石鎮鎮委書記劉會猛和牛山鎮鎮委書記田小慶都是柯天任的義兄弟，現在成了競賽對手，鬥得很激烈。劉會猛提的口號是：「一年受災，一年恢復」，「水稻受災，油菜增產」，「不要靠上級救助，要靠生產自救」。田小慶相對提出口號：「一年受災，半年恢復」，「牛山人搞自救，不要國家來救助」，「大災大豐收，水稻油菜雙豐收」。在行動上，田小慶比劉會猛來得更急更快。本來插二季水稻的節氣已過，但為了執行副省長指示和迎接市委、縣委大檢查，田小慶要求水田一片青，命令東湖村人借秧、分秧，插在退水的灘塗上。田小慶又要求靠公路的田畈一律栽油菜，田溝又寬又直，田埂上要有大肥堆。田小慶派第一副鎮長熊太和去東湖村蹲點，狠抓「生產自救」運動。

熊太和到東湖村時，離市、縣大檢查只有三天時間，就和村支書潘要武組成鎮村執法隊，驅趕村中男女老少上湖堤，拿水桶、塑瓢向堤外澆水排漬，高價買來過期了的二季水稻秧苗，插在泥漿上；水深的地方，扯來又長又粗的青色湖草插上，遠看湖田一片青色。東湖村又花了一夜時間，把稻草、柴草放在公路旁、田埂上堆成垛，垛外糊上泥漿，成了蘑菇子樣的大肥堆。市、縣大檢查的小車路過東湖村時，都點頭稱讚。東湖村在「生產自救」中得了第一名錦旗，田小慶被評為「抗洪英雄」，「生產自救模範幹部」。

「生產自救」運動後，是徵收運動。田小慶又想在「徵收運動」中勝劉會猛一局。誰知卻鬧出大事件來。

欲知東湖村發生了何種大事件，且看下回分解。

第一百零四回　怒災民反抗徵收隊　勇武警圍剿東湖村

卻說田小慶在「生產自救」運動中贏了劉會猛一局，又想在「徵收運動」中再贏劉會猛一局。

劉會猛在「徵收運動」中提出的口號是：「不少交一粒糧，不少交一分錢」。田小慶提出口號是：「大災大奮鬥，大災大貢獻」。比上年，東湖村每人口增加三項任務：災民自調費五元，賑災義演費五元，堤壩複修費五元。這樣，比去年每人口上交的二百五十元多交十五元，五口家要上交一千三百二十五。田小慶竊得劉會猛的情報：一個月內完成上交任務，他就規定牛山鎮在二十天內完成徵收工作。田小慶在鎮、村、組三級幹部參加的徵收會議上說：「凡不能按時完成上交任務的，住村幹部和村支書、村長一律撤職，還要罰款。」田小慶在會上點名熊太和和潘要武要把東湖村抓出好典型來。會上，還成立了鎮徵收執法隊，隨時出動捉拿抗交壞分子。

這「徵收運動」可比「生產自救運動」厲害多了。「生產自救運動」只是要災民吃苦耐勞、去為幹部們創造政績，災民們是能忍耐住的。「徵收運動」是對災民抽筋剝皮、敲骨吸髓，要他們的命，不要他們活，哪能忍受得住呢？

中國的史書有記載，中國的文人有頌詞：中華民族是禮儀之邦，中國人民有禮讓忍耐美德，有吃苦耐勞精神。在災年，吃盡了樹皮草根，再吃觀音土，最後易子而食，卻忍耐下去了。要是官家能施捨一些摻了沙土和石灰的「難民粥」，災民們就高呼「青天大老爺」、「大救星」。中國農民的耐勞精神同樣驚人，幾天不吃不喝，堅持勞動；滿身鞭痕，昏倒在地，爬起來再勞動。中國農民的忍讓精神更令人驚駭：眼被打青，鼻被打腫，人倒在地上，心卻在想：「忍得一時之氣，免得百日之憂。」不發怒，不還手，更不敢在惡人皮肉上留下印記，直到惡人滿足了打欲而住手為止。但是，在兄弟爭論不贍養老人，在子女爭分遺產，在妯娌分家爭一碗一筷，在鄰居爭出水溝和房基，在親戚朋友爭禮品多少，在鄉鄰爭山湖分界處，就互不相讓，反目相殘，同室操戈，宗派械鬥，你死我活。中國的地痞流氓是中國農民的派生物，也就派生一些品質來：不敢禦外，卻敢鬥內；不敢惹官，卻敢欺民；不敢抗強，卻敢凌弱。中國具有忠君愛黨和民族主義、愛國主義的文人也是中國農民的派生物，也派生出一些氣節來：不敢對身旁的邪惡說「不」，卻敢對遠在千里的外人說「不」；不敢對不允許國民說「不」的強權者說「不」，卻敢對允許國民說「不」的執政者說「不」；不敢對眼前欺負善弱的強惡者說「不」，卻敢對除惡揚善的善強者說「不」。你看，南柯村三老漢為全村人抗爭，南柯村人卻不去營救和幫助三位老人，反而嘲笑三位老人自不量力，多管閒事，兒媳婦罵得老頭自殺。南柯村人得一、兩斤大米和五角錢的救助，就不去追究幹部們貪汙了多少，而去高呼「省長送溫暖，書記是青天」。東湖災民，自己不去力爭救災款，卻眼紅南柯人得救災米，團結一心去為田小慶書記拼命地幹虛假事，創造政績。具有這許多儒家美德的人民，當然會被大救星的毛澤東讚譽為「多好的人民啊！」

但是，俗話說：「事有極限，物極必反」，「狗急跳牆，人急造反」。人，畢竟是血肉之軀，身體承受力是有限度的。如果讓災民們吃個半飽，驅使他們出力出汗，他們能忍受下去；如果讓災民們短時間不吃不喝，強迫他們出力出汗，再放他們自由找食，他們也能忍受下去；如果不給災民們救助，把災民們家中東西搶光，放他們自己去找野菜，去乞討，他們也能忍受下去。但是，如果讓災民們出盡了力，流盡了汗，把他們家中洗劫光了，又在他們的腰上紮鋼箍，在嘴巴套鐵鎖，不許他們動彈，要他們獻血、獻肉、獻骨、獻髓，他們就忍受不下去了，就要扭腰搖頭，四肢動彈起來，這就是反抗。這時要是陳勝在其中，振臂一呼：「等死，死國可乎！」、「王侯將相甯有種乎？」災民們就會一齊爆出仇恨和憤怒，掙脫箍鎖，亡命反抗，殺得屍橫遍野，血流成河，造成天下大亂，王朝傾覆。東湖村人在「徵收運動」中，就處在這種被逼得無路可走的困境中。

卻說住村副鎮長熊太和與村支書潘要武開了鎮「徵收」會議，回村後，就組織徵收小組，先是日夜挨家挨戶地說理徵收。他們說：「皇糧國稅是少不了的。」村民們也懂這個理，傾家中錢糧交了，不夠，賣小豬雞鴨交，還是交不完。熊太和和潘要武就想了一個絕招：「哪戶沒交齊，徵收小組就在哪戶吃飯。」這一招有效，村民們招待不起，就去借錢了，但還是交不清。離鎮委規定的時日不遠了，熊太和和潘要武急了，就想出一個強硬措施：拿最困難的人家開刀，帶動其餘戶。徵收小組摸底排序，選中了全村最困難的兩戶：蔣駝子和蔣傻子。

一天吃過早飯，熊太和和潘要武帶領全體徵收人員向蔣駝子家進軍。

蔣駝子一家五口人，老婆是個瞎子，大兒子十二歲，癡呆，女兒九歲，未上學，小兒子六歲，被東湖村人戲為是：「三殘二小戶」。蔣駝子讀了初中，人殘志不殘，窮得傲氣，成日樂呵呵的，有一張好嘴，得人緣，是個怪覺人。他料定今年徵收難過關，就想了個過關的法子，等待徵收人員的到來。

這天，蔣駝子起得早，準備把大舅家的牛送去，再回家坐在家裡應付徵收。他打開大門，就看見徵收隊伍雄糾糾地向他家開來，連忙轉身把瞎子老婆和三個兒女帶出大門，站在大門旁。

蔣駝子向來到大門前的人打躬作揖，從破衣口袋裡掏出一包「黃梅牌」煙，見人就遞一支，笑嘻嘻地說：「煙是和氣草，吃了又可討。只是我這煙『黃』了點，『黴』了點，各位見諒點。」

「駝子，你別給老子油腔滑調的。你應該明白，黨和人民政府對你是關心的，這幾年，減了你上交款一千五百多元。今年，黨和國家特別困難，你要帶個好頭，把全年上交數完成。」潘要武嚴肅地訓斥道。

「黨是英明偉大的，只是人民『真腐』（注：暗諷「人民政府」），不理解黨。我蔣駝子卻懂這個理：國家有難，匹夫有責。想起紅軍過草地，翻雪山，吃那大的苦，作那大的犧牲，換來了今天的紅色政權。想起劉胡蘭寧死不屈，黃繼光胸堵炮口，邱少雲烈火燒身，王傑『一怕不苦，二不怕死』，還不是為了黨的偉大事業嗎？今天，我蔣駝子人殘心紅，該為黨為國鞠躬盡瘁，死而後已了。我率全家人在此向黨宣誓：不怕沒飯吃，不怕沒衣穿，不怕沒房住，不怕討米要飯，為完成黨交給的徵收任務，把全部家產上交給黨組織，全家人去流浪。」蔣駝子一本正經地說，從瞎子老婆手裡拿過鎖子和鑰匙，顫著雙手，捧送給潘要武，帶著全家人要走。

「慢點。」生產組長叫道。他扭頭對潘要武說：「支書，駝子一走，他家那份田地沒人種，明年上交向誰要呢？」

「明年今日，我把討米得的錢上交，決不辜負黨的期望，決不為難革命幹部。」蔣駝子說。

「等一下，等我們清了家產後，你再走。」熊太和說。

蔣駝子帶著全家人站在屋場邊，看著一群人擁進屋裡，搬東西，清產估價。

會計蔣美忠打著算盤，口裡叫著：「稻穀一百三十斤，折合人民幣五十二元。小麥十五斤，折合人民幣七元三角。菜油一斤，折合人民幣四元五角。豬仔四十二斤，折合人民幣一百二十三元。米糠二十一斤，折合人民幣四元二角。破棉絮兩床，折合人民幣二十元。，破床單一床，折合人民幣三元。鋁罐一個，折合人民幣四元。破鐵鍋一口，折合人民幣一元三角。大壇兩個，折合人民幣八元。小壇四個，折合人民幣六元。其他一文不值的家什一律不收。總計人民幣二百二十二元。全年應上交一千三百二十五元，下欠一千一百零二元五角整。」

蔣美忠念完，對蔣駝子說：「駝子，你來看一下賬。」

「不用看，我們應當相信黨。」蔣駝子流著眼淚說。

「你要簽字呀。」蔣美忠說。

蔣駝子默默地簽上名字。

「鎮長，這房子怎麼叫價？」潘要武請示熊太和。

「慢著。」熊太和一擺手，說。他看著蔣駝子屋場西邊的一棵柳樹下拴著一頭嫩牛牝，接著，走過去，拍了拍牛肚，又走回來，問蔣駝子：「駝子，這牛是你的吧？」

「不是。」蔣駝子緊張起來，解釋說，「牛是我大舅的，牽來幫我犁地，叫我幫他放牧幾天。今天，我就要送還給他。」

「駝子，我知道你是個有骨氣的人，借東家還西家，不欠債務。你現在欠國家的太多了，應該借親戚朋友的還國家一點吧。這牛就當作是你借來還國債的吧。」

「那不行！鎮長，那牛也不是我大舅一家的，是大舅村裡四戶共有的。我一家人討飯、去死都行，不能連累親戚幾家人活不成。」蔣駝子慌了神，說著，就一跛一拐地跑過去護牛。

「你把上交結清了，下次，黨會救濟你的。」熊太和繼續耐心地說服著。

「我活不到下次了。」蔣駝子背靠著牛肚，說。

「狗娘入的！你剛才對黨起誓是假的？俗話說：爹親娘親不如黨親。你把親戚朋友看得比黨還親？熊鎮長跟你講了那麼多革命道理，你還頑固不化？給老子滾過來！把牛抵上交！」潘要武可沒有說理的耐性，喝道。

蔣駝子不動，抱著牛脖子哭。

「蔣駝子的性質變了。」熊太和說。他在運用馬列主義、毛澤東思想原理研究眼前出現的新問題：蔣駝子從人民內部矛盾轉化為敵我矛盾了。面對階級敵人，熊太和立即作出英明的決斷，命令身邊的工作人員：「把蔣駝了捆起來，把牛牽走。」

「人在牛在！來吧，你們這群狼狗，老子跟你們拼了！」蔣駝子背靠牛肚，緊握雙拳，怒目環視，淚涕雙流，聲廝力竭。

這蔣駝子突然變化了，成了兇惡的階級敵人了。這是從量變到質變的突然飛躍。在場地每個人都十分熟悉這種矛盾論，在實踐也司空見慣。面對能戰勝的階級敵人，共產黨員們都有英雄作戰的精神。

有四個共產黨員衝上前去，兩個繞到蔣駝子背後，把手伸過牛背，將蔣駝子的脖子掐住；另兩個從正面出擊，一前一後，很快把蔣駝子制服，綁起來，解下牛繩，牽著。

蔣美忠向熊太和問了牛價，在賬上加上一筆，對在押的蔣駝子叫道：「牛折價八百元，下欠三百零一元五角整。」

「這房子就不折價賣了，留給那瞎子帶孩子住。」熊太和說。

潘要武把鎖子和鑰匙丟到蔣駝子大門口，帶領著徵收隊，押著蔣駝子，牽著牛，挑的挑，提的提，走了。

蔣駝子的瞎子老婆和三個小孩癱在地上，哭成一團。村民們望著徵收隊遠去，有幾個中老女人把瞎子女人和小孩弄進屋裡，有幾個中年婦女拿了一些米菜來，送了小鍋和舊鐵罐，煮了一鍋粥，讓瞎子和小孩吃。村民們默默地做，做完了，又默默地走，不敢議論，怕惹禍上身。

在東湖村黨支部會議室裡，徵收隊又在開會。

熊太和說：「我們打了殲滅戰，攻下了蔣駝子這個反動堡壘。明早，去解決蔣傻子問題。然後就發起總進攻，務必在鎮委規定的時間內圓滿完成任務。」

這是一個寧靜的初秋早晨，天高氣爽。朝霞染了半邊天；晨霧托著山頂，浮著山脊；東湖面上水汽騰騰，林子裡鳥聲嘰嘰；田畈裡農夫在走動，水塘邊村婦在洗衣。大自然賜給人類的是美景和財富。在太陽從東山谷露出半邊臉時，東湖村東頭傳來一長串腳步聲，一隻狗吠了，接著幾隻狗吠了，夾雜著雞鴨翅膀撲騰聲。這些聲音過後，東山的山屋裡傳來了吵鬧聲、哭喊聲。東湖村各家各戶的大門「吱呀」地開了，村民們聞聲向山屋走去。一會兒，山屋外場地上集合了幾百人。村民們不知不覺地圍成了一個半圓圈，看著眼前正在發生的事。

村徵收人員在蔣傻子家搞徵收。有的站在大門外，有的在屋裡清東西。山屋的大門被踢破了，門軸斷裂，一扇門倒在地上。山屋的主人蔣傻子靠著大門左側牆根站著，披著破爛白褂子，赤著腳板，歪著嘴巴，手腳顫抖，白著眼，斜視著潘要武。這蔣傻子五十出頭，小時候患過小兒麻痹症，大腦不清醒，說話吐詞不清，四十多歲才結婚，現在一家有六口人。蔣傻子七十多歲的父母光著腳丫跪在地上，向徵收人員磕頭求饒。兩個小孩一絲不掛，八歲的兒子半啞，靠著父親腳下坐著，流著鼻涕，眼裡發出驚嚇的光；五歲的女兒還不會說話，趴在地上哭叫。愛人石氏，二十九歲，半語啞，半癡呆，穿一件破洞白襯衣，衣洞裡露出一塊塊白肉；敞開胸襟，垂著兩隻乾癟的奶子，長袖下肘處斷裂，袖口罩在手背上，雙手各抓一塊小磚頭，橫坐在門檻上，嘴裡嘟囔不清，眼睛盯著站在前面指手劃腳的熊太和。

屋裡傳出蔣美忠的叫聲：「折合人民幣總計一百五十元七角整，下欠上交款一千四百九十八元三角整。」

「把山屋估個價。」熊太和命令著。

「鎮長，這房子是族中公屋。」蔣美忠把頭伸到大門邊說。

「那就算了。蔣傻子實在是交不齊全。我們是為人民服務的，就照顧他一回。」熊太和說。熊太和又指著蔣傻子喊道：「傻子，你欠黨的上交款一千四百多元，黨給你減免了。這是黨恩。你還吵吵鬧鬧什嗎？不識相！」

屋裡的人開始搬東西了。可是，那個半癡半啞的石氏比蔣傻子還傻多了，根本不懂黨恩，不識相，坐在門檻，不讓人搬東西。

「蠢貨！讓開！」熊太和指著石氏喝道。

石氏無動於衷。

熊太和火了，走向前，提起那女人的手臂向外拖：「滾開！」

「哎喲！」熊太和一聲慘叫，放開女人，一看手臂，出血了。原來被傻女人咬了一口。熊太和倒退兩步，又一聲「哎喲」，額上挨了傻女人一磚頭，起了一個烏包。

「快把那個傻反革命分子捆起來！」熊太和氣急敗壞地喊。同時，他衝向前，提起一腳尖，把傻女人踢翻。

幾個徵收人員趕上前，七手八腳，找了根爛麻繩，把傻女人捆起來，向外拖。石氏殺豬似地嚎叫。「住手！」人群中響起了一個炸雷，應聲跳出一條三十多歲的漢子，那漢子肩扛一把鐵鍬，將鐵鍬往地一戳，那鐵鍬入了土，立住，鍬把顫動著。

眾人的目光聚焦在那漢子身上。這漢子叫張志成，本書在前第四十五、八十回中已記敘了他的故事。張志成在招生工作中受到迫害後，到東湖村被管制勞動，開除了公辦教師的職務。到了八零年，才解除管制，但沒有復職。他本是牛山村人，八一年與回鄉知青蔣霞結婚，就定居在東湖村了。張志成本來皮膚黝黑，性情剛烈，一副俠骨，能說會寫，好打不平，人稱「張鐵嘴」。自從與柯和貴一起組織中國公民黨後，成了一個成熟的民主人士。他在東湖村威望很高。今日，張成志實在看不過眼了，就衝出人群說話。

潘要武看到張志成出頭了，又怕又喜。潘要武在招生工作中為了升官，討好了區委副書記邱遠乾，陷害了張志成，從大隊民兵連長升為隊黨支部書記。改革開放了，他「知識化」不夠，再沒晉升。他想在東湖村當一輩子土霸王算了，可是，每每遭到張志成的干擾。他奈何不了張志成鐵嘴裡吐出來的理，更奈何不了支持張志成的大多數村民，對張志成自然就又恨又怕。他總想尋找機會整垮張志成。潘要武雖然是一個粗人，但當了二十多年支書，也學得了些狡猾和為官之道。今日，他看到張志成跳出來了，心裡一陣害怕過後，接著一陣高興：「今日，張志成面對的是熊鎮長，是黨的徵收政策，老子要趁機打倒他。」他定下了這個決心，又定下了策略：「老子要激化矛盾，讓張志成失口，讓群眾鬧事，就能給張志成扣上煽動抗稅的罪名，送他去坐牢。」

潘要武想到這裡，就走上前，拍著張志成肩膀，笑哈哈地說：「兄弟，你有話儘管說吧，共產黨人胸懷寬闊，好話壞話都能聽。」

「你們綁打一個傻女人是胸懷寬闊嗎？蔣傻子一家只半個勞動力，田地靠親戚和族人幫忙種，你們不照顧他的家人，還逼他們走投無路，這符合黨的扶貧政策嗎？」果然鐵嘴一張，滾滾的「硬」道理奔出，使人抓不著辮子。

「毆打革命幹部，抗拒交稅，難道不犯法嗎？」潘要武繼續撩撥。

「一個癡呆人無法律責任。你們把她逼得沒法活了，她當然要反抗。她不是抗稅，是抗不合理的亂收費。」張志成滴水不漏。

「難道就不交皇糧國稅了？」潘要武又逼一句。

「他們連自己也養不活，不要國家負擔就是對國家作貢獻了，還有什麼上交的？你作為一村之長，應該向上級反映他們的實情，免了他們的上交。」張志成始終不入圈套，反把矛頭撥轉過去，對準潘要武個人。

「我村上交人頭稅任務上級減不下來，我當然要他們上交。你說他家不用上交，那你就替他家上交。」潘要武又把矛頭轉向過來。

「如果上級不能減免蔣傻子的上交，你與我替他各交一半。你是村支書，又是全村首富，有任務催上交，也有責任為村民排憂。」張志成始終對向潘要武個人。

「改革開放了，允許一部分人先富起來。先富起來的是有能力的。你眼紅什麼！」潘要武只能招架了。

「你當支書二十多年了，一直遊手好閒，吃喝嫖賭，請人做田地，沒辦企業，沒發外來財，哪來的錢豎起兩棟洋樓房？置現代化家俱？村裡三次土地費有五十多萬元，錢到哪裡去了？你公開村裡財務嗎？你還有臉吹噓自己憑能力先富起來？你把權力當成了能力！今日，你居然當起悍吏，逼得蔣駝子、蔣傻子這樣的可憐人無法活下去，你良心何在？」張志成發起了進攻。

「鎮長，張志成這是在組織人們抗稅。」潘要武無力還擊張志成，向熊太和求援。

熊太和也感到張志成在破壞徵收計畫，火了，指著張志成喝道：「張志成，你這傢夥是要抗稅造反嗎？」

「造反又怎麼樣？毛主席說造反有理哩！」張志成正想回答熊太和，突然從人群中又衝出一條漢子，蹦到熊太和面前，喝道。這漢子叫蔣中猛，在招生工作中也遭到潘要武迫害，進「毛澤東思想學習班」，被管制過。

「你敢反黨？」熊太和見蔣中猛來勢兇猛，叫喊，「蔣介石八百萬軍，日本鬼子那樣厲害，美帝國主義有飛機原子彈，都被共產黨人打垮了。你這只蠢豬還想造共產黨的反嗎？老子立即把你抓起來，判個八年十年刑，看你還跳不跳？」

「老子先揍你一頓，圖個痛快，再去坐牢！」蔣中猛怒不可遏，一拳打在熊太和胸口上。

張志成見狀，怕擴大事態，連忙從背後抱住蔣中猛的腰，往後拖。

潘要武見狀，高興起來，連忙高喊：「張鐵嘴聚眾抗稅造反啦！革命的同志們，保護熊鎮長，抓住張鐵嘴！」

徵收人員擁上前，把蔣中錳、張志成按倒在地，進行捆綁。

「打死那狗娘養的！」人群中蔣中謀在喊叫。

圍觀的村民聽到這喊聲，有敢怒不敢言，到敢言不敢動，到一哄而起，向徵收人員猛撲過去，打得徵收人員鼻青臉腫，作鳥獸散。

張志成見勢頭不對，一邊高喊：「不要打！」一邊用身子護住熊太和，向場外跑，把熊太和送進鎮衛生院治療。

張志成回到村口時，潘要武帶著鎮派出所和執法隊一百多人，全副武裝來抓人。

潘要武指著張志成喊：「就是他帶頭鬧事，抓住他！」員警和執法隊的人就去抓張志成。

「鄉親們，不准抓張志成，把這群狼趕走！」蔣中猛大聲鼓動。

在蔣中猛等人帶頭下，村民與員警、執法隊的人打起來了。

張志成高叫：「鄉親們，不要打，會惹大禍的！」

但是，眾怒已發，放兵不由將，村民們哪裡肯聽張志成的話。男人拿扁擔，女人拿衣棰，老人拿掃帚，小孩拿石子，蜂擁而上。那些員警本是一些幹部子弟、親戚，是來享受的，沒有戰鬥力；聯防隊、執法隊人員是鎮政府臨時招募的地痞流氓，平日只能欺壓善弱，並沒有「一不怕苦，二不怕死」的精神，在面對憤怒的不怕死的村民們時，都成了「一怕傷，二怕死」的老鼠，喊爹哭娘，抱頭鼠竄。村民們收繳了員警和執法隊的槍支、電棒，掀翻了警車，擁著張志成、蔣中猛、蔣中謀歡呼跳躍。

張志成十分冷靜，對村民們說：「闖大禍了，馬上會有大批武警來鎮壓我們。」張志成給鄉親們講了安徽「丁作明事件」和四川仁壽縣農民抗稅暴動遭鎮壓的事件。

「現在被逼得走投無路了，進也是死，退也是死，不如殺了那些貪官汙吏，再去死個痛快。」蔣中猛說。

「志成，你領頭，暴動吧，殺進縣城去，與共產黨幹一仗，會得全國農民支持的。誰勝誰負，說不定。」蔣中謀說。

「殺進城去，殺絕貪官汙吏！」一群小夥子呼喊。

張志成的情緒受到感染，激動起來：「真是舉行起義的好時機。起義能沉重打擊獨裁政權，動搖他們的根基。」張志成靜了一會兒，想起柯和貴的話：「不要搞農民起義，農民起義會使千百萬人頭落地，使千百萬家庭蒙難。」張志成猶豫了。

「志成，不能憑一時之勇舉事，我看還是想個退策吧。」中年蔣中和說。

接著，不少中老年人勸說起青壯年。

「是的，不能憑一腔熱血舉事。不舉事，最多只是村裡少數人被判刑；舉事，全村人就有滅頂之災。」張志成心裡權衡利弊後就對眾人說：「兄弟們，不能暴動，不能把全家老小的生命都押進去。我建議，寫兩份情況彙報，一份給柯天任書記，一份給縣長李建樹。我們搶先向上級反映事件真實情況，說不一定會來人查實，從輕處理。如果讓潘要武這些惡人先告狀，我們可就慘了。」

眾人沒領頭了，也就只好按張志成說的辦了。

張志成和蔣中謀一起寫了兩份《東湖村案件起因和經過情況彙報》。張志成帶兩個人去找柯天任，蔣中謀帶兩個人去找李建樹。張志成、蔣中謀送了材料回村，告訴村裡人等待上級派人來查處。

卻說潘要武被村民趕走後，與鎮派出所所長、執法大隊長一起向田小慶作了彙報。田小慶聽了火冒三丈，認為：東湖村事件是反革命暴亂，應及時向縣委報告，進行鎮壓。田小慶帶著潘要武到縣委找柯天任。

柯天任接見了張志成等人一個小時後，又接見了田小慶、潘要武。柯天任感到事件性質嚴重，就召開縣委常委大會。會上，潘要武作了詳細報告。潘要武感到自己能在縣委常委會上講話，受寵若驚。同時，他要利用這個機會把張志成、蔣中猛整死。潘要武就繪聲繪色地講起來，其間，添油加醋，無中生有。潘要武在結尾時說：「張志成、蔣中猛對黨有刻骨的仇恨，經常在一起密謀議事。一個深夜，我扒在張志成窗下聽他們談話。蔣中猛叫喊：『要是有人帶頭去殺貪官汙吏，老子就打先鋒，殺他個人頭滾滾！』今日發生這大的反革命暴亂，是張志成等人蓄謀已久的。我代表東湖村全體幹部、黨員和村民，要求堅決鎮壓這次反革命暴亂。不然，東湖村就成了反革命分子的天下，各村效法，天下就大亂了。」

潘要武的發言引起了常委們的高度警惕，每個人都想到自己是貪官汙吏，要人頭落地，既害怕，又憤恨，一致贊成堅決鎮壓東湖村反革命暴亂，嚴懲反革命頭目張志成、蔣中猛等人。

柯天任總結說：「東湖村案件的確是反革命暴亂，應予以徹底鎮壓。張志成來找我彙報情況，是緩兵之計。我們不能讓他們準備好再去鎮壓，應先發制人。李縣長立即去通知毛仲義同志，集合全縣民警，調動縣武警中隊，今夜凌晨兩點突襲東湖村。潘要武同志留下作嚮導。」

毛仲義接到柯書記的平亂指示，和潘要武一起研究了東胡村地形和突襲方案。毛仲義在兩個小時內把全縣民警中隊集合到縣公安局大院，組成了八百人的武裝部隊，分成五個戰鬥隊。毛仲義作了三條紀律：一切服從命令，一切保密，對敵鬥要狠。公安局後勤給每個員警發了一斤餅乾、四個鹽蛋，兩瓶礦泉水。官兵坐在大院內待命。

這是一個陰曆中秋的下旬，凌晨兩點，下朔月早下山了，夜空漆黑一團。七、八百盞強烈的手電筒光柱射出了，把東湖村的黑夜撕成碎片。寧靜的東湖村狗吠四起；一會兒，狗吠停止了，腳步聲、打門聲四起；接著撕打聲，啼哭聲四起。混亂了一個小時後，東湖村男女老少都被押到大屋場上，青壯年男子都上了手銬和麻繩，赤著身子，在槍托、警棍的威逼下跪在屋場中間；婦女、老人、小孩、殘疾人站在兩旁，不敢亂說亂動。村書記潘要武一一點名對號，蔣傻子的老父母自殺了，跑了五個青年，其中有張志成、蔣中猛、蔣中謀。

首犯和主犯逃脫了，令八百名武警官兵大丟臉面。毛仲義氣得暴跳如雷，吼道：「好狡猾的傢夥！老子掘地三尺也要把他們挖出來。」

毛仲義調出四百名戰士搜山頭、包湖汊，二百名戰士挨戶搜查。東湖村的夜空響起了槍聲。又是一個小時後，張志成、蔣中猛等四人自首了，只逃了蔣中謀一人。

這次平亂在天剛濛亮時結束了，抓獲了四百多名反革命暴亂分子，槍斃了三十多隻吠叫的反革命的狗，徹底地摧毀了反革命巢穴。英勇善戰、百戰不殆的人民警察部隊，押著罪犯，拖著罪犯的狗屍體，向東湖村上空放了一陣排槍，帶著勝利的喜悅，雄糾糾、氣昂昂地凱旋回營。

天亮了，太陽照常從東山谷升起，朝霞還是那麼美麗，水霧還是那樣自由自在地彌漫著，鳥兒仍在嘰嘰喳喳，魚兒照樣甩著浪花……但是，在東湖村的湖面上、田畈裡，看不到一個人影，村裡聽不到人聲，沒狗吠，沒豬哼……村裡一片死寂。其實，東湖村裡還有人在，那就是毛仲義交給潘要武就地看管懲處的反革命分子，這些反革命分子都是老人、婦女、小孩、殘疾人。他們有的坐在大門檻上，有的坐在堂屋裡，露著身上的傷痕，瞪著驚恐的目光，哭不出聲來，等待著無產階級專制的制裁。

對於東湖案，柯和貴有詩一首云：

功名毒血滿身奔，一心追求官位升。
只為千秋偉業志，不聞萬眾啼哭聲。
可憐東湖苦難者，便遇人傑柯天任。
倘若人間有天子，凡夫冤案遍地生。

欲知東湖村案件怎樣了結，且聽下文分解。

第一百零五回　眾書生上訴東湖案　柯和貴徘徊岔路口

卻說勇敢的武警部隊徹底圍剿了反革命巢穴東湖村，但是，柯天任、毛仲義、田小慶、潘要武等革命領袖「智者千慮，必有一失」，漏掉了反革命巢穴的一個角落沒有掃蕩，那就是東湖小學。

「當，當，當，當當當當……」西坡上傳來了東湖小學的起床鐘聲。

往日，這鐘聲響起，東湖村籍的教師就匆匆地向學校走來，東湖村的孩子們活蹦亂跳地向學校跑來，男人牽牛荷鋤奔向田野，婦女手挽竹籃到水塘邊……今晨，這種聲響過了半個小時，早操時間到了，東湖村沒一點響動，沒一個人影。東湖小學四、五個外籍教師集合在操場上，驚訝地望著東湖村，竊竊私語。

「凌晨五點，我聽到排槍聲。」老教師張青柏說。

「下半夜，我聽到村裡有哭喊聲，鬧了好長時間。」女教師尹英說。

「我怎麼睡得那麼死，什麼也沒聽見？」青年教師鄧會說。

「蔣校長還沒來，不知發生了什麼事，我們去看看吧。」青年教師吳青說。

幾位教師就向東湖村走去。

教師們走到村口，地上有斑斑血跡，走到大屋場，地上有片片紫色血塊。他們沿著一條巷子，向蔣校長家走去。巷子裡，滿地破壇碎瓶，衣物雜物，亂七八糟。

教師們來到蔣校長家裡。蔣校長七十多歲的老母坐在大門洞水泥地上，頭髮蓬亂，目光呆直，摟著五歲的小孫子文豪。老婆子看見有人來了，抱緊懷裡的孩子，全身顫抖。

「大娘，是我呀。」張青柏老師蹲下身子，說。

沒有回音。

「文豪，你不認識我啦？」張老師摸著文豪的頭，說。

文豪聽到了熟悉的聲音，偷看來人，哭叫起來：「張伯伯，我怕呀！」

「孩子，不用怕，我抱你。」張老師抱過文豪，說，「你爸媽呢？」

「被穿花衣裳的人抓走了。」文豪哭得更厲害了。

尹英把老婆子扶起，進屋，坐到木椅上。那老婆子泣不成聲地把昨夜發生的事說了個大概，但說不清楚。

「這裡家家戶戶沒火煙，我們就在蔣校長家做飯，恢復生活。」張老師說。

尹英找到了被打翻的米壇。水缸裡的水浮滿了灰塵，不能用，鄧會就去挑水。吳青走出去，前屋後巷地叫喊：「鄉親們，我們來了，不用怕，起來做早飯囉！」

蔣校長家的煙囪第一個冒煙了。鄧會、吳青又分頭去探望其他幾位教師的家屬，挨家挨戶地慰問一遍。村裡漸漸地有人活動了。

吃過早飯，張青柏等人回到東湖小學，集在張青柏房裡議論。

「我要為東湖村人背冤單上京告狀！」鄧會義憤填膺。

「是的，一定要讓中央知道東湖村案件。」吳青忿忿不平。

「我還沒聽說過能同時告倒縣、鎮、村三級黨政機關的事。」張青松說，「我們管不了東湖村案件的事。我們是搞教育的，設法讓東湖村學生上學。蔣校長不在了，鄧會就主動負責起來。」

「我們是第一目擊者，不能為東湖村人伸冤，還有誰去呢？」鄧會激動得大叫起來。

「噓——小聲點。」尹英警告說。

「怕什麼？我無錢結婚成家，還不如和東湖村人一起去坐牢。」鄧會仍然大叫。

「動不動就把人打成反革命分子，把幾個玩得好的人打成反革命集團，難道沒有王法了嗎？」吳青憤慨地說。

「法是寫在紙上的，槍是握在手中的，槍硬於紙，權大於法。」張青柏感慨起來，「中國歷代有金科玉律，還有金口玉言。聖旨一到，金科玉律就成了廢紙。現在也一樣，有憲法、刑法，還有黨紀、政策和領導指示。法律由『人大』制定，由法院執行，『人大』、法院在黨的領導下，是法大還是權大？法律十幾年才修改一次，黨紀、政策、領導指示級級都有，時時應變，是法律大還是領導指示大？我比你們大二十多歲，看多了，想多了，糊塗多了，就給你們一個座右銘：氣死不告狀，餓死不反抗，糊糊塗塗了殘生。」

「我們都是文人，怎能眼睜睜地看著身邊的無辜群眾遭難呢？怎能沒有惻隱之心去為他們喊冤叫屈呢？」鄧會詰問。

「張老師是受迫害怕了。為了伸張正義，我就敢雞蛋碰石頭！」吳青血氣方剛。

「你們真的要管這事，也不能單憑勇氣，要注意安全。」張青柏說，「那就這樣辦：寫一個東湖村案件報告，不要寫真實地址和姓名，落款只寫『熟悉東湖案件的人』，寫好後去打印，把手稿燒掉，到外縣郵局去寄發。只要我們之間守口如瓶，縣、鎮派人來查也查不出寫信人。信寄出後，估計會被批轉下來；也可能有某一封信受到某個首長重視，派人下來察訪。結果怎樣，這要看老天爺給東湖村人什麼運氣了。如果在中央、省的領導層中有熟人，把信寄給他，那就更好了。」

「聽說鳳凰中學柯和貴老師有個侄子在中央工作，我們去找他商量一下。」尹英說。

「不行。」鄧會說，「聽說柯天任是柯和貴的嫡侄，找他會誤事。」

「你不了解柯和貴。」張青松說：「柯和貴是正直善良的人，護理不護親，值得信任，可以找。」

張青柏四人就一起出發了，去找柯和貴。

張青柏四人來到鳳凰中學經營部，正好趕上柯和貴吃中飯。李秀雲連忙去加煮麵條。張青柏等人與柯和貴在內房談話。鄧會把東湖村案件敘述了，張青柏說了準備寫信上訴的事。

柯和貴聽了，氣憤地說：「是可忍，孰不可忍！天理難容呀！」

在談到寄發單位時，柯和貴說：「現在中共中央提出反腐敗，信件可寄到中央和省的反腐敗部門，或者借了反腐東風，上頭會派人來查處。」

在談到在上頭找關係時，柯和貴說他有個堂侄柯成蔭，在國務院法制局，有個朋友邱雲海在中央紀委執法監察室，有個學生方巨惠在省公安廳法制處。

大家七嘴八舌地議論一番後，柯和貴執筆，寫了《關於東湖村慘案的情況報告》。柯和貴又給柯成蔭、邱雲海、方巨惠寫了私人信件。柯和貴拿出一百元錢交給鄧會，囑咐打印後到外縣寄發，信封落款要寫本縣。張青柏等人吃了中飯就走了。

柯和貴關上房門，獨自坐在房裡，想著張志成等人的遭遇，孩子般地傷心哭泣起來。

柯和貴，這個不向強權低頭、不向邪惡彎腰的硬漢子，其實也有不為人所知的感情脆弱的一面，經常獨自一人傷心地哭泣。有幾種人和幾樣事特別使他容易傷心落淚：他每每看到孫中山蒙難、受挫折、遭人誹謗和那偉大人格的史料、影片時，就淚水奪眶而出；他每每聽到當代一些民主人士遭迫害、逮捕、坐牢而堅貞不屈的事件時，就潸然淚下；他每每看到流落街頭的兒童、學生時，就眼淚汪汪；他每每聽到兒童、少女被人拐賣、受歧視毆打時，就抽泣噎聲；他每每看到描寫農村中小學教師的工作、生活的故事時，就哀聲含淚。柯和貴這樣多情軟弱的一面被愛人李秀雲看到了，就譏諷地說：「不與你相干的事，不與你相關的人，平白無故地乾著急，流尿水，得了傻病，得了神經病。」

現在，東湖村案件差不多集中了令柯和貴容易傷心的幾種人和事，他能不「心悽愴以感發兮，意忉怛而憯惻」嗎？

柯和貴柔腸裡轉了好一陣子，忽而又無名火起，恨恨咧咧起來：「慶父不死，魯難不已，要幹掉那群畜牲！」柯和貴熱血沸騰起來，站起身，在房中急急打轉，口中念念有詞：「暴動，起義，殺他個人仰馬翻！」此時的柯和貴，表情十分可怕，嘴角顫動，橫眉豎眼，目射凶光。他要是一怒之下，召開個會議，就有千人、萬人響應，踏平一個永安城，不費吹灰之力。這時，在他的眼前出現了一幕幕幻景：槍聲大作，炮彈呼嘯，飛機轟響，烈焰騰空，屍體成山，血水橫流……老母親在啼哭泣，李秀雲中彈倒在血泊中，兒了良文被敵軍抓住刀砍，女兒被敵軍蹂躪……

「不行！」柯和貴叫喊著。他驀然剎住身子，坐下來：「怎麼辦呢？」柯和貴不知所措了。

「和貴，開門，一個人關在房裡做什嗎？」這是柯和義的聲音。

柯和貴連忙去開門。柯和義進來了。

柯和義是一個對柯和貴思想有重大影響的人物，稱得上是老一代的民主人士。

柯和義坐下，看到柯和貴神色不正常，就問：「你好像心事重重，出了什麼事？」

柯和貴就把東湖案件和張青柏老師等人寫信上訴的事說了，又說自己的傷心和憤慨，恨不得用武裝革命的方式早日推翻這個萬惡的獨裁政權，又想到那樣幹太殘酷可怕了，所以拿不定主意。

柯和義聽了，神色凝重起來，說：「老弟，沒想到你也衝動起來，你可要理智，千萬不能動冒險的念頭。是的，獨裁政權是可惡，令人憤慨。但是，情況在發生緩慢的變化。在毛澤東時代，以言定罪，收聽外台也是現行反革命分子，只准喊『萬歲』、『三忠於』，農民沒吃沒穿。到了鄧小平時代，說一說，罵幾句，聽聽外台沒定罪過。不管貧富差距怎麼大，貪官汙吏怎麼多，農民還是能吃飽穿暖了，有出賣勞動力的自由。現在江澤民時代，雖然以文定罪，說話還自由，『美國之音』還在北京設了郵箱；雖然有『顛覆國家的政權罪』，但還顧及國際人權輿論，釋放一些被關押的民主人士，不敢槍斃政治犯；

農戶家裡有家用電器了，朱鎔基也抓反腐敗了，我看和平演變成功的可能性很大。我七十多歲了，可能看不到中國的民主政治，你只五十多歲，我相信能看到。慢就慢一點呀，不要太急了。你絕不可一怒之下去搞武裝鬥爭，那代價太大了，中國民眾承受不了呀。」

柯和貴聽著，心裡贊成，但心情仍不平服，說：「那東湖村冤案太令人氣憤了。」

「氣憤歸氣憤。但只能就東湖村案件來說東湖村案件，拿起共產黨訂的法紀作武器，找到有利條件，為東湖村人鳴冤昭雪。這樣，一件事一件事地解決，促進改革開放，迫使獨裁政權演變。絕不可冒然起事，發動戰爭。」柯和義說，「我這次來找你，是想談小柳的事。小柳像你一樣，心地善良，心子太直，性子太急。他在國務院信訪辦工作，每日接觸冤案，得罪官僚太多。現在，朱總理在任，不會有危險，若是換了內閣，不知怎樣。他很聽你的，我想你經常給他寫寫信，開導他，不可太急，要量力而行。萬一與上級領導合不來，就辭官為民，靠知識吃飯。如果你也那樣不冷靜，我就不敢把小柳託付給你了。」

柯和貴笑了，說：「大哥說得有理。」

柯和義說：「你一定要收住那顆心呀，不要妄動。」

柯和義走了，李衡權廟的小道叫柯和貴去一下廟裡。柯和貴來到廟裡。在辛龍水洞房裡，辛龍水、李代仁、蔣中謀三人在等著。柯和貴握住蔣中謀的手，問長問短，慶幸蔣中謀脫險。

原來那夜，張志成、蔣中謀、蔣中猛在蔣中猛家商量下一步對策，到了下半夜，聽到狗吠聲，知道情況不好，三人就躲進後山林裡。他們看到村裡人遭殃，又看到員警來圍山。張志成說：「員警是沖著我們來的，我們不出去，村裡人可遭大難了。蔣中謀，你快逃走，去找柯和貴老師，我和蔣中猛去自首。」蔣中謀就翻山越嶺，逃出重圍。他想到李代仁家近些，就先到去找李代仁。李代仁就把蔣中謀帶到李衡權廟。蔣中謀是張志成發展的中國公民黨黨員，任永安縣總部負責人之一，認識辛龍水、柯和貴等人。

「好氣人呀！公開鎮壓農民來了，比毛澤東時代還黑！」李代仁叫喊起來，「我們趁這個機會起義，殺進永安城，會有萬民回應。」

「李大哥六十多歲了，火氣還挺旺的。」辛龍水笑著說。

「對共產黨的怒火能不旺嗎？」李代仁說。他又學著陳毅，雙手指扯著白髮喊：「我等到頭髮白了，就是等著與共產黨幹一仗！」

「這種事不是你這老頑童鋤地犁田那樣容易的，弄不好，千百萬人頭落地，千百萬家庭遭殃。要好好合計合計。」辛龍水勸說著李代仁。

柯和貴就把張青柏等老師寫上訴狀的事說了。聽了辛龍水、柯和貴的話，李代仁的怒火才落下了好幾尺。四人討論了一會兒，定下了目前的一個鬥爭目標：替東湖村人翻案，把柯天任拉下馬。又作出了一個行動方案：柯和貴帶蔣中謀上省城、京城上訴，辛龍水、李代仁與張青柏等人聯絡，探聽消息。

柯和貴、蔣中謀到了省城，找到了省公安廳法制處處長方巨惠。方巨惠打電話把省高院副院長董宜彬、省高檢副檢長潘國民請來。董宜彬是鳳凰區紫金山林場的下鄉知青，在招生中被柯和貴推薦到江南大學法律系。潘國民是東湖村人，在招生工作中，先誤解了張志成，後敬佩張志成，在張志成輔導下，七七年考上了省理工大學。潘國民見了柯和貴、蔣中謀十分熱情。蔣中謀就敘述了東湖村案件。董宜彬、潘國民、方巨惠表態找機會直接插手案件。

柯和貴、蔣中謀在省城活動了兩天，又上京城，找了邱雲海、柯成蔭，敘述了東湖村案件。邱雲海、柯成蔭都表態一定要為東湖村人翻案。柯和貴、蔣中謀在京城住了五天，返回省城，在方巨惠家裡，得知辛龍水報來消息，說張志成、蔣中猛被判死刑。兩人作慌了，又請來董宜彬、潘國民商量對策。董宜彬說案子報到高院後親自受理，潘國民說以高檢名義提起抗訴。柯和貴、蔣中謀在省城住了八天，得到省高院批文的確切內容後，才回家。

卻說毛仲義在東湖村抓走抗稅暴動的四百多名暴亂分子，永安縣監獄暴滿，看守人員向毛仲義叫苦。毛仲義就請示柯天任作處理。柯天任指示說：「這些罪犯不一般，關係到整個永安縣的徵收工作和穩定局面，不能輕易放走。公安局可以作兩種處理：對協從犯，交了徵收款和罰金，就放一批人；對重犯，先交徵收款和罰金，再迅速把案卷交給檢院提起公訴，讓法院判刑，要有幾名死刑，以儆效尤。」

毛仲義領旨後，回局作了具體方案：一、根據罪犯家庭經濟情況和情節輕重，定出罰金數，以二千元為起點，最高的張志成罰八萬元，蔣中猛罰五萬元，限十天內交完徵收款和罰金。在限期內交清款子的，該判的不判，重的從輕；否則，不該判的要判，輕的從重；每戶放回一人回家籌款。這樣釋放了二百多人。二、對張志成、蔣中猛等人，將案卷交給檢察院，同時，騙逼張志成、蔣中謀等人家屬交罰金。

東湖村本來窮得丁當響。但是，人只要活著，肉裡就有油，骨裡就有髓，「煎肉炸油」，「敲骨吸髓」這些成語是有來歷的。救人要緊，被放回家的東湖村人忙碌起來了，十天后又有一百多人被放回家。還有七十多人交了徵收款和部分罰金，仍在押。唯有首犯張志成、蔣中猛的家屬被釋放回家後，被辛龍水、李代仁安排到安全的地方躲藏起來了，沒交一分錢。

公安局在不到半個月時間收到徵收款和罰金一百一十三萬元，毛仲義在縣委擴大會議上作了破案成績彙報。

柯在任聽了毛仲義的彙報，笑著講話：「還是法治好。東湖村人每人口交二百元，做了一個月的思想工作，收不起，還鬧暴力抗稅。一使用法律武器，徵收款連帶罰金每人口八百元，十來天就收了一百多萬元。我看，中國農民不是窮了，而是太野了，太愚了，非用法治不可。我建議，公檢法三家迅速了結東湖村案件，對張志成這號罪犯，要判死刑，要公審，要遊行示眾，以示法律威嚴，促進徵收工作，穩定大好局勢。」

書記作指示了，公檢法三家不敢怠慢工作，聯合起來，在五天內就結了案，判張志成、蔣中猛死刑，又判了五個死緩，被判刑的有七十六人，其餘的交公安局判勞教三年。

依據法律，死刑犯要送省高院審核，其間有十五天上訴期。在第九天，縣法院收到省高院批文：「根據東湖村案件現有的材料，對罪犯量刑過重，現分別改判如下：張志成、蔣中猛各被判有期徒刑十年……」市中級法院又下來人查案，對其餘罪犯也減了刑。

對於上訴東湖案，柯和貴有感賦詩云：

人間罪孽人自作，懲惡揚善亦由人。
自古邪氣來官府，至今正義在斯文。
若振雙臂呼革命，定揮干戈禍蒼生。

處理了東湖村案件，全縣徵收工作進行得很順利。但是，各鄉鎮領導不斷來向柯天任彙報了同一個問題：農民在不斷逃亡。開始時，柯天任把它不當一回事，可是問題越來越嚴重，不能不使柯天任注意起來。

欲知柯天任如何處理農民大逃亡問題，且聽下文分解。

第一百零六回　玩愚民寡人弄權術　爭弱肉百獸舞爪牙

卻說柯天任一手製造和處理了東湖村案件，使全縣徵收工作進行得很順利。可是，農民在大逃亡。柯天任決定來思考和解決這個問題。

一天上午，柯天任來到辦公室，把各鄉鎮有關農民逃亡的彙報材料集中起來看，越看越惱火：「那些蠢貨逃出去的多了，到處訴苦，他們把永安縣說得一團漆黑，自己的政績就被抹煞了，自己的前途就被斷送了。」柯天任對那些蠢貨恨之入骨，恨不得親自把他們斬盡殺絕。柯天任接連抽煙。在辦公室裡打轉。柯天任又想：「前幾任書記徵收不斷加碼，又連年水災，上報的農民增收數字是假的，那些蠢貨的家底可能真的空了，沒飯吃了。」他這樣一想，對農民的怨恨消去了好些。「必須想一個兩全其美的法子，使農民不逃亡，不怨恨我。」柯天任繼續在想。柯天任一支接一支地抽煙，煙頭丟了一地。他終於想出了四招：第一招，對全縣農村實行強制管理，進行集體勞動，集體上交，不准農民外逃打工，逃出去的要追回來。這是借用毛主席實行公社、大隊、小隊三級所制的管理方式，實踐證明：這種管理制在三年大饑荒時，農民餓死幾千萬，也不反抗，只知喊「毛主席萬歲」。第二招，把東湖村勞改犯都放回東湖村，監管種田，使田地不荒蕪，抓個典型，殺雞嚇猴。第三招，搞一次全縣賑災運動，強迫個體戶、私人企業、教師、事業人員向災民救濟。這樣，讓農民能喝上稀飯，把「紅眼」盯住商人，把窮困的原因轉到商人身上，把農民對縣委的怨恨轉到商人身上。第四招，抓幾個不順眼的貪官汙吏，給農民解恨。柯天任認為：「這四招同時出手，那些蠢貨又要高呼『柯書記是大青天』了。」

柯天任想出的這「四招」，在中國是行得通的。這也不是他的發明創造，中國歷代獨裁者就是用這些政治權術。在中國，自古以來就有指導這種行為的思想基礎：「不患貧而患不均」、「均貧富」、仇視「奸商」、痛恨「貪官汙吏」。

柯天任的偉大思想理論形成了，就要轉化成巨大的物質力量。他作了戰略部署：首先召開縣、鎮、村三級幹部和全體共產黨捐獻賑災大會，進行大動員；其次，在全縣搞賑災之類運動；其三，毛仲義抓東湖村勞改場典型，向全縣推廣經驗；其四，檢察長周華床抓三個貪官汙吏作典型，向全縣農民公佈罪行。

柯天任想好這些，已是中午十二點。他叫秘書去拿個盒飯來吃，邊吃邊打電話叫毛仲義、周華床來，面授機宜。吃完飯，柯天任叫秘書通知開常委會，自己草擬了一個《緊急通知》。

《緊急通知》指出：「這是在非常時期召開的非常緊急大會，是對每個革命幹部和共產黨員的一次大考驗，考驗對黨的忠心、對人民的愛心和自己的革命犧牲精神。」

《緊急通知》規定：「每個與會者要有革命軍人的革命作風，自備伙食，不准乘車，只准步行到會場，又步回家；不准遲到早退，不准缺席；大會上，每人向災民捐獻，少則一元，多則千元不等。凡違犯規定的，要受到黨紀和法律的嚴厲懲處。」

這是一份軍令如山倒的《通知》。

柯天任把《通知》交給秘書去打印一萬份。中午二點開常委會時散發給常委們。常委們忙碌起來，分發到各科局、鄉鎮。

各村接到《緊急通知》的時間不等，有的在晚上七點，有的在晚上九點。遠的鎮村離開會時間只有十一、二個小時，要步行一百二十多里。真是：緊急通知、緊急任務、緊急行軍。腦袋瓜「現代化」的鎮、村幹部，連夜用機動車把與會者送到離城關七、八里路遠的村莊集合，天一亮，就舉著紅旗，雄糾糾地入會場。腦袋瓜木訥的鎮、村幹部就真的帶隊步行，入場時就遲到，被撤職不說，每人還罰款一千元。

會場顯出神聖肅穆的氣氛來。在縣師範大門口兩側各豎四個大牌，共八個大字：不准私語，不准穿插。門口有荷槍實彈的員警守衛，有入場檢證工作人員。進了大門，一路上有員警哨崗。主席臺設在運動場北頭高處，橫幅上大書：永安縣三級幹部和全體共產黨緊急動員賑災大會，場地上打了石灰界線，各鎮與會者在鎮委書記率領下進到自己的界線內列隊站著。高音喇叭播著《大刀進行曲》、《團結就是力量》、《三大紀律，八項注意》等革命歌曲。這場景和氣氛，把人帶到戰火紛飛的年代，帶在浴血戰鬥的環境中，使人敬畏，緊張。

八點整，大會開始了。特別的會議，特別的議程。唱了《國歌》後，縣委第一書記柯天任同志就作報告了。

柯天任威武地站著，表情嚴肅。他沒有講稿，講話時，時而雙手反背在後，時而左手叉腰、右手揚起，時而雙手握拳揮舞，時而兩掌伸向天空，正像毛澤東在動員百萬大軍奔赴前線時的演說姿勢那樣。柯天任的聲音，緩時如溪水淙淙，急時如長江咆哮，有時嗚咽抽泣，有時激昂高亢。他的報告是一篇抒情散文詩，又是一篇極富鼓動性的革命動員令。現摘抄如下：

「同志們，戰友們：

「《三大紀律，八項注意》的第一條是『一切行動聽指揮』。黨的組織原則是『個人服從組織，下級服從上級，全黨服從中央』。革命戰鬥應該具有鐵的紀律、鐵的手腕，應該像雷鋒那樣『對人民，要像春天一般的溫暖，對敵人要像冬天一樣殘酷無情』，應該像王傑那樣『一不怕苦，二不怕死』。今天，到會的都是革命幹部、共產黨員，跋山涉水，摸黑步行到會場，這就是二萬五千里長征精神，是一次革命的鍛煉。此刻縣委召開緊急會議，就是需要大家去完成黨交給的幾項緊急的革命戰鬥任務，使大家面臨著一場嚴峻的考驗。

「永安縣水災頻繁，今年是大洪災。老蘇區的永安縣農民是好樣的，在戰爭年代，拋頭顱，灑熱血；在大災之年，鼓足幹勁搞生產自救，勒緊褲帶完成上交任務。現在徵收完了，永安縣農民處在生活困難之中，有的難以過冬。我出身於農民家庭，是農民的兒子；我受過饑餓的煎熬，受過缺錢用的憂愁。現在，我當上縣委書記了，仍時刻想著自己的父親兄弟。我為農民的生活困難睡不著覺，做噩夢，夢見農民的孩子瞪著渴望求食的眼睛在哭喊：『我餓了！』我醒來就哭了。」

這時，擴音器傳出柯天任悲咽聲，抽泣聲。

全場肅靜。突然，有人高呼：「柯天任是我們的好書記！」全場高呼。

「同志們，我們必須拿出實際行動來，關心農民的生活。從今天起，一直到災情緩解，我每天吃四兩米，抽一元錢一包的香煙，用節省下來的錢去扶貧救災。大家也應該為救災民盡心盡力。」

長時間的熱烈掌聲，歡呼聲。

「現在有一種人，不曬太陽，不冒風雨，水旱無憂，倒買倒賣，發災年財。他們製造偽劣產品，出賣變質食品，販賣缺碘食鹽，短斤少兩，坑害農民。他們偷稅漏稅，加重農民負擔。他們是什麼人呢？就是我們所唾罵的『奸商』。『奸商』是造成廣大農民貧窮的根子。對那些不法商人，對那些『為富不仁』者，我們應該仇恨！應該打擊！應該清產！」

「打倒奸商！」全場憤怒。

「還有一種人，做官，忘本了，成天『一杯茶，一支煙，一張報紙看半天』，不顧災民的死活，卻挖空心思的去貪汙救災款、救災物資。他們是一種什麼人呢？就是我們所痛恨的貪官汙吏。對那些貪官汙吏，我們應該痛恨！應該打擊！應該清產！」

全場雅雀無聲。

「還有一種人，忘我之心不死，唯恐天下不亂，趁大災之年，乘我們暫時困難之際，煽動不明真相的災民抗稅，蒙蔽災民逃荒。他們是什麼人？是一小撮最反動、最兇惡的階級敵人，比如東湖村的張志成、蔣中猛之流。對那些階級敵人，我們要仇恨，要剝開他們的畫皮，狠狠地打擊他們，決不能心慈手軟！」

「打倒一小撮階級敵人！」全場高呼。

「同志們，戰友們，救災、打擊『三種人』，這就是黨交給你們的緊急戰鬥任務。我們對災民要愛得深，對『三種人』要恨得深；我們要發揚抗洪英雄精神，凝聚在黨的周圍，帶領全縣人民，打一場漂亮的勝利的賑災仗！」

「緊密團結在柯天任書記為核心的縣委周圍！」「誓死完成黨交給的緊急任務！」全聲高呼。

柯天任演講完了，李建樹作了簡短說明，號召大家要認真學習、宣傳、貫徹、執行柯書記的報告。

大會第三項是各級主職領導向縣委宣誓，表決心。

大會第四項是捐獻。柯天任帶頭向捐獻箱投放了一千元，與會者有的捐五百元，有的捐三百元，有的捐五十元，最少的捐兩元。

大會最後合唱《團結就是力量》。

如《緊急通知》所說，中午二點準時散會了。

大會過後，各鄉鎮又召開了同樣的大會，在全縣掀起了一場打擊「奸商」、救助災民運動。同時，各鄉鎮組織代表到東湖村參觀學習，搞集體勞動、集體上交運動。

卻說柯和貴及時得到了參加縣「緊急大會」的李代仁報告後，說服了李秀雲，連夜把經營部的貨物降價變賣了，關閉了經營部，一家人搬到鳳凰中學去住。

柯和貴又想到王熾興老師的商店，就急忙乘車去叫王熾興老師也關店門。

王熾興老師是本書前第十五、六回所講的柯和貴小學時的語文教師。他摘掉右派帽子複職後，調到飛燕鎮中學教書。由於三個兒女大了，讀書費高，在柯和貴的支持下，他讓愛人蔣蘭香也辦了個勤工儉學小商店。那蔣蘭香服務態度好，進貨對口，生意就日盛一日，兼搞了小批發。

柯和貴到王熾興商店時，王熾興、蔣蘭香在吃中飯。蔣蘭香連忙添碗加筷，讓柯和貴吃飯。

「和貴，年內你不能討債呀，到了明春與你結清。」蔣蘭香笑著說，想堵住柯和貴討錢的嘴。

「師娘，我不是來結賬的，是來勸你們關門停業的。」柯和貴嚴肅地說。

「呃——」王熾興、蔣蘭香同時驚訝一聲。王熾興頓了一下，說：「是不是中央政策要回頭呢？不可能吧。從報紙、電臺上看，政策不會回頭。中國人再經不住折騰了。」

「中央政策沒變。但是，上有政策，下有對策呀。」柯和貴把柯天任召開緊急會議的內容說了一遍，催王熾興、蔣蘭香快點變賣貨物，關店停業。

「工商、稅務、公安、檢疫的錢我沒少交一分，賑災時還出了二百元，我賣的貨都合格，政府不會蠻不講理吧。」蔣蘭香說。

「要整人，總是會找出理由的。去年，我們按時交了各種費，年終時各家都有理由，多徵收了我店二千四百多元。」王熾興說。

「我們還欠柯和貴三千五百元，明春開學學費四千多元，年關這個月生意正旺，要是停業關門，明春就難過了。我看過了年關再說。」蔣蘭香說。

「你們不關店，不到明春，年關就難過了。」柯和貴說，「我要說的都說了，如果師娘堅持不關店，就立即與我結算還賬。」

「你剛才說不是來結賬的，怎麼立刻就變了？」蔣蘭香說，心裡認為柯和貴不誠實。

「我跟你們一時說不清楚，過幾天，你會自己明白。」柯和貴說，「結賬吧。」

王熾興勸蔣蘭香與柯和貴結賬。欠柯和貴的賬全部按批發價給貨物抵債。柯和貴得了貨物，就地降價變賣，要虧七百多元。蔣蘭香叫柯和貴把貨物賣給她。柯和貴很生氣，只賣給別人。柯和貴賣完貨就走了。

柯和貴走後，蔣蘭香很生氣，嘟嘟囔囔，說柯和貴也是小人，為了討賬騙些話來嚇人。蔣蘭香看到還了柯和貴的債，貨櫃上空了一大截，就逼著王熾興拿了現金去購回一千多元的貨，充實貨櫃。

在與柯和貴結賬的第六天，蔣蘭香照常早起，打掃衛生，擺貨物，坐在櫃檯內的高背木椅上。這時，進來了六、七個男青年，手背上都刺著藍色的「忍」字，有光頭的，有長髮的，有兩分頭的，提著四箱四特酒，放在櫃檯外地上。

「老闆娘，給你開個早賬。」一個長髮青年大聲叫蔣蘭香。

蔣蘭得認得他們是飛燕鎮一夥地痞流氓，經常上門拿煙拿酒。蔣蘭香心裡有些起慌，陪笑著說：「小俞呀，你拿了五十多元的東西。今早我沒開帳，不能欠賒呀。」

「我是來把以前欠的賬結清的。」小俞說，「我給你四箱四特酒，每瓶三十元拿來，按二十元給你。」

「我家還有四特酒呀，每瓶進價只二十元。」蔣蘭香說。

「你那四特酒是假的，我的是真的，每瓶能賣三十五元。」小俞說。

「我今天不要，過幾天再說吧。」蔣蘭香知道地痞流氓的話聽不得。

「不要也得要。再嘴硬，老子連人帶店一起砸。」一個光頭叫罵起來，「那些狗入的逼老子家交賑災款，老子過不了關了。」

「好說，好說。」王熾興連忙從內房走出來，說，「小俞，數酒吧。」

小余和王熾興數起酒來，共九十二瓶，一千九百六十元。

「今天早晨拿不出那麼多現金，暫給五百元。」王熾興說。

「那就給九百元現金和一千元香煙吧。我欠你店的五十多元錢就算還清了。」小俞說。

兩位老人不敢摸老虎屁股，只好成交。

剛與小俞等人結完賬，工商所小王來了。小王遞給小俞一支煙，找個位子坐下。

「王老師，快元旦了，上頭催得緊，要加收啦。」小王等小餘等人走後，說。

「加多少？」蔣蘭香問。

「二千四百元。工商局要完成賑災任務呀。」小王說。

「加那麼多？」蔣蘭香吃了驚，說，「小王，你要為我擔著點。」

「師娘，我為你店挨了幾次批評，今天若不交，我工作籍就被開除了。我走了，還是有人來收的。」

小王無可奈何地說。

「唉——」王熾興嘆了一口氣，說，「小王……」

王熾興一語未了，稅務所小李來了，一進門就說：「王老師，我的工資和獎金就在這一次能不能完成賑災任務，你店今天非交不可。」

「還沒到十五號呀。」蔣蘭香說。她頓了一下，又說：「不為難你，這月三百元就給你。」

「師娘，這個月可不是三百元，而是三千元。」小李說。

「小李，我平時待你不薄呀，你拿點什麼也順手。你不能定這個數。」蔣蘭香說。

「師娘，我真是：挨了婆婆罵，又挨丈夫打，兩頭不討好呀。」小李叫屈起來，「因為梁副局長是王老師的學生，所以我敢請求所長給定這個數。對面老劉的店面比你店小，是外地人，定的是一萬元。

斜對面店也不大，定五千元。你說那種話，不是冤枉好人嗎？」

「好了，好了，我這店不……」王熾興叫起來。

王熾興又一語未了，防疫站小樂帶一個助手氣虎虎地走進來，大聲叫：「王老師，你為人師表，不能去賣偽劣商品呀。」

「你這說什麼話？我店從來不賣偽劣商品。」王熾興又激憤了。

「有人舉報了。我是專門來查四特酒的。」小樂說著，走進去從紙箱裡和櫃裡各拿了一瓶四特灑，顛倒著，對著光亮看。他高興地說：「這一瓶混濁。」

「四特酒在低溫時有白霧，不是混濁。」王熾興冷冷地糾正。

「這一瓶為什麼沒有白霧呢？兩瓶中總有一瓶是假的吧。」小樂說。

王熾興啞口了，心裡清楚，那群流氓拿了假四特酒來，又去舉報領賞。

「對不起，你店所有的酒和罐頭都要進防疫站，等著罰款。」小樂說著，就和助手一起動手搬酒和罐頭。

「不許動貨物！等我把案子查清楚再說。」門口傳來喝聲。

眾人一齊望去，派出所劉指導員帶著兩個民警進來了。眾人不知道要查什麼案子，都不敢作聲。

「王熾興，你沒有辦易燃爆物品經營許可證，卻偷偷地銷售鞭炮煙花，違反了《治安管理條例》。」劉指導員翻開《治安管理條例》，指著裡面的條款說，「根據這兩條，要沒收你店易燃貨物，罰款一萬元。看你是個教師，就罰五千元吧。下不為例。」

「我店一開業，就找明所長辦理鞭炮買賣許可證。明所長說街上所有商店都沒有辦，不能為一個人去辦，叫我每月交一百元治安費就行了。我就按月交了治安費。今日你們卻來沒收貨物和罰款，這不是存心坑人嗎？」王熾興按捺不住胸中火氣了，氣呼呼地說。

「你放識相一點！」一個員警喝道，「那邊胡老師防礙公務，被抓走了。」

「你們抓吧，看我犯了什麼王法！」王熾興書呆氣發作了，根本不識相。

「王熾興，老子是不好惹的！」劉指導員憤怒了，喝道，「把王熾興押走！」

兩個員警上前，把王熾興雙手銬了起來。蔣蘭香慌忙上前求饒，認錯認罰，在場的人也一齊上前勸解，擔心把王熾興抓走了，大家的錢都沒了。

「鬧什嗎？安靜下來！」門外大模大樣地走進一個人，後面跟著一群。

眾人一看，是鎮黨委副書記兼任鎮賑災工作組組長吳平山，一下子安靜下來了，這真是：一物降一物，蛇見水蟥自然軟。

小王連忙陪笑著讓座。吳書記板著面孔，問清楚了情況，對眾人說：「捐款賑災和打擊奸商是全國運動，是一場長期的艱巨鬥爭任務。國家被個體戶搞垮了，貧下中農被個體戶搞窮了。這還了得！這次，對合法商人只搞捐款，對不法奸商，堅決清產，決不手軟。在鎮委工作組工商戶登記冊裡，王熾興本來在合法商人名冊裡，現在根據大家提供的材料，王熾興成了不法奸商，是清產對象。」

「吳書記，我所的罰金怎麼辦？」還是劉指導員膽子大些，小聲地問。

「你們協助鎮徵收執法隊清產，要查出贓物窩藏點，把數字登記清楚，到時候按比例分配。」吳平山說著，起身向門外走。他好像想起了什麼，轉身對劉指導員說：「把王熾興押到派出所審查，留下蔣氏交待問題。」

這時，店門週邊滿了人，議論起來：

「吳書記說得在理，我們都窮了，只有生意人活了。」

「商人對社會有什麼好處？不能生產一件東西，專門販來倒去，賺黑心錢。」

「沒想到一個老師也做奸商。財迷心竅，清產，坐牢，活該！」

……

王熾興在眾人唾罵聲中被押走了。一群人在王熾興商店裡清產，門外圍觀的人有的混進去偷拿。蔣蘭香傻乎乎的，站著，一聲不吭。突然，這老女人一頭向櫃檯角撞去，頓時額頭血湧如注。小李、小王走過去，用衛生紙和布條給蔣蘭香包了額頭，抬進內房床上。蔣蘭香昏過去了。

不知過了多久，蔣蘭香在昏迷中，聽到一個熟悉的聲音：「師娘，師娘。」她睜開眼皮，看見柯和貴和飛燕中學的小廖老師站在床邊。

蔣蘭香見到熟人，就歇斯底里地叫喊：「我不活了，我不活了！」

「師娘，破財不是大災難，家破人亡才是大災難。現在營救王老師要緊，你要挺住呀。」柯和貴勸慰著。

柯和貴和小廖把蔣蘭香送進衛生院。

「和貴呀，我對不起你，把你的好心當惡意了。」蔣蘭香拉著柯和貴的手說，「你是怎麼知道我家出事的？」

「小廖老師打電話告訴我的。」柯和貴說。他給了蔣蘭香五百元錢，又說，「師娘，你好好養病，我要去把王老師救出來。」

柯和貴來到飛燕街。這繁榮熱鬧的街道，一下子變成了一條死街，個體商戶都關了門，只有國營供銷社在營業。柯和貴嘆息著，向鎮委大院走去。

柯和貴找到了鎮委書記趙光耀，說了王熾興的事，請趙光耀出面救出王熾興。趙光耀就向吳平山打了招呼，給派出所明所長打了電話。柯和貴到鎮派出所把王熾興帶到衛生院蔣蘭香身邊。老夫妻倆抱頭痛哭一場。柯和貴給了蔣蘭香二千元，就回家了。

在「打擊奸商運動」的同時，所謂「條條」、「塊塊」，各條戰線的捐贈賑災打響了。在教育界，教師既要向「條條」的上級捐款二百元，又要向「塊塊」的村、鎮捐款三百元。這就是說，教師有三個月領不到工資。不少教師就偷偷地寫上訴書，還替農民、個體戶等寫狀子。一下子，永安縣郵局就扣壓了上萬份寫給中央、省、市的信。郵局黨委把扣壓下的信都交給了縣委。柯天任指示紀委邵月鐘說：「那些書呆子，都是『六・四』反革命暴亂的殘渣餘孽，妄圖顛覆國家政權。必須嚴加追查懲處。」一時間，明查暗訪的員警、便衣和「內線人」遍佈全縣學校，不少教師被扣上「顛覆國家政權」罪遭到關押，弄得十分恐怖。

在「捐贈和打擊奸商運動」中，現金和貨物源源不斷地流向縣政府大院。經統計：現金一點六億元，貨物折價一點八億元。其實遠遠不只這個數字，村、鎮和機關扣留和貪汙了不少。柯天任很高興，指示李建樹說：「這些錢和貨物不入縣財政，縣委統籌安排使用。用五千萬元投入金牛山冶煉廠，同時，充銷工行被騙去的錢。用六千萬現金和一億元的貨物去賑災，用一千萬元和八千萬元的貨物給各級幹部發獎金，剩下的四千萬元，你直接控制使用。」

在黨委擴大會佈置賑災工作時，李建樹說明了徵收的貨物和錢的使用數字，瞞了四千萬元。柯天任強調：縣領導幹部要下去蹲點，親自把救災錢和貨物發放到災民發手中，不能挪於它用，不能貪占。柯天任自己確定到重災區飛燕鎮下汪村蹲點。

救災款和貨物按人口發放。於是各鄉鎮統計上來的人口比計劃生育時的統計全縣多了十五萬。縣委就按每人口二十元現金和一百元貨物發下去。各鄉鎮、村又按計劃生育人口發放，逃亡的不發，派下去蹲點的幹部和鄉鎮、村幹部合夥貪占了一大筆。

卻說柯天任到飛燕鎮下汪村蹲點。下汪村在貴河南岸，全村二百二十六戶，逃亡九十三戶，主要勞動力也外逃打工去了，村裡剩下一些幹部和老弱孤小，田地一片荒蕪，並不像鎮委上報的那樣：油菜栽千畝，生產全面恢復，災民全部安置。

柯天任一進村，住進房屋被沖毀的汪大全老人茅棚裡。柯天任拉著汪大全老人的雙手哭了，向村民們講了感情沉痛、鬥志昂揚的話。柯天任要李建樹向下汪村加撥一百萬元現金和一百萬元貨物，親手把錢和貨物送到每家每戶。逃亡村民都回來領救災款和貨物。柯天任為下汪村設計了建設新農村的規劃圖。柯天任親自背木料，做副工，給汪大全老人建了兩層小樓房。下汪村因禍得福，建起了新農村，成了全縣模範村。柯天任到下汪村蹲點賑災的模樣事蹟，在縣、市、省、中央電視臺上得到報導。

柯天任採取軟硬兼施的權術，使全縣逃亡農民大多數回來了，恢復了農業生產。

對於柯天任能夠如此陰謀得逞，柯和貴賦詩云：

詭計多端心狠毒，聲聲卻喊為人民。
陰謀說成高智慧，盜誇頌為大救星。
東湖地獄有人毀，下汪血債無法清。
如何民智那樣低？洗腦千年難覺醒。

柯天任搞了捐贈賑災工作，到縣裡，又著手抓反腐敗運動。

欲知柯天任如何抓反腐敗運動，且聽下回分解。

第一百零七回　反腐敗柯天任立功　查大案柯成蔭還鄉

卻說在「捐贈和打擊奸商運動」的同時，檢察長周華床遵照柯天任指示，秘密搜集領導幹部的貪汙材料。誰知一搜集，就有一大批貪官汙吏，其中當然有柯天任的人。周華床不敢再搜集下去了，帶了一批材料去請示柯天任。

柯天任聽了周華床彙報後，心裡一驚，原來自己只想玩弄曹操借解糧官的頭的權術，抓幾個貪官，讓農民轉移仇恨。他沒想到有這麼多貪官汙吏，連自己的人也不少。柯天任沉思起來了：「中央反腐敗日大一日，管志成被槍斃，王寶森自殺，陳希同被軟禁，連張致景也被『雙規』了。看來這不像『整黨』那樣一陣風就過去了。」他又想到郵局送來的一萬多份控訴信，感到問題實在嚴重，不反不行了，又不能反到自己人的身上。柯天任作出一個決定：「乘機把劉耀武、陳繼烈的人馬清除出黨政機關，一來抓了反腐敗，對上級有個交待，又建了項政績；二來，對老百姓有個說法，轉移他們的視線；三來再次集權在手，掩護了自己。」

柯天任就在周華床交來的一覽表中挑出三個人：第一個是飛燕鎮副書記兼賑災工作組組長吳平山。吳平山原來是鳳凰區革委會主任，在一打三反運動中立功升官，直至縣委書記。在與劉耀武、陳繼烈爭權奪利中，輸了，被降為飛燕鎮黨委書記。他在柯天任幹部大整頓中有人告發他養妾，又降為鎮副書記。他在這次管鎮賑災工作，表現很積極，一方面想幹出政績，光榮退休；另一方面想趁機再撈一把錢，好退休後安享晚年。吳平山再過半年就退休了，沒想到被人揭發在賑災中貪了四萬元錢，成了貪官。第二個是縣技校校長潘志明。潘志明是陳繼烈的人，技校校長是個肥缺，全縣教師爭著進去。有人揭發潘志明在接受兩個大專畢業生分配到技校任教時，各賄五千元；在技校畢業分配時又受賄五個學生一萬五千元。第三個是鋁業集團公司銷售科科長邱光，是陳繼烈的人。有人揭發邱光在銷售鋁錠時得回扣八萬元。

周華床就把吳平山、潘志明、邱光逮捕了，很快向法院提起公訴，法院進行了公審。在公審大會上，柯天任作了「反腐敗」報告。技校、飛燕鎮人、鋁業集團職工高呼：「柯天任，大青天。」縣、市、省電視臺、報紙報導了柯天任的反腐敗事蹟。

柯天任的模範事蹟連連見報，牽動了他的一個遠方落難朋友的心。那個落難的朋友就是張共樂。

此時，張共樂隱姓埋名，逃到吉安縣一個山村的遠房親戚家躲藏。因為張致景被「雙規」，張共樂的劣跡敗露，有遭逮捕判刑的危險。張共樂到這窮鄉僻壤的山溝荒林煎熬了兩個多月，與在繁華的京城當衙內的生活是個強烈的反差。他實在受不了，總想換個稍有點現代化氣息的地方居住。柯天任的好消息不斷傳來，就像興奮劑那樣不斷注射到張共樂身上，使張共樂一陣陣地興奮。張共樂向智囊程機、保鏢張錄用提出到柯天任那裡去的要求。張共樂、程機、張錄用三人就進行分析、比較，認為到柯天任那裡最適合：第一，吉安縣是張致景祖籍，中央可能派人來找。柯天任與張共樂的關係，中央無人知道；柯天任又是大紅人，不會有人注意到。第二，柯天任現在的權力是張共樂給的，張致景還沒垮臺，柯天任是個義重如山的大俠士，於情於理，柯天任會在張共樂急難時救一把。如果張致景垮臺，張共樂外逃，柯天任可提供一些方便。第三，永安縣城畢竟比這山溝荒村的生活豐富多彩，張共樂會過得舒服些。

三人商量好了，就迅速出發了。幾經輾轉，第四天中午到了永安縣城。永安縣雖小，但街面寬敞整潔，高樓大廈林立，賓館商店密集，少男少女如雲，大車小車似蟻。這與閉塞冷清的小山村相比，算得上是繁華熱鬧的城市了。張共樂頓時胸懷為之一寬，心情為之一快，好像回到熟悉的京城家裡：「偏把杭州作卞州。」

張共樂三人來到柯天任家，鄢豔連忙打電話叫柯天任回來。柯天任見到了張共樂，既像見到老上級般恭敬熱情，又像見到故友一樣古道熱腸。

柯天任了解情況後，說：「仁兄，我雖是山野粗俗人，但也懂得忠義二字。《宋史》曰：『禍患之來，節義足以固其有守。』我願為你效犬馬之勞。有我在，有你們在；我亡了，你們仍然在。你們在我這裡，儘管高枕無憂。」柯天任說到這裡，頓了一下，又感傷地說：「只可惜我鞭長莫及，救不了大伯。」

柯天任的話信及魚豚，使張共樂有賓之如歸之感，使程機打消了疑慮，使張錄用鬆馳了戒心。

張共樂說：「老弟，我相信，我父母的情況會好轉，我家不會敗下去。這他媽的的反腐敗是變了個樣子的『六．四運動』，是大右派朱鎔基搞的，是陷害、打擊革命老帥老將和他們的後代。現在，中央的鬥爭很激烈，右派權大。但是，右派是兔子尾巴長不了，鬥不過我們的。老弟，只要你立場堅定，跟著我，以後會比當這七品芝蔴官強。」

柯天任很認真地聽著，不斷點頭。

「眼下，張大哥還是少出頭露面為好。我們在鄉下有一棟寬敞的房子，很安全。你們可以到那裡去住，吃穿玩的事由我來管。」鄢豔說。

「我已經在農村悶了兩個多月，那是野蠻荒涼的地方，我不去。」張共樂立即反對。

「好辦。我明天在城裡給你租一棟別墅，派幾個女服務員。今晚，你們就在公安局招待所住一宿。」柯天任說。

鄢豔擺上了豐盛的晚晏，張共樂吃了個酒足飯飽，跟著鄢豔去住招待所。

第二天一早，鄢豔到烈士陵園內租用了一棟兩層樓的別墅，派去了自己的心腹保姆馮媽做炊事員，叫馮媽雇用了三個外地服務小姐，把張共樂三個安頓下來了。張共樂三人都改了姓名，張共樂叫白水田，程機叫白畈，張錄用叫白犁。張共樂很快與在京城的老管家張錄才聯繫上了，告訴了自己的情況。

張共樂三人在這別墅裡，吃好，穿好，玩好，有女人，時不時到街上去逛逛，很愉快。

過了一年多，到了清明季節。

一天，天高氣爽，陽光和煦。吃過早飯，張共樂、程機和兩個小姐在院裡搓麻將，張錄用和另一個小姐在平臺上說笑。

約莫十點鐘，院門鈴聲響了。馮媽走過去，從院門小圓孔向外瞧，是一個身材高大的六十多歲的老漢。馮媽問了姓名後，就去向白水田先生報告。張共樂聽到張錄才來了，連忙叫馮媽去開門請進。

張錄才進了院子，用眼神示意張共樂、程機退一步說話。張共樂、程機就把張錄才帶到張共樂臥室，又叫來張錄用。

張錄才把房門關上後，一下子抱住張共樂痛哭起來：「老書記和夫人被捕了，進了監獄。公安部正在追捕你。老書記傳話出來，叫我不要管他們，火速帶你外逃。」

張共樂聽了，渾身顫抖起來，沒想到有這個下場，半天說不出話來。

「三十六計，走為上策。迅速離開這裡。」程機說，「老人家，出國護照辦好了嗎？」

「你們三人的辦好了，是去瑞典的，那邊有共樂的存款。」張錄才說，「我不走，我要和老書記死在一起。」

「跟柯天任打個招呼吧。」張共樂說。

「事情到了這一步，不能向外人洩露任何風聲。人心難測呀！」張錄才說。

四人就秘密商量出逃路線，定在今晚天黑時出發。

卻說馮媽，見到新來的老漢，與白水田等人一見如故，又關房門密談，感到有些蹊蹺。她想起柯書記的叮囑：「有反常情況，要火速向他當面報告。」馮媽就趁著去買菜的時候，向柯天任報告了。

柯天任聽了馮媽的報告，猜到那老漢是張共樂的家人，是從北京來的，有重大策劃。柯天任已從內參中得知，張致景因貪汙罪和瀆職罪被捕，成了級別最高的腐敗分子之一。可見，張致景家族徹底完蛋了。柯天任想到自己窩藏著張共樂，一旦洩露出去，就拔出蘿蔔帶著泥，自己也完蛋了。柯天任是不會讓人來連累自己的，作出決定：「逮捕張共樂，獻上去。說是張錄才帶著張共樂等人逃到江南烈士陵園，找到守園的老游擊隊員陳堅，陳堅就夥同馮媽企圖窩藏張共樂等人。」柯天任想好了，就立即打電話給毛仲義，秘密逮捕了張共樂等人，在追捕中趁機將陳堅和馮媽打死。

毛種義接到柯天任指示，傍晚時帶著趙小生、肖俊傑、潘復生、楊從武等心腹，到烈士陵園，押著陳堅去別墅捉拿張共樂。

卻說張共樂等人，擰著包裹正要下樓，看到了武裝員警衝來。程機叫了張錄才、張錄用掩護，自己拉了張共樂跑進自己臥室，把早就準備好了的繩子繫在窗下銅管頭上，甩出窗外，讓張共樂援繩，自己提了密碼箱跟著下去。突然一聲槍響，繩子斷了，兩人重重地跌在地上，被員警銬住了。樓上還在槍聲砰砰。

「張共樂被捕了，樓上人不要抵抗，快投降！」樓下員警在喊。

張錄才向樓下一望，張共樂、程機被員警押著。張錄才、張錄用就呼嘯著向樓下衝，猛射子彈，最後兩人以身殉主。

在互相射擊中，陳堅和馮媽被打死，三個服務小姐被逮捕判刑。

張共樂、程機被押進京城。半年後，張致景被判十五年，張共樂被判二十年。

柯天任活捉了張共樂，市、省、中央電視臺、報紙作了報導，中央組織部表彰了柯天任的反腐敗功績，並通知柯天任在九月份到中央黨校學習。

柯天任很高興，心想：「到中央黨校學習，就是要重用自己。這是天大的機遇，必須把握好，不能到地方去當個什麼市委書記、副省長之類，要直升中央。」柯天任和鄢豔商討了幾天幾夜，如何尋找機會拜見江澤民，至少要密切接觸政治局常委中最年輕的又是黨校校長的胡錦濤，不要去拜見名聲不好的李鵬，也不要拜見沒有政治前途的朱鎔基。

對於官員與俠客，柯平斌有順口溜一首：

官是地痞，地痞是官；在朝是官員，在野是地痞；官匪本是一家人。

官員利用俠客，是豢養鷹犬；俠客利用官員，是想入朝為官，哪來的俠客清官？

俠客要用的是官員的權威，官員要用的是俠客的生命；官員喪失權威，俠客就背叛；俠客不玩命，官員就拋棄；哪裡有「仁義禮智信」？

正在柯天任得意忘形的時候，他的剋星柯成蔭回到家鄉。

卻說在國務院法制局工作的柯成蔭，聽到柯和貴、蔣中謀反映東湖村案件，又不斷收到家鄉人寄來的告狀信，心中一直牽掛著家鄉父老的苦難。柯和貴催他回家除掉大惡霸柯天任。柯成蔭最清楚柯天任的為人，就把信件材料整理好，寫了個《綜合報告》，呈送給信訪局領導和總理。總理批示「同意調查」，並指示與中央紀委成立「聯合調查組」。柯成蔭就去找中央紀委執法監察室的邱雲海，兩人請示中央紀委書記。中央紀委書記批示與江南省紀委一起組成「江南省永安縣東湖村案件聯合調查小組」，任命邱雲海為組長，柯成蔭為副組長，江南省紀委法制辦公室主任吳銀寶為副組長。邱雲海、柯成蔭帶著中央首長批示到江南省紀委，組成了「東湖村案件聯合調查小組」，組員有：省紀委李東陽、省公安廳法制處處長方巨惠，省高檢反貪局長潘國民，省高院副院長董宜彬。「調查組」在省高檢辦公，決定先派邱雲海、柯成蔭秘密查案，視情況處理。

柯成蔭、邱雲海乘公共客車來到南柯村。

柯成蔭回到闊別十來年的故鄉，倍感親切，勾起兒時的許多回憶。他先繞村轉一圈，尋找兒時記憶中故鄉舊跡。邱雲海陪著，聽著柯成蔭飽含鄉情的講述。

正是初夏季節，下頭林再不蔽天遮日了，只有四棵斷梢杪的古樹距離很遠地立著，地上長了一片青草，與太荒坪的草地連著。太荒坪仍是綠茵茵的，只是不連片，中間有許多水氹，增加了不少新墳墩，有幾座墳墩的草叢裡露出新黃土。那些在「三面紅旗」和「文化大革命」中被打碎和搬走碑石的墳墓，又豎起了新的墓碑。在太荒坪東南角有棵福神樹，樹洞像房子一樣大，丈圍粗的枝乾枯了三、四根，剩下的兩根頂著幾蓬新葉，合抱粗的樹根露出地面很高，像個耄耋的老人，瘦骨嶙嶙，氣喘吁吁，度著垂死的晚年。村南前畈壟，一條截留渠蜿蜒向南湖，渠裡淤泥沉積，渠堤被豬牛拱踏得坑坑窪窪，被水沖出的幾個大缺口，還沒有修復。那寬闊的壟畈，大塊水田的田塍內有許多小埂，大田被劃成一小條一小條，一小片一小片。

柯成蔭領著邱雲海向公屋大堂前走去。大堂前還是那個老樣子，並且比原來破爛衰敗了。戲臺塌下了一角，祖宗堂東側的一間大房子倒塌了。大堂前兩側的私人房屋也倒塌了不少，到處是土磚和瓦礫，斷牆殘壁，長滿蒿草。空巷一個接著一個，成了「空心村」。沒有倒坍的房屋，也是椽腐瓦亂，門鎖牆爛。往日人聲鼎沸的巷道、堂屋，現在沉寂下來了。柯成蔭看到故鄉這一派蕭疏景象，心裡痛惜，口中嘆息。

「我的家鄉十幾年竟成了這個樣子。農村倒退了，承包制不能使農民富起來，應該重視『三農』了，應該有新的政策。」柯成蔭說。

「消滅三大送別，喊了四十多年，沒見成效。根子在毛澤東時代。毛澤東搞消滅大三差別，是把城裡人、知識份子趕到農村來接受貧下中農再教育，我那時就從省城被趕到永安縣鳳凰區紫金山林場裡。想起來真是十分荒唐！改革開放了，除了一個田地承包責任制給農民鬆了一下綁，中央其他有關農村的政策，仍然是歧視農民，剝奪農民。我們收到的農民上訪和信件最多。看來農民承受不了了，再不想出新路子來解決『三農』問題，要出大亂子了！」邱雲海說。

「柯天任把農村變成了勞改場，把農民變成農奴，比毛澤東時代的人民公社還壞。中央找到了解決『三農』的好法子，靠柯天任這類人去實行，也是竹籃打水一場空。」柯成蔭激憤起來了。

「是的，政治體制應該改了，不然，經濟改革成果就付之東流。」邱雲海說。

兩人說著，向大堂前大門走去。

在大門口兩邊，有幾個老人坐在長石凳上聊天。他們見到柯成蔭、邱雲海來了，神色驚慌，停住了談話。他們認不出柯成蔭。柯成蔭卻認得出他們，連忙停住腳步，掏出香煙分發，一邊稱呼，一邊自我介紹。幾位老人驚喜起來了，搶著說話：

「啊！是小柳，和義的後生家，長成一條好漢了。」

「那眼神真像和義，那臉蛋真像愛清。」

「小柳從小就善良，聰明，會讀書。那年考上北清大學（注：北大、清華），可轟動方圓幾百里呀，為南柯人爭光了。」

「小柳，聽說你在京城做了大官，了不起呀。」

「忠厚有後呀，和義、張愛清受了那大苦難，值得。」

「善有善報呀。和義、愛清善良，李太婆九十了還那麼健，出了和貴、小柳這等有出息的人，家庭旺盛呀。」

……

眾老頭稱讚著，柯成蔭插不上話，紅了臉。

這時，一個老頭從大門裡衝出來，冒冒失失地撞著柯成蔭的肩膀而過，口中念念有詞：「我有罪，我吃了人肉，我有罪……」

那老人一溜歪斜地走了。柯成蔭望著那老人背影，有些眼熟，但已變形：挺直的身軀佝僂了，後腦勺的短黑髮變成了長白髮，又亂又結，腳上的解放鞋沒了後跟。

眾老頭看到柯成蔭有些不認識那老人，有同情的表情，就告訴柯成蔭說：

「那人叫柯太仁，又叫柯國慶，原來的大隊民兵連長，是個惡人。」

「柯太仁要柯丹青滾狗子刺，欺負你父母，和柯鐵牛、柯業章一夥殺了柯啟文全家，燒了柯啟文的房子，吃了柯啟文孫子的肉。他幹革命可凶哩。」

「作惡的人都沒有好下場。柯鐵牛得了食道癌，活活餓死。在死的時候大叫大喊：『叔父，我知罪，你莫打我。』喊了一整夜，是他叔父柯啟文的鬼魂把他掐死了。柯業章癱在床上不能動，拉屎拉尿，臭不可聞，還在受活罪。」

「這是惡有惡報呀！」

柯成蔭、邱雲海聽著，嗟嘆不已。兩人告別眾老，向柯成蔭家走去。

柯成蔭家沒做新屋子，還是那棟老屋。但那老屋經過了整修，露出新磚和新石灰線。柯成蔭曾把父母接到京城。可是，柯和義、張愛清只住了半年就回家了。七十多歲的老人，離不開熟悉的南柯村和熟悉的南柯人。

今天，柯和義、張愛清看到兒子突然回家了，還帶來一位貴客，喜出望外，急忙張羅起來。柯和義把小竹椅用乾毛巾抹了一遍，張愛清把灶台、碗盞洗了一遍，就生火做飯了。

柯和義要出門去買菜，被邱雲海攔住，說：「大伯，大娘，不要亂了你們的生活習慣。我和成蔭來這裡住幾天，是想重溫南方的生活風俗。如果你們改變了原來的生活模樣，我這一趟不就白來了嗎？」邱雲海接著談起自己曾在鳳凰區插隊的事，拉近了與兩位老人的距離，找到了共同話題。

柯成蔭聽說祖母還獨自住在老屋裡，就丟下邱雲海與父母聊天，去探望祖母李寡婦。

柯成蔭來到祖母的老屋。那老屋還是那條石門坎，還是那扇木門，那土磚牆已陳跡斑斑，但還結實。他進了大門，那屋內的結構和陳設還是老樣的。柯成蔭很高興小時候經常玩耍、夢中經常出現的地方像歷史古跡一樣保存著。他在堂屋裡站了一會兒，就像小時候那個樣子，高興地叫喊：「婆呀，婆呀！」

「誰呀？好熟悉的聲音。」廚房裡傳出祖母的聲音。

柯成蔭向廚房走去，看到了祖母。祖母坐在灶前，在燒火做飯，全身映紅，全白的頭髮，深厚的皺紋，老僵的臉皮，蒙胸布扣黑褂，一片紅光，像一尊鍍金的古代塑像。

「婆呀，婆呀！」柯成蔭很激動地叫著，走上前，蹲在祖母身旁，目不轉睛地瞧著這個疼愛自己的、廣施慈善的頑強生存的老人。

「啊，是小柳呀。」老太婆辨出了聲音，辨出了面孔，習慣地親切地伸出手掌，摸著孫子的頭，眯起來眼睛，一個勁地打量，顫著聲音：「小柳呀，回來就好了，回來看家就好了，不能忘根呀！」說著，滿眼淚花。

柯成蔭內心被一股無名的強大的激情衝擊著，說不出話來，不由自主地把額頭磕在祖母膝蓋上，哭泣起來。柯成蔭抽泣了好一會兒，說：「婆呀，我不孝呀，十幾年了，沒回家看你。」

「小柳呀，你從小就心地善軟。如今在皇城那麼遠，怎麼能隨便回來呢？」人老了，說起話來囉嗦沒完，就又說起以前的許多事來，把柯成蔭當作小孩子那樣教導起來。

柯成蔭知道老人最需要的是精神安慰，說話有人聽，就認真地聽著。他聽了半個多小時，問：「婆呀，你快九十歲了，怎麼還獨自過日子呀？」

「我到你二叔父家住了一年多，又到你家住了半年，他們都不要我做事，坐著吃飯，像根繩子捆著一樣，我不習慣。我還能動，就獨自生活。柴米油鹽，你二叔父出錢，你父親去辦，你娘包了洗衣擔水，吃稀吃軟由我自己，多自由呀！等到我爬不動了，由你二叔父擺弄。」老人說得豪爽樂觀。

「婆呀，我在家這幾天，你就不用自己做飯了，到我家陪我吃飯。」柯成蔭說，「我給你五百元錢，表示我一點孝心。我這就去看我大叔父。」

柯成蔭來到柯和仁的住房。柯和仁也準備做飯。柯成蔭看到那比父親小十歲的大叔父，比父親還顯得老了十幾歲，頭髮全白，衣服破爛，面孔瘦黃，知道柯天任沒有關照他。又聽說過柯天任毆打父親，不准他到新屋去住，就不免心酸起來。柯成蔭給了柯和仁一千元錢，拉著他到自己家去吃飯。

晚上，柯和義家熱鬧了，村裡人都來看柯成蔭。柯成蔭站著，不斷地向鄉親們打躬，握手，問好。屋裡的位子都讓給老人、前輩坐了，中青年、晚輩都站著，蹲著。柯成蔭對鄉親們說，自己和邱老師在北京大學教書，這次到南方搞教學交流，順便回家看看。柯成蔭、邱雲海和鄉親們閒聊起來了。鄉親們都除去了戒心，有啥說啥。有的老人說兒子媳婦不孝，有的青年人說外出打工受城裡人和當地人歧視侮辱，有的說糧食、豬肉不值錢，有的說假種子、假農藥化肥坑人，有的說徵收稅費的幹部和執法隊比日本鬼子兇惡十倍，有的說做農業虧本，有的談到南柯村三個老漢攔省長的車喊冤被抓去坐牢罰款，有的談到鎮經委大院的假災民，有的說救災錢物被貪汙，有的說個體戶在賑災中遭殃，有的說教師半年拿不到工資，有的說學校亂收費，有的說反腐敗是假的，有的談到東湖村案件始末……在說到柯天任時，有的說是好官，有的說是壞官，有的說不管是好官壞官，總是南柯人做官，是南柯村的光榮……眾人口無遮攔，一直談到半夜，才散去。

就這樣，柯成蔭、邱雲海在南柯村住了三天，與鄉親們談了三天三夜，比較完整地了解了南柯村，了解了全縣個體工商戶、教師的大體情況，了解了東湖案件概貌，了解了柯天任施政情況的整體輪廓。

柯成蔭、邱雲海決定去看望柯和貴，再去東湖村。

欲知柯成蔭、邱雲海查案怎樣，且聽下回分解。

第一百零八回　瀑布洞賢士議國是　東湖村冤民訴案情

卻說柯成蔭、邱雲海在南柯村暗訪了三天，第三天早乘車來到鳳凰中學，見到了柯和貴。

柯和貴十分高興，連忙把當天的課調換好，帶著兩人到李衡權廟見辛龍水。辛龍水在「六‧四運動」時見過柯成蔭、邱雲海，非常熱情地和兩人握手、寒暄。辛龍水領著客人在李衡權廟遊覽了一番。柯成蔭、邱雲海對這裡的風景讚嘆不已。在說起李衡權廟創始人黃豐盛時，四人嘆惜了一回

辛龍水拿了兩把雨傘、一塑膠袋餅乾，引著三人來到鳳凰瀑布前。兩人共一把傘，從瀑布稀疏處，沿著一條石徑，來到瀑布洞裡。瀑布洞，既是天生，又被人改造，寬約兩丈，深約三丈，前高一丈多，後高約六尺；整塊石頭，為地，為壁，為頂。石地平坦，造出石床、石桌、石凳。從洞內向外看，透過瀑布，遠眺是濛濛紫金山，鳥瞰是整個鳳凰街，近瞧是半里遠的來往行人。從瀑布外向內看，有瀑水當簾，外明內暗，看不清洞內情景；有瀑布聲混雜，聽不到洞內說話聲。黃豐盛就經常在洞內撫琴放歌，辛龍水約人在洞內談話議事。

四人各自選了座位，談起來。他們從李衡權廟談到道教、佛教、基督教、伊斯蘭教、法輪功，又從宗教談到道家、儒學、中國傳統思想文化，最後話題回到了當前的改革開放和反腐敗。

柯成蔭說：「這次反腐敗比以前的整黨全面深刻得多。整黨，只是用黨紀在黨內整頓黨的作風，即使是『開門整黨』，也是極有限的，是運動，一陣風。反腐敗，是用法律來整治貪官汙吏，人民能用法律武器廣泛參與進來，不是運動，是一項長期任務。朱總理一上臺，就表示決心：準備一百棺材，闖地雷陣，跳萬丈深淵，與腐敗分子決一死戰。像張致景這樣的高官也被繩之以法。這就從源頭上來扼制腐敗了。從這裡，我看到了中國的光明前途。」

辛龍水接過話頭說：「我看不要太樂觀了，腐敗會越來越嚴重。腐敗的源頭在哪裡？根子在哪裡？

在毛澤東承襲了幾千年的帝王專制制度。歷史上個個王朝都反腐敗，都因腐敗而滅亡。朱洪武是最清廉、反腐敗最狠的開國皇帝，連自己的兒子、女婿都因貪汙被殺，結果明朝因腐敗不堪而滅亡。乾隆皇帝反腐敗也下了重手腳，連皇親國戚、大臣武將也不放過，結果反腐敗最得力的和珅成了最大的貪官。有人說毛澤東時代幹部廉潔，這是只看外表沒看內裡。毛澤東承襲了帝王專制制度，又學史達林，把私有財產全沒收為官僚的公有財產，官僚平均享受就是了，民間無私有財產可貪，加之國民經濟困難，無大財可貪。腐敗從台前轉到了幕後，人們看不到了。實際上是全黨官僚腐敗，毛澤東是最大的腐敗分子。鄧小平搞經濟改革開放，鼓勵一部分人先富起來，廢除計劃經濟，把官僚共同享有的公有財產一下子以改革的方式讓官僚們利用權力去分配為私有財產，民間也因此有了私產，官僚們腐敗又從幕後轉到了台前，人們看得到了。由於官僚貪占不均，也由於個別官員想做清官，於是就發生了爭權奪利和清官為民的反腐敗現象。說是讓人民利用法律武器來反腐敗，可是人民哪裡知道貪官汙吏的內情？貪官汙吏不寒而慄的是官僚內互相鬥殺而露相。但是單靠官僚內的一兩個皇帝和清官能反得了腐敗嗎？顯然反不了。不管朱鎔基自己怎樣清廉、怎樣有決心、怎樣有勇氣，也是徒勞無益的。只有鏟掉產生腐敗的根子帝王專制制度，才能真正反腐敗，才能反掉腐敗。」

「照你這麼說，只有推翻現有政權，才算從源頭上反腐敗。」邱雲海說。

「是的。」辛龍水毫不含糊地回答，「但是，推翻的方法有和平方式，有革命方式。和平方式只有國民黨在臺灣徹底實行了，因為國民黨所信奉的是孫中山的三民主義，有思想基礎和思想準備。在其他民主國家，都沒有完全靠和平方式，即使搞君主立憲的日本、英國，也需革命方式的催化。美國，則是靠民軍戰爭取得的。共產獨裁的前蘇聯變為民主的俄羅斯，大部分靠和平方式，最後也靠小規模的革命方式實行。中國共產黨獨裁有著幾千看帝王專制的思想文化支持，又有著毛澤東獨裁的支撐，全靠和平方式很難，很緩慢，必須借助革命方式。革命方式也有兩種：一種是自下而上，一種是自上而下。

自下而上是大規模的市民起義，自上而下是發生在首都的市民起義與駐軍相結合起來，一舉推翻上層政權。民主革命，必須排除兩種暴力行動：一種是農民起義，另一種是軍事政變。這兩種暴力都不會產生民主政權，只會產生另一個獨裁政權。我們希望和平方式，哪怕是緩慢一些也好。」

「我很佩服辛先生。」邱雲海說，「那麼辛先生應該支持共產黨的反腐敗吧。」

「是的。反總比不反好，反，總能給民眾作些讓步，讓民眾對政府形成的壓力越來越大，迫使政府不斷讓步，不斷軟弱下去。」辛龍水說，「我有這些認識，全靠柯和貴老師的教導。」

「柯老師，你也是這個看法嗎？」邱雲海笑著說。

「我完全贊同辛龍水的看法。」柯和貴說，「搞民主政治，首先要在共產黨內搞起來。共產黨的《入黨誓詞》有這樣的句子：『永不叛黨』、『為黨犧牲自己的一切』。這像黑社會組織、恐怖組織的調子，把黨員的生命權也剝奪了。你倆都是共產黨員，不要作什麼『馴服工具』、『鏍絲釘』，要爭取生命權，再爭取全部的人權、言論自由權，在黨內為民主打開一個缺口。」

柯成蔭聽了，很驚訝。

「這就是說，我們有一個共同點，贊成黨內加強民主和反腐敗。」邱雲海說，「那我們就一起來查清東湖村案件和柯天任問題。」

「要想推動整個民主事業，我們必須從自身和身邊的做起。東湖村案件和柯天任的惡行就在我們眼皮下，我們一定要把東湖村案件翻過來，挖掉柯天任這個毒瘤。」辛龍水說。

「東湖村案件翻過來容易，除掉柯天任有些困難。」柯和貴說，「我不是姑息柯天任，因為黨紀、國法裡沒有明確規定追究領導幹部對用黨組織名義來製造的冤案的法紀責任。除非找出柯天任的貪汙罪證，才能扳倒他。」

「這真的難了。」辛龍水說，「行賄受賄和貪汙都是一兩個人秘密進行的。」

「我看不難。」柯成蔭說，「只要把東湖村冤案翻過來了，追究責任，柯天任一夥內就會互相推卸責任，發生內訌，群眾向省、中央提供的那些柯天任一夥貪汙受賄的線索就會暴露出真相來。」

「那就這樣決定。」邱雲海說，「我和柯成蔭去東湖村查案，柯老師和辛兄去收集柯天任貪汙受賄的線索。」

「你們進不了東湖村，那裡成了勞改場，員警四面守著。」辛龍水說。

「你們先到東湖小學找張青柏老師，他會設法讓你們進村的。」柯和貴說，「我給張老師寫一封信，他會相信你們的。」

「張老師是我中學時的數學老師，我認識。」柯成蔭說。

柯成蔭、邱雲海離開了李衡權廟，乘車去東湖村小學。

下午四點，兩人來到東湖村。村口有員警崗哨，四周有鎮聯防大隊人員巡邏。村民白天被監管著勞動，晚上被監管著睡覺，不准與外界接觸，也不准外人入內。兩人只好去東湖村小學。東湖村小學校門也有崗哨，但沒人巡邏。根據縣委指示：東湖村小學的教師五年內不准調進調出。柯成蔭走到守門員警面前，遞了煙，出示了北京大學工作證，說明來探望自己的老師張青柏。員警允許登記進校。

自從發生東湖村案件後，張青柏、尹英、鄧會、吳青等人一直生活在恐怖中。每聽到警車「哇——哇——」聲，他們就心驚肉跳，直到警車消失。學校來了官員或陌生人，他們就設法打聽來人的身份、來歷和來校做什麼事，才安下心來。

這天下午，尹英老師正在上課，看到操場上走著兩個陌生人，連忙站在教室門口，注意起來。

「老師，請問張青柏老師住在哪間房？」柯成蔭走到尹英面前，很有禮貌的用家鄉話問。

「請問你是張老師什麼人？」尹英也很有禮貌地機警地反問。

「我是張老師的學生，叫柯成蔭。」

「啊！」尹英笑了，說，「我聽說過，柯和貴老師是你叔父吧？」

「是的，我剛從叔父那裡來。」

「跟我來。」尹英好像猜到了什麼，帶著兩人到張青柏房門。她叫道：「張老師，貴客來了。」

張青柏正伏在桌上批改作業，抬頭看到尹英帶著兩個陌生人來，摘下老花鏡，飛快地眨著眼皮瞧。

「張老師，我是柯成蔭呀。」柯成蔭大步上前。

「啊！柯成蔭。」張青柏驚喜地叫著。

柯成蔭向張青柏介紹了邱雲海。張青柏連忙讓座。邱雲海看見只有一把椅子，就坐到床沿上。尹英上課去了。

張青柏的宿舍，是間土木結構的平房，寬約八尺，長約一丈五尺，中間用木櫃和硬紙殼隔成兩間，外間住鄧會，內間住張青柏。兩間陳設一樣，靠窗下一張有抽屜長方桌，一把高木椅，靠隔牆兩邊都放一張窄木板床。

三人聊起來。當談到東湖村案件時，張青柏緊張起來，時時向門外窗外瞄。柯成蔭就向張青柏說明了中央紀委已成立了「東湖案件聯合調查組」，介紹了邱雲海的真實身份。張青柏這才安下心來。談了東湖村案件的事。課外活動時，張青柏又把尹英、鄧會、吳青叫來，繼續談。柯成蔭作了筆錄，張青柏等四人簽了字，按了手印。四人又寫了證明材料。

在談到如何讓柯成蔭、邱雲海進東湖村調查時，鄧會說自己有個表兄叫李華，是公安局老股長李成才的兒子，接班進公安局，現任看守所副所長，這個月正好是他到東湖來值班。讓柯成蔭、邱雲海冒充省教委來調查東湖小學校長蔣誠實的經濟問題，鄧會擔保登記進村。邱雲海同意鄧會方案，定在晚上八點，員警查房關門後進村。

晚上八點，鄧會領著柯成蔭、邱雲海來到民警值班室，向李華說了幾句，登記了，就進村去。

這是一個初冬的夜晚，一鐮彎月西斜，昏朦朦的寒光罩著大地。東湖村裡特別寂靜陰森。窗戶黑洞洞的，屋裡黑乎乎的，村民不准點燈，不准串門。鄧會敲了幾家大門，沒人敢開。三人走了兩條巷子，發現有一家大門虛掩著，門縫透出火光來。鄧會就推門進去。

這家有七口人，圍著一個小火塘在吃飯。全家人看見鄧老師帶著兩個陌生人進來，都怯生生地望著。那位七十多歲的老婆子癟著雙唇，筷子夾著一柱酸菜，停在嘴邊，眯著驚愕的雙眼。那個四、五歲的小男孩，手端著竹節碗，拿了一個鐵湯匙，撲在母親懷裡，偷看著。那個三十多歲的女人，放下碗筷，摟著兒子，輕輕地拍著兒子的背心，口中念著：「不怕，不怕。」坐在女人身旁的四十來歲的漢子，低頭斜眼。其餘三個孩子都放下碗筷，伏在桌上，瞪著驚恐的大眼睛。

「蔣中發，你不用害怕。」鄧會對那漢子說。接著，他把柯成蔭、邱雲海介紹了。

蔣中發用懷疑的目光打量著柯成蔭、邱雲海，心想：「中央來的也不是官嗎？官官相衛。」蔣中發這樣一想，就說：「鄧老師，東湖村人都是罪人，柯青天和政府寬大我們，關懷我們，不讓我們到外地服刑，放在村裡勞改，和家人團圓。村裡人都感激黨的大恩大德呀！」

「中發，你怎麼說這種糊塗話來？」鄧會又氣又恨，搖頭嘆息，「哎，愚昧呀，愚昧！」

鄧會就招呼柯成蔭、邱雲海坐下，自己坐在蔣中發身邊。鄧會向蔣中發談了張青柏、柯和貴、蔣中謀寫狀子跑省城、京城的事，談柯成蔭、邱雲海組成了「東湖村案件聯合調查組」，又下來調查處理。

鄧會說：「中央派人下來了，東湖人懷疑他們，不敢訴苦伸冤，這不是愚蠢嗎？不是甘心受苦受難嗎？張志成、蔣中猛不是白白為東湖人坐牢嗎？蔣中發，你就帶個頭，向這兩位好心人說出冤屈，讓他們好解放東湖人。」

蔣中發聽著，戰抖著，痛苦著，哭泣著，從害怕，到覺醒，到憤怒。突然，他站起來，用粗厚的雙掌，拍著胸脯，嗚咽著說：「鄧老師，對不起你們，誤解你們了。我蔣中發本來也是條硬漢子，被那些狗官整怕了。今日，有這兩位清官作主，我豁出命來，也要為我、為我全家、為東湖人伸冤。」

蔣中發說著，走出大門。過了一會兒，進來了七、八個男子漢。蔣中發搬來了一個大松樹茬，放進火塘，燒起火來，讓大夥圍著火塘坐，催母親、妻兒們去睡。

鄧會對眾人說：「你們都是老實農民，張志成、蔣中猛是正直善良的人，只是不服強征惡要，說了幾句不滿的話，沒犯法。東湖村冤案是潘要武、田小慶、柯天任一夥貪官汙吏製造的。今日，中央紀委派柯成蔭、邱雲海兩位同志來查案，你們不要害怕，要伸冤，讓這兩位同志了解真相，秉公執法。」

蔣中發帶頭控訴了：「那天，我並沒有參加與徵收隊作鬥爭，就因為我是蔣中猛的堂兄，抓走我，毒打我，要我交待張志成、蔣中猛的反革命活動。我沒有什麼交待，哪能冤枉他倆呢？他們就以『抗拒從嚴』判我八年徒刑。」

接著，蔣中發就敘述起那夜發生的慘案來。這時，內房傳來了蔣中發母親、妻子、兒女的哭泣聲。這哭泣聲有巨大的感染力量，屋內屋外響起了一片抽泣聲。原來。村民們都靜悄悄地來了，屋內屋外擠滿了人。

「鄧老師，巷子那頭走來了兩個巡邏隊員。」有個青年跑進屋報告。

鄧會出門走了，一會兒，轉回來說把兩個人哄走了。

「柯同志，邱同志，你們可憐可憐東湖村人吧，救救我們吧。我蔣中發把你們當大慈大悲的活菩薩來拜，子子孫孫都記著你倆。」蔣中發撲通跪在地上，砰砰地磕起頭來。

村民們都撲通地跪下來了，響起一片磕頭聲。柯成蔭、邱雲海慌得拉這個，扶那個。

「鄉親們，不能這樣做，都起來。」鄧會說。等村民們都站起來了，鄧會接著說：「這兩位同志要查清事實，依法辦事。現在最要緊的是各人把冤情寫出來。」

「聽鄧老師的。」蔣中發說，「會寫字的，每人包五戶，快把材料寫好交來。」

村民們靜悄悄地散去。

過了兩個小時，柯成蔭、邱雲海收到了一大堆證明材料。鄧會領著兩人回東湖小學住宿。

第二天一早，柯成蔭、邱雲海乘車回到南柯村。兩人把材料整理成冊，柯成蔭寫了個《關於江南省永安縣東湖村案件調查報告》。邱雲海決定：自己回去召開專案組會議，商議個處理方案，申請中紀委授權處理；柯成蔭留下，等待李東陽來，繼續調查工作。

邱雲海走了，柯成蔭留下了。誰知邱雲海走後的當夜，柯成蔭被永安縣公安局抓住了。

欲知柯成蔭性命如何，且聽下回分解。

第一百零九回　柯成蔭狹縫牛大隊　方巨惠智捕眾好漢

卻說柯成蔭留在家裡，等待李東陽來後繼續查案。

邱雲海走的這夜，柯成蔭一家人睡了。下半夜，大門嘣嘣兩響，衝進一夥員警，不由分說，把柯成蔭、柯和義、張愛清一頓踢打，銬了，拖上警車，押到了縣公安局刑事偵察大隊，分別帶到不同房間審訊。

柯成蔭在大隊辦公室裡，一副手銬，一隻銬住柯成蔭右手，一隻繫在牆上一米多高的鋼筋圈上。兩個員警守著。一會兒，刑偵大隊長牛五和一名員警進來了，坐辦公桌前，與柯成蔭面對面。那名員警在桌上攤開記錄紙。牛五把大蓋帽和手槍放在桌上，向柯成蔭鐵著臉，瞪著牛眼，用警官的威武震懾罪犯。

「給老子跪下！」牛五喉嚨裡炸出雷聲。

柯成蔭抿嘴冷笑，沒動。

兩個員警看見柯成蔭對自己的首長這般傲慢，就同時上前夾住柯成蔭，按頭，用膝蓋頂柯成蔭的膝彎。柯成蔭向下沉，右手腕骨一聲響，脫臼了，手銬陷入肉中，鮮血直流，身子成了跪式。兩個員警一鬆手，柯成蔭連忙改變姿勢，蹲在地上。

「叫什麼名字？」牛五喝道。

沒有回音。

「個人身份？」

沒有回音。

「從哪裡來？」

沒有回音。

……

「入你娘的！你啞巴了！」牛五大怒，蹦上去，抓起柯成蔭頭髮，向牆上撞了幾下，又朝柯成蔭身上踢了一腳尖，回到座位上。牛五正了正身子，喝道：「我告訴你，這裡是永安縣公安局刑事偵察大隊，不是什麼雞巴毛的北京大學；你是受審罪犯，不是什麼雞巴毛的教授。你老實交待罪行！」

仍然沒有回音。

「你以為你裝聾作啞，就能隱瞞自己的罪行嗎？我們早就掌握了你的罪證。入你娘的，你回家探親，不安分守己，到東湖村去搞反革命活動，想發動反革命暴亂嗎？你們不是發動過『六・四』反革命暴亂嗎？結果呢？遭到鎮壓。賊心不死，雞巴毛的臭老九！」牛五吼叫著。

柯成蔭不回音，連看也不看牛五，望著窗外。

牛五第一次碰上了怪人怪事，氣得暴跳如雷，又衝上去，折磨柯成蔭一陣。他氣喘吁吁地對兩個員警喝道：「去把那幾個反革命分子帶來，看這個傢夥還開不開口！」

兩個員警出門了。一會兒，張青柏、尹英、鄧會、吳青、李華、柯和義、張愛清都被帶進來了。幾個人都傷痕累累，鄧會、吳青都一走一跛的，李華皮開肉綻。

牛五點了支煙，得意地吹煙圈，說：「柯成蔭，他們都交待了，是受你連累。」

柯成蔭知道張老師等到人不會交待什麼罪行，但是，看到親人朋友們吃了那麼大的苦頭，心裡痛苦。柯成蔭決定把苦難拉到自己身上，刺激牛五，讓牛五把大氣發到自己身上，就說：「我去看望我的老師，情之所在，理之當然，有什麼罪？你們為什麼那麼恐懼？我提醒你這頭愚牛，你只知道施酷刑，審不出我們的什麼罪證來，怎麼向你的大師傅交待？」

這最後一句話戳到了牛五心中的痛處。牛五並不知道被抓來的這些人有什麼犯罪活動，只聽柯天任指示毛仲義和他去抓這些人來。現在審問了，這些人都說沒有向柯成蔭說東湖村案件的事，李華只說表弟鄧會帶兩人去看望蔣誠實家人，不知道還幹了些什麼。要是真的審不出什麼罪證來，他向柯天任不好交待。牛五想了一會兒，就找個理由暫緩審訊。他看了看手錶，說：「明天再審。把這些罪犯關進牢房裡去。」牛五說完，抓起桌上的大蓋帽和手槍，走了。

卻說邱雲海，回到省高檢，召開了「調查組」會議，報告了調查情況。會上，一致同意派李東陽去和柯成蔭繼續調查，派邱雲海去中央申請授權「調查組」處理東湖村案件。李東陽立即出發了。邱雲海和其他成員在研究行動部署。

在邱雲海準備去中央紀委時，李東陽急匆匆地返回了，說柯成蔭等人被永安縣公安局抓去了。

「我們還沒行動，對方卻先發制人了。」邱雲海氣憤地說，「好傢夥，真想幹一場了！」

「永安縣在繼續製造冤案，我們要火速行動，先斬後奏。」吳銀寶說。

「調查組」會議決定：立即營救柯成蔭等同志，秘密拘捕毛仲義、牛五、田小慶、熊太和、潘要武。怎樣秘密行動呢？方巨惠提了個方案。大家一致贊成，指派方巨惠、潘國民負責執行。

這天夜晚，半圓月在天空白間穿行著，大地一明一暗。方巨惠、潘國民的警車在高速公路上穿行，駛進了永安縣公安局大院。一會兒，公安局局長毛仲義在局長辦公室接見了省公安廳法制處方處長和省高檢潘副檢長。

方巨惠說：「公安部、最高檢察院指示，說北京有可能出現學運，高校一些學生和教師外出串連。北大有個叫柯成蔭的教授已回鄉，有重大嫌疑。我們來找你，要你配合去拘捕柯成蔭回京。」

潘國民出示了省高檢拘捕柯成蔭的證件和手續。

「柯成蔭在前天夜裡就被我們抓來了，還有東湖小學的幾個教師。你們用不著下去抓人，就從局裡把人帶走。」毛仲義喜形於色地說，心想自己立功了。

「毛局長警惕性很高，把工作做到前頭了。我會向廳長彙報你的功績的。」方巨惠表揚著，說，「那就事不宜遲，馬上把一干嫌疑犯帶走。為了保密和安全起見，你和牛大隊長各乘一輛警車送到省公安廳。」

毛仲義立即電話柯天任。柯天任很高興，表示同意。

四輛警車押著柯成蔭等人到了省公安廳大樓。柯成蔭等人被押到一樓會議廳。毛仲義、牛五隨潘國民到法律處處長辦公室。方巨惠叫永安縣的其他民警隨車回去，說毛局長、牛大隊長有事商討。

潘國民和毛仲義、牛五在閒聊時，幾個法警進來了，把毛仲義、牛五擒住，戴了手銬，繳了手槍，摘下大蓋帽，剝了警服。

「我犯了什麼法？」毛仲義質問。

「你犯了滔天大罪！」潘國民喝道，「押到高檢去！」

毛仲義、牛五被押到高檢二樓會議室，坐在角落的木條椅上。在橢圓形大辦公桌旁，圍坐著邱雲海、柯成蔭、吳銀寶、潘國民、柯和義、張愛清、鄧人、尹英、吳青、李華等人，說著東湖村案件。幾個小時後，方巨惠、董宜彬等又押到田小慶、熊太和、潘要武。

邱雲海對毛仲義等人說：「現在，我明白告訴你們，我就是你們要抓的邱雲海。我和柯成蔭同志並不是北京大學教授，而是中央紀委組織的『東湖村案件聯合調查組』成員，到永安縣秘密調查案情。我們已查清了東湖案件和你們的罪行。你們執法違法，製造冤案，損害黨的形象，辱沒國徽。你們應該受到制裁。」

潘國民喝道：「把他們押去審訊。」

經過兩天的審訊，毛仲義等人交待所犯的罪行，還揭發了鄢豔、單元友、邵月鐘、劉會猛、董新軍、鄧志強、洪九大、潘複生、楊效武、趙水生、肖俊生、趙光耀、鐘月、周華床、石義氣、張開山等人的罪行，也涉及到柯天任的一些重大問題。方巨惠、潘國民、董宜彬又分別秘密地拘捕了鄢豔等一干嫌犯。在抓鄧志強時，把化名為錢永勝的曹志飛也抓到了。

「聯合調查組」忙碌了十幾天，獲得了大量的證據，要點如下：

共同犯罪：

一、在創辦「貿易公司」時，去煙臺開交易會，一路上詐騙、偷盜錢財四萬元；

二、在逃入廣東時，在公共客車上搶劫旅客現金一萬二千三百元；

三、在沿海市鯊魚灣，柯天任與青龍幫格鬥，打死二人，重傷一人；

四、為拉上張共樂的關係，設計陷害紅獅派，製造槍擊案，死七人；

五、董新軍、劉會猛、李建樹矇騙和組織一批農民，向永安縣委請願，要柯天任當第一書記；

六、柯天任、毛仲義、牛五、田小慶、熊太和、潘要武等，共同製造東湖慘案；

七、在抄沒羅駱駝、秦擁軍、穆國慶、魯嚴家產時，獲得鉅款、黃金、文物，田小慶、邵月鐘各人私拿現金一萬元，其餘下落不明。鄢豔否認柯天任拿了那些東西。

個人犯罪：

柯天任，盜賣鋼筋，得贓款五萬元；詐騙舅父、姨媽三千元。

毛仲義，受賄兩次，得贓款一萬元；姦汙犯人家屬兩人。

田小慶，受賄三次，得贓款九千元；貪汙賑災款一萬元。

牛五，受賄兩次，得贓款五千元；強姦女犯三人。

邵月鐘，受賄三次，得贓款一萬元；

劉會猛，受賄三次，得贓款一千五百元，貪汙賑災一萬元。

鄢豔，接受禮品五次，折合人民幣六百五十元。

鄧志強、曹志飛合夥詐騙永安縣工商銀行現金兩千萬元。

其餘嫌疑犯各有輕重不同的犯罪。

重要線索：

一、邱小兵是興國武館人員，殺死樂炳南，劫走現金二萬元，至今未歸案。

二、鄧志強等六人揭發，柯天任、鄢豔從沿海市回永安縣時攜帶鉅款，不到一年，柯天任就當上了公安局局長，懷疑有行賄買官行為。鄢豔否認行賄買官，說把錢都捐贈了。

三、鄧志強揭發，在修公路時，單元友給了鄢豔存摺。單元友交待，存摺是給鄢豔保存，並未行賄。鄢豔交待，代為保存存摺，並未動用存摺裡的錢，存摺還在家裡，柯天任不知道這件事。

四、據張共樂交待，自己是到柯天任處避難，柯天任、鄢豔安排住宿、生活。鄢豔交待，張共樂來時，並未說是避難，柯天任講朋友義氣，留張共樂住了幾天，具體安排是鄢豔，與柯天任無關。柯天任得知張共光是逃犯時，就拘捕張共樂。

「聯合調查組」決定調查柯天任問題，就寫個《申請報告》給江南省省委，要求對柯天任實行「雙規」。省委書記下達兩點指示：「一、調查組必須到黃土市去辦案，接受黃土市市委領導；二、東湖村案件的重新審理，必須在基層檢察院、法院進行。」

欲知為什麼省委書記要作出這兩點指示，且聽下回分解。

第一百一十回　柯天任欲蓋滔天罪　柯成蔭屢吃閉門羹

卻說那天晚上，柯天任準備睡覺，毛仲義打來電話，說省廳方處長和省檢院潘副檢長前來抓捕柯成蔭。柯天任聽了很高興，指示毛仲義、牛五幫著押送人犯。

「入他娘的！柯成蔭真的犯事了，老子的前程上死了一隻攔路虎。」柯天任關了手機，對鄢豔說。他伸了個懶腰，十分愉悅，抱著鄢豔親熱了一個多小時。

第四天下午，柯天任下班回家，不見了鄢豔。他問小保姆，保姆說中飯後有人約夫人去打麻將，就沒有回來了。天黑了，鄢豔還沒回家。柯天任發火了，就打電話問岳母，岳母回答說鄢豔沒到她家。柯天任又打了幾個電話，沒有鄢豔的資訊。第二天晚上，鄢豔還沒有回家。柯天任感到奇怪，就打電話找毛仲義、牛五，回答說毛局長、牛大隊長去省廳的沒回局。柯天任又打電話找邵月鐘、田小慶、劉會猛、李建樹，只有李建樹在，其餘人都出去沒回家。柯天任感到蹊蹺了。

俗話說：「做賊心虛。」柯天任心裡虛了一大截，就想起了自己做的一些虧心事。他又想到：柯成蔭為什麼在反腐敗時回家？方巨惠為什麼在柯成蔭被抓的第二天就把柯成蔭帶走？他越想越覺得不對勁，越想越驚慌。

「難道出漏子了？」柯天任自問。

「肯定出亂子了。」柯天任自答，「入他娘的！我的人被方巨惠、柯成蔭抓走了。」

柯天任像一頭累了的公牛，喘著粗氣，在房裡團團轉，一支接一支地抽煙。他心煩意亂，反覆地想著自己幹的壞事。他想到了那個存摺，就打電話給單元友家，回答說單元友出門兩天了。他又打電話給於曉東，於曉東回話說兩天沒見著單經理了。柯天任對於曉東說有急事，明早見於曉東。柯天任害怕了，緊張了，急忙在家裡翻箱倒櫃找存摺，在夾斗中找到了。

第二天一早，柯天任帶著存摺到於曉東家。

柯天任對於曉東說：「於先生，你們好不知曉，把五百萬元存在鄢豔名下，直到昨晚我才知道。這不是在我脖子上套繩子嗎？我把存摺送來了。」

「書記，我不能收回存摺，你給單經理。」於曉東連忙勸阻。

「我不但要你收回存摺，還要你把錢都取出來，登出存摺。」柯天任語氣很硬。

「這我能辦到。」於曉東說。他心想：「原來是自己取錢不方便，怕出漏子。」

於曉東接了存摺，乘小車去縣農行儲蓄所取出了錢，登出了存摺，擰著兩個大包錢回家。

「柯書記，錢都在這裡，你過目。」於曉東把兩個包子放在柯天任前面。

「你又把我的意思理解錯了。我不是要你代我取款，我是誠心誠意來退回錢。你和單經理既然認我這個朋友，這件事就不要張揚出去了，就像沒發生過一樣。你們有困難，我照樣幫忙。」柯天任說。

於曉東眼裡露出驚訝和敬佩的目光，一時確實理解不了柯天任。

柯天任離開於曉東，心裡安寧多了。但他仍有些放心不下，就回南柯村，打聽了柯成蔭的情況。他又決定去找解放書記談談，打聽鄢豔等人的下落，爭取解放書記的支持。

柯天任在解放的辦公室裡見到了解放。他坐下來，說：「解書記，我今天來找你是想談談東湖案件。」

「東湖案件不是結了嗎？還有什麼好談的？」解放不在意地說。

柯天任聽了，想到解放還不知道柯成蔭和毛仲義的事，就進一步說：「有人要為東湖村案件翻案。」

「誰敢為反革命暴亂翻案，就抓誰！」解放一聽，火了。

「這個人叫柯成蔭，大有來頭，在國務院法制局工作。」柯天任說。接著柯天任胡編一通，說柯成蔭是南柯村大惡霸柯丹青的繼子，是罪犯張志成的同學。只是隱瞞了毛仲義等人被抓的事。

「嗯，柯丹青的繼子？」解放想起了自己蹲點南柯村槍斃柯丹青的事，叫起來：「柯成蔭想搞階級報復。」

「很顯然，他是為柯丹青報仇，為張志成翻案，把矛頭對準你和我。」柯天任趁機煽陰風，點鬼火。

「哼，他能達到目的嗎？」解放牙縫裡噴出氣息。

「我們不能小看他。」柯天任說，「他在秘密調查，我想，你應該打個電話問問省紀委知道不知道。」

解放認為柯天任說得有理，就向省紀委書記掛了電話。省紀委回話說中央紀委和省紀委聯合組了個「東湖案件調查組」，在省高檢辦公。解放聽了，又氣又急，邊叫罵，邊來回踱步。

柯天任很冷靜，知道解放只會打仗，鬥爭，缺乏智謀。他想了一下，獻計說：「『調查組』違背了兩個原則：第一，違背了黨的組織原則，拋開市委、縣委兩級；第二，違背法律程式，拋開市、縣兩級公、檢、法。解書記，你要立即召開市委常委會議，擬出決議，上報省委批示，把『調查組』弄到市委來辦公，服從市委領導，插進市紀委、市公、檢、法人員。這就維護了黨紀國法的尊嚴。」

「嗯，有道理。」解放站住，點頭贊成。

解放就召開了市委常委會，柯天任是市常委，參加了會議。會上，柯天任作了重點發言，解放表了態，一致同意向省委寫申請報告，要求「調查組」到黃土市來辦公。柯天任親自起草了《報告》。解放親自帶著《報告》去請示省委書記批示。省委書記就作了兩點批示，並口頭指示解放說：「柯天任同志是省裡的一面紅旗，紅旗樹起來了，就不能讓他倒掉。青年幹部嘛，缺點難免，在工作中改正。」解放很高興地回到市委，對柯天任說了，叫柯天任放下思想包袱，準備參加即將召開的省黨代會。

卻說「東湖案件調查組」接到了江南省委書記的「兩點指示」，人人忿忿不平。

李東陽最年輕，也最愛衝動，拍著胸脯說：「解放本人就在東湖案犯了罪，『調查組』去服從他的領導，那就不如不去調查好了。朱總理說要有進棺材的勇氣。我李東陽這條命是善良的柯老師救出來的，今日，為了受冤屈的東湖人，就豁出去了。」

李東陽說這話是有些來歷的。那年他被冤枉勒令退學，去投潭自盡，被善良的柯和貴救了。他又留在柯和貴班讀書，考上了財貿學校，入了黨。他後來去江南法律大學進修，又是柯和貴寫信給吳銀寶，吳銀寶把李東陽招到省紀委工作。

「我站在李東陽這邊，一反到底！」柯成蔭說，「什麼省委書記的指示？黨紀國法是最高指示。誰違法亂紀，就治誰！」

「你倆有這股勇氣，我潘國民也把這頂大蓋帽取下來幹！」潘國民摘下大蓋帽，放在桌上。

吳銀寶、董宜彬、方巨惠也相繼表態，不理會省委書記的指示，為東湖村人翻案，捉拿柯天任。

「我們認識一致，就好辦了。」邱雲海說，「杜甫說：『慎莫近前丞相嗔。』我們最好不與省委書記發生正面衝突，讓中紀委去對付省委書記。我和柯成蔭同志回中央紀委一趟，請求中紀委授權於我們處理東湖村案件和柯天任。」

大家贊同邱雲海意見。

沒想到這「東湖村案件聯合調查級」的七個成員，六個人都受了柯和貴的直接教育和影響，潘國民直接受了張志成的教育和影響，也能算上間接受到柯和貴的影響。他們雖是政權內的官員，卻都保持著的人的天良、文人的正義感。可見，一個正派的教師，一個年長的善良正直的文人，對學生，對所接觸的青年，有著多麼巨大而深遠的影響呀！這就是教師對社會的貢獻，這就是善良正直的年長知識份子對社會的貢獻。

卻說邱雲海、柯成蔭到了中央紀委，向主職領導彙報了調查情況和江南省委書記的兩點指示。主職領導神色凝重，說：「反腐敗的工作的阻力很大，直接觸動了領導幹部的利益、地位、關係網，影響著領導幹部的聲譽、前程。」主職領導對「調查組」申請處理案件權，表示同意，就下了兩個文件，一個給江南省委，一個給「調查組」，將「東湖村案件聯合調查級」更名為「東湖村案件和柯天任案件專案組」，說明「專案組」有權處理兩個案件。主職領導在談到與地方機關關係時，說：「專案組可以搬到黃土市去辦案，與基層紀檢、司法結合在一起處理案件。」

邱雲海、柯成蔭拿到了中央紀委授權檔，很愉快地回到江南省高檢。成員們聽了，個個精神振奮，摩拳擦掌。「專案組」會議決定：在省黨代會召開時，拘捕柯天任，再搬到黃土市去辦公。

卻說柯天任那天從黃土市解放書記那裡得到了省委書記的兩點指示和口頭指示，感到一天烏雲散了，心中千斤石頭落地了。他回到縣委，一方面與李建樹一起準備赴「省黨代會」，另一方面公開派人去「專案組」要人。

一天清早，柯天任起得特別早，乘車去參加「省黨代會」。柯天任的小車到指定的報到處後，在服務人員的引導下，柯天任、李建樹的小車進了省高檢大院。柯天任一下車，就被法警擒住，押到一間房裡。

柯天任打量著這房間。對著房門的牆邊有兩張辦公桌，四把高背軟坐椅子；靠門這邊牆下，有一張特別的高背沙發；兩頭的牆下各有兩張單人沙發，夾著玻璃茶几，牆上寫著「坦白從寬，抗拒從嚴」。房門外有員警守著。柯天任心裡明白，這是審訊室。他走到靠牆的一張沙發上坐下。

過了十幾分鐘，李東陽和潘國民進來了，兩人分別坐在辦公桌前。

「柯天任，坐到我對面的高背椅上去。」李東陽命令道。

「我坐在這裡挺舒服的。」柯天任橫咬著煙，淡淡地說。

兩個員警衝進來，把柯天任鋳住，強行推到高背椅上，在椅上動了動手腳。柯天任全身被夾住了，不能亂動了，但坐得也舒服。

「我抗議！我是省委委員，市委常委，縣委書記，我有問題，應該有市委、省委解決。我要與省黨代會主席團聯繫。」柯天任嚎叫起來。

「放肆！」潘國民喝道，「王子犯法，與庶民同罪。你現在是嫌疑犯。你唯一的出路是老實交待問題。」

「這是你的逮捕證。」李東陽出示證件，叫柯天任簽名。

柯天任看了一眼，氣焰落了一大截，但拒絕在逮捕證上簽名。

審訊開始了。潘國民先提出程式性問題，柯天任一一作了回答。李東陽作記錄。記錄主要問題問答如下：

問：某年某月某日你到江南倒賣鋼材，得贓款五萬元，是不是？

答：那是做生意賺的利潤。

問：你詐騙你的舅父、姨媽三千元，是不是？

答：不是。我是為了去救表弟、姨父，花了他們的錢。

問：你當了公安局長、縣委書記，收了別人錢財，是不是？

答：不是。你們去問鄢豔。

問：鄧志強，曹志飛在詐騙永安縣工商銀行鉅款前，先來過你家，是不是？

答：不是。引資的事是縣長李建樹主辦，我只參加了宴會，解書記也出席了。

問：在修公路時，單元友和於曉東送了五百萬元存摺給鄢豔，是不是？

答：我不知道。
問：在去煙臺開交易時，一路上，毛仲義等人詐錢、偷盜，是不是？
答：我不知道。
問：你和毛仲義等人去廣東，毛仲義等人在公汽上搶劫，是不是？
答：我不知道。
問：在沿海市鯊魚灣格鬥時，你打死了青龍幫兩人，重傷一人，是不是？
答：我為了救毛仲義三人，青龍幫逼我比武，不是故意傷人。
問：你為了拉上張共樂關係，和毛仲義等人設計陷害紅獅派，製造槍殺案件，死亡七人，是不是？
答：不是。我沒有設計陷害施大勇。當時有人向我報告，說毛仲義等人在賓館仗義救人，我就去了，警方也去了。平息事件後，我才知道被救的人是張共樂。
問：你攜鉅款回永安縣，向尹苦海、陳繼烈、劉耀武、瞿思危、鄧河流各送了多少錢？
答：我沒有行賄買官，只是向幾位老領導送了些煙酒，看望他們。我的錢都捐贈了。
問：從羅駱駝、秦擁軍、穆國慶、魯嚴等人家中抄來的鉅款、黃金、文物由你指示發放，是不是？
答：不是。抄家時，我不在現場。抄來的錢財歸公安行管科科長邵月鐘保管，後轉交縣財政。
問：在逼宮陳繼烈時，你與陳繼烈有秘密協議，是不是？
答：不是。陳繼烈是我的培養人，主動讓賢。我是被縣黨代會公開選舉出來的。
問：東湖案件發生前，張志強向你呈遞書面報告，請求柯青天秉公執法，是不是？
答：不是。我沒有收到張志強的書面報告。只聽到田小慶、潘要武的彙報。
問：你親自下命令和指揮八百多名武裝員警鎮壓東湖村災民，是不是？

答：是。這是縣委常委會決定的。後來市、省委作了批復。東湖村發生反革命暴力抗稅，我為了維護社會穩定，保證財稅收入，對反革命暴亂進行革命鎮壓。這有何罪？

問：你把災民變成勞改犯，把東湖村變成勞改場。是不是？

答：是。東湖村的勞改犯是經過司法程式定的。由於人太多了，我就指示把他們押回家勞動改造。這讓犯人與家人團圓，對犯人思想改造和恢復東湖村的生產、生活秩序、都有利，這又何錯？

審訊結束了，柯天任仔細看了記錄，簽了名。

潘國民說：「柯天任，你當過公安局局長，懂得法度，知道坦白和抗拒的不同後果。你去再三考慮，再來主動交待問題。五天後，你就被動了。」

柯天任被押進看守所。他是縣委書記，就住了一間特殊號房。柯天任進房，倒在床上睡，但睡不著。他對自己今天的對答很滿意，認為「專案組」並沒有掌握住自己的罪證。他相信毛仲義等人會像李逵忠於宋江那樣忠於自己，不會揭發出什麼重大問題；相信陳繼烈那些人不會承認自己受賄，相信褚真紅為了保持名節，不會揭發自己強姦的事，相信一個人幹的事，誰也不知道，比如殺廣東富翁；相信解放為了保護自己會設法營救他。他慶幸自己把那份存摺處理好了，不然真是完蛋了。至於「東湖村案件」，那是鎮、縣、市、省四級領導共同幹的，追不上他的責任。他這樣一想，心裡舒坦了，就睡著了。

卻說柯成蔭、李東陽又被派去永安縣調查柯天任問題。兩人認為，要想查清柯天任貪汙腐化、行賄受賄的罪行，一般群眾是無法提供罪證的，只有與他接近的幹部。兩人分析，老幹部容易突破。老幹部對黨有深厚的感情，一直奉行艱苦奮鬥、廉潔奉公的精神，痛恨貪汙腐化。要對老幹部講明，貪汙腐化危及到黨的生存，反腐敗是打擊違法亂紀的幹部，維護黨和國家的利益，也維護老幹部的晚年幸福，老幹部們就會憤而攻之，揭出柯天任的罪證來。兩人這樣一想，就決定先去調查尹苦海、瞿思危、劉耀武、陳繼烈等人。

兩人先去尹苦海家，才知道尹苦海病故，尹家的人說不知道柯天任的違紀問題，只說柯天任忠於革命，撥款給尹苦海修建了陵園和墓碑。柯成蔭立即抓住建陵園和墓碑的問題，追查起來。他們忙了兩天，查出了全縣修建的陵園和墓碑的數字及所花的鉅款。

李東陽憤懣地說：「柯天任真是個禍國殃民的大壞蛋，僅這筆鉅款，該給家鄉人帶來多大災難。」

柯成蔭說：「這搞形象工程和低效重複建設，比貪汙受賄破壞性更大。」

李東陽說：「領導幹部都熱衷於搞這一套，一是求政績，二是好從中貪汙。」

兩人就去瞿思危的家，見不著瞿思危。聽鄰人說，瞿思危大部分時間在娛樂城嫖娼、在老人活動中心賭博。兩人去娛樂城轉了一圈，沒找著，就去縣老人活動中心。在老人活動中心的一間麻將室裡找到了瞿思危，他在和三個老幹部搓麻將。

柯成蔭看那瞿思危，老了，頭髮全白，發胖了，但身體健壯，滿面紅光，叫喊出牌聲很響亮。在柯成蔭幼小的心靈裡，瞿思危是個令人恐怖的大人物：全身警官服，一手抓著腰間的手槍柄，一手用指頭敲著別人的額頭吼：「你是反革命分子！」至今，柯成蔭來到瞿思危身邊，還心有餘悸。柯成蔭站在瞿思危身後，不吭聲，看打麻將。

李東陽沒有柯成蔭那種心理狀態，在他心裡，瞿思危只不過是普通老頭。他對瞿思危說：「瞿老頭，柯組長找你說話。」

「去，去，去！我不管事了，有什麼好說的。」瞿思危沒抬頭，擺著左手，不耐煩地說，「入他娘的，今日真背時，盡輸。」

「你兩個青年好不曉事，打麻將能隨便下場嗎？下午六點鐘再找瞿主席。」一個老幹部抬起頭，正色道。

李東陽要發火，被柯成蔭使來的眼色止住。柯成蔭並不是真的怕瞿思危，是想緩和氣氛，好交談。

兩人就站著看打麻將。

瞿思危打了三局，贏回了二十多元，才抬頭對柯成蔭睜著兩粒大眼珠說：「我們怎麼還沒走？站在這裡亂人心。」

「瞿主席，你不認識我啦？我叫柯成蔭。」柯成蔭微笑著說。

「啊！柯成蔭，在中央工作，我的老鄉。」瞿思危站起身，笑著，與柯成蔭握手。

其他三個老幹部齊嶄嶄地站起來，向柯成蔭陪笑。

「柯組長找你調查一點事，我們時間緊，請瞿主席暫停一下。」李東陽說。

「好，好，天下事，黨的工作最大。」瞿思危說著，領著柯成蔭來到一間休息室坐下，叫喚服務員送茶來。

「瞿主席，你是個革命老幹部，一生以黨的利益為重，我們這一次……」

沒等到柯成蔭說完，瞿思危截住話頭，滔滔不絕地說起來：「我從清匪反霸起，就一直站在運動前線。那時幹部思想很純潔，只知道忠於黨，一個勁地幹革命嘛。毛主席一聲命令，全黨雷厲風行不過夜，誰也不知道什麼是私利嘛。如果有心術不正的人想謀私利，就過不了運動關嘛。」瞿思危對以前的英雄鬥爭業績說得眉飛色舞，對往日階級鬥爭生活念念不忘。他把自己的光榮歷史炫耀了一番，就批判起改革開放來：「改革開放了，個人掙錢了，幹部謀私利了，貪汙腐敗了。貪汙腐敗，人人痛恨。我就看不慣，不染銅錢臭，兩袖清風，提前退休了。」瞿思危對自己的罪惡津津樂道，毫無悔過之意。

柯成蔭聽到瞿思危說到貪汙腐敗，趕忙接過話頭，說：「瞿主席那代老黃牛幹部確實是艱苦奮鬥、廉潔奉公，對黨有深厚的感情。改革開放了，經濟有好轉，人民有吃有穿了，這是值得肯定的。只是有些幹部利用手中權力進行貪汙受賄，使黨風腐敗，引起人民的強烈不滿，動搖了無產階級政權，也影響了我們每個廉潔幹部的安定生活，中央才進行反腐敗。你是個革命老幹部，應該有義務站在中央反腐敗立場上，對腐敗分子進行鬥爭，為黨再作貢獻。」

「是的，一個共產黨員，一個老幹部，要保持晚節，就要積極參加反腐敗鬥爭。」瞿思危說。他口裡說著，心裡卻在打鼓：「他們找我調查什麼呢？不能被這兩個小子迷住。」瞿思危是個老公安，深諳偵查之術和偵查的心理活動。

「瞿主席，我們是來調查柯天任的腐敗問題的。」李東陽說。他出示了證件，攤開了記錄紙，說：「柯天任從沿海市場訊息攜鉅款回來買官，你是當時的政協主席，原政法委書記，應該知道一些情況，就說說吧。」

瞿思危一聽，想到自己收了柯天任三萬元錢，不免心中有些驚慌。他想：要保住自己。他頓了一下，說：「我與柯天任關係不大。柯天任入政界，一是得力於張共樂關係，二是得力於尹苦海、陳繼烈的推薦和提拔。」

「當時，人大、政協兩家各有推薦柯天任的提案，你知道吧？」李東陽說。

「我知道。當時，人大副主任劉耀武、尹苦海先搞了個提案，我看到柯天任是同村人，也就在政協搞了個提案，附和人大，又不得罪柯天任。現在看來，那是沒有原則，只講私情辦事。我犯了錯誤。」瞿思危輕飄飄地說。

「柯天任動用財政鉅款，大修陵園和墓碑，你是修建陵園領導小組副組長，也為自己修了生基墓地，這是真的嗎？」李向陽說。

「這——」瞿思危吱唔了。他想：「這怎麼不是真的呢？自己修的活人墓地就在那裡，占地半畝，花費五萬元。」

「瞿主席，你是個老幹部，即使有點經濟問題，只要與腐敗分子作鬥爭，黨組織也會諒解你的。為了黨的偉大事業，你應該拋個人顧慮，作點犧牲，大膽揭發。」柯成蔭說。

瞿思危站起身，走到窗前，裝著看窗外景色的樣子。他心子在怦怦地跳：「看來他們掌握了些材料，說自己對柯天任問題一點都不知道，過不了關。」他打算揭發一些明顯的和與自己無關的事。他回到坐位，裝著直率的樣子，說：「我是一根腸子通屁股的人，肚裡擱不下東西。先說我個人。我也不乾淨，柯天任從沿海市回來，拉老幹部關係，先到尹苦海、劉耀武家，也到了我家。我不在家，我那沒見過貴重東西的老婆子，收了柯天任送上門的一條紅塔山煙和一瓶茅臺酒。後來，我知道了，把我那老婆子罵了一頓，但不好意思退回去。這是嚴重的行賄受賄行為嘛。我當過建修陵園領導小組副組長，但只是跑跑腿，沒決定權。按當時建墓規定，我得了二千元，建了個小墓地。這是嚴重的貪占行為嘛。我請求黨組織給我嚴重處罰。」

「瞿主席，我剛才說了，我們不會去計較老幹部的占小便宜的事，我們是來調查柯天任問題。」柯成蔭說。

「感謝黨組織原諒了我。」瞿思危說，「對柯天任，我的確不知道他的大問題，但有一條重要線索，我作為一個老幹部，有責任向組織提供。在抓捕柯赤兵時，赤兵的愛人褚真紅去向柯天任求情，柯天任趁機姦汙了褚真紅，還索賄兩萬元。這是褚真紅親口向我哭訴的，我願作旁證。我再沒別的說了。」

李東陽寫好了記錄，讓瞿思危簽了字，又要瞿思危寫了份有關柯天任和褚真紅問題的旁證材料。

柯成蔭和瞿思危握手告別時說：「瞿主席，我們要去找劉耀武、陳繼烈，請你指點他們的住址和手機號碼。」

瞿思危說：「劉書記就在這裡，我去找他來。陳繼烈裝大，不大出門，我把他的住址和電話號碼告訴你們。」說著，寫了陳繼烈的住址和電話號碼，又出去喊劉耀武。

劉耀武來了，他也是一個使小時候的柯成蔭感到恐怖的人物，現在也成了一個七十多歲的白髮老人，沒一點壯年時的威風了。劉耀武與柯成蔭、李東陽握手後，誇讚柯成蔭幾句，像瞿思危一樣患了「老革命幹部症」，懷念毛澤東時代，吹噓自己革命鬥爭光榮史，攻擊改革開放的幹部，說現在的幹部儘是文奸貪官，一代比一代少了無產階級鬥爭精神。

柯成蔭忍耐著性子聽，插空宣傳改革開放的好處和反腐敗的重要性。李東陽照例提出問題。

劉耀武卻一問三不知，覺得李東陽是在審問自己，掃了自己的威風，火了，與李東陽爭吵起來：「美帝國主義我也敢打，還怕一兩個小青年嗎？」

柯成蔭看到劉耀武這般硬，就警告說：「反腐敗是不認什麼老幹部、新幹部的，也不認什麼英雄、模範的頭銜的。你沒問題嗎？你沒修活人墓嗎？」

劉耀武看到柯成蔭動了真格，態度軟下來了。他心裡明白：「黨組織一旦要查誰的問題，誰就有問題。現在是查柯天任，如果惹怒了調查人員，轉過來查自己，自己就完蛋了。何況自己有大問題，僅在鋁廠就與瞿思危合夥貪了一百二十萬元，夠判十幾年徒刑了。」劉耀武這麼一想，就裝著誠懇的樣子來，向李東陽道歉，說自己在修墓中得了三千元。他揭發起柯天任來。劉耀武說的都是表面的、人人皆知的柯天任的問題。

李東陽作了筆錄，讓劉耀武簽了字，還要劉耀武寫了一份交待自己拿占三千元修自己活人墓的材料。

柯成蔭、李東陽離開老人活動中心，到街上吃了中飯，就去陳繼烈家。

陳繼烈的新房子建在桃源賓館和江南烈士陵園之間。院牆高，院門雄偉，像座石城樓門。門匾上墨色楷書：陳新國烈士之家。有門衛。進了大門，是個大院。迎面是一座高大赭色塑像，塑的是一位紅軍指揮員形象，像座上有大紅字：陳新國烈士。有碑文。塑像後是個大場子，有籃球場、羽毛球場，涼亭上和大樹下有棋盤、球桌……院後有兩棟小洋樓，幾間平房，四周有青松林、翠柏林、毛竹林、花園……使人感到像來到一個公園或林園。

柯成蔭、李東陽來到正屋大門前。大門南側有個曬臺，有個小保姆在搖著一個大竹籃，籃裡發出老太婆的哼喲聲。兩人好奇，走過去看。大籃裡躺著一位頭髮全白的老太婆，身體蜷曲，四肢抽搐，面色蒼白，口裡哼著：「我心中有火呀。」一問，保姆說是陳書記母親，癱了多年。柯成蔭記得祖母和母親經常談到的那個趙來鳳，是尹苦海的前妻。

兩人在一個四十多歲的保姆帶領下，來到一個客廳。這客廳裝飾佈置得很豪華。

兩人坐下沒多久，陳繼烈來了。保姆端來了茶水。

陳繼烈五十多歲了，看上去只有四十來歲，拄著棕色仿竹手杖，頭戴藍色幹部絨帽，身披黑色時髦過膝羊皮大衣，足蹬黑色牛皮鞋，微胖，面皮白淨光潔，微笑著，步履穩重緩慢，比瞿思危、劉耀武高貴文雅多了，使人聯想起總書記接見外賓那副神態。

不管陳繼烈怎樣的喬裝打扮，柯成蔭也能一眼認出他來。在柯成蔭讀初中時，陳繼烈帶隊到南柯村揭發「四人幫」，死整柯成蔭的叔父和母親，找柯成蔭談話，教柯成蔭揭發柯和貴反動言論。柯成蔭看著陳繼烈，壓抑著厭惡和憤怒情緒，強裝笑臉，起身，伸手，問候。

陳繼烈伸出肉軟軟的雙掌，右掌握柯成蔭，左掌握李東陽，親切地說：「成蔭呀，長大了，成才了，為家鄉人爭光了。」陳繼烈坐在主人位上，手杖掛在椅幫上，擺了個首長坐勢，熱情地與柯成蔭聊起鄉情，用革命前輩的口吻教育眼前的兩個青年人，談革命先烈創業的犧牲精神，談祖父英勇犧牲的事蹟，談自己如何繼承祖父的革命遺志，談自己如何一心為公，如何保持革命晚節，談如何教育兒女接好革命的班。他津津有味地談，不管聽話人愛聽不愛聽，也不問兩個青年人來找他幹什麼。

柯成蔭上午向瞿思危、劉耀武宣傳改革開放和反腐敗沒取得效果，現在感到這陳繼烈更是煩人，不好對付，也就不願白費口舌來宣傳反腐敗的意義了。在陳繼烈說得舌幹口燥喝茶水時，他就直入主題地說：「陳書記，我們今天來找你，是調查柯天任的腐敗問題，想必你聽說過柯天任被拘捕了。」

李東陽就出示了證件，拿出紙筆，準備作記錄。

「聽說過。我還以為是馬路消息，不敢相信，原來是真的。」陳繼烈裝模作樣地發感慨，「哎，沒想到柯天任變質得這麼快，原來還好的。」

「柯天任從沿海市帶鉅款回永安縣，沒到家裡看望老人，就待在縣城裡拜訪老領導，你就談談他當時拜訪你的事吧。」柯成蔭說。

「他找過我，也找過尹苦海、瞿思危、劉耀武。我沒收他一分錢。我相信瞿思危、劉耀武也不會收他的錢。我們這些老幹部都是從艱苦奮鬥、廉潔奉公環境中磨練出來的，不像現在的新上臺的青年幹部，見錢眼紅，成了貪官汙吏。」陳繼烈比瞿思危、劉耀武見識高多了，說話前後左右都照顧到了。

「你這話不完全正確。張致景比你們幾個幹部都老呀。」李東陽將了一軍。

「我們已經調查過瞿老、劉老，他們說柯天任是尹苦海和你兩人提拔的。」柯成蔭軟中夾硬地說。

陳繼烈聽了，心裡在翻騰：「難道柯天任交待了什嗎？瞿思危、劉耀武那兩個笨蛋揭發了什嗎？」陳繼烈想到收了柯天任十萬元錢和四根金條，又與柯天任暗中協議過交班條件，在建修陵園時要脅柯天任撥款八百萬元給修建祖父那個園和自己的住宅，不覺緊張起來。但陳繼烈是又有知識又老練的貪官汙吏，始終保持著鎮靜的神色。他又想：「柯天任是膽大狡猾的傢夥，不會交待什麼，瞿思危、劉耀武也見過世面，不會蠢到揭發柯天任時把自己也賠進去。這兩個小子來者不善，要認真對付，不能露馬腳。」陳繼烈在一瞬間完成了一個思維過程，平靜地說：「柯天任當時回來，表現很好，在賑災時捐了鉅款。他在中央有張致景的口頭指示，有人大政協的兩個提案，我作為一個縣委書記，能不用人唯賢嗎？我當時還在縣委會議上作了《任人唯賢》的報告。柯天任現在變壞了，要說我有責任，也是看人不準。毛主席也看錯了林彪嘛，鄧小平也看錯了趙紫陽嘛。」陳繼烈說話四面光，於己於人都有利，把問題推得一乾二淨。

「柯天任在抄沒羅駱駝等人的家產時，有大量現金和貴重物品，都沒有上交國庫。你當時是縣委書記，應該過問了這件事吧。」柯成蔭毫不客氣地說。

「那時黨政已分家，第一把手只搞宏觀控制，不能事無鉅細地去管嘛。這事，你們可以去調查公安局、財政局兩家，我不清楚。」陳繼烈說。他又停下來，喝了兩口茶水，裝著累了的樣子，喘了兩口長氣，說：「人老了，那多年的事，記不清了。成蔭呀，我現在一談長了話就頭暈。這次就談這些吧。你們還有什麼要問的，下次再談。家裡已為你們準備了晚餐，你陪小李同志吃，我戒酒了，不能陪。」陳繼烈說著，就走出門，喊保姆來請兩位客人去吃飯。

「我們走吧。」柯成蔭說。

「陳繼烈還沒在記錄上簽字哩。」李東陽說。

「這樣的記錄需要簽字嗎？」柯成蔭冷笑著。

柯成蔭、李東陽沒去吃飯，走出陳家宅院門。

「好奸狡的傢夥。」李東陽說。他轉頭望瞭望豪華的深宅大院，氣憤起來：「這宅院少說值一千萬元。陳繼烈是個大貪官，還胡吹什麼艱苦奮鬥、廉潔奉公，真是不知天下有羞恥二字！」

「可是，我找不著他的犯罪證據，有什麼法子呀？」柯成蔭無奈地說。

「清產呀。比如把陳繼烈的全家正常收入和支出清算出來，剩下的存款和資產就是非法所得。」李東陽說。

「你說要清產，有專家說不咎資本原罪，私有財產合法化。」柯成蔭說。

「有些專家是狗頭軍師，專為特權集團出歪點子。不咎原罪，不是貪汙過了幾年就合法化了嗎？我也主張私有財產合法化，但有三點要說明：一、要追究財產的來源合不合法；二、要保護居民私產；

三、農民的土地也要私有合法化。」

「但願中央領導人不聽狗頭軍師的壞點子，把反腐敗進行到底。」柯成蔭說。

「我來時還信心百倍地說，只要向老幹部宣傳了反腐敗的重大意義，會得到他們支持的。現在吃閉門羹了吧。」李東陽諷刺著。他又憤恨地說：「那些老傢夥，本來就是老壞蛋。在毛澤東時代就是酷吏打手，在改革開放中是第一批貪官汙吏。還要用艱苦奮鬥、廉潔奉公的外衣來包裝自己。他們比柯天任這些沒有根基的貪官還壞，破壞性還大。」

「只有等他們自然死亡了。」柯成蔭說得很悲觀。

兩人走到街上，打算去找褚真紅調查。

不知褚真紅能揭發出柯天任什麼問題，且聽下回分解。

第一百二十一回 褚真紅人前供鐵證 李建樹背後放冷箭

卻說褚真紅，在公公柯業章和丈夫柯赤兵得勢時，是縣通用機械廠總會計。柯赤兵被判了二十年刑，柯業章被「雙開除」，褚真就受到株連，撤了總會計，下車間勞動。同時，家裡一棟兩層樓的房子被罰沒了，褚真紅為救公公和丈夫拿出家中所有存款和值錢的東西變賣，還借了一萬元錢。開始時，褚真紅每月有二百五十三元工資，柯業章擺個煙攤，兩個小孩只讀小學，每月還能還一百元錢的帳，糊口沒問題。過了兩年，縣通用機械破產變賣，三百六十六個職工被光溜溜地一腳踢出工廠，褚真紅當然在其中。下崗工人沒拿一分錢不說，廠方還來收去宿舍大樓。工人沒窩了，被惹怒了，就集在宿舍大樓靜坐示威，不肯搬出去。員警抓了五、六個領頭的，但全體下崗工人仍占著宿舍大樓不搬。廠方沒法，就與工人協商，每間房子收五十元租賃費，事件才平息了。褚真紅沒了工作，就去挑擔子販賣蔬菜和水果。又過了一年，柯業章得了中風，癱瘓在床上，兩個小孩上中學了，家中生活就十分艱難，褚真紅日夜沒命地奔波。

這天傍晚，街上路燈亮了，褚真工挑著兩個菜籃，籃裡盛些賣不出去的菜腳，往家裡去。她走到宿舍院子，看到二樓自己房門走廊上站著兩個男子，提著兩個塑膠袋，就緊張起來。褚真紅猶豫一下，就走到玩得好的吳嫂家，叫吳嫂去打聽一下。吳嫂上樓去了一會兒，下來對褚真紅說：「是南柯村人，叫柯成蔭，說是你的房叔。」褚真紅聽說過柯成蔭是個大知識份子，心中就舒坦了，回家去。褚真紅走到房門前，也不與柯成蔭兩人打招呼，打開門鎖，進去了。她先走到內間，料理了公公，又到前間生火做飯。

柯成蔭理解褚真紅對世人害怕和冷漠的心理狀態，就進房去，放下手中的水果袋，溫和地叫：「褚嫂，你不認識我呀？我叫小柳，父親是柯和義。」

褚真紅看到柯成蔭斯文可親，就笑著回答：「聽說過，沒見過你。對不起，要你在門口站著，進來坐下吧。」褚真紅拉了兩個小凳，放在窗下牆邊。

「是小柳弟嗎？和義叔的孩子，好人啦。」內間傳出了柯業章病態的聲音。

「是業章大哥吧？」柯成蔭問褚真紅。

「是我父親，癱在床上多年了。」褚真紅說。

「我去看看。」柯成蔭說著，進內間去。

柯業章躺在床上。那床是用火磚支起的兩塊木板，木板上墊了兩層硬紙殼，鋪上稻草、棉絮，床板上挖了個窟窿，有一根塑膠管通到床下的一個痰盂裡。柯業章蓋著一床舊棉被，白髮白鬚，眼窩深，顴骨尖，臉色煞白；手放在被面上，那手像個乾竹扒，皮皺節突。房子雖有些難聞的氣味，但很乾淨，可見褚真紅照顧殷切，是個孝兒媳。

「大哥，你受折磨了。」柯成陰同情地說。柯成蔭聽父母說過，柯業章為了升官發財，當革命積極分子，陷害父母和大叔柯和仁，參與燒殺柯啟文一家人，本屬可恨可惡的人。可是，柯成蔭看到眼前這個樣子的柯業章，就沒了怨恨，只有憐憫了。

「小柳弟，我是應得的，這是報應呀。」柯業章轉動著眼珠，那淚珠就大顆地從眼角裡爬出來，流到枕頭上。

「你不要自責了，那是時代的責任。你要寬心，好好養病。」柯成蔭安慰著。

兩人就聊起來了。過了一會兒，褚真紅把柯成蔭拉了出來，擔心柯成蔭怕髒。

柯成蔭在前間坐下，打量這房子，不足十五平方米。中間用衣櫃等家俱隔出內間一個床位，給柯業章睡，又用布簾隔出一個床位，算是褚真紅臥室；外間就當廚房、客廳、儲存室了。屋頂上橫了好幾根粗竹竿、木條，掛著一串裝得鼓鼓的化肥袋，大概裝的是衣物之類。整個房子收拾得井井有條。可見褚真紅是個聰明賢慧、勤勞儉樸、講衛生的好女子。

「嫂子，有幾個小孩？」柯成蔭問。

「兩個，大的是女兒，讀高中，小的是兒子，讀初中。」褚真紅一邊做事，一邊說。

「你真辛苦。」柯成蔭飽含感情地說。

「自從赤兵遇難後，就苦下來了，日子難過了。」褚真紅哽咽著嗓子，說。

「柯天任當時是公安局長，是柯赤兵的房叔，你應該找他說說情，保證你的基本生活呀。」李東陽想引出正題。

「找了，那傢夥是畜牲！」褚真紅眼冒火花。

「你敢揭發他嗎？」李東陽進了一步。

「怎麼不敢？就是那畜牲還當縣委書記，上頭有人來，我也敢揭他底子，只是有冤無處伸。」褚真紅氣憤憤地說。

「嫂子，我告訴你。柯天任被拘捕了，我們就是來調查他的。」李東陽說。

「嫂子，我們來找你，是瞿思危提供的線索。你是一個可憐人，我們不會讓你受害的。」柯成蔭說。

「瞿思危也是個老畜牲。他平日與我公公來往密切，我有冤無處伸，就對他說了那事。那老畜牲就追問細節，在我面前動手動腳，我被嚇得逃脫了。那老畜牲就把我受辱的事當笑料，到處跟人談，害得我一直受人白眼。要不是想著公公和兒女要活下去，我真要拿著刀子與那兩個畜牲拼命。」

「嫂子，我能作筆錄嗎？」李東陽問。

「能。」褚真紅說。

於是，李東陽問，褚真紅答，作完了筆錄，讓褚真紅簽了字。李東陽又請褚真紅寫了證明材料。

「你們就吃頓便飯吧。」褚真紅弄好了飯菜。

「嫂子，不用客氣了。」李東陽站起身。

「小李。我們就陪嫂子吃頓飯吧。」柯成蔭很隨俗地說。在柯成蔭心裡，對褚真紅又增加了一層好感：有膽略。

吃過晚飯，柯成蔭從口袋裡摸出二百五十元錢，說：「嫂子，我今天只帶這些錢，你就收下，解解無米之炊。你有困難，就打電話給我。」

李東陽也拿出了兩百元。褚紅勸了好一陣，才收下，又收了兩人的名片。

柯成蔭、李東陽離開褚真紅家，來到旅社。

「貧富差別太懸殊了，那些口稱艱苦樸素的陳繼烈和褚真紅反差太強烈了。這種現象不改變，中國肯定沒出路。」李東陽感慨起來。

「中央正在研究下崗職工生活保障費的問題。」柯成蔭說。

「還有那不合理的費稅制度。農民越窮越交得多，富人反而不交。我實在對黨天下沒信心了。」李東陽說。

「農村費稅改革問題，國務院也在研究。」柯成蔭說。

兩人議論了一番，就著手整理材料。

「單憑褚真紅的揭發材料，就能定柯天任強姦受賄罪，能撤銷他的職務。」柯成蔭說。

「柯天任這種人不判刑，不足以平民憤。」李東陽說。

「我倆明天去找李建樹談談，說不一定會弄到柯天任貪汙的罪證。」柯成蔭說。

「你別異想天開了。在幾個老傢夥那裡吃閉門羹，又想到李建樹那裡吃閉門羹嗎？」李東陽說，

「李建樹是柯天任第一個拜把兄弟，又是柯天任把他提為縣長的。他對柯天任忠義得像關公、李逵。」

「你說得不準確。」柯成蔭說，「老傢夥們不在位了，不爭權利了，只想安全無恙，不願多說以避免是非。李建樹在位，並且緊逼在柯天任後背。關公、李逵現代化了，把市場競爭與爭權奪利結合起來了，『忠義』沒那麼純真了。只要火燒到他們的皮肉，只要事危及到他們地位和前程，他們就不認什麼『大哥』、『恩人』了，就發生內訌，就反戈一擊。況且，柯天任、李建樹之流本不是真正意義上的關公、李逵，而是呂布、牛唐之類。邱組長不拘捕李建樹，並提議他代理縣委第一書記，就是想給他一個反戈一擊的機會。我們要去找他調查。」柯成蔭說出一番道理。

李東陽表示同意。兩人就商量好調查李建樹的方法。

第二天准八點，柯成蔭、李東陽來到縣委辦公大樓書記辦公室，見到了李建樹。

李建樹與柯天任、柯成蔭是同村人，小學、中學時的同學。李建樹聰明，初小時學習成績也優秀。與柯天任混在一起後，不用心讀書了，繼而跟著柯天任走，成了柯天任的狗頭軍師。他與柯成蔭關係也一直很好，敬佩柯成蔭，經常在柯天任與柯成蔭兩人不和中進行調解。到了今日，柯成蔭與柯天任成了兩個陣營裡的人了，他是調解不了的。柯天任等人被拘捕，唯有他卻代理了柯天任的職務，感到意外僥倖，但心中惴惴不安。他曾想：「是不是柯成蔭暗中放了自己一馬？」他又警告自己，不能這樣想，要小心應付，尋機擺脫困境。

今日，李建樹見到柯成蔭、李東陽來了，心子忐忑一陣，看到沒有警車和法警來，就稍安了。「為什麼柯成蔭親自來呢？是不是真的想暗中幫自己一把呢？」李建樹在想。

李建樹與柯成蔭、李東陽握手後，等待審問。柯成蔭卻聊起兒時的事，聊起家鄉情。李建樹心情寬鬆多了。

兩人聊了半個多小時，李東陽很適時地說話了：「李書記，聊到柯天任時，說具體一些，讓我記一記。」

李建樹就從武館說起，一直說到現在，說了一個多小時，說得簡略又完整，李東陽刷刷地寫，總想捕捉到柯天任的罪證，但沒有成功。

「李書記，我能提出一些問題嗎？」李東陽用詢問口氣說。

「那好。」李建樹知道這是調查，只是太感情化了。

李東陽一個問題接著一個問題地提，李建樹一一回答。李建樹回答得很得要領，又很有分寸。李東陽提完了，寫完了。李建樹等待在調查筆錄上簽字。可是，李東陽把記錄紙卷成筒子，放進包裡。李建樹對李東陽這個細微的動作感到意外，很顯然，這不是李東陽的疏忽，那又是什麼呢？

「李書記。」突然，柯成蔭這樣稱呼起李建樹，好像兩人素昧平生，「對柯天任的問題，有些與你有瓜葛，有些你知情。組織上是把你與柯天任區別開來了的，現在就看你自己如何解脫自己。我勸你拋棄顧慮，主動一些。今天，就聊到這裡。」

「李書記，我們再不找你了。你有什麼話要說，就找我們。」李東陽說著，把自己的名片給了李建樹。

柯成蔭、李東陽兩人走了。

李建樹自從與柯成蔭、李東陽談了一次話，就失魂落魄，手忙腳亂：出門忘了拿包子，打手機按錯了號碼，跟人打招呼弄錯了稱呼，給秘書佈置工作說錯了事項……恍惚欒炳南、邱小兵那兩個死鬼在跟著他，又彷彿柯天任在把罪責往自己身上推。

「這樣下去，太磨人了。」李建樹在靜下來時，自言自語，「看來不下些手腳過不了關，更不用提去掉『代理第一書記』那個『代理』二字了。」

李建樹昏頭轉向了五天五夜，下決心揭發柯天任罪行。柯天任的罪行太多了，李建樹避開與自己有瓜葛的和兩人以上的知情的問題，另找出兩個罪證：兩張發票。兩張發票都是邵月鐘私人對李建樹說的。第一張是柯天任新上任第一書記的第五天，情緒亢奮，要邵月鐘開車送他到洋仙窟去嫖了三天三夜，花了一萬五千元。邵月鐘開了張外出考察發票，柯天任簽了字，到縣電力局報銷了。第二張是在抗洪時，柯天任疲勞了，要邵月鐘開小車去省城逛了兩天兩夜。邵月鐘又開了張到省城開防汛會的一萬元發票，柯天任簽了字，在水利局抗旱防汛指揮部報銷了。李建樹懂得，這兩張發票所得贓款純屬貪汙行為，柯天任應判五年徒刑。李建樹知道，兩張發票都是邵月鐘一人經手，邵月鐘不會承認，自己又不便公開出面指證。李建樹就想了個法子，以反腐敗名義，親自帶人查封電力局，水利局的賬簿，兩張發票就出來了，當事人就要寫交待材料，邵月鐘不得不交待清楚，自己也脫了幹係。

李建樹想好了，就親自帶領紀委清賬組，突然查封電力局、水利局的賬簿，果然查出了那兩張發票。李建樹立即電話通知李東陽。柯成蔭、李東陽把兩張發票和當事人的證明材料拿走了。李建樹為了掩人耳目，同時查出水利局貪官兩人，電力局貪官三人，交給縣反貪局查處。

李建樹辦完了這兩件事，心神安定了，生活工作正常了，只等待那「代理」二字被取消。卻說柯成蔭、李東陽得到了那兩張發票，又趕往江州銀賓大廈洋仙窟調查出事實，才回到「專案組」，回報了情況。

「專案組」決定有針對性提審柯天任、鄢豔、鄧志強、邵月鐘。在審訊中，柯天任矢口否認強姦和受賄褚真紅兩萬元的罪行，也不承認用了那兩張發票的錢，狡辯說那是邵月鐘的事，自己是糊裡糊塗地簽了字。邵月鐘一聽到兩張發票，就知道是李建樹背後放了冷箭。邵月鐘開始想背黑鍋，保住柯天任，但在人證物證中，只好交待全部事實。

但是，鄢豔、鄧志強、單元友三人突然翻供。鄢豔對存摺的事進行翻供，原先說存摺還在家裡，現在卻說她只保存了一個月的存摺，就退還給於曉東了。鄧志強原先說詐騙工商銀行鉅款前先到柯天任家，現在翻供說根本沒到過柯天任家。單元友也是如此。

「專案組」分析，柯天任死不認罪是一定的，鄢豔、鄧志強、單元友突然翻供，而且態度惡劣，說明外面有人到了獄中串通了嫌疑犯。

不知「專案組」分析正確與否，且聽下回分解。

第一百一十二回　於科長直路闖牢房　柯夫人曲線救丈夫

卻說「專案組」發現鄢豔、鄧志強、單元友、柯天任等人態度比以前惡劣，分析到有人在獄中讓嫌疑犯串通了，就加強了對嫌疑犯的管理，派人員暗中偵探。

「專案組」的分析是正確的，於曉東進了監獄，把鄢豔等一干嫌疑犯串通起來了。

卻說於曉東那日接了柯天任退回的存摺後，感到事情不妙，就去找單元友，沒找著。於曉東又去找紅石鎮黨委書記劉會猛和鄢豔等人，一個也沒找著。於曉東就到公安局局長毛仲義家去詢問，碰著毛仲義夫人孔臘梅和一個操廣東口音的女人說話。於曉東覺得那女人面熟。

「於科長，不認識我啦？你到永安縣來發財，是我丈夫仲介的哩。」那女人說。

「啊，是鄧夫人。記起了，記起了。」於曉東說，「請問你到這裡來有何貴幹？」

「我昨天接到江南省公安廳的家屬通知，說鄧志強和曹志飛被關在江南省城江北局第一看守所。我就當即乘飛機趕來，想與鄧志強見一面。看守所的說案情重大，還沒查清，不能見面。我就來找毛局長。誰知毛局長五、六天沒回家了。毛夫人也在發急。我倆正沒主張。你來了，請你拿個主意吧。」鄧夫人說著，流了眼淚。

「糟了，都被省公安廳抓去了。」於曉東失聲叫起來。

「什麼」孔臘梅吃了一驚，說，「不會吧，仲義對柯書記那麼忠誠，為什麼還抓他？」

「不是柯書記要抓人，柯夫人也被抓了，柯書記也要栽進去。」於曉東說。

「柯書記也有問題？那就完了。」孔臘梅哭了。

「看來案情真的很大。但不管怎麼樣，只要保住柯書記沒事，大家才沒事。」於曉東說。

「那有什麼法子呢？」孔臘梅問。

「肯定是隔離審查，各人說的不一樣。要想法子讓他們串通，在重大問題上口徑一致。」於曉東說。

三人就商量起來了，想出了兩個法子：第一，買通看守所所長，讓毛仲義、鄢豔等人相互見一面；第二，送衣服和日用品，夾進紙條，給毛仲義等人。於曉東叫孔臘梅去打聽還有哪些人被抓。孔臘梅就給邵月鐘、劉會猛等十幾人家中打電話，有十二人家屬回話說出門四、五沒回家了。三人就根據各人的情況歸納出可能出現的幾個重大問題。於曉東就寫字紙，叫孔臘梅去買衣服和日用品，叫鄧夫人作包子，把字條包進去。孔臘梅買回來了東西，於曉東叫孔臘梅把字紙搓成條子，用薄塑膜包好，插進牙膏裡、衣縫裡。於曉東又在衣裱上、口袋上寫字。三人忙了大半夜，感到滿意。三人又湊了二萬多元錢，第二天就去省城江北局第一看守所。

三人在看守所打聽到所長范正祥的住址。下午五點，三人就趕到所長的家。范正祥在鄰居打麻將。於曉東就對范夫人說，有一筆生意要找范所長做。范夫人聽到有生意，就到鄰居家叫回了范正祥，自己替范正祥打麻將。

范正祥來到家裡，看見坐著一男二女的陌生人，就不耐煩地說：「我不認識你們，談什麼生意呢？」

「范所長，一回生，二回熟嘛。」於曉東說著，遞煙。於曉東是堅信「有錢能使鬼推磨」的信條的。他看到范正祥家裡擺設豪華，范正祥又是三十四、五歲的人，一定是錢的忠實朋友。他就開門見山地說：「范所長，我有一宗生意，要你作仲介人。我先付一萬元，不成功，也不退費；成功，再加一萬元。」於曉東把早就裝好錢的信封掏出來，放在茶几上，敞開的信口向著范正祥。

范正祥瞄著那鼓鼓的淡黃色信封，從那敞開的口裡能看到一疊厚厚的百子邊。他轉臉了，微笑著說：「諸位既來找我，是看得起我，就是我的朋友。無功不受祿，請問有什麼事要我幫忙？」

「我有幾個朋友被關在貴所裡，都是永安縣人。我們想送給他們一些衣服，與他們見一面。」於曉東就說出了鄧志強、毛仲義、單元友、鄢豔等一串名字，又介紹了毛夫人、鄧夫人。

「這幾個人犯的是腐敗大案，看管很嚴，省檢察院經常有人來提審。如果萬一碰著了檢察院的人，或者被人發現報了上去，我就要陪著坐牢了。難呀！」范正祥說。

「所長，我丈夫毛仲義也是公安局局長，與你是一家人。他是受人誣告。雪地埋人，久日清明。他出來還是公安局長。那時，他會知恩報恩的。你就幫個忙吧。」孔臘梅哭著求情。

「我千里迢迢來到這裡，只是想見鄧志強一面。他是港商，與那腐敗聯繫不上，也是受了朋友牽連。我相信大陸政府會釋放他。我們會不忘所長大恩大德，接所長到香港作客。」鄧夫人含著眼淚說。

「范所長，我知道你還要在其他人身上花錢，兩萬元一次給你。」於曉東又拿出一個信封，放在茶几上，說，「我們只需五分鐘，不會牽連所長。」

「這是冒血海的大事，我要好好計畫一下。明天早八點，打我手機再聯繫。」范正祥說。他把手機號碼給了於曉東。

於曉東三人告辭了。范正祥要送一下，被於曉東擋回：「所長不能出門口。」

范正祥關了房門，把兩個信封的錢倒出來，嶄新的錢，整兩萬元。他把錢收起來，把信封燒了，點了支煙，吸著，想著。這種事，范正祥還是一般看守員警時，和老所長幹過一次，只拿了五百元；自己當所長時，幹過三次，每次只拿三、四千元。有一次，難度大，他嚇了一陣，自己對自己說：「下不為例了。」這一次，只五分鐘，就賺了整兩萬元，以後還有好處。何況找他的人有身份，知書識理，見過世面，可靠。范正祥決定再幹一次，再下不為例了。

第二天八點，於曉東與范正祥手機聯繫上了。

范正祥說：「你們在十一點半來看守所大門，用廣東話對值班人說是我老家堂弟妹，我老家是廣東省江門市。值班人會打電話喊我的，我來接你們。你們最多只能見四個人，快把名字報給我。」
於曉東連忙確定了四個名字：鄧志強、單元友、毛仲義、鄢豔。
中午十一點半，於曉東三人到看守所大門值班室，看守所人員正在吃中飯。於曉東用廣東話對值班人員說了話，值班人員打電話叫來范正祥。范正祥把三人帶到所長辦公室。
「我代理值班一個中午，你們只有五分鐘說話時間，揀要緊的話說。」范正祥說。
范正祥交待完了，把三人帶進號房值班室，又去把鄧志強、單元友、毛仲義、鄢豔帶來，隨手關了門，到走廊上望風。毛仲義四人見了親人，好像十幾年沒見到爹娘的孩子，悲痛抽泣起來。
「哪有時間讓你們哭？只有五分鐘。」於曉東說，「你們要極力保住柯書記。現在把牽涉到柯書記的重大問題對對口徑。」
「存摺的事，我說是我給鄢豔的，於曉東不知道這事。」單元友說。
「說得好。柯書記已把存摺退給我了。我把錢提出來了，把存摺毀了。」於曉東說。
「可是，我交待存摺還在家裡。」鄢豔說。
「翻供呀。說你在審訊在被嚇懵了，現在回憶清楚了，只保存了一個月，就退給於曉東了。我們三人口徑一樣，辦案人員沒法子。」於曉東說。
「仲義，他們問我收了多少羅駱駝家抄的貴重物品，我說那是公安局的事，我沒過問。」鄢豔說。
「這就好。我也是說自己不知道那些貴重物品。」毛仲義說。
「志強、仲義，在沿海市救張共樂的事，只能說仗義救人，不能說是事先密謀。那可是人命關天的案子。」鄢豔說。
毛仲義、鄧志強都沒說出事先密謀的情節，只擔心牛五、洪九大說出來了。

於曉東聽了，叫鄢豔趕快給牛五、洪九大寫字條。

「詐騙工商銀行的事，我說從沒見著鄧志強，曹志飛。」鄢豔說。

「曹志飛不知道我見過大師傅，我不說就沒事了。」鄧志強說。

「他們主要追查東湖村案件，我說是聽了潘要武謊報軍情，才去鎮壓的。」毛仲義說。

「毛局長和田小慶要把擔子挑起來，不能讓柯書記受損。」於曉東說，「東湖村案子最多是個錯誤，定不了罪。」

毛仲義就給田小慶寫了字條。毛仲義問：「柯書記知道我們在這裡嗎？」

「他猜到你們出事了，不然為什麼退存摺呢？我真佩服柯書記。我回去，就到省黨代會上找他。」於曉東說。

幾個人把重大的問題說清楚了，又談了其他問題。范正祥進房來了，說：「過了十分鐘了，快走！」范正祥把四個嫌疑犯押走。他轉回來，又把衣服按於曉東寫的名字送去。辦完了這些，范正祥把於曉東三人帶到所長辦公室。打電話叫愛人來把弟弟、弟媳、妹妹三人接走。

於曉東三人到了大街上，乘「的士」到省委黨代會會址上去找柯天任，沒找著，找著了李建樹。李建樹說柯天任被省高檢叫去了。於曉東知道柯天任被捕了，也不與李建樹說什麼，就回家了。

過了四天，「專案組」把於曉東傳喚去，問存摺的事。於曉東把早準備好的話說了，與鄢豔翻供的話一致。「專案組」人員問於曉東幾時去探望過單元友。於曉東說沒有探望單元友，但心子在怦怦直跳。「專案組」就放了於曉東。

又過了五天，單元友、鄢豔被釋放回家了，於曉東提著的一顆心才落地。

在釋放鄢豔的第二天，「專案組」遷到了黃土市檢察院辦公，吸收市紀委副書記陳忠於、市法院副院長邢忠恕、市檢察院反貪局副局長李子明，李子明是張志成的學生。一干犯人也到黃土市第一看守所。

卻說鄢豔回家，就去找那存摺和送禮登記名冊。單元友送的存摺不見了，柯天任真的退回去了。自己的存摺還在，一萬五千多元被取了，只有十元，她知道是柯天任取去用了。送禮登記冊還在，就把它燒毀了。家中沒有遭查抄，鄢豔感到欣慰。她把家裡收拾了一陣，洗抹了一遍，洗了澡，打扮一番。

鄢豔知道柯天任被捕了，決心去營救。但家中一貧如洗，沒有跑路費，又不好意思向娘家要，就打算去向單元友、於曉東借。鄢豔去把那十元錢取出來了，先到娘家看望學優和父母，再去紅石鎮公路收費站找單元友、於曉東借錢。

鄢豔見了於曉東、單元友，說了借錢營救柯天任的事。

於曉東斷然拒絕：「夫人，我已冒險為柯書記跑路了，花了二萬多元錢，單經理也為柯書記坐了牢，盡仁義了。你再不要把我和單經理扯進去了。柯書記為官多年，關係網大，部屬朋友也多，難道那些人都忘恩負義、見死不救了嗎？」

鄢豔啞了，垂頭喪氣地走出收費站。

「平時相識滿天下，急難何曾見一人？」鄢豔想起了一句古話，傷心地流淚了。她想起了叔父柯和貴，但立即打消了那個念頭，心裡在說：「柯天任對叔父做得太絕情了。」她轉而怨恨起柯天任來：「我走後沒幾天，就把存摺裡的一萬五千元花光了，不給兒子一分錢，真是個敗家子。在退給於曉東存摺時，也不知道拿一、兩萬元給我父母，真是個不留一點後路的傢夥。」鄢豔營救柯天任的心灰了一半。但她轉而想到自己今後的生活和兒子的讀書前途，又恢復了營救柯天任的決心。她打算去南柯村找柯和仁。

南柯村高紅石鎮只有四公里。鄢豔捨不得花錢搭車，就步行。她走了約一公里，有輛小車在她前面停下，不覺心中一驚，害怕是來抓她。這些天，鄢豔特別害怕警車和官車。鄢豔站住了。車裡走出單元友。

單元友走到鄢豔面前，說：「夫人，剛才於曉東說的話是實情，只是說得失了情義。你走後，於曉東後悔了。我兩各拿出私人的錢五百元，就開車來追你。你收下，暫且用用。」單元友給了錢，立即轉身鑽進車裡，走了。

鄢豔沒客氣，收下了一千元，仍然向前走。

鄢豔來到南柯村老屋門巷，看見了父親柯和仁。柯和仁背靠牆壁，坐著一條木凳，穿著破舊棉襖棉褲，端著煙袋，打著寒顫，在曬太陽。鄢豔上前，把柯天任被抓的事說了，又說要拿錢送禮救人，要柯和仁想法子。柯和仁聽了，沒作聲，只嘆氣，滿臉痛楚，流出了淚水。那副表情，看不出柯和仁在為誰痛苦：是為兒子被抓痛苦，還是為家族不幸痛苦，還是為自己命苦痛苦。

過了一會兒，柯和仁雙手支著牆壁，吃力地站起來，說：「我去拿錢。」

鄢豔跟著柯和仁走進臥室，看著柯和仁從床鋪腳下搬出一個小米壇，打開壇蓋，扒開乾薯絲，摳出一個白色塑膜包，包上纏了十幾套麻絲。柯和仁把包子交給鄢豔。鄢豔費好大勁才扯掉麻絲，剝開好幾層塑膜，露出錢來，拾元幣兩張，伍元幣四張，貳元幣七張，共五十四元。

「父親，就這些嗎？」鄢豔問。

「這些錢也不是我的錢，是你叔父每月給我十元錢買油鹽，我每月省下兩元錢。我快七十歲了，做幾分田地，上交又重，吃不飽，穿不暖，哪有積蓄？我知道自己命苦，怕死後捆稻草，就省些錢買灰木紙板。現在，都給你了。」柯和仁聽到媳婦還嫌少的話音，就哭著解釋。其實柯和仁還有柯成蔭給的一千元錢，放在另一個地方，不願拿出來，他知道柯天任再也沒救了，要保持血脈，靠孫子學優，錢要留給學優讀書。

鄢豔聽了，沒說什麼，拿了錢就走了。

鄢豔回到家裡，做了碗麵條吃了，考慮起如何救柯天任的事。她想到去找李建樹商量，但又立即打消了這個念頭，感到現在的李建樹不是原來可以商量事情的智多星：一來，李建樹泥菩薩過河，自身難保；二來，李建樹是代理第一書記，暗中與柯天任爭權奪利，不落井下石就算是講義氣的了，怎麼會盡心盡力去救柯天任呢？鄢豔想來想去只有找解放一條路了：第一，解放與柯天任的問題直接掛勾，柯天任倒下了，他也會受影響；第二，解放提拔了柯天作當第一書記，柯天任倒下了，他的名聲也不好；第三，鄢豔與解放見過兩次面，從解放瞧著自己的貪婪目光，說明解放好色，喜歡上了自己，她有進攻的可能。鄢豔決定選一個晴好天氣的午休時間去拜見解放。

這天，天氣晴朗，鄢豔吃了早飯，把自己梳洗打扮了一番：畫了眉毛，塗了口紅，擦了臉，穿上性感內衣，披上時髦的外套，擰了個小包，裝上一千元錢。鄢豔本來漂亮，這一打扮，雖然因坐牢瘦了些，但顯得苗條，使三十五歲顯得只有二十六七歲了。

鄢豔來到了黃土市，在十二點時，來到解放的家。保姆把鄢豔引到小客廳坐下，說：「解放書記剛午睡，你等到兩個點再見他。」

鄢豔等到屋裡屋外都安靜下來了，就鼓起勇氣，悄悄走到解放臥室門，按了門鈴。門開了一條縫，解放露出半邊臉來了，帶著煩惱的神色問：「誰呀？」那「誰呀」剛一出口，馬上又改為：「請進。」臉上煩惱神色變為愉悅神色。

鄢豔一進門，就反手把門關上，鎖了。

室外，冬日的陽光燦爛；室內，空調的溫度宜人。鄢豔像進了自己的臥室那樣，口中叫著「好熱呀」，就把外套和一件小紅襖脫下，掛在衣架上，身上只剩緊身內衣了。

解放穿著睡衣半躺在席夢思床上。已七十歲的老人了，白髮稀疏，卻保養得很好，面額豐滿，面皮光潤，眼光盯著鄢豔。解放心中一直有鄢豔的形象：身材高大，苗條，皮肉白淨嫩軟，鵝蛋臉，鼓囊胸，高肥臀，細腰肢，逗人歡喜，誘人性慾。今日這美女來到了面前，比原來在酒席間更有風韻了。解放的瞳仁放出異樣光彩，罩在鄢豔身上；那光彩逐漸收集成光柱，在鄢豔臉上、胸上、股溝來回探照，又聚焦在兩胯間的三角處上。

看來，在這種情景中，人的本相就露出來了。你是英明君主，你是偉大領袖，你是老帥老將，你是革命老前輩，你是書記市長，你是革命理論家，你是偉大旗手，你是革命作家……不再滿口馬列了，不再道貌岸然了，不再「為人民服務」了，不再「鬥私批修」了，一切偽裝都剝去，光溜溜，赤裸裸，像公雞，像公狗，只剩獸性的肉體需求——性交。此時的解放正處在這種情景中。

解放對鄢豔說：「我老了，那彈傷外時時隱痛。你看，這一塊就有些紅腫。」解放說著，拉起睡衣，露出胯間的一塊傷疤。那傷疤並無紅腫，與周圍皮膚一樣顏色。

鄢豔看見解放胯間白色褲襠篷起，那透明的篷頂上有塊紫紅。她立即會意，走過去，坐在床沿，說：「我給你按摩按摩。」鄢豔伸出嫩手，在解放胯間揉搓那兩個卵子，又握住那根硬棒，上下圈套。解放嘴發出「哼哼」聲，一手摟住鄢豔的腰，一手從彈性褲腰插進去，在有毛處扣摸。鄢豔本不愛解放，開始時是只是曲意順從。但她有一個多月沒過性生活了，在解放那熟練的扣摸和粗硬的陰莖引誘下，性慾來了，做愛起來。不知不覺中，兩人衣服脫光，兩具肉體在一起扭動，翻滾，顛簸，奔騰，「咿呀」，「哼喲」，「叭叭」，「唧嘖」……直弄得雙雙大汗淋漓，疲軟不動。

「鄢豔，你真長得好，真好玩，使我快活了好一陣。謝謝你。」解放嘻嘻著。

「忠於黨，為領導服務，這是我應盡的義務呀。」鄢豔逢迎著。鄢豔清醒了，想到這次來找解放的目的，就偎依在解放懷裡，嬌聲說：「老解呀，為什麼要反腐敗呀，我倆這樣多好啊！反腐敗，反腐敗，盡反老幹部，盡反老幹部信得過的革命接班人。」

「反腐敗，他媽的，這是右派巧立名目，來打擊左派。」解放一聽到說「反腐敗」，就清醒了，生氣了，氣憤地說，「右派奪權了，不要毛澤東思想，喊什麼『高舉鄧小平理論偉大旗幟』。這是一場政治大鬥爭。我看左派要重上井岡山，再來一次農村包圍城市，把政權再奪回來！」解放越說越帶勁，怒髮衝冠，猛地坐起來，揮著拳頭，像當年革命戰爭時的首長向戰士進行鼓動演說那樣。

鄢豔被解放這突如其來的魯莽動作摔到床邊。她光著屁股，一腳踮在地板上，一腳趴在床沿，一手抓緊被單，一手攀住解放大腿，才沒跌下床。但她不惱解放，連忙撩撥著說：「是呀，老前輩們拋頭顱，灑熱血爭來的權力，怎能供手送給打擊他們的右派分子呢？應該交給他們信得過的革命接班人。柯天任是你一手培養的，就是太忠於你們那些老前輩了，才受到柯成蔭那些右派分子的誣陷。」

「『專案組』那些人都是『六・四』反革命暴亂的殘渣餘孽。他們鬼鬼祟祟地背著省委、市委、縣委搞調查，從省黨代會上抓走柯天任，簡直是國民黨軍統特務分子！老子就要與他們作鬥爭。前幾天，老子向『專案組』打了一炮，他們才被迫搬到市檢察院辦公。」解放說。

「那就是說，柯天任被押到市檢院來，『專案組』屬市委領導了，是嗎？」鄢豔驚喜地說。

「柯天任是被押到市第一看守所來了，『專案組』領導權還沒有全被奪過來。老子馬上要採取行動，全面接管『專案組』，開除那幾個右派分子，放出柯天任。」解放賭狠起來。

「老解，你上班時間到了，誤了你的革命工作可不好，我要走了。」鄢豔見談到這個分上，就不能再待下去了，以免惹是非。她穿好衣服，整理了頭髮，又走到床邊，吻了解放一陣，甜蜜蜜地說：「你如果需要我，打電話就行了。我過兩天來打聽柯天任的消息。」

對權力和法律，柯平斌有順口溜一首：

用錢開通路，直闖牢房，罪不在錢，罪在一黨。
用色救罪犯，進入溫柔鄉，罪不在色，罪在一黨。

一黨專政，制法是黨，執法是黨，法律維護黨。執政黨以法維穩，黨官員用法霸色謀利，法將不法，法律低於權力。

倘若公民立法，權力受制於法，法律鐵面無私，才是真正民法。用錢開路不成，用色救人無望，誰敢貪錢枉法？誰敢貪色破法網？

鄢豔走了。解放一看掛鐘，上班時間過了四十六分鐘。但他仍躺在床上，要認真地思考一下柯天任的問題。

欲知解放如何處理柯天任問題，且聽下回分解。

第一百一十三回　解書記怒斥專案組　柯組長勇翻東湖案

卻說解放仍躺在床上思考柯天任問題。

平心而論，解放每在革命的大是大非面前，是先公後私的。他首先要排除私心雜念，站穩無產階級立場，再從黨的組織原則出發，用毛澤東思想來分析和判斷。他在處理尹苦海和地主分子趙月英結婚問題上，認為尹苦海說的理合乎辯證法和黨的「出身不由己，道路可選擇」的原則，就批准了。他在反右傾時，處理李信群與尹苦海觀點分歧問題，認為李信群說的辯證法能聯繫時局實際，尹苦海說的辯證法違背時局，就劃了尹苦海的右傾。在處理李得紅刮「五風」問題時，根據黨的「懲前毖後，治病救人」的原則，既不因與李得紅是戰友而包庇，也不因李得紅曾反對過自己而泄私憤，給予了李得紅應有的處分。在鎮壓惡霸尹安定和匪徒柯丹青時，他是按黨的「清匪反霸」政策辦事，並無個人需求表現的思想。他不像尹苦海那樣有資產階級「人性論」，也不像瞿思危、陳繼烈那樣挾私仇、圖虛榮。就這方面來說，解放稱得上是用毛澤東思想武裝起來的、立場堅定的、組織原則性很強的領導幹部，是位信仰堅定的共產黨員。

現在，解放對柯天任問題，也是按這個思維方式來思考。他先把柯天任給他黃金和鄢豔跟他睡覺的私事放在一邊，單純來分析判斷柯天任是功大還是過大，是革命者還是反革命分子，是犯錯誤的好同志還是犯罪分子。解放從「專案組」成員陳忠於那裡獲得了「專案組」給柯天任定罪的八大罪證：一是製造「東湖村冤案」，二是從沿海市場訊息攜回鉅款買官，三是花費鉅款修建烈士陵園和紀念碑，四是鎮壓羅駱駝時貪了大量錢財，五是引外資辦冶煉廠被鄧志強騙了鉅款，六是逼迫個體商戶捐贈而破壞了市場經濟，七是強姦褚真紅並受賄二萬元，八是造假發票兩張貪汙三萬元。解放對這八大問題進行一一分析判斷：一、東湖村的張志成曾被開除公職，對黨有仇恨，蔣中猛也因沒被推薦上學，對社會主義制度不滿，兩人煽動村民抗稅，毆打徵收革命幹部，應是反革命抗稅暴亂。柯天任及時鎮壓，立場堅定，看得準，這是正確的。二、柯天任在沿海市做生意發了財，並沒有在本地剝削、詐騙人民群眾。發了財，帶回家鄉，無私捐贈，沒有行賄。電臺、電視臺、報紙都報導了。這是熱愛人民，熱愛家鄉。至於花點錢去看望老領導，這是人之常情，不是行賄。這說明柯天任有深厚的無產階級感情，熱愛黨。有什麼可非議的呢？三、羅駱駝是反革命黑社會組織頭子，劫鈔車，買槍支，準備發動反革命叛亂。柯天任不徇私情，採取果斷行動，一舉消滅了羅駱駝，挽回了億元損失，保衛了無產階級政權，為革命立了大功。即使柯天任從中占了點物品，也是獎勵，有什麼可指責的呢？四、在引資時，縣工商銀行被騙走了鉅款，柯天任自己沒得一分錢，發現問題，就向黨組織彙報，並派人追查，為黨保密。作得對呀，有什麼罪過？五、遇到大水災，為民困難，柯天任捐款，還親自下村幫災民重建家園。個體商戶趁機發災民財，柯天任要他們捐款賑災，階級愛恨分明嘛，有什麼過錯？六、褚真紅的丈夫、父親都是反革命分子，被判刑，褚真紅當然對破案人柯天任懷有仇恨，她的話能信嗎？褚真紅想勾引柯天任，拉柯天任下水，沒有成功，現在反咬一口，這才是事實。七、修建烈士陵園和墓碑，這不但沒錯，反而說明柯天任對革命先烈和革命前輩有深厚的無產階級感情，完全正確。八、柯天任是「青天」，並無其他貪占行為，經濟拮据，報銷兩張發票屬正常現象。就算是有錯，但不是犯罪，在黨內開展批評和自我批評就可以解決。解放得出結論：柯天任是個九分功勞，一分錯誤的革命領導幹部。

「如果把柯天任這樣的革命領導幹部打成罪犯，那麼全體領導幹部不都成了罪犯嗎？」解放憤怒了，「『專案組』的立場站到資產階級、反革命分子那邊去了，不要黨組織原則了，學起封建巡撫微服私訪的官僚作風了。這在顛倒是非！」解放又把思維擴開：「中央有問題，右派掌權了，那個朱鎔基就是五七年的大右派分子。他媽的！反腐敗就是朱鎔基搞起來的。」

解放越想越感到真理在自己手裡，越想階級仇恨越大，越想革命鬥爭激情越高。他下定了一個決心：「我寧可做『四人幫』的階下囚，也不能被右派治罪。不管右派勢力多大，我要誓死保衛黨，誓死捍衛無產階級政權。當前最緊迫的鬥爭任務是：救出柯天任，解散『專案組』。」

解放想好了，翻身起床，穿好衣服，也不看時間，就匆匆忙忙地趕到市委，叫秘書通知開常委會。快下班了，要開會，常委們知道有重大事，都迅速來到會議室。

解放向常委們通報了「專案組」的活動情況和永安縣柯天任等一批革命領導幹部被拘捕的事件。接著，他講了自己對柯天任問題和「專案組」行為的看法。最後，解放建議市委作一個決議：反對平反「東湖村案件」，釋放柯天任同志，解散「專案組」。書記拍板了，常委們全都舉手贊成。

《決議》形成後，有的常委提出，為了執行《決議》有力，要報省委批復。有的提出，「專案組」是以中央紀委名義來的，主要是來查處「東湖村案件」，要想《決議》得到省委的批復，市委要派人到東湖村去重新調查，得到第一手材料，才有說服力。

解放覺得這兩個意見提得對，又穩妥，就表態自己帶兩個常委到永安縣調查「東湖村案件」。當即有兩個常委報了名，加上秘書共四人。

第二天上午，解放四人乘兩輛小轎車去調查。他們先到永安縣委，召開了縣委委員和公檢法三家辦案人員座談會，聽取了彙報，聽取了與會者意見，結論仍然是：東湖村案件是典型的反革命暴力抗稅案件，永遠不能翻案。解放四人為了慎重起見，又到紅石鎮和東湖村召開座談會，還深入到群眾中去，找村民代表座談，找犯人代表座談。鎮、村兩級幹部黨員、群眾代表都表態：東湖村案件定性沒錯，決不答應為東湖村案件平反。犯人都說自己有罪，感謝柯書記對他們寬大處理，讓他們在家中服刑。

解放四人忙碌了一整天，收集了許多材料回市委。市委秘書處把材料和《決議》整理成冊，列印了一百份，抄送省委、省紀委、省高檢、省高院，又下達給市委四大家和公檢法三家。

正在解放加緊工作的時候，「專案組」派了三人來向解放書記彙報工作。

原來，柯成蔭、李東陽回「專案組」後，「專案組」開了個會。會上決定分為兩個案件來查處：東湖村案件和柯天任案件，先為「東湖村案件」平反，再公審柯天任等一干犯人。會上認為：解放同志是個老幹部，受柯天任蒙蔽，為「東湖村案件」的定性作了錯誤批示。現在，為了不使解放書記難堪，向他彙報真實案情，請他為平反東湖案件作批文。會上就指派柯成蔭、潘國民、李東陽去找解放書記。

柯成蔭三人來到市委時，解放在忙著。解放聽秘書說「專案組」來了三個人要向他請示工作。他氣憤地說：「他們大概聽說市委要解散『專案組』，就慌了，來請示工作了。你告訴他們：遲了，不見！」

秘書說：「書記，在禮節上，你應該接見他們。」

解放一聽，覺得有理，說：「我們只搞光明正大，不搞陰謀詭計。要見可以，叫市委常委們一起來接見，我私人不單獨見他們。」

秘書就通知市委和柯成蔭三人一起到會議室。

解放坐在上首，語氣生硬地對柯成蔭三人說：「你們以前不要市委領導，現在來找市委，有什麼事，就直說。」

「我們來向書記彙報工作，請書記閱讀材料後，在《東湖村冤案平反》檔上作批示。」柯成蔭平靜地客氣地說。

李東陽就按順序彙報起來。

解放只聽了李東陽說四、五分鐘，就擺手制止，生氣地說「不要說了，我聽不下去！」

「你是什麼意思？」李東陽氣憤地質問解放。

「什麼意思？」解放反詰，「你們『專案組』站在哪個階級立場上？不相信黨的各級組織和幹部、黨員，而去相信反革命分子、犯人，為反革命分子鳴冤叫屈，就是這個意思！」

「請解書記講清楚一點。」柯成蔭語氣緩和地說。

解放瞪了柯成蔭一眼，兩腮鼓動兩下。在他眼裡，柯成蔭是在挾階級仇恨，搞階級報復，打擊革命領導幹部，是階級異己分子，應該清除出革命隊伍。但是他沒把這種看法說出來，忍著，還是對事不對人地講起來。他講自己在遇上革命重大問題時是如何站穩無產階級立場來進行分析判斷的，講自己在革命道路上是如何一步一個腳印地闖過來的，講自己如何深入到基層黨組織，找幹部、群眾調查「東湖村案件」的，一邊講，一邊如數家珍地引用毛主席語錄。他講了一個多小時，作出結論說：「什麼藤結什麼瓜，什麼階級說什麼說。『專案組』的立場站到反革命分子那邊去了，相信東湖村小學幾個小資產階級知識份子和東湖村犯人的話，說『東湖村案件』是冤案。我們則是站在黨的立場上，站在人民群眾一邊，相信黨組織、幹部、黨員說的話，說『東湖村案件』是反革命抗稅暴亂。我請問：『專案組』副組長柯成蔭教授，你有何指教？」

「解書記看得起我，我就談談個人看法。」柯成蔭從容不迫地說，「兩個不同的調查，得出了兩個截然相反的結論。為什麼呢？解書記說是所站的階級立場不同。階級立場是根據階級內容發生變化而變化的。歷史不斷發展，階級內容不斷發生變化，奴隸社會、封建社會、資本主義社會、社會主義社會，階級內容就不相同。即使在社會主義社會，各階段的階級內容也在發生變化。改革開放後，『五類分子』被摘帽了，知識份子不是臭老九，而是工人階級隊伍中的組成部分了，反革命罪被取消了。那麼階級敵人是誰？有三類：黨政內的貪汙腐敗分子，社會黑惡勢力，顛覆國家政權的罪犯。主要階級敵人是腐敗分子，是人民群眾最痛恨的『貪官汙吏』。腐敗分子利用手中的權力，侵吞國家財產，欺壓人民群眾，製造冤假錯案，搞假大空的形象工程、政績工程，這就破壞了改革開放，破壞了經濟建設，搞亂了市場經濟，最後就破壞了黨與人民的魚水關係，損害了黨的領導，削弱了黨的領導權，顛覆了無產階級專政。

腐敗分子在哪裡？在我們黨政領導幹部內，和我們領導幹部混在一起。這就是階級內容發生了變化。毛主席說：『要不斷地研究新問題，採取新政策。』如果我們看不到二十世紀九十年代階級發生了變化這個新問題，採取反腐敗的新政策，單憑老經驗來處理新問題，那就犯了經驗主義和教條主義，犯了列寧所說的『左派幼稚病』。階級內容變化了，階級立場也就發生了變化。在對『東湖村案件』調查時，『專案組』始終站在黨和人民群眾利益一邊，矛頭對準黨政領導幹部內的腐敗分子，調查受害群眾和敢於仗義執言的知識份子，得出了『東湖村案件』是大冤案，必須徹底平反昭雪。我們希望領導同志，一方面要潔身自好，廉潔奉公，另一方面要與腐敗分子劃清界限，與中央一起進行的反腐敗鬥爭。」

解放開始時，居高臨下地聽著，越聽越刺耳，聽到最後，柯成蔭竟敢教訓起自己來，不覺怒髮衝冠，拍案而起，指著柯成蔭吼道：「你小子是什麼東西？富農子弟，反動匪徒的繼承人。你在搞階級報復。這裡，沒有你說了算的權利？」

「你在胡說什嗎？」李東陽也拍案而起，指著解放大聲斥責，「你侮辱的不是柯成蔭同志個人，而是在蔑視中央紀委！」

「你小子不要以中央紀委來嚇唬我，我見過大人物。我見過毛主席、朱總司令，活捉過國民黨師長，俘虜過美國佬軍官。我這個市委書記是憑真槍真刀拼來的。不是靠耍嘴皮子騙來的。」解放說。

「解書記的功勞和資格總比不上張致景吧，在反腐敗中，是不管個人光榮歷史、資格大小的。」柯成蔭沒有被激怒，平靜地說。

「嘿，我知道你要報復我，我就等著你把我當腐敗分子抓。」解放始終把矛頭對準柯成蔭，他說：「我明白告訴你，市委作出了決定：維持『東湖村案件』原判，釋放柯天任同志，解散『專案組』。」

柯成蔭按捺不住了，針鋒相對地大聲說：「我也明白告訴你，『專案組』作出了決定：徹底平反『東湖村案件』，公審腐敗分子柯天任。」

「解書記，」潘國民說話了，「我們今天來，不是害怕和你對著幹，而是出於好心，尊重你，爭取你轉變立場，與柯天任劃清界限。看來你的對立情緒很大，一下子轉不過彎來，那我們今天就不談了。」潘國民說著，站起身，對柯成蔭、李東陽說：「我們走。」

柯成蔭三人回到「專案組」，向邱雲海、吳銀寶作了彙報。邱雲海感到阻力很大，就召開「專案組」會議討論如何開展工作。

會上，柯成蔭態度堅決地說：「我們要排除干擾，堅決徹底為『東湖村案件』平反。」

「專案組」成員一致贊同柯成蔭意見。

吳銀寶說：「我們要力爭不與解放發生激烈衝突。我是了解解放的，保守頑固，但很講組織原則：下級服從上級。我們去找省委，讓省委去管他。」

會議決定邱雲海、吳銀寶、柯成蔭去省委，在省委活動了一天就回來了。「專案組」又派潘國民、陳忠於去找解放。想不到解放一聲不吭地在「專案組」的《綜合報告》上簽了字：「同意為『東湖村案件』徹底平反。」

「東湖村案件」的平反大會在東湖村蔣家大堂前召開，永安縣法院和檢察院共同主持，「專案組」全體成員出席，省、市、縣報紙、電臺記者雲集，方圓百里農民自覺趕來參加。在大會上，代理書記李建樹作了主持人講話，當場宣佈無罪釋放張志成、蔣中猛等所有在押人員，解除對東湖村監管。

大會結束時，「專案組」人員走下臺。

蔣中發帶頭高呼：「專案組好！」

「柯成蔭、邱雲海是大青天！」全場高呼，沸騰。

東湖村人黑壓壓一片，跪在地上磕頭，口中念念有詞：「好人呀！善人呀！」

「東湖村案件」被平反了，蔣中發、蔣中猛等人為首，在蔣家祖宗堂立了塊功德石碑，上面刻寫柯成蔭、邱雲海的生平簡歷和為東湖村人做的好事，向子孫後代傳頌。這是後話。

卻說「專案組」回到黃土市檢察院後，又忙著處理柯天任等一干人的案件，誰知解放又掀起了風波。

欲知解放掀起了什麼風波，且聽下回分解。

第一百一十四回　老書記耍權偏失權　大英雄匿罪被定罪

卻說解放被迫簽字「同意為東湖村案件徹底平反」後，感到自己簽了投降書，心中忿忿不平，一連兩天吃不下飯，睡不好覺。他尋找這次失敗的原因，不是自己的立場和觀點錯了，而是戰術上出了問題：自己太輕敵了，讓「專案組」搶先占了山頭，去爭取省委書記的支持；再是正面進攻過早，沒有誘敵深入。他想：「在營救柯天任戰役中，必須吸取這次失敗的教訓。」他先諮詢兩個法律專家，問柯天任弄錯了「東湖村案件」是不是犯罪。法律專家說：「公開處理錯了案件，只是糾錯問題，不是犯罪。中國的法律還沒有『一級政府造成了冤案而追究處理個人法律責任』的條文。」解放心中有數了，就研究出一個自認為很嚴密很完滿的作戰方案。

解放叫秘書寫了一個《申請報告》，請求省委批准黃土市委能介入「柯天任案件」。省委書記在《申請報告》上批示說：「黃土市委可以而且有責任與『專案組』一起查處柯天任問題。」

解放完成了第一個部署，就派秘書去牢中探望柯天任，問柯天任有什麼話說。秘書帶回了柯天任給常委們的一封信。

解放做了這些後，就召開市委常委會，團結一班人作戰。解放在常委會上說：「我簽字同意給『東湖村案件』平反了，算是給『專案組』面子了。可是，『專案組』中有人，如柯成蔭，得寸進尺，要把鎮壓東湖村反革命暴亂的柯天任等一批永安縣領導幹部打成腐敗分子。當時給東湖村案件定性時，在座各位都是表態同意的，我作了批文，省委書記還表揚了柯天任。在座的各位不都成了製造冤案的罪犯嗎？我是不答應的！不知道常委們答應不答應？」

「決不答應！」眾口一詞。

「柯天任同志在獄中給大家寫了一封信，現在念給大家聽聽。」解放說。

秘書就念起來了：

尊敬的解書記及諸位常委同志：你們好！

天任雖身陷囹圄，但心繫黨和同志們。

天任出身微寒，父母無能，是黨哺育了我，是解書記和諸位領導栽培了我，使我成為一個年輕的革命幹部。我的一切是屬於黨的。今日，我被捕入獄，是黨在考驗我。我為了迎接黨的考驗，願忍辱負重，犧牲生命。我堅信：黨不會冤枉一個好人，也不會漏網一個敵人；終有一日，黨會為我昭雪於天下。

回憶起來，天任二十六歲當公安局長，三十三歲任縣委第一書記。眾所周知，當時永安縣治安混亂，黑惡勢力猖獗；永安縣連年水災，民不堪苦。天任實在是「奉命於危難之中」，夙夜興嘆，想治亂安民，賑濟災民，發展經濟，振興家鄉。於是，傾百萬家資賑災民，捕腐敗分子房任柯赤兵，除黑惡義兄羅駱駝，修公路，建陵園，冒死防汛，與災民共苦……不想中途受阻，鐺鋃入獄，難呈圖強永安之雄心，難酬脫貧父老之壯志，不勝哀哉，痛哉！

我雖有工商銀行鉅款被詐騙而失察之過，有處理東湖村案件過當之錯，但並無觸犯刑律之罪。今有柯赤兵之妻褚真紅，誣我強姦受賄之說，我已向「專案組」作過辯解。褚真紅為救丈夫，拉宗族關係，哭著向我求情。我不能徇私枉法，又憐其孤兒寡母，向她宣傳法律，安慰她承擔家庭重擔，給了她二百元，送她出公安局。另有「專案組」憑兩張發票說我貪汙二萬四千三百元。當時，我兩次出外考察，自己先借錢墊付，回來把發票交給邵月鐘，不知邵月鐘到何處報銷。報銷因公出差費，理屬當然，何貪之有？區區二萬餘元，與我捐贈百萬元相比較，何足掛齒？

俗話說：「有仇不報非君子也。」我大義滅親，捕柯赤兵，其妻挾報復也。又說：「樹大招風，人強遭妒。」我位高壓人，人有妒心也。至此我才遭劫難。今日反腐敗，若一定要在我市找一個典型，我願作替身，以保眾領導平安。可惜柯成蔭等人並非有此善意，而是造混水，抓更多更大的魚。我為黨的反腐敗事業死而無悔，只是擔憂禍及眾位領導，也掛念祖母、老父和妻室兒子遭株連。望眾領導平安無事，請眾位領導關心我家屬一二，我甘願赴難，不勝感激！此為至囑，絕無它意。

致敬！

罪人柯天任謹呈

秘書念完後，解放已滿面淚流，常委們也泣不成聲。會議室一片寂靜。

「啪——」突然一位頭髮花白的常委拍案而起，厲聲叫道：「這是風波亭事件，是秦檜誣害岳飛。柯天任同志為黨立了那麼多功勞，作了那麼多貢獻，即使是玩了褚真紅那婊子，花了幾萬塊錢，有什麼罪過？如果這樣來定罪，黨的領導幹部不都成了罪犯嗎？決不能讓『專案組』的陰謀得逞！」

常委們被驚醒了，憤然作聲，揎袖捋臂，要為「營救柯天任」決一死戰。

「我建議，不要理睬『專案組』，市委出面把柯天任同志放出來，翻不了天。」有人說。

「我贊成。」有人舉手。

眾人舉手。

解放激動地站起來，大聲說：「大家眾志成城，就有力量。在林彪分裂黨時，毛主席南巡，帶頭唱《團結就是力量》。現在也有人在分裂我們黨，我們要唱《團結就是力量》。」

解放說完，就用老軍人沙啞的嗓子領唱起來：

「團結就是力量，團結就是力量。這力量是鐵，這力量是鋼，比鐵還硬，比鋼還強。……」

常委們跟著自己的老書記起勁地唱起來。雖然，有人把二拍唱成了三拍，有人把A調哼成了B調，高音尖得沙啞，低音鈍得滯氣，但是，唱出了歌詞的原汁原味，唱出了心聲，唱出了感情，唱出了憤怒，唱出了鬥志。這是那些音質好聽、為了賺錢而唱的歌星們所望塵莫及的；唱得眾人團結成鐵板一塊，唱得鐵裡鋼裡的分子也不能自由運動了。這雄壯豪邁的戰歌聲，震盪著市委辦公大樓，飛揚在天空中，迴響在大街小巷裡。街道上，行人止步，車輛停行，人們敬畏而好奇地仰望那巍巍森嚴的市委辦公大樓。

人們不知道那莊重威嚴的大員們為何成了狂嚎亂嘶的一群瘋子，預感到要發生可怕的事件了，就一陣風似地拔腿亂跑，逃離這市委辦公大樓。

一歌完後，解放坐下來，喝了兩口茶水，高興地說：「我告訴大家一個好消息，省委書記支援我們。」

秘書念省委書記的批示。

常委們狂熱地鼓掌起來。

「剛才有同志提議釋放柯天任，這個提議好。」解放說，「但是，我們不能不理睬『專案組』，要講鬥爭策略。我設想了一個作戰方案：把柯天任同志帶到這裡，把『專案組』全體同志請到這裡來，一起參加市委常委擴大會議。在會上，柯天任同志先作自我批評，大家對他進行批評，給柯天任同志記黨內嚴重警告一次。就讓『專案組』出出氣，有個臺階下，這樣，我們就和『專案組』在和睦友好氣氛中營救了柯天作同志。這就是毛主席創導的重慶談判戰術。」

「好！」

「書記英明！」

眾人拍手叫好，舉手贊成。

「在大會沒開前，這是黨的機密。」解放說，「現在吃中飯，下午二點前，政法委張書記負責去把柯天任同志帶來，紀委王書記去把『專案組』人員請來。」

下午，在中型會議廳裡，桌子圍成長方形，首席一位當橫，左右各擺高背軟椅，中空盆景。解放當橫首坐，常委坐在左排，頂頭坐著柯天任。「專案組」人員坐在右排，頂頭坐著柯成蔭，下首橫頭坐著邱雲海。「專案組」人員目光不約而同地聚在柯天任身上，又吃驚，又氣憤；又把目光聚在解放身上，看著解放的表演。

解放，頭髮後順，兩手放在椅幫上，兩腿擺平，上身正直，頭顱微昂，雙唇緊閉，態度莊重，目光將整個會場收在視野中。

「現在開一個市委常委擴大會。」解放微啟雙唇，「原來市委與『專案組』同志存在著一些分歧，在『東湖村案件』平反問題上得到了統一；在今天這個會上，要進一步消除誤解，得到更高的統一。我相信，這個會會開成一個團結的大會，勝利的大會！」

解放在說最後一句時提高了嗓門，左邊鼓起掌來，右邊無動於衷。

解放羞惱地瞥了右邊一眼，忍著，繼續說：「今天會議的主要議題是：對柯天任同志開展批評和自我批評，作出黨內處分。柯天任同志，雖然為革命事業作了不少成績。但居功自傲，犯了嚴重錯誤，對犯錯誤的同志，黨的原則是：懲前毖後，治病救人。先由柯天任同志作自我批評，大家再對他進行嚴肅的幫助。」

柯天任站起來，準備發言，被右邊搶先站起來的李東陽制止住。李東陽粗聲粗氣地質問解放：「你好大膽子，竟敢背著『專案組』，把一個罪犯從牢房裡請出來開黨組織會議。這是無視法律，以權代法的惡劣違法行為！我抗議！」

秘書站起，指著李東陽喝道：「釋放柯天任同志來參加這次會議，不是解書記一個人的主張，是市常委會決議。你竟敢當眾誣衊解書記，這是無視黨的領導，目無黨紀的嚴重違紀行為！」

解放氣得兩腮抽搐，但他壓抑著自己，控制著嘴和鼻子的肌肉，讓氣流細細流出，說：「李東陽同志，我告訴你，常委這次的決議是得到省委書記的批准和授權的，你抗議的不是我一個人，是整個市委和省委。你的這種行為，是要受到黨紀處分的。我原諒你年輕氣盛大，又要勸你一句話：不聽老人言，吃虧在眼前。還是好好開會吧。」

「維護法律尊嚴，吃虧怕什嗎？即使是進棺材，也無所畏懼！」與李東陽年紀相仿的市委工作人員、「專案組」成員李子明站起來，大聲說。真是：公道自在人心，初生牛犢不怕虎。

這一下使解放大發雷霆了。在解放眼裡，李東陽是「別人」，李子明是家奴，別人反對自己猶可，家奴欺主不可容。解放霍地拍桌起身，指著李子明呼嘯：「給我把那個階級異己分子抓起來，嚴厲懲處！」

常委們齊刷刷站起來，要去抓李子明，被一聲炸雷驚住：「不許動！」一直在靜觀局勢發展的邱雲海大聲說，「我警告你們，你們不是執法人員，無權抓人。這裡只有省公安廳方巨惠處長能抓人。」

一身警官制服的方巨惠從邱雲海身旁站起身，怒向左邊，揚起右掌向下做了手勢：「都坐下來！」眾常委無奈地坐下，眼睛都瞧著主子解放。解放唯一不敢得罪的人是邱雲海，感到十分尷尬。柯天任虎眼瞪著李東陽、李子明、邱雲海、柯成蔭，恨不得一個箭步衝上去，幾拳幾腳將那幾個傢夥擊斃，但他不敢動彈。

這時，柯成蔭站起來，說：「我代表『專案組』宣佈：退出會場！」

「專案組」全體人員退出。

「專案組」全體人員回到市檢察院，認為：市委與「專案組」的對立白熱化了，無法在黃土市內開開展工作，為了避免與市委發生火拼和保護「專案組」人員的安全，「專案組」暫撤回到省檢察院，等待中央紀委和省委的決定。

「專案組」遷到了省檢察院，邱雲海、吳銀寶、柯成蔭去找省紀委書記。省紀委書記帶三人去見省委書記。省委書記聽了，感到解放把事情弄得太糟了，就說：「解老頭應該過清閒日子了。小吳，你就下去辛苦些日子，代理黃土市第一書記。」省委書記又說：「柯天任是個名聲很大的縣委書記，頭上戴了好幾頂光榮帽子，為了顧及黨的形象，我建議從輕處理。」

卻說解放見到「專案組」人員退出了會場，難堪了一陣後，硬著頭皮把會開下去。柯天任作了自我批評，常委們對柯天任進行了同志式的熱情幫助和安慰，通過了對柯天任記黨內嚴重警告處分，叫柯天任暫時住在市委大樓，等到請示省委組織部後再安排工作。

會上，市委給省委組織部寫了個報告《關於柯天任同志的處理意見和重新安排工作的建議》。解放準備親自帶市委組織部長一起過了雙休日去省委請示。

到了星期一，解放接到了省委辦公室電話，要他立即趕到省委開會。解放就和市委組織部長一起乘車去省委。在省委書記辦公室，省委書記、省紀委書記、省組織部長接見了解放和市委組織部長。省委書記問柯天任問題，解放如實地彙報了，市委組織部長把報告呈遞上去。

省委書記說：「老解，那次你提出過辦案的組織原則和法律程式問題，有些道理，我就指示『專案組』遷到黃土市辦公。後來，你又問我市委能不能插手柯天任問題，我又批示了。那批示的意思是要市委配合和支援『專案組』工作，不是要市委去奪『專案組』的權來主持處理柯天任問題。我們都是黨政幹部，對司法工作只能起領導和監督作用，提出一些建議，不能以權代法，包辦和干預司法工作。你把『專案組』氣走了，反映到中央紀委去麻煩就大了，我可擔當不起呀。」

省委書記又耐心地講了黨紀與國法的關係，講了反腐敗的重大意義，最後說：「老解，你是老前輩了，退休年齡過了不少。我建議你向省組織部請個病假，到省醫院治療一段時間，再辦個退休手續，過個清閒安逸的晚年。」

解放知道自己被撤職了，就說：「我服從黨組織安排，人總是要退休的。」

解放退下來了，吳銀寶到黃土市代理第一書記，「專案組」重返黃土市檢察院辦公，重新關押了柯天任。

「專案組」又工作了十幾天，決定公審柯天任一干犯人。公審大會在市法院召開，由市法院主持，方巨惠負責保衛安全工作。

公審這天，陰霾密佈，細雨毛毛。審判庭內擠滿了人，法院大院內外和街道擁滿了撐著雨傘的人，黃土市陡然增加了十幾萬人。員警內外站崗，還有巡警。法庭為了滿足廣大群眾需求，在審判庭四角安裝了高音喇叭。

高音喇叭傳出：「現在開庭。」庭內外一片寂靜。

寂靜了一會兒，在法庭東南角響起了叫喊聲，有一百多人遊行隊伍向法庭衝來，隊伍舉著橫幅：「永安縣農民代表自願團」。代表們呼口號。

「柯天任是我們的好書記！」

「柯天任是永安人民的救星！」

「不准誣陷柯書記！」

「還我柯青天！」

……

隊伍還唱：「東方紅，太陽升，永安出了個柯天任，……」

一支巡警連忙趕過去，堵住遊行隊伍，不准衝擊會場。

這時，法庭西北角又起了叫喊聲，幾支遊行隊伍過來，舉著橫幅：「永安縣教師代表團」、「永安縣工商界代表團」、「永安縣農民代表團」……隊伍高呼：

「柯天任是地痞流氓！」

「柯天任是兇殘狡詐的獨裁者！」

「柯天任是永安縣人民的災星！」

「柯天任不死，永安人民災難不已！」

「打倒腐敗分子柯天任！」

……

隊伍也高唱：「西方黑，太陽滅，永安出了個柯盜賊……」

又一支巡警趕過去堵遊行隊伍，不准進入會場。

審判進行了三個多小時，高音喇叭傳出宣判聲：

「判處詐騙首犯鄧志強死刑，剝奪政治權利終生。

判處詐騙主犯曹志飛死刑，緩期兩年執行，剝奪政治權利終生。

判處貪汙犯、強姦犯毛仲義有期徒刑十年，剝奪政治權利八年。

判處貪汙犯、強姦犯田小慶有期徒刑十年，剝奪政治權利八年。

判處貪汙犯、強姦犯牛五有期徒刑十年，剝奪政治權利八年。

判處貪汙犯、強姦犯劉會猛有期徒刑十年，剝奪政治權利八年。

判處貪汙犯邵月鐘有期徒刑八年，剝奪政治權利五年。

判處貪汙犯董新軍有期徒刑五年。

判處貪汙犯柯天任有期徒刑兩年，緩期兩年執行。」

趙光耀、石義氣、鐘月、張開山、周華床、洪九大、趙俊生等人因情節輕微，又主動交待和揭發罪行，按「坦白從寬」處理，當場宣佈釋放，卻受黨政「雙開除」處分。

柯天任被押回永安縣紅石鎮南柯村村民委員會監管。

欲知柯天任回家服刑情況怎樣，且聽下文分解。

第一百一十五回 天子命惰成叫化子 孤獨兒暴虐親生父

卻說柯天任被押到南柯村村委會，由鄢豔領回家。鄢豔帶著兩個大包，背一個，提一個，走在前頭。

村民們遠遠地望著耀武揚威了一陣子的柯天任，身體變形了：頭頂光禿，額角增高，眼眶下凹，腮幫癟塌，下巴變尖，脖子變長，特別是那張面皮，蒼白得像從棺材里拉出來的死人那樣可怕。其實，柯天任在牢裡受到了優待，住特殊房間，沒挨打，沒餓肚子，之所以變成那副可憐模樣，是由於繁重的精神壓力造成的。

柯天任開始時還習慣地昂著頭，擺著雙臂，邁著大步走。後來，他發現父老鄉親目光驚異，竊竊私語，就低下頭，放慢步子，看著前面的鄢豔屁股走，來到自己離別了多年的新屋大門外。

這幢兩層樓的小洋房，十多年沒人住了。大門洞前的雜草被柯和仁剷除打掃了，門窗結滿了蜘蛛網，落滿了灰塵。鄢豔打開門，從門外撿起一把破掃帚。邊走邊劃掉蜘蛛絲。上到二樓臥室，灰塵撲撲。柯天任顧不得髒，一屁股坐在單人沙發上，抽起煙來。

「那個死老頭不來打掃一下。」柯天任罵起父親來。

鄢豔鼓了柯天任一眼，心裡在說：「他沒有鑰匙呀。」但她不敢說出口，怕挨正在氣頭上的柯天任的打罵。鄢豔默默地去挑水，把屋子打掃洗抹一遍，又從大包拿出被褥枕頭，鋪好床，讓柯天任去睡。鄢豔去剖魚切肉，生火做飯，足足忙了三個小時。天黑燈亮，鄢豔叫醒柯天任，服侍他洗澡換衣。開飯了。柯天任看到桌上有魚有肉，有乾有湯，嘴角流涎。他有三個多月沒有吃上這樣的飯菜，就狼吞虎嚥起來，吃得肚皮脹疼才罷。他又坐在沙發上抽煙。

鄢豔收拾洗刷了碗盞鍋罐，就去洗澡。她穿著睡衣，感到到十分勞累疲乏，就上床去睡。

柯天任看著剛剛洗沐的鄢豔，興奮起來。食欲滿足了，性饑餓就來了。柯天任猛撲到鄢豔身上，不等鄢豔寬衣解帶，就把睡衣撕成破條子，瘋狂地吻著，咬著，舔著，嗥叫著，猛幹著，直到精疲力竭。

柯天任食欲滿足了，性慾滿足了，但精神空虛。他坐在床頭上，痛哭，叫喊：「入他娘的！我今後怎麼過日子？」

鄢豔安慰他說：「不做官，憑我倆的智慧和體力，不會比別人過得差。」

「你這婊子，要我當平頭百姓嗎？不可能！老子不會服輸，不成王就成賊，鬧他個狗日的天翻地覆！」柯天任發瘋了，大吼著，猛地朝鄢豔一掌。

鄢豔被推下床，不敢吭聲，悄悄地爬起來，鑽進被子裡。

柯天任坐在床上，叫罵不絕，發洩不滿情緒。

柯天任成了一個真正的窮光蛋了。他平日詐騙貪占容易，就大把地玩女人，肥酒大肉地吃喝，十萬元、百萬元地行賄，不知積蓄；現在，就剩下這幢房子外，四壁皆空，一貧如洗。柯天任成了一條真正的喪家之犬了。他平日殘忍兇狠，欺壓善良，無情無義，六親不認，吆三喝四，役使下屬；詭計多端，愚弄民眾；現在身邊只剩下鄢豔，再無親人，再無朋友。

鄢豔忍氣吞聲，想方設法，弄吃弄喝，想讓柯天任身體早日復原，情緒早日平穩，好去找事掙錢度日。

清明到了。一年之計在於春，農民們忙碌起來。村裡按三個人口給了柯天任田地，柯和仁默默地給兒子犁旱地，整水田，播種下秧。鄢豔感到吃飯成了問題，一時又找不到別的生路，就聽柯和仁的勸說，下田幹活，想做出一些糧食來，度過眼前難關。柯天任身體復原了，卻不願幹農活，不出大門一步，氣岔岔地坐在家裡，等待鄢豔幹活回來做飯，吃了又去睡。

一日中午，鄢豔幹活回來，把半碗米和一升乾薯絲煮成稠粥，炒了一碟乾蘿蔔絲。

「你這婊子，想把老子餓死嗎？吃這種豬狗食！」柯天任不吃，罵起來。

「下一頓連這豬狗食也沒有了。」鄢豔再也忍不住了，頂嘴道，「所有的熟人我都借了。只借不還，人家不借；坐在家裡不做事，人家不敢借。我再沒法了，你到你的親戚朋友去借吧，熬過這三個月，早稻就熟了。」

「你這婊子，我下臺了，你就翻臉了。」柯天任罵著，但心裡有點虛。他習慣地去口袋裡摸煙，煙盒裡只有三支煙了，鄢豔不會去賒煙了。他看著鄢豔吃粥，肚裡咕咕地叫，忍不住也去盛了碗粥，吃了。

鄢豔吃完幹活去了。柯天任就到樓上樓下米壇木櫃查了一遍，真的粒米無存了，煤氣罐也倒在地上，是鄢豔搖晃著煮熟了粥。他想：「下頓真的沒吃了。」到哪裡去弄糧呢？叔伯兄弟、舅父姨媽都得罪了，斷了關係；那些官場的勢利小人是見死不救的。柯天任想來想去想到了祖母：「柯和貴給祖母的錢和糧肯定有些積餘。」柯天任就下樓，到了那被他罵為「鬼不生蛋」的老屋。

「婆呀，婆呀。」柯天任叫著。他十幾年沒這個稱呼了。

「子龍嗎？你回來了，我好想你呀。」祖母在屋外牆下應著。

柯天任看見祖母坐在牆根下曬太陽，就走過去，扶起祖母，一起進屋去，讓祖母坐在高背籐椅上。

「子龍呀，有人說你當大官了，真的嗎？當官不清閒呀。成蔭十年才回家一次，前幾個月來看我，陪我說了好多話。你也給我說說你的事。」祖母說。

柯天任就胡謅了許多假故事，說得老人高興。

在老人眼裡心裡，不管兒孫多大年紀了，做多大官，仍然是個小孩，需要關照。老人聽了柯天任說一陣子，就關心地說：「子龍，我煮兩個雞蛋給你吃，你小時候最喜歡吃我煮的東西。」

「婆呀，我是喜歡吃你的東西。我不吃，你不高興。」柯天任說，「你不用起身，我自己來煮。」

柯天任小時候是經常吃祖母的東西，成人後就不吃了，不到祖母屋裡來了，因為他嫌祖母不講衛生，吃了會生病。今天可又恢復了兒時的樣子了，因為肚子餓，又想趁機尋找祖母的錢和糧。

柯天任在祖母的指導下，拿雞蛋，拿油鹽，同時在偷偷地找錢糧。他在樓下沒找著錢，就煮了十個雞蛋，給祖母兩個，自己吃了八個。

「婆呀，你老了，不能上樓去。以後，要把糧油放在樓下。」柯天任邊吃邊說。

「樓上乾燥，不受潮氣。」祖母說。

「要是有屋漏，淋濕了，不爛了嗎？我吃完後，到樓上去查查，看有沒有屋漏水，把糧壇搬動一下。」

祖母就告訴了糧油放的地方。

柯天任上到樓上，並不去看什麼屋漏，而是去打開兩口曾祖父遺留下來的木箱、木櫃和所有的罎罎罐罐。他看到有五十多斤大米，十幾斤菜油，還有豆類、幹魚、臘肉，但是找不到錢。柯天任找了兩個化肥袋，把所有的米、麵條、菜油、幹魚、臘肉裝了，把袋子放在房門裡陰暗處。

柯天任沒找到錢，不甘心，又與祖母閒談起來。他說：「婆呀，我當了十幾年清官，沒一分錢。現在，貪官害我，我要去跑路找人，路費也沒有。你給十幾塊錢，下個月，我加倍還你。」

「子龍，當清官好，當清官好。我知道官場裡的事，不當官也好。你莫急，你叔父給我的零用錢，每月省下一筆。小柳來看我，給了五百塊。你拿去用吧。」祖母說著就起身，走到食櫃邊，蹲下，從櫃底摸出一個敞口罐頭玻璃瓶，撕掉上面的廢紙，掏出內面一個用麻絲捆成結的藍色塑膜袋，交給柯天任。

柯天任扯開塑膜袋，露出了錢，有五張一百元，兩張拾元，四張五元，十張壹元，共五百五十元。

「給我留十塊錢買肥皂、鹽。」祖母說。

「婆呀，你出門不方便，我去給你買。」柯天任把五百五十元全裝進口袋裡。

柯天任很高興，把祖母扶到外面牆根下曬太陽，返回屋裡，把兩個化肥袋背回去了。柯天任把袋子放到樓上廚房裡，又下樓去買煙。

柯天任來到一個小賣部，叫道：「蔡嬸娘，買東西。」

屋裡走出小賣部蔡青，是柯天任同房的少嬸娘，比柯天任小兩歲。蔡青問柯天任買些什麼。柯天任指著貨櫃說了好些東西。蔡青拿到櫃檯上，一算，共二十二元六角。柯天任笑著說：「嬸娘，賒賬。」蔡青說：「鄢豔賒了五元八角了。」柯天任從袋裡摸出一張伍元幣，生氣地丟給了蔡青。蔡青想：「柯天任是落難英雄，說不定日後會起來，得罪不得。」她笑著說：「我是把以前的賬提一下，並不是討賬。你暫時困難，這五元錢拿去用，我再記個賬。」柯天任轉惱為喜，笑嘻嘻地收回五元錢，拿了貨回家。

柯天任坐在樓上堂屋的籐椅上，翹起二郎腿，吹煙圈，彷彿又坐在縣委第一書記的高級轉椅上。

鄢豔回來了。柯天任得意洋洋地說：「靠你苦做，能養家糊口嗎？我出去轉了一個圈，吃的、用的都來了。」柯天任把事情經過說了，給了鄢豔五百元，留下五十元說要去找解放給個工作。鄢豔聽了，皺了皺眉頭，沒說什麼，接了錢，去做飯。

這一頓飯，有乾魚臘肉，夫婦倆吃了個大飽。

第二天吃了早飯，柯天任去找解放。鄢豔徵得了柯天任同意，給住在外婆家的兒子送去兩百元。卻說柯天任來到市委找解放，一問，解放退休了，第一書記是吳銀寶，就慌忙逃出市委，來到大街上。他怨恨地罵道：「入他娘的？那個白骨精坐了位，老子複職沒指望了。」

柯天任在大街上遊蕩，看到那些他經常出入的高級賓館、餐廳、舞廳、酒巴、超市，一摸口袋，只有三十多元了，肚裡就冒火，恨不得把這大街炸成個火焰山。已是中午，柯天任肚裡嘰咕，就去小吃店，買了一碗稀粥和兩個饅頭，大口大口地吃了。

「去弄錢。」他只有一個念頭。「偷，搶，騙。」但他立刻否定了這個想法，因為他沒同夥了，又在服刑期，弄不好被關進勞改場。他想到同夥，有的被槍斃，有的被判刑，有的被「雙開除」，只有李建樹坐上了永安縣第一把交椅。「李建樹，你向老子放冷箭，老子會親手殺了你的！」柯天任心裡充滿了仇恨，「還有那個婊子褚真紅，竟敢在法庭上作證，老子要用刺刀把她的肉屄戳爛！」柯天任咬著嘴唇，在街邊站了好一陣，決定去永安縣城找陳繼烈、瞿思危、劉耀武那些得過他大錢的人要一點回來。

柯天任上了去永安縣的客車，先到陳繼烈家去。

柯天任來到陳繼烈的家。在院子的曬臺上，陳繼烈正在和三個老幹部打麻將。

「陳書記。」柯天任走上前，叫了一聲。

「啊，柯書記來了。貴客光臨，篷篳生輝嘛。」陳繼烈抬頭瞅了柯天任一眼，笑著說，又低頭去看自己的牌。

「快出牌呀。」一個老幹部瞥了柯天任一眼，立即垂下眼皮，沖著陳繼烈叫。

「九萬。」陳繼烈出了牌。他又扭頭對柯天任笑著說：「沒法子，書記，委屈你等一會兒。」

柯天任受到了冷落，心中惱怒，但忍著，看了一局，看到四人十元、五十元地兌錢，恨不得去拿幾張來。

「各位稍歇一下，我和柯書記說幾句再來。」陳繼烈起身，拉著柯天任的手走進屋去。

兩人在客廳坐下。

「天任呀，三十年河東，四十年河西，人生如夢呀。」陳繼烈不知柯天任的來意，就故作善感多愁，以投石問路，「我是『身後有餘就縮手』，你是『眼前無路想回頭』囉。不過你剛到『不惑』之年，經過這次考驗，會『不惑』的嘛。」

柯天任聽著，嘴上不說，心裡在說：「入你娘的！不是老子成全你，你比老子還慘。你還有今日這個宅院、這清福嗎？還能在老子面前胡說八道嗎？」柯天任真後悔，不該過早搶班奪權，讓這隻老狗還吠兩年，到這反腐敗時，再把他整個死去活來。

陳繼烈見對方沒說話，自己繼續說：「無官一身輕嘛。我把班交給你了，就清閒了。你也好，現在也清閒了。」

「薑還是老的辣。老書記能擁有宅院和存款，能清閒享福。我可比不上。我是兩袖清風回老家，現在還為生計奔波。」柯天任說。他本想說：「我現在需要朋友救濟。」但沒說，總感到與陳繼烈這種人面對面，是與狼虎嘶咬，不是在與人交談，更不是在與祖母一起促膝談心。

陳繼烈聽了，揣摩到柯天任是來乞討錢的。他清楚柯天任的為人，有錢財是抓一把、撒一把的傢夥。「看來這傢夥成了窮途末路的歹徒了。我不能讓他纏上。我要一毛不拔，讓他絕望，不再來纏我；又要軟語支開，不惹怒他。」陳繼烈想著，正希望那邊的老幹部喊他上場，以脫困境。他極力裝著誠實的樣子，用推心置腹的語氣說：「天任呀，你對我說出這樣的話，是見外了。我倆是『往年交』呀，還用得著打官腔嗎？你和鄢豔是聰明絕頂的人，怎不會抓錢呢？怎不會守財呢？不要太自謙了嘛。」

柯天任被這番話堵住了口：說自己一貧如洗，不是等於說自己和鄢豔是傻瓜蛋嗎？誰信呢？他真後悔：弄了那麼多錢，不知存留一點；把存摺退給於曉東時，不知拿下個十萬、百萬。那時，只想過關，「留得青山在，不愁無柴燒」。自己要鄢豔把縣城裡的房子和貴重物品金銀首飾變賣了，去兌現贓款，去送人情。結果把青山也給燒了，成了叫化子。

「老陳快上場呀。」那邊打麻將的叫起來。

「天任，你也玩兩把吧，放開朗一點嘛。」陳繼烈聽到叫聲，心裡十分高興，趕緊起身，又虛晃一槍。

「我不會。」柯天任應著，坐著沒動，有話還要說。

「那我就不陪了，那邊不饒人的。」陳繼烈趕緊轉身走，邊走邊說，「有空常來走走。」

柯天任一無所獲地走出陳家大院門。他扭頭看那宅院的雄偉輝煌氣勢，狠狠地向大門吐了一口唾沫，心裡在罵：「入你娘的！老子總有一天要炸平它！」

柯天任陰攏攏地下水泥坡路。這時，迎面來了一輛茶色轎車，在柯天任身旁突然刹車停下。車門開了，走下瞿思危。瞿思危到法庭為褚真紅的材料作過旁證。柯天任見了，真想上前去揍那老狗一頓。但他站著沒動，盯著瞿思危的動作。

瞿思危走到柯天任跟前，親切地說：「天任，別生我的氣。我去作旁證，是被迫的。上午，我在街道上碰著鄢豔，說你去解書記找工作。我知道你現在落難了，生活困難。你我畢竟是同村人，我應該幫助你。今天，我只隨身帶了五百元錢找陳繼烈打麻將，就給你四百元。你莫嫌少。」瞿思危從內衣口袋裡拿出四張百元幣，遞給柯天任。

柯天任顧不了那麼多，接了錢，也不說感激話，扭頭就走了。

瞿思危望著柯天任的背影，心想：「柯天任這種人是說不準的，說不定會捲土重來，又說不定會發瘋亡命。得罪不得。」瞿思危所慮所作高出了陳繼烈一籌。

柯天任拿了瞿思危四百元錢，又去找劉耀武，拿了四百元。他就到集市裡，給自己買了一件夾克衫，給兒子買了套冬衣和兩件玩具，買了些牛肉干、墨魚、香菇、木耳等等，回家了，把東西交給鄢豔，向鄢豔說了事情經過。

鄢豔問柯天任還剩多少錢，柯天任暗藏了兩百元，從一個口袋裡掏出一把零錢給鄢豔。鄢豔一數，只有三十一元五角。鄢豔埋怨說：「現在是初夏，你給兒子買冬衣幹什嗎？這些貴重的乾菜也不該買，應該買足糧油度過這兩、三個月。還有一些欠賒沒還，我們要學會精打細算呀。」

「入你娘的！你又搞不到一分錢，只管用就是了，囉嗦什嗎？煩死人了！」柯天任發火了，咆哮起來。

鄢豔不敢還嘴，默默地去弄晚餐。晚餐很豐盛。

鄢豔領的三百元錢，買了糧油，調味品、洗衣粉之類，灌了煤氣，買了種子化肥，就花完了。過了半個月，插早稻秧了。鄢豔看到糧油又沒了，不敢對柯天任講，自己就去插秧，請柯天任做飯。

中午，柯天任自己做飯。他去米壇一看，只有一斤多米，一把麵條，兩調羹食油，就一餐用了。晚餐什麼也沒有了。

傍晚，鄢豔回家，看到冷灶冷鍋的，不作聲，去燒熱水洗澡，睡去了。

鄢豔餓得下去，柯天任卻餓不下去。柯天任坐在客廳沙發上抽煙，苦思著找糧油的路子。他想來想去，只剩下他一直不放在眼裡的父親柯和仁一條路了。找父親要糧油，當然不需像找陳繼烈那樣顧面子，也不像找祖母那拐彎抹角，父親是應該養兒子的，直接要就是了。

柯天任出門，到了老屋。柯和仁赤著腳，坐在灶前喝乾薯絲湯，灶臺上放著小半碗爛酸菜。柯和仁見了柯天任，就像老鼠見了貓，畏縮著，不敢吭聲，低頭吃。

柯天任站在柯和仁面前，說：「父親，十幾年來，你一個人養一個人，我就不用管你了。」

「你忙公事，我不怪你。」柯和仁聽到叫「父親」，膽子大些了，說。

「十幾年了，你存了多少糧油呢？」柯天任大聲喝問。

柯和仁被喝聲嚇得打戰，不敢回音。

「說呀。」柯天任聲音更大了。

柯和仁被逼問，不說不行了，細聲解釋：「我哪有糧油存下來呀。五年前，我還能養活自己。後來病了一場，身體差了，養不活自己了，要你叔父柯和貴照顧了。你叔父每月給的零用錢，我省了五十四元，全給鄢豔拿去救你了。今春，沒投資，又是你叔父給了一百元錢買了種子、薄膜、化肥。要不是你叔父……」

「什麼雞巴毛的叔父！老子這次主要是栽在他手裡。」柯天任聽到柯和貴這個名字，就火了。

「和貴是個善人，他救你幾次。你這次犯的是王法，怎麼怪得了他呢？」柯和仁本是個善良正直的人，聽到柯天任罵得不在理，忘了害怕，為柯和貴辯護。

「只有你這個蠢貨才這樣說！柯和貴三歲死了父親，是你養他，供他讀書，他照顧你一下，你還感恩戴德。你心裡有兒子嗎？你給兒子留了多少產業？你是南柯村最沒用的傢夥！」柯天任怒氣衝天，瞪著眼，吼著，把袖子挽到肘上，手背在灶臺上拍得「啪啪」響。十幾年來，柯天任對人氣使頤指，沒想到近一年來，被人審問，低聲下氣地回答問題，窩了一肚子火，沒處發洩。今日，柯天任要把這一肚子火傾倒在沒有反抗力的六十多歲的柯和仁身上。

柯和仁聽到兒子這種沒良心的話，侮辱自己，也火了，說：「我不管你，你是怎麼長大的？是怎麼讀書的？你長大了，當官了，照顧我一次嗎？給我一分錢嗎？今日，你丟了官，又來找我吵了。」

「你這老傢夥，你幾時養了我？幾時供我讀書？我四歲就去偷糧餵你，我讀小學就到尹苦海那裡吃飯，學校給我免學費。老子今日找你，是來討十年、八年的養育債的。」柯天任大吼。

「你說這種話，不怕傷天害理嗎？」柯和仁放下碗，跪在地上，磕起頭來，哭喊著，「天理呀！你檢察呀！你檢察呀！」

「入你娘的！你哭喪什嗎？」柯天任罵著，左手叉腰，右手罩住柯和仁的頭頂，像抓個皮球，一提一按，吼道，「磕呀，叫呀，讓你磕個夠，叫個足！」

柯和仁的頭磕得砰砰響，額頭腫了，皮破血出了，嗓子啞了，身子軟了，癱在地上。柯天任擺了個武松打虎架勢，左手舉起瓦缽般粗的拳頭，向柯和仁身上亂打。柯天任打了一陣，又提起柯和仁的衣領，用膝蓋頂住柯和仁屁股，向大門外拖。

「誰在吵呀？」過巷那邊的房門開了，堂屋電燈亮了，李寡婦摸出房門，喊。

「母啊，母啊，救命啊！」柯和仁像小孩子一樣，發出本能的呼救聲。

「子龍，你這畜牲，打起老子來了，這還了得！」李寡婦來到跟前，抓住柯天任的手。

「滾開！老子不認爹娘，還認你這老東西！」柯天任一推掌，那老太婆倒下去了。

「母啊，你摔壞了嗎？」柯和仁哭叫。

「你嘴硬，老子就敲你的牙！」柯天任朝柯和仁的嘴巴扇了巴掌。

柯和仁啞了，感到口中血腥，兩腮腫痛，腳不點地地被拖到下頭林坡溝裡，又被提起，向刺篷裡拖。《水滸傳》裡描寫武松只三拳就打死了一頭強壯的吊睛白額大蟲，柯天任武功不比武松差，連打五、六拳和三、四掌，老弱的柯和仁還能發出「哼呀，哼呀」聲，還在掙扎。大概人是最高級的動物，身體結構比老虎精巧，自我保護系統比老虎強，本能地掩護要害處的敏感度比老虎高。

柯和仁的「哼呀」聲驚動了兩個人——柯善良夫婦。

二十多年前，柯善良遭到柯天任製造的「鐵耙案」陷害，勞改五年，回到家裡。正遇上「大摘帽」，他頭上沒了富農分子的帽子，承包了責任田，積了錢糧，在柯天任新屋不遠處，做了新房子。

這天傍晚，柯善良提著一桶豬食，妻子舉著油燈，到豬欄餵豬。

「善良，溝那邊有人呻吟。」妻子耳朵尖細，說。

「快去看看。」柯善良連忙放下豬食桶，向坡溝走去。妻子舉燈跟著。

柯善良看見柯天任把柯和仁一邊拖，一邊打；柯和仁滿身黃土，身體軟軟的，臉青腫，嘴角流血，發出「哼呀，哼呀」的聲音。柯善良趕上前，抓住柯天任雙手，說：「天任老弟，我從來沒看到兒子把老子往死裡打的。」

「滾開！關你屁事！」柯天任吼道。

「人命關天，怎麼說是屁事？」柯善良扭住柯天任不放手。

柯天任放了柯和仁，來打柯善良。柯善良也好武功，身子貼緊柯天任，緊扭住柯天任雙手，使柯天任施展不開手腳。

「救命呀，救命呀！」那女人在聲叫喊。

柯天任看見來了幾盞燈和手電筒光，想到自己在服刑，怕罪加一等，就放開柯善良，叫罵著走了。

柯善良也不去追捉柯天任，連忙來救柯和仁。一會兒，趕來了五、六個人，把柯和仁抬到柯善良家。有人叫來了會推拿的柯羨定，給柯和仁打通了關節血脈。柯和仁恢復了知覺，掙扎著要回家，說不能拖累柯善良，還要去看老母親。柯善良等人就攙扶著柯和仁回家了。那李寡婦坐在房門檻上哭，說自己被摔在稻草堆上，沒傷著；說柯天任夫婦把柯和仁的糧油搶走了。眾人忿忿不平，要柯和仁應允大家去揍柯天任。柯和仁痛苦地說：「這是家醜呀，見不得人。等我弟弟回來處理。我對不起祖宗，對不起叔侄兄弟。」眾人聽了這話，都散去了。

柯和義知道了，趕來看望和安慰嬸娘、弟弟，連夜打電話告訴了柯和貴。過了兩天，柯和貴回家了。

欲知柯和貴怎樣處理家醜，且聽下回分解。

第一百一十六回　鐵女子能洗面革心　偉丈夫卻變本加厲

卻說柯和貴回家了，走到下頭林，不知柯天任、鄢豔從哪裡鑽出來，迎著柯和貴。

柯天任訕笑著說：「叔父，你回來了。」

柯和貴沒理柯天任，繼續走。

柯天任緊跟上去，說：「叔父，我與父親吵架，是我父子間的家事，你最好不插手。」

柯和貴站住了，冷著臉，傲睨著，那眼神視柯天任如敝屣，說：「你這話像是獨裁者譴責美國佬不該干涉內政，好讓自己肆無忌憚地去殺害同胞。你這是觸犯刑律，每個公民都能管。」

「你一定要管嗎？」柯天任虎起眼，揚起拳頭。

「管定了！」柯和貴一板一眼地說，聲音不大，卻字字鏗鏘，「你的拳頭對我毫無作用。不信？請試一試。」

「我怎麼會打叔父呢？」柯天任垂下手，聲音軟下來說，「我倆先談談吧。」

「跟你談話的時候還沒到，我要先去看望我的哥哥和母親。」柯和貴說著，走了。

柯天任望著柯和貴背影，咬牙切齒。

「你為什麼不打柯和貴呢？」鄢豔小聲調侃。

「你懂個屁！」柯天任無可奈何地說，「我也不知道為什麼一見了他就伸不出拳頭。」

鄢豔聽了柯天任這樣回答，弄不清話中意思。她第一次聽到柯天任說話含糊不清。鄢豔呆站著，望著遠去的柯和貴瘦小的身影，肅然起敬。

柯和貴來到老屋，母子三人坐在一起說話。柯和仁說了事情經過，母親說了柯天任騙她的錢糧。

「和貴呀，家要敗，出妖怪。是我前世作孽，還是祖人的風水到了尾聲？出了這個妖孽，出盡了幾代人的醜呀。」柯和仁捶胸蹬足，呼天叫地。

「子龍自小在家裡兇橫慣了，兇橫到學校，兇橫到外界，越橫越大。現在反過來了，從外界龜縮到家裡了，殘害親人了。這個家，老的老，小的小，怎麼經得起他再折騰？我看，我們再不能容忍他了，不如趁著這一次，把他送到勞改場受幾年苦役，讓他有恐懼感，或許會變好些。」柯和貴說。

「那政府也黑，為什麼不讓他去勞改，要送回家服刑來害家人呢？」柯和仁埋怨起來，「我不能出面去告他，怕外人說『有其父必有其子』。我不能去背那個壞名聲。」

「那就依你。」柯和貴說，「這次非要整他不可，要他向你賠罪，不然的話，你沒法活。」

「和貴呀，子龍連他老子和我都不認，還認你嗎？弄不好，他會打你。這事你就別管。」母親說。

「是呀，不能讓你挨那畜牲的打，你把母親帶走，我被那畜牲打死算了。」柯和仁說。

「哥哥，你不了解子龍。他不敢與我賭狠。我整他，他不敢不從。」柯和貴說。

母子三人正說著話，鄢豔來了。鄢豔與柯和貴打招呼，見柯和貴不理睬，就靠大門站著，對柯和仁說：「爸，我不知道子龍打你是為了搶糧油，他說你給我們一些糧油，叫我幫著拿。後來，我知道了情況，是錯了，我向你認錯。不過，話說回來。子龍總是你兒子吧，他在服刑，家中又沒吃的，心裡有鬱氣，就在你面前發脾氣。你就原諒他這一次吧。」

「兒子有鬱氣，就打父親出氣，出了氣，要老子原諒，天下有這個道理嗎？如果下次，他又有鬱氣，打你出氣，有人安慰你說：打是疼，罵是愛。你能原諒嗎？」柯和貴詰問鄢豔。

鄢豔答不上話來。

「鄢豔，你是個聰明人。聰明人就善於換位思考，善於明辨善惡。你再不能原諒子龍的惡習了，更不能慫恿他。我們要一條心來整治子龍，讓他收斂些。不然，最後吃大虧的是你，不是別人。」柯和貴溫和地說，「你去把子龍叫來。」

鄢豔點了點頭，走了。

一會兒，柯天任昂著頭來了，見堂屋裡沒座位，就蹲在大門檻內。鄢豔站在門邊。

「你怎麼了結毆打你父親的事？」柯和貴正色問道。

「隨叔父怎麼處理。」柯天任氣呼呼地答道。

「你火氣還沒發完嗎？」柯和貴嘲弄著。他霍地站起身，奔過去，手指敲著柯天任額頭喝道：「你是要與我鬥狠嗎？真的逼我狠整你嗎？」

「我沒那個意思。」柯天任低聲辯解。接著，他雙手抱頭，哭了，「我錯了，一時發火，險些打壞了父親和祖母。」

「就這樣輕描談寫嗎？」柯和貴喝道，「給你父親下跪謝罪！」

柯天任起身，走到父親面前跪下，磕了三個頭；又走到祖母面前下跪，磕頭，作揖。

李寡婦摸著柯天任的頭，說：「子龍呀，我家從你太公到你父親、叔父，幾代人都行善，不作虧心事。你要改正呀。」

柯天任不斷地點頭，哭泣著，說：「是，是，是。」

「有了，戲就演到這裡。這叫整家規。如果有下次，就整法規。我不希望有下次。」柯和貴嚴肅地說，「子龍，你已經四十歲了，一晃就成了老人了，到了你挨打的年齡了。你要好自為之。你回去吧，鄢豔留下說話。」

柯天任走了。鄢豔靠祖母坐著。

柯和貴說：「鄢豔，我與你有幾次接觸，感到你天良未滅，還有親情。你也快四十歲了，經的世事也不少，想的問題不少，應該懂事理了。所以，我願意和你談談人生價值問題。

「在你心目中，子龍是英雄，甚至是英明君主、偉大領袖。你認為，子龍想做大官，想做皇帝，是有雄心壯志；子龍詐騙錢財，組織黑幫，行賄買官，受賄貪汙，陰謀篡權，欺上瞞下，愚弄災民，修建陵園，是有英明君主、偉大領袖的天才和大智；子龍武功高超，兇殘鬥殺，殘征暴斂，六親不認，是英雄氣概，大丈夫行為。所以，你嫁給他，幫助他，成就偉業，自己想成為皇娘，風光享福一生，還留名青史。」

鄢豔被說得低下頭，心想：「我的心思被叔父透視了。」

「我親自看見和經歷過，十幾年來子龍幹了些什麼事？他打擊過危害國民、國家的權貴們嗎？他為家庭、為親人、為父老、為社會創造一點財富嗎？我看沒有。他幹的每一事都是與權貴勾結欺負善弱，侵佔、揮霍、破壞普通人和社會的財富，現在，他在社會橫行不開了，龜縮到家庭裡來，來侵佔、揮霍、破壞親人的財富了。今日受害的是你父親和祖母，如果他再縮小空間，來日受害的就是你和學優了。」

柯和貴繼續說。

鄢豔聽得恐懼，痛苦起來，低頭哭泣起來。

「子龍的那種人生觀，不是他固有的，是受教育學來的。那種人生觀本是中國帝王英雄們的傳統思想，也是現代的共產黨領袖、元帥將軍們的思想。中國的歷史是一部歌頌帝王英雄史。如果我們站在廣大普通人這邊來看帝王將相、領袖元帥，就會看到一個人做皇帝或領袖，殺了多少條人命，破了多少民財啊！一個人成了元帥將軍，橫了多少屍體，花了多少資金啊！人世間還有比皇帝領袖、元帥將軍更兇惡的人嗎？他們有什麼值得歌頌的？有什麼值得學習的？他們是一群只知專權、侵吞、害人、殺人的嗜血成性的豺狼虎豹！他們是一群專門破壞、踐踏人類美好的價值的衣冠禽獸！」柯和貴說到這裡，有些激動了，提高了嗓門。

鄢豔被驚醒了，感到叔父挖出了自己的思想根源；被感染了，也憎恨起那些皇帝領袖、元帥將軍們來。他們除了害人、殺人，還有什麼本領？沒有。他們不會種田，不會做工，不會發明創造，連掙糧油糊口的本事也沒有。如果實行民主選舉制，他們一個個連狗屎牛糞也不如，一個個都是法治的罪犯。歷史書把黑白顛倒了。鄢豔由遠及近，反省到柯天任和自己有罪。

「一個人一生只有七、八十年光陰，只是一瞬間，不能『萬歲』、『萬壽無疆』，死後都是一抔黃土，一把骨灰，裝進水晶棺材的毛澤東也只是一具被掏去了五臟六腑的乾屍，有什麼意義？為什麼為了個人的肉體享受和名聲而去造孽作惡、傷天害理呢？為什麼不能為普通人、為國家、為人類做幾件有益的事呢？」

鄢豔頓覺胸懷一空。是的，人生如夢，彈指即逝，不應該去作惡害人，應該行善救人。

「你祖母是個最普通的人，在帝王英雄們眼裡是最平庸的下等人。她經歷過十五個皇帝，經歷過多次的內亂外患，經歷過家庭生活的許多苦難。但是，不管在順境還是在逆境中，她始終堅持用自己勤勞的雙手為自己、為家庭、為普通人、為國家、為社會創造物質財富；始終保持那顆純真的天良心，慈悲行善，為自己、為家庭、為國家、為社會創造出美好的精神財富。這才是人的生命的真正價值，是值得歌頌和學習的。」

鄢豔用敬佩的目光瞧著祖母。她並不熟悉祖母的經歷和為人，心想以後要多接觸祖母。

「子龍和你現在處在逆境中。『到一境，行一境。』你們要適應，要努力擺脫逆境。你要勸子龍去掉那些惡念頭和不切合實際的想法，放下架子，低下頭，安下心，吃些苦，先種好田地，填飽肚子，等到子龍服刑完了，再找些發揮特長的事幹。處在逆境中的人是需要親人朋友幫助的，有什麼難處就說出來，好心人會幫你們的。但絕莫為了自己生存去侵害別人，走邪門歪道。你們不為自己後境考慮，也要為學優的前途考慮呀，難道不讓學優去受正規的高等教育而去做柯天任第二嗎？我今天只帶四百元錢來，給你父親二百元治病，給你二百元買糧油。有什麼困難再對我說。」

這番話像一股清澈的溫泉水注入鄢豔體內，使鄢豔感到親情的溫暖，感到人間愛的存在，心裡在說：「天下還有比叔父更善良正直的人嗎？」她又哭泣起來。

柯和貴處理了家庭事件，找鄢豔談了話，就急著回鳳凰中學去了。

祖母勸了孫媳婦一陣，叫她去叫子龍來，一家四口在一起吃頓晚飯。

吃過晚飯，鄢豔和柯天任一起回到新屋。柯天任洗了澡去睡了，一會兒打起鼾來。鄢豔卻心煩意亂，不想睡，端了把小木椅，上到平臺上，想起心事來。

天上沒有月亮，繁星點點；地上夜黑人靜，萬籟俱寂。

鄢豔本是個聰明倔強、天真無邪的女孩子，對人類充滿愛，對前途充滿幻想。但是，她過早地遭到人的傷害。在高二上學期的一天下晚自習後，她在回家路上的林蔭處，被兩個流氓輪奸了。她父親報了案，員警李生木叔叔把她帶到審訊室查問，在追問輪奸細節時，李生木強姦了她。她再不向父母吐苦水了，把怨恨埋在心裡。她輟學回家，父親把她弄到縣食品公司工作。副食品公司破產了，她下崗後南下打工，又屢次遭人欺負，被迫回家裡。從此，她對人冷酷無情了，對人類社會充滿仇恨，伺機報復社會。在絕境中，她遇上了柯天任。她認為柯天任是大俠、英雄，與自己有共同的心理狀態，就嫁給了柯天任。她與柯天任同流合污，幫柯天任出壞點子，向社會索賠，向人類報復，盡情享受，彌補損失。但是，她還保有親情恩義，孝順父母，尊老愛幼，知恩圖報。所以，她背著柯天任還了柯和貴的債，勸柯天任不要傷害鄧高雄老師，要柯天任去看望尹苦海……這次柯天任騙祖母、打父親，她實在不知情。

正因為鄢豔的天良未泯，所以今日她聽得進柯和貴的一番話，感到心靈被震撼了，自己好像被人從糞窖裡撈出來，放到清澈的泉水潭裡，淪肌浹髓，清新爽快。她一直感到深奧困惑的人生道德倫理，現在深入淺出了；她一直想不透徹的事理，現在明白清楚了；她一直崇拜的偉大英雄形象，現在轟然崩塌了；她一直辨不准的身邊的人物，現在真相凸現了。她心靈深處被隱埋著的天良長出來了，迅速膨脹起來，充塞她的整個身心。鄢豔又要回到了人生的起點——一個天真單純的女孩。

鄢豔反省起自己。她一直仇恨人類，想報復社會，但是，她幫柯天任做的每一件事，並沒有報復著所仇恨的惡人，並沒有報復著所仇恨的製造社會醜惡的權貴們，而是傷害了善弱人、摧殘了美好的東西。

她感到自己有罪。她痛苦。

鄢豔在評判著眼前的兩個人：柯和貴，柯天任。這是最有親情的兩個人，卻如此不相容。這不僅是叔侄兩人的對立，而且是善與惡的對立。柯和貴不是柯天任所罵的平庸無能的人，而是性善品正、知識淵博的大丈夫、聖賢人；柯天任不是自己所認為的大俠、大英雄，而是專幹壞事、殘害善良的歹徒、兇惡的人。她要站到柯和貴那邊去，來拉柯天任，來改變柯天任。

鄢豔思想清晰了，是非明白了，夜也深了，就去睡。

鄢豔做起夢來。她跟著媽媽去桃花庵救神拜佛。她燒了香，跪著。那觀音菩薩向她微笑，說話：「苦海無邊，回頭是岸。你要像你祖母一樣煎悲行善，要度你丈夫放下屠刀，立地成佛。」鄢豔又痛苦，又高興，連連點頭稱「是」。鄢豔討了一盞拜佛的香油，想回去煮麵條給柯天任吃，治一治柯天任的心病。鄢豔跟著媽媽出庵門，往回走。走到山徑一個拐彎處，路邊的林草中發出沙沙響聲，跳出一隻麻毛大狼來。那狼肚子塌癟，呲牙咧齒，撲過來了。鄢豔叫媽媽快跑，自己迎狼而上。她的手指被狼咬住半截，鑽心地痛。她忍著，拼力拉著惡狼頸毛，保護媽媽逃脫。她看不見媽媽了，自己就放開狼，拔腿向南柯村方向跑。她跑過下頭林，進自己的屋，關起大門。可是，那大門關不上，惡狼衝來了。她跑上樓，進自己的臥室，上床，用被子包住自己的身子。那惡狼壓在被子上，前爪拉住她的頭髮，使勁地扯拉。她嚇得大聲叫喊：「救命呀，救命呀！」

她被驚醒了，是噩夢，但又不是噩夢：身子被壓著，手指被捏著，頭髮被扯拉著。電燈亮著。她看到柯天任壓在她身上，咬著牙，喘著氣，一手抓住她的手指，一手扯住她的頭髮，將她的頭往床頭磕。一邊磕，一邊罵：「入你娘的！你也欺騙起老子來！你的口袋裡有兩百元錢，為什麼不拿出來買糧油？害得老子去打父親，受柯和貴那傢夥的窩囊氣。」

「是昨天叔父給我買糧油的。你不信去問祖母、父親。」鄢豔掙扎坐起來。

「柯和貴那傢夥搞小恩小惠、籠絡人心。」柯天任說著，鬆了手，坐在床沿，抽煙。

鄢豔看到柯天任一說起叔父，就軟和了，就借著柯和貴名義說起來：「叔父說你在服刑期間，絕莫亂來加罪，先做好田地，度過困難期。等刑滿了，再去找正經工作做，不要再走邪門歪道了。叔父還說，有……」

「入你娘的！左一個叔父說，右一個叔父還說，柯和貴的話成了《毛主席語錄》了嗎？」柯天任火了，打斷鄢豔的話，吼起來，「柯和貴只會說教，活到五十多歲了，幹出什麼名堂來？庸庸碌碌一輩子！他算個雞巴！」

「叔父才活得有價值，你能像他那樣活就好了。」鄢豔反駁說。

「入你娘的！你中了什麼邪了？柯和貴給你灌了什麼迷魂湯？竟敢跟著他來反老子！」柯天任一個勁地吼，「要老子去做碌碌無為的平頭百姓，不可能！老子不甘心，要再幹一場轟轟烈烈的事業來。」

「你怎麼這般頑固？到這般年紀，落得這樣下場，還不聽人勸，不知回頭！」鄢豔勸說，「你不能只為自己著想，也要為我著想，為兒子著想，為這個家著想呀。」

「老子就是老子！劉邦為了打贏項羽，在逃跑時，把兒子推下車去，把老婆給項羽做人質，才坐了皇帝位。婆婆媽媽，只顧小家，那就不是男子漢大丈夫，得不了天下。」

鄢豔以前聽到這樣的話，認為是英雄好漢的豪言壯語，現在她恢復了正常人的感情，聽到這樣的話，毛骨悚然，為兒子的生命捏著一把汗。鄢豔感到柯天任本性難移了，不可救藥了，就平靜地說：「天任，我倆說不到一處去，不爭論了。我與你夫妻十幾年了，有了兒子，有了家。我倆商量一下，分個工，你去幹你的千秋功業，我帶著學優過著普通人生活，互不干涉。」

「你要與老子離婚？」柯天任質問。

「不是離婚，只是暫時分居。」鄢豔說，「我和兒子不拖累你打天下，你也不要毀了我和兒子。你大功告成做皇帝，去搞三宮六院，我也不會去搶皇后的位子，仍和兒子過平民生活。你大功未成，還有個家可歸，我和兒子歡迎你回家。」

「嘿！分居？你倒想得美。」柯天任獰笑一聲。接著，他呼啦一聲站起來，敲著鄢豔額頭說：「擺在你在前只有兩條路：一是乖乖地服侍老子，二是立即去死。」

「誰給你生殺予奪大權？我有人身權利！」鄢豔大聲反抗。

「老子給自己生殺予奪大權。你要反抗，我就剝奪你的人身權利，要你的狗命。」

鄢豔眼皮眨了兩下，看著柯天任：嘴臉扭曲，醜陋不堪。她想起柯和貴對付柯天任的那一套，就大聲抗爭：「我不怕你，你的拳頭對我沒用！」

「你這婊子，還學著柯和貴的口氣反抗老子，老子就讓你嘗嘗拳頭的滋味。」柯天任吼著，就動手來打鄢豔。

柯和貴對付柯天任的那一套在鄢豔手裡失靈了，因為鄢豔對柯天任沒有威懾力，一直被柯天任役使，突然想變奴婢為女主人，與柯天任抗衡，這就沒有一個轉化過程。鄢豔的抗爭不但不起作用，反而激發了柯天任的惡性。

柯天任撲在鄢豔身上，嘴裡叼著煙，左手掐住鄢豔的脖子，右手把鄢豔的睡衣撕破撕光，狠命地擠扯鄢豔的乳頭，死扣陰戶。鄢豔看柯天任那樣子，越來越可怕的虎狼般的紅眼光，腮肌拘攣，嘴歪齒咧，氣喘如牛，成了一個虐待狂。鄢豔恐懼地閉起雙眼，痛苦地承受著蹂躪。在柯天任眼裡，鄢豔是一具獵物，皮嫩肉軟，要美美地嘶咬，盡情地享受。柯天任又把鄢豔當成一具女屍來強姦，他要奸碎這具女屍。他一邊強姦，一邊取下嘴上冒煙的煙頭，去燒鄢豔的乳頭，臍孔，陰毛，「嗞嗞」的響聲，優美的呻吟聲，香撲撲的肉油的氣味；他去舔鄢豔嘴上流出的殷紅的血，鹹鹹的，腥腥的，美味無窮；他用屁股揉搓鄢豔的腹部、胸部，美女柔體的蜷曲，漂亮臉蛋的抽縮……柯天任的視覺、聽覺、嗅覺、味覺、觸覺都得到美妙無比的快感。柯天任快活極了，得意忘形地狂笑。這令人恐怖的魔鬼笑聲，震盪著整個房子，傳出窗外，打破夜空的寂靜。

正在柯天任無比快活和鄢豔極其慘苦時，房門探進一個人的頭部，喝問：「三更半夜的，誰叫你們鬧得四鄰不寧？」

「入你娘的！老子夫婦睡覺，你也來管。」柯天任怒喝。

「善良哥，救命呀！救命呀！」鄢豔趁機大聲呼救。

「掐死你！掐死你！」柯天任用雙手掐住鄢豔脖子。

「住手！」柯善良衝進房來，「我一聽你的怪叫聲，就猜到你又在殺人。你再不住手，老子就先宰了你！」

「你這個傢夥是存心與老子作對到底嗎？」柯天任放下鄢豔，怒視柯善良。

「你這害人精，早就與我作對了，害得老子坐了五年牢。今日，我不准你在村裡害人。」

「去你娘的！」柯天任赤身躍起，揮拳打向柯善良。

柯善良一歪身子，讓過那拳頭，提起左腳，向衝上來的柯天任右腰橫掃過去。柯天任挨了一腳，一個趔趄，險些跌倒。柯天任知道柯善良是村裡的武功高手，又懷有仇恨，殺氣騰騰，內心冷了半截，愣住了，看著柯善良出房門。

柯善良從廚房裡轉來，手持菜刀，用刀指著柯天任發狠說：「我殺了你，是救人，是自衛，大不了再坐五年牢。你殺了我，是故意殺人，要挨槍子。有狗膽的上來！」

柯天任清醒了，一屁股坐在後床頭，沒上去。他怕死。他認為自己的生命最可貴，別人的生命是狗命不如。他要害人，要殺人，就要估計到能勝對方，能不讓第三者知道，使自己不受損害。現在，他面對的不是富翁廣東佬，而是也公開挑釁的敢拼命的柯善良，就害怕了。

「善良哥，你走吧，不能連累你。他要了我的命，也要賠上他的命。」鄢豔看到兩個男人真的要拼命，怕傷害了無辜的柯善良，就說。

「好，我走。若是鄢豔弟媳有個三長兩短，我就報案。」柯善良說著，走了。

柯天任瘋狂了一陣，又驚嚇一陣，疲乏了，去睡了。

鄢豔坐著，沒哭，瞧著那睡得像死狗一樣的柯天任，狠不得一刀割下他的頭顱，但她忍著。她想起了翠翠、露露的話：「你不要以為戰勝了我們，佔有了柯天任，是勝利者。到時候，你會體會到你是最大的失敗者。」今日應了她倆的話。她怨恨自己鬼迷心竅，識人能力不如翠翠、露露。她下決心趕快離開這個惡魔。

柯天任一覺睡到紅日三竿才醒來。他習慣地用手去推鄢豔，沒人了。他連忙坐起身，鄢豔不見了。他想：「上田地幹活去了。」他馬上否定了這個想法：「不對。鄢豔在幹活前，總是把早餐弄好，叫我起來吃早餐。」他從床上跳下來，穿了衣服，急忙去廚房看，冷灶冷鍋的。他去看衣櫃，一個皮箱不見了，鄢豔的衣物不見了。「入他娘的！跑了。」柯天任在罵。他作慌了，他不離開鄢豔，沒了鄢豔，他無處發洩鬱火，沒了鄢豔，沒有女人供他享受；沒了鄢豔，沒人供他役使。他要找回鄢豔。柯天任到田地裡去找，到鄢豔經常走動的地方去找，沒見到鄢豔的影子。他打算去岳母家找，就去口袋裡摸有沒有車費。他從口袋裡摸出了兩張「百子邊」，那是鄢豔留給他的。他急忙搭車去縣城，到了岳母家。

岳母說：「天一濛亮，鄢豔來了，說是帶學優回家去住，把學優的東西都拿走了。」

「她說了些什麼？」柯天任問。他心裡清楚，鄢豔躲藏起來了。

「沒有呀。」岳母說。接著，岳母露出驚訝神色問：「是不是吵架了？是不是你把鄢豔逼出門來？」

柯天任沒有搭理岳母，進了學優的房間。他看到學優書桌上有一張字條，拿起一看：

「媽媽：

爸爸去世了，我本應接你住在一起。可是，我沒法做到，我不孝，對不起你。現在，我帶著學優走到很遠的地方去了，你和哥哥用不著找我。我不會死的，我要好好培養學優，讓他成為一個知書識理、對社會有益的人。

不孝女：豔。」

柯天任看完，把字條揉成一團，丟在地上。

「天任，肯定是你這狼崽子逼走鄢豔的，你給我說清楚。」岳母衝進房，抓住柯天任手臂，說。

「入你娘的！是你生得個雞巴毛的好女兒呀。在我困難時就跑了，還帶走我心愛的兒子。老子要是抓住他，非宰了她不可！」柯天任火了，一掌推去。

那個「入他娘的」的岳母踉蹌著，跌倒在地上。

柯天任罵罵咧咧地揚長而去。

欲知柯天任會幹些什麼，且聽下文分解。

第一百一十七回 善弱人招惹狼虎禍 兇惡徒效法「井岡山」

卻說柯天任離開岳母家，不去找鄢豔，來到街上，買了些乾糧熟菜和一條香煙，把兩百元花光了。他回到家裡，關起大門，獨自吃起來，抽起來。他像一條冬眠的毒蛇，蟄伏著，等待春雷響起，清明解凍，再出洞傷人。

柯天任關門吃了十幾天，乾糧熟菜吃完了，從父親那裡搶來的糧油也吃光了，屋裡連最差的食物爛薯片也沒有了。他餓了兩餐，睡在床上，肚裡嘰嘰咕咕地叫，做著夢。那夢再不是登上天安門樓向百萬民眾招手的美夢，而是不斷求食的悲慘的夢。在夢裡，他看到各式各樣的食物，有精的，有粗的，他不管精粗，撲上去就大口吞食。他吞食了一頓又一頓，總是吃不飽，肚裡咕響。看來，天下大事，填飽肚子是第一件大事；千欲萬欲，食欲是第一欲。饑餓了，欲念就單純化了，只求進食。什麼玩女人、爭權奪利、爭第一書記、爭當主席等等欲望，都「雞巴毛」地「入他娘」去吧，老子餓得難受，要吃。到哪裡去吃上食物呢？這個問題要親身去解決。對有些人不難，譬如李寡婦那樣的庸俗下賤人，沒糧油吃，就弄野菜、觀音土吃，就辛苦種田地爭糧油。對有些人卻很難，譬如像柯天任那樣的偉人英雄們，吃野菜觀音土，沒門！老子要吃佳餚；自己種田地，沒門！老子要人供養。那些偉人英雄們，在組織幫派鬥爭時神通廣大，在詐人錢財時得心應手，在臨陣作戰時智勇過人，在處理政變時英明果斷，在玩弄權術時神出鬼沒，在掩蓋罪行時花言巧語。但是，一旦讓他們的成為一個個單獨的普通人去求食時，就智盡勇索了。他們不會做工種田，不會寫文畫畫，不會飼牛養鴨，不會從商經營……在創造財富方面，他們什麼也不會。他們只有一條求食路子：偷，搶。

柯天任實在餓得慌了，就悄悄到村裡小賣部去，趁主人不在，偷兩個麵包回家。儘管那麵包發黴了，面皮有綠點，但顧不上飲食衛生，拿起就啃，就像吃山珍海味那樣。吃了麵包，喝了一瓢涼水，肚裡舒服了。「明天到哪裡去拿呢？」柯天任在發愁。

俗語說：「天無絕人之路。」正在柯天任為下一餐發愁時，大門外有人喊：「柯書記。」

柯天任聽到那聲音好耳熟，又一時想不起是誰。反正叫「柯書記」不是壞事，他就隨口答應：「門沒門，上樓來。」

一會兒，進來兩個人：一個六十多歲老漢，背著一個化肥袋；一個二十五、六歲男青年，提著一個化肥袋。

「你是……」柯天任對老漢有些面熟。

「我叫汪大全呀，下汪村人。那是我兒子汪祖德。」老漢說，「柯書記，要不是你去下汪村救災，我家哪有新房子呀?聽說書記遇難了，我就來看你了。帶了些土特產給你解解油膩呀！」

柯天任見狀，立即端正身子，裝腔作勢起來，說：「我雖然下位了，組織上和機關裡還是經常來人關照我的，吃用不愁。前天，市委書記坐小車來接我去上班，我沒去。無官一身輕嘛，我想清閒些日子。」

「柯書記本是青天，是受冤枉的。」汪大全說，「審你那天，鳳凰鎮書記鄒美日來我村串連救你，我村去了一百多人，員警不許進審判庭。書記現在有閒空到下汪村去住些日子，下汪村人民歡迎你。」

「我在家閑得無聊，也想出去走走。」柯天任喜從天降，就答應了。

柯天任把汪大全送來的兩袋東西掛在牆上，給鄒豔寫了張字條壓在桌上，帶了幾本自己愛看的書，跟著汪大全父子走了。

汪大全一家四口人，一對老夫妻，一對少夫妻。兒媳叫葉翠，二十一歲，上門不到一年。汪大全給柯天任收拾了一間亮堂的房子，把兒子結婚的新被子、蚊帳和一台十四英寸的彩電給柯天任，盡家所有，讓柯天任過得舒服些。

落難的柯青天在下汪村老農民眼裡是大英雄，這家請，那家迎。老農民們都說，柯書記是被奸臣迫害了，總有一天，英明天子坐龍庭，柯書記會被啟用的。下汪村一些青年也趁機與柯天任友好，拉關係，以便將來得到提攜。

傳統的中國農民都有一種美德，同情下臺的官員。不管是清官還是貪官，一旦成了落水狗，就不落井下石，而是把他當天上星宿，當「落難英雄」，加以同情、尊重。

俗話說：「物以類聚，人以群分。」柯天任在下汪村，一邊受著農民的忠心愛戴，盡情款待，一邊與當地地痞流氓結交。不到半個月，下汪村和周邊一些村莊的地痞流氓爭相前來攀附的有二十多人。這偏僻山地裡的地痞流氓，文化低，武功不高，只搞些小打小鬧，哪見過柯天任這等大人物。柯天任又與趙光輝等人串通，召到下汪村來。柯天任就向那些地痞流氓傳授武功，講建功立業的大道理。

端陽節這天，柯天任、趙光耀等人在下汪村後墹山的山窩裡集合了五十多人。柯天任指著連綿起伏的山對眾人說：「這裡就是紅三師活動的地方，向南走五百里，就是井岡山。」柯天任講毛澤東在井岡山建立革命根據地和農村包圍城市、武裝奪取政權的故事。柯天任問眾人：「你們敢跟著我去打天下嗎？」趙光耀、石義氣等人齊聲叫喊：「大丈夫不死則已，死則戰死沙場。」眾人一齊叫喊：「跟著柯書記，武裝起義，打下天，創建偉業！」柯天任就成立了「中國共產黨左派中央委員會」。會議號召眾人去招羅人馬。會後，周華床、鐘月被嚇退了，再不敢去見柯天任。

日月如梭，一晃就過去了三個月，到了收割早稻、搶插二季秧苗季節。

柯天任養得白胖，精神也爽快，只是有一件欠缺：性饑餓。人，真是個怪物。食欲滿足了，性慾就旺盛了，隨之，各種欲望就產生了。孔子曰：「色，食，性也。」把「色」放在「食」之前，說明性饑餓比食饑餓還重要，還猛烈。性，使人類繁衍後代，使人亂倫，使人玩命，所以俗話說：「色膽包天」，「十場人命九場奸」。柯天任倍受著性饑餓的煎熬，失眠了，做朦朧的夢。那夢不是求食了，而是求異性。夢中，下汪村的女人都赤身裸體圍著他，有十二、三歲的幼女，有妙齡少女，有五、六十歲的老婦。她們向他獻媚，求愛，任他親嘴，撫摸。只是「入他娘的」活見鬼，每當他與女人性交時，就有男人來干擾。要麼是她的丈夫來了，要麼是他的父親或兒子來了，性交總不能成功。有一次，他做了一個很清晰的夢，葉翠一絲不掛地來到他的床邊，任他亂吻亂摸。他抱著葉翠準備性交，汪大全舉著柴刀向他砍來，他「哎喲」一聲醒來，床上遺了一灘精，身上出了一場汗。此時，柯天任恨不得把下汪村的男人殺光，變成一個女人村。白天，柯天任偷偷看葉翠，腿短臀大，腮肉下垂，下巴卷起肉輪，胸脯特大。要是在以前，柯天任對葉翠會「呸」的一聲：「醜婦。」而現在，柯天任覺得葉翠是天下的美女。這大概應了兩句俗話：「少年無醜婦」，「饑不擇食，慌不擇路」。但是，柯天任還有理智：「這不行，弄不好連吃飯和立腳的地方也沒有了。」柯天任放棄了調戲葉翠的念頭，就在下汪村到處亂竄，想找個女人，哪怕五十歲也行。下汪村是「入他娘的」十分封建的鬼地方，女人們見了柯天任火辣辣的色眼，都低頭避開。

一日，天氣很好，汪大全一家人都去搶收早稻。在「雙搶」季節，田畈裡鬧哄哄，村子裡卻靜寂寂。柯天任打開窗戶，坐在窗下，看起武打色情小說。他聽到窗外有葉翠的喘氣聲，就抬眼望去。葉翠挑來一擔稻穀，倒在窗外水泥稻場上。汪祖德也跟著挑擔稻穀來。

汪祖德對葉翠說：「有母親一個人抱穀就行了，你在家裡曬穀做飯。」

葉翠聽了，就進堂屋拿了竹扒，扒稻穀，撿穀裡的草。葉翠一時彎腰，一時蹲下，一時正身，一時扭身，不斷改變著姿勢，那條粗長的烏黑的髮辮在背脊處擺動。葉翠大汗淋漓，肉腮紅撲撲的，掛滿汗珠，真有「桃花帶露珠」之美；淺黃色襯衫的胸襟綳脫了一顆扣子，鼓出一窩雪脯，彎腰時，大奶下垂顫動；汗水使上衣粘皺，腹部露出一圈厚軟的白肉，臍孔又大又深。

「這女人沒繫乳罩。」柯天任心裡在說。

葉翠穿著粉紅色的確良褲子，汗水濕透了臀部，一條極深的股溝將肥臀分成兩個大圓瓣，下腹垂下一個隆起的三角洲。

「這騷貨沒穿內褲。」柯天任在流涎。

柯天任的目光在葉翠身上凸凹處遊動，看得渾身燥熱，陽具堅挺。他拉開褲鏈，放出那個硬棒，讓它向上伸直。他恨不得破窗而出，把那根硬棒頂入葉翠股溝裡。他煎熬著。

忽然，葉翠的目光投向窗戶，與柯天任相觸。葉翠發現柯天任在出神地盯著自己，猜到了八九分，就羞澀地低下頭，忙手中的活兒。但是，葉翠又情不自禁地向窗戶瞥去，看到柯天任仍在欣賞自己，心裡又慌亂又驚喜。一個女人得到別的男人的欣賞當然是件光榮事，更何況欣賞葉翠的是平日葉翠心中最高貴的大人物柯書記，她能不驚喜嗎？她甚至頓時感到自己也高貴起來。葉翠產生了這種心理狀態，就不由自主地向窗戶裡一笑，紅潤潤的胖臉上起了兩個大酒窩。柯天任是情場老手，連忙還了笑臉，眨了兩下眼皮，揚手招呼。葉翠從沒偷過漢子，一下子被弄得六神無主，低頭向四周窺視，看到汪祖德挑一擔稻穀回來了，連忙去接應。柯天任也把身子蹲下，坐正，看書。

柯天任聽到汪祖德的腳步聲遠去了，連忙出房，來到稻場上，幫葉翠撿稻草。

「小葉，我想喝杯糖開水，到你房去倒一杯吧。」柯天任小聲說。

葉翠沒作聲，就從大門回房去了。柯天任急忙從後門轉進葉翠房裡，反手把房門關閂上。葉翠正在向杯里加糖，柯天任慾火早起，二活沒說，從背後一下子抱住葉翠，兩隻手抓住葉翠大奶，把葉翠按撲在桌旁，扯下葉翠的褲腰，掏出自己的硬棒子，像公狗與母狗那動作起來。葉翠早被柯天任的目光撩動了春心，眯著眼，享受著柯天任的大動作。

「沒想到柯書記瞧得起我。」葉翠說。

「你是最美的女人，是我的心肝寶貝……」柯天任一邊大動，一邊氣吁吁地說。

兩人完了一回合，還想再親熱時，外面有倒穀聲，只好分開，各行其道。

從此，柯天任和葉翠秘密來往，如膠似膝，只礙著那個經常在家的老婆子。柯天任恨起那老婆子。

「那老婆子死了，你就當家了。」一次，柯天任對葉翠說。

「我婆婆身體蠻好，怎麼就死了呢？」葉翠隨口答道。

「想法子讓她早點死呀。」柯天任說。

「你要我害死婆婆嗎？」葉翠吃驚地問。

「我幫你，人不知，鬼不覺。這把年紀了，早點死，是個福。」柯天任說。

「那不行。」葉翠斷然拒絕。

從此，葉翠心神不寧起來：「這人要害死我婆婆，我婆婆有什麼罪過呢？婆婆對我那麼疼愛，對他那麼忠心，自己吃差的，把好的給他吃。就因為祖德不在家時婆婆和我一起睡，防礙了他和我作那事嗎？這人太沒良心了，太狠毒了！」葉翠心中恐懼起來，害怕家裡出災難：「我不能與他這樣下去了，要冷了他的心。或者勸勸他，不要害人。」葉翠開始迴避柯天任了。

柯天任不滿意這種偷偷摸摸、匆匆忙忙的性生活，要縱情玩樂，暢快滿足。他感到對葉翠說了害婆婆的話後，葉翠在有意疏遠自己，就更恨起那老婆子，要制服那老婆子。他知道那老婆子是個膽小怕事的農村婦人，能被嚇唬住。他決定採取一個大膽行動，當那老婆子的面幹葉翠，讓那老婆子忍氣吞聲，做守門人。柯天任本是個冒險英雄，就行動起來。

一天晚上，汪大全父子去扯二季稻秧，柯天任就公開進葉翠的房，看見老婆子坐在媳婦床凳上削蒿筍，葉翠蹲在旁邊剝蒿筍。

柯天任衝到老婆子身邊，喝道：「你為什麼還不去睡？想看管媳婦嗎？」

老婆子看到心目中敬佩的柯青天突然露出這副凶相，害怕了，小聲說：「柯書記，我不能在我媳婦房裡坐嗎？」

「不能！快出去，不然，我就把你提出去。」柯天任不容許有人反對他，更凶了。這時，在柯天任眼下，那老婆子再不是每日服侍他的可敬的老大娘了，而是個妨礙他快樂的敵人。還沒等那老婆子站起身，柯天作就像老鷹抓小雞一樣，提起老婆子臂腰往外走，一直走到老婆子住的偏房，把老婆子丟在地上，喝道：「這才是你待的地方！」

柯天任轉身去葉翠房，房門閂上了。柯天任一運氣，一掌聲把房門打開，衝進去，把葉翠抱上床，幹起來。

葉翠索然無味，感到壓在自己身上的不是敬仰的柯書記和所愛慕的男子漢，而是一頭兇猛的色狼。這色狼為了得到異性，嘶咬餵養它的飼養員。她感到危險在向她襲來，在向家人襲來。她後悔，恐懼，憤怒；她想叫喊，但忍著，等色狼蹂躪完後，再去跟公公、婆婆、丈夫商量對策。

柯天任興致勃勃地幹。正幹得興趣時，房門衝進了汪祖德。

「救命呀，救命呀！」葉翠看到丈夫來了，大喊。

汪祖德赤著腳，拿只木扁擔，向柯天任打來。柯天任騎著葉翠不動，揚手一攔，抓著扁擔一頭，一拉一推，汪祖德跌出幾尺遠。汪祖德身後的汪大全衝上來，救護兒子，被柯天任扁擔一橫，撞倒在兒子身上。柯天任不理會那懦弱無能的父子倆，狠狠地向身下的肉桶大動作，讓精液泄完。

柯天任一邊下床穿衣服，一邊向趴在地上的汪大全父子喝道：「你們養我，供我女人是應該的。沒有我，你們哪有這個家，哪有這樣好的媳婦。我告訴你們，你們敢忘恩負義叛逆我，我就叫你們全家人不得好死！」

葉翠趁機下床，撿起墊床凳的大磚頭，向柯天任後腦勺打去：「你這惡狼，我跟你拚了！」

柯天作沒防著，頭一偏，左額上挨著磚頭，鮮血直流。柯天任提起一腳，把葉翠踢倒在床凳上。他又撿起削萵筍的菜刀，向葉翠砍去，一邊砍，一邊罵：「臭婊子，老子入你，是抬舉你。不識抬舉，不識抬舉。」

葉翠屁股上挨一刀，肩膀上挨一刀，腮幫上挨一刀。汪大全父子從沒見過這陣式，嚇得縮成一團。

「這還了得，公開殺人起來！」

「捆起來，送公安局去！」

……

柯天任聽到了房門邊有人叫喊，聽到堂屋裡有不少人的氣息，窗外有雜亂的腳步聲，心裡虛怕。他砍了三刀後，握刀跨過汪大全父子身子，躍到房門檻上，揚起滴著鮮血的菜刀，虛張聲勢地喊：「哪個入他娘的在叫，有種的站出來！」

屋裡屋外黑壓壓的一片人影，誰也不敢應聲站出來，因為誰也沒見過這樣膽大兇惡的人。

「讓開，讓開，讓柯書記走，你們不是他的對手。」人群中走出四個青年人，分開人群，讓出一條人巷，護著柯天任走出去。

這四個青年，一個叫汪祖虎，滿頭紅髮，綽號紅毛虎；一個叫黑臉賊汪大風，一個叫鼓上蚤餘榮升，一個叫賴皮狗胡四。四人都是柯天任的新收的學徒、組織成員。四人在汪祖虎家打麻將，聽到吵鬧聲，就趕來了，救了柯天任。

柯天任走了，下汪村人議論起來：

「那是一隻吃人的老虎，什麼青天呀！」

「上級沒有整錯人呀，倒是我們被他矇騙了。」

「不該讓他走，我們去追去。」

「算了，他武功高哟，又有四個地痞護著，我們打不過。」

「大全伯父，報警去吧，不能便宜那傢夥。」有個高中學生說。

「他當過公安局局長，縣委書記，關係廣，報警有什麼用呀？就是把他判幾年，出來了，又報復，災難更大了。只要媳婦傷好了，就忍了這口氣。」汪大全哭著說。

眾人聽說得有理，誰也不敢出頭管事，就散去了。

卻說柯天任出了下汪村，走了半里路，回頭望那下汪村，燈光通明，人影亂來亂去，突然害怕起來，擔心有人報警。他邊走邊對四人說：「走快點，到洪九大家過夜，商量大事。」

洪九大家在白雲山下洪家大灣，離下汪村二十多里。五人走了兩個多小時，到了。洪九大安排了五人的住宿。第二天早飯，柯天任派洪九大去通知趙光耀等「中國共產黨左派中央委員會」常委們來議事。

洪九大把常委們領到白雲山九門蕩的龍泉洞裡開會。柯天任統計了發展的黨員人數，共有二百三十二人。柯天任就把常委們一一封了官：元帥、將軍、部長。柯天任認為可以開展鬥爭活動了。柯天任作了戰鬥部署：第一步搞錢，第二步買武器，第三步建立革命根據地，第四步訓練軍隊，第五步奪取永安縣城，第六步北伐京城。

第一步：搞錢。柯天任作了具體安排：在某年某月某日凌晨一點，同時搶劫陳繼烈、劉耀武、瞿思危三家和批發部市場，放火燒毀被搶劫的地方，不留活口，只把瞿思危一人押上山來留用；分五組進行，各組必須在天亮回山。

在一個月黑頭的下半夜，永安縣城批發市場和陳繼烈、劉耀武、瞿思危家起火。第二天，縣公安局偵破結果是：批發市場有一家發了電火，殃及九家變成灰燼，燒死十個守店的人。陳繼烈、劉耀武、瞿思危三家都因煤氣洩漏起火，引發了煤氣罐爆炸。三家人只有兩人倖免於難：一人是陳新科在市水泥石工作未回家，一人是瞿思危失蹤了。從美國留學回家的陳繼烈的二兒子剛舉行婚禮，死得最慘，損失最大。五天後，警方接到報案，在南湖大壩下泥灘裡發現一具腐爛屍體，經鑒定，死者是瞿思危。原來，第三行動組汪祖虎是汪金界的孫子，聽父親說祖父是瞿思危害死的，就一直伺機報仇。這次他負責搶劫瞿思危家，燒毀瞿思危家後，沒聽柯天任的話把瞿思危押回龍泉洞，而是向相反的方向，押到瞿思危抓汪金界的地方，對瞿思危說明了報仇的原因，把瞿思危踩進泥灘裡窒息而死。在第四天夜裡下了一場暴雨，屍體經雨水沖洗露出來了。

那夜天亮前，行動小組都完成任務回到龍泉洞，清理現金共十三萬多元。柯天任發給每人二百元零用。他指示趙光耀、石義氣負責人購買武器：張開山、潘複生自製土槍、炸藥、手榴彈；其餘人員陪他一起去偵察紫金山地形，準備建立根據地。

趙小生是紫金山山裡人，做了嚮導，帶著柯天任一夥人，裝著遊山玩水的樣子。柯天任等人在紫金山轉了幾天，視察地形。

紫金山在三省交界處，連綿起伏，方圓五、六百里；山險峰陡，谷大底平，道路崎嶇，狹關眾多；山上林密草茂，深山處無人居住，只有在外山平緩處，有五、六個小村莊，每個村莊不到四、五戶；還有些零星的守山小屋，幾座寺庵。紫金山實在是個綠林好漢的藏身之所，縱有百萬大軍來清剿，也奈何不得山賊土匪。民國十八年，紅三師就出沒在這裡。

柯天任視察後，連聲讚嘆：「好山，好山，真是英雄用武之地。」

柯天任對同夥說：「我們就裝著來守山，把守山屋占了，再把村民和尚尼姑趕走，在紫金山上訓練出百萬人馬來。」

趙小生聽了，獻計說：「我們先找紫金山村鄒美日幫忙，給紫金山村守山，再擴展開去。」

「鄒美日？就是我提拔的鳳凰鎮第一書記嗎？」柯天任問。

「是的。」趙小生說，「就是他帶了幾百農民到市法庭外遊行，喊『還我柯青天』。後違了黨紀，降職為鳳凰鎮工會主席，現閒居在家。」

柯天任一夥就找鄒美日。鄒美日見到柯書記來了，熱情地接待。他聽柯天任說要守山，在山上辦個打場度日，就去找來村支書、村長。村支書說：「山上狼豹出沒，守山人害怕。柯書記自願來守山，正好，村裡就按年撥給十個人生活費用。」

柯天任一夥上山了。不到一個月的時間，他們把山上所有守山屋收來了。他們又不斷弄神弄鬼，製造恐怖，把和尚、尼姑、山民嚇跑了。柯天任的隊伍越來越大，沉寂的紫金山熱鬧起來了，而當權者無人知曉。

卻說柯和貴，處理了柯天任毆打父親的事，回到鳳凰中學經營部。柯和貴對李秀雲說：「四個孩子，兩個大學畢業了，老三明年也畢業了，只有老四一個人讀大學，可以不做生意了。」李秀雲做生意也厭倦了，就同意了。兩人就準備變賣餘貨，關門停業。正在這時，鄢豔帶著學優找上門了，對叔父、嬸娘說了跟柯天任吵架的事。李秀雲對鄢豔有好感，因為鄢豔背著柯天任把兩千元的本息還清了。李秀雲就勸鄢豔辦商店養生，把自己的余貨給鄢豔做底本。鄢豔很感激。柯和貴擔心柯天任來干擾，不主張鄢豔在永安縣內做生意。三人一商量，就把鄢豔弄到黃土市擺了個貨攤。鄢豔求嬸娘帶學優讀書，說學費由她交，每月給生活費一百元。李秀雲同意了。柯和貴夫婦就帶著學優住在鳳凰中學裡。

柯和貴少了經營部的生意，一身輕鬆，在教學之餘，經常去李衡權廟與辛龍水談論。

一個星期日的上午，柯和貴與辛龍水在談國家大事，李代仁、盧儒軍來了。

盧儒軍坐下，從胸襟裡掏出一本薄薄的書，說：「柯老師，你看看。」

柯和貴接過書，與辛龍水一起看起來。那書皮寫著：《中國共產黨左派中央文件彙編》。那書中的觀點是毛澤東領導井岡山武裝鬥爭的理論，是文化大革命中左派的觀點，沒新鮮的東西。柯和貴一目十行，不到半個小時，就看完了，把書還給盧儒軍。

柯和貴說：「這個左派中央，是個黨政軍一體的組織，是專搞暴亂恐怖活動的，打下天下，又是個毛澤東專制政權。今非昔比，毛澤東搞井岡山鬥爭還能迷惑國人，現在這個左派中央只有死路一條。」

「你老是主張仁愛、和平，組織個公民黨，搞什麼民主自由，搞得鬆鬆垮垮，幹不了大事。」李代仁不滿柯和貴的話，說，「我看這個左派中央，是真正替窮苦人打天下的，有鐵的組織和紀律，能推翻共產黨政權。不到半年，就有成百上千的人上山。」

「我估計，跟著左派中央走的，大都是不務正業的地痞流氓、刑事犯。」辛龍水說。

「那你就估計錯了。」盧儒軍說。「山上有不少下崗工人、貧苦農民、中老年幹部、青年學生，還有教師和兩個教授。」

「我相信你說的是真的。」柯和貴說，「中國帝王思想影響力很大，毛澤東鬼魂還不散，特別是現在政府腐敗無能，不少人想造反。」

「那你是支持『左派中央』還是腐敗政府呢？」盧儒軍問。

「應該支持左派中央，與左派中央搞統一戰線，打倒最主要的敵人——腐敗政府。」李代仁說。

「不對。腐敗政府和左派中央都是強盜，一個是打出了山寨，坐了龍庭的強盜；一個是又造山寨，想打出山寨坐龍庭的強盜。我們不能去做張瀾、柳亞子，支持一個強盜。我們雙方都不支持，看著他們狗咬狗。他們一旦打起來了，是慘絕人寰的，我們要盡心盡力保護無辜的平民生命。」柯和貴斷然決定。

「老李，你一直熱衷於暴動，可不要受那個左派中央蠱惑，加入進去呀。」辛龍水說。

「我和盧儒軍都進去了。盧儒軍在宣傳部，我在軍事部。」李代仁說。

「快點退出來。」辛龍水說。

「退出來是叛徒，要殺頭，家裡人都要被殺。」盧儒軍說。

「退出來，我幫你們找個地方躲幾年。」柯和貴說。

「大丈夫血灑疆場！我堅決不退出來，成為烈士也值得。」李代仁大聲說。

「我看那個左派中央成不了氣候，你成不了烈士，弄不好家庭成了反屬。」辛龍水說。

「龍水，不要那樣說。」柯和貴說，「你倆見到過左派中央第一號頭子嗎？」

「還沒有。只聽說主席是毛澤覃的孫子。」盧儒軍說。他從內衣口袋摸索出一張傳單給柯和貴看。

柯和貴、辛龍水看那傳單，說是毛澤東三弟毛澤覃在江西失足的兒子沒死，生了兩個兒子：一個叫毛紅衛，一個叫毛赤兵。毛紅衛組織了「中國共產黨左派中央」。

「一派胡言，這是陳勝吳廣和韓山童、劉福通的伎倆，想詐稱毛澤東名義，恫嚇和欺騙國人，發動戰爭。」柯和貴露了鄙夷的神色說。接著，柯和貴嚴肅地說：「你倆沒先退出中國公民黨，卻去入了另一個黨，這是違反我黨組織原則的，我黨允許黨員自由退黨，你倆就寫個退黨聲明吧。」

李代仁盧儒軍寫了退黨聲明，交給辛龍水。

「我黨還有一個組織原則，不允許一個黨員來傷害黨組織和其他黨員。你倆不能把我黨的組織情況和黨員名字告訴左派中央。」柯和貴說。

「我倆沒有向左派中央說中國公民黨的任何情況。」盧儒軍說。

「那我就放心了。」柯和貴說，「我始終為你們的生命擔心。我勸你們一句，你們不要有成為烈士的念頭去死戰，能逃生就逃生。逃到我這裡來，我會保護你們的。」

「我補充一句。」辛龍水說，「如果你們不願意在那邊，中國公民黨仍然歡迎你們。但是，你們絕不可勸我黨黨員到那邊去，也不要把那邊的人帶來找我們。」

李代仁、盧儒軍吃了中飯，走了。

柯和貴、辛龍水急忙召開中國公民黨中央會議，通報了情況，下達了文件，要黨組織和全體黨員，頭腦清醒，不要參與左派中央的任何活動，也不要惹怒左派中央，時時提防左派中央的破壞活動。

從這以後，柯和貴、辛龍水不斷聽到令人恐怖的消息。

欲知後事如何，且聽下回分解。

第一百一十八回 柯天任命喪龍泉洞 柯成蔭義保南柯村

卻說柯和貴、辛龍水迅速地處理了一些大事後，就靜觀局勢。他們聽到的是接連不斷的恐怖消息：

金牛縣一夜之間被洗劫十幾家富商，殺死十六、七人，其中一家五口全被殺。潯陽市服裝街被燒毀，長途客車頻頻遭洗劫。永安縣城不斷出現搶劫富商和科局幹部家庭的事件，桃源賓館被炸，信用社、儲蓄所被搶。下汪村汪大全一家四口被殺，房子被燒。縣人武部武器庫被盜，縣第委第一書記李建樹視察飛燕鎮遭鳥槍襲擊。河水有浮下無頭屍體，樹上有掛著挖去內臟的男屍，草坪上有遭輪奸致死的裸體女屍。深夜裡，常常有穿著黑衣的人，三五成群，像當年的共產黨游擊隊一樣，學著狐鳴狼嚎，劫富人，殺官吏；……在另一方面，警車日夜呼嘯，員警和聯防人員破門入室，抓人，打人；派出所、公安局裡慘叫不絕，牢房人滿為患；法院隔不了三、五天就宣判槍斃死刑犯……種種駭人聽聞事件愈來愈多，愈來愈恐怖，愈演愈烈。

漸漸地，員警隊伍與左派中央隊伍發生了正面武裝衝突。

這年立冬後，飛燕鎮派出所在偵破鎮委書記一家遭暗殺案時，分析到下汪村汪祖虎有嫌疑，就去抓人。沒抓著汪祖虎，抓了一群無辜村民，激起村民憤怒，掀翻了警車，趕走了員警。李建樹當夜調動五百名員警和縣武警中隊，全副武裝，在夜裡偷襲下汪村，抓了五百多個村民，押著回縣。員警隊伍行走在貴河邊的山谷路口時，突然，路邊有爆炸聲，山上有槍聲，河岸有吶喊聲，火光沖天。員警和被抓的村民不斷被打死，公安局局長、武警中隊隊長都中彈身亡。員警的武器被收繳，警服被剝去，警車被開走。

第二天下午，縣委書記李建樹一聽到五百員警無一生還的消息，又害怕，又驚慌，連忙召開常委會。常委們聽了，一個個面如土色，手足無措。還是李建樹沉著些，作出決定：派縣人民部去封鎖現場，不准向外洩密，向市委彙報，彙報時略去員警傷亡數字，只說巡邏民警遭到山上土匪襲擊，死亡三人。

李建樹開完會後，又惶恐不安起來，沒吃晚飯，回到宿舍，等待市委指示。

深夜，李建樹在昏睡中被人拖走。李建樹看到幾個壯漢，身穿藍服裝，左臂戴紅袖章，袖章上寫著金黃的字：赤衛軍。李建樹被赤衛軍押出宿舍。這時，街上火光沖天，槍聲大作，喊聲四起，哭聲震天，到處是成隊的赤衛軍。李建樹被押到縣委大院，大院裡燈火通明，跪滿了穿著睡衣、渾身戰抖的縣委委員和家屬。四周立滿了赤衛軍。

「安靜下來，聽柯主席訓話。」李建樹抬頭順聲望去，在二樓陽臺上，一隊赤衛軍簇擁著柯天任。

柯天任身披藍呢子軍大衣，頭戴藍呢軍帽，威武地站著。

「大哥，你饒了我！」李建樹向柯天任大喊。他知道柯天任要開人屠。

「柯書記，饒了我們吧！」院裡響起一片哀求聲。

「把他們的嘴都堵住！」柯天任喝道。

李建樹的嘴被堵住了。

柯天任訓話了：「各位官員們，我給你們報告一個消息：中國共產黨左派中央委員會領導下的人民赤衛軍勝利地佔領永安縣城！人民赤衛軍即將北伐，直搗北京城。右派偽政府即將土崩瓦解，毛主席親手締造的工農紅色政權即將在全國恢復起來。你們這些右派政府的腐敗官員們，喝了一肚子人民血汗，裝了一屋子民脂民膏，現在該還債了！沒收你們的家產是還不清人民的債的，削職為民，你們不甘心。革命是暴動，是一個階級推翻另一個階級的暴烈行動。為了了結你們欠人民的債務，為了紅色政權的安全，我們只好『紙船明燭照天燒』，送你們和你們的家屬上西天！殺！殺！殺！！殺！！！」

隨著柯天任「殺」字話音剛落，院裡唱起了「大刀向，鬼子們的頭上砍去……」赤衛軍的大刀閃著紅光，飛舞起來，跪著的人頭顱滿地滾。

一夜之間，柯天任的隊伍佔領了永安縣城。一夜戰亂，到處是燒焦的牆壁，到處是官員、富戶的屍體。在至高處立交橋的高杆上，懸掛著李建樹身首兩處的屍體，屍體旁貼有一張佈告：永安縣第一號右派政府腐敗官員。

殺戮焚燒還在進行，多日鬱悶在下崗工人、貧苦農民心中的仇恨還在發洩，私人仇殺趁亂而起。

上午十點，在縣人民廣場，柯天任召開了「慶祝左派革命勝利大會」。會場周圍貼滿了紅色標語：「高舉毛澤東思想偉大紅旗」，「進行第二次工農武裝鬥爭」，「擁護左派中央」，「擁護左派赤衛軍」，「擁護工農紅色政權」，「鎮壓右派政府腐敗官員」，「有冤報冤，有仇報仇」。會場外，報名參加赤衛軍的人一隊隊，一群群。

柯天任開完慶祝大會，十分得意：「沒想到人民警察部隊、人民解放軍這樣不經打，見到了真槍真炮，入他娘的都作鳥獸散，看來武裝道路比那一步步買官升級去登上天安門快捷得多，威風得多。」

柯天任從左派中央財政部獲悉，得到銀行和沒收的錢有十二億多元，從中央軍事委員會獲悉，軍隊擴大到二萬一千多人，只是武器不夠，只能武裝一萬四千人，還有七千人要扛獵槍、大刀。

「兵貴神速。消息已傳出去了，來不及訓練了。」柯天任心裡說。他作出了三個部署：一、把指揮部從紫金山遷到永安縣城原縣委辦公大樓；二、派出東、西兩路北伐軍，每路六千精銳部隊兩千未武裝部隊，東路渡江取隴海線北上，西路打下省城，取京廣線北上。一路上，部隊會越打越多，越打越精良，不出五個月，就攻下北京城；三、派五百精銳部隊和一千大刀部隊攻打黃土市，分別派五百精銳部隊和兩千大刀部隊攻打金牛縣、金馬縣，留下五百精銳部隊守永安縣城和訓練軍隊，自己身邊只留汪祖虎警衛連和財政部長趙小生，以便靈活機動。

柯天行想好了部署，就行動了。三路部隊出發了。柯天任進了自己熟悉的縣委辦公大樓，只是現在換了牌子：中國共產黨左派中央委員會、中國紅色工農中央政府。柯天任在辦公室裡坐鎮指揮，等待捷報。

卻說黃土市委書記吳銀寶聽了永安縣方面的彙報，第二天上午召開市委常委會，討論對突發事件的應對方案。正在開會時，永安縣方傳來噩耗：土匪兵佔領了永安縣城，燒殺擄掠，李建樹被懸屍示眾；土匪頭子是柯天任，自稱「中國共產黨左派中央主席」，組織的土匪稱「工農赤衛軍」。吳銀寶驚詫不已，連忙改變會議議題，一方面派人向省委彙報，另一方面召開市委擴大會，邀請市軍分區和武警部隊司令員、政委參加會議，作出防衛部署。省委書記聽到黃土市委彙報，感到事件嚴重。省委一方面派人向中央彙報，一方面召開有省軍區和武警部隊司令員、政委參加的省常委擴大會議，會上作出決定：一、封鎖消息，不准對外洩露國家機密；二、向各大院校派兵守門，不准學生出校門；三、軍區、武警、公安等待中央軍委命令。在省委會議還在開時，中央軍委副主席乘飛機趕到，立即成立剿匪司令部，調遣四個野戰軍圍剿永安縣，調三千名省武警部隊打掃戰場，調二千名省公安民警維護戰後治安。軍委副主席指示：「徹底、全面肅清匪患，不留隱患。」

卻說柯天任在坐等前線捷報，卻等來了人民解放軍的飛機、導彈。

人民解放軍的飛機向永安城內亂扔炸彈，導彈向高大建築發射。汪祖虎掩護著柯天任逃出辦公大樓，兩顆導彈把辦公大樓炸塌。柯天任從大院跑到縣一中校園指揮，命令守城部隊把全城男女老少驅趕到各路口做人體盾牌，估計「軍愛民」的人民解放軍不會向人民開槍開炮。可是，柯天任想錯了。柯天任打著「解放人民」的旗幟造反，又靠屠殺人民製造紅色恐怖；而對方早就是那種策略：打著「解放人民」的旗幟造反，屠殺人民，製造紅色恐怖，打下天下。柯天任把人民趕去當人體盾牌送死，對方早就把永安人當成土匪，把永安城當匪窩，要斬盡殺絕，還認什麼無辜平民。飛機、導彈狂轟濫炸後，永安城被夷為平地，成了一片火海，市民們扶老攜幼向城外四處逃竄。守城赤衛軍不准市民出城，只准堵住路口，向不聽話的市民射擊、砍殺。人民解放軍從四面八方衝來，見人就射殺，各路口屍體成山，血水成河。守城赤衛軍向城內退縮，最後繳槍投降；繳槍後，並沒有成為被優待的俘虜，而是被集體槍殺，不留後患。

在守城赤衛軍節節後退時，柯天任命令北伐兩路軍和攻打黃土市的軍隊撤回，從背後打擊人民解放軍。可是，三路傳來了不好消息，都被人民解放軍圍殲了。

傍晚了，柯天任想到烈士陵園供著人民解放軍的老祖宗，不會遭攻擊，就帶著汪祖虎、趙小生脫下軍衣，趁亂逃到烈士陵園。烈士陵園果然沒遭到打擊，守園人逃跑了。柯天任命令汪祖虎去剝了幾個解放軍戰士屍體的衣服，三人穿著，在陵園大門站崗，裝作守衛陵園的解放軍戰士。人民解放軍一隊隊從烈士陵園大門前開過去，他們就向軍隊敬禮。軍隊以為是上級派來守園的戰士，不惹他們。

天大黑了，柯天任、汪祖虎、趙小生弄了輛警車，向紫金山開去。一路上看到人民解放軍在射殺村民。他們來到離紫金山四、五里的地方，看到紫金山被燒了，幾十條火龍在遊動，山上山下都有槍炮聲。從山裡跑出來的人說，解放軍見人就殺。柯天任三人不敢上山，就轉頭向白雲山九門蕩跑。他們餓了，在路邊搶了商店的乾糧。

柯天任三人逃進九門蕩龍泉洞內，吃了乾糧，喝了泉水，十分疲乏，就睡了。

汪祖虎睡了一陣醒來，聽到柯天任、趙小生還鼾聲如雷。汪祖虎心裡盤算：「躲在這洞裡不被抓住，也被餓死。不如提著趙小生的大皮箱一個人逃走。皮箱裡肯定有不少錢，自己可以快活一世。」他想著，就去摸那皮箱，皮箱被趙小生的頭枕著。汪祖虎又想：「提了皮箱走，成了全國通緝犯，柯天任、趙小生也會追殺自己，那就無處安生了。三人總是免不了一死，不如乾脆拿了這兩個人的頭獻給人民解放軍，自己還能平安地活下去，再來慢慢享受皮箱裡的錢。」汪祖虎本是個歹徒，生性兇殘。他這樣一想，就把柯天任、趙小生兩人槍斃了，用匕首割下人頭，剝下兩人衣服包了。等到天濛亮，汪祖虎把皮箱提出洞外，放到一棵松樹下的石洞裡藏好。他就提著兩顆人頭包袱下山了。

汪祖虎找到了人民解放軍剿匪司令部，獻上了兩顆人頭，又帶解放軍到龍泉洞驗屍，確認是匪首柯天任的屍體。汪祖虎萬沒想到自己沒有被赦免，反而成了階下囚，要他交待「左派中央」的成員和家庭姓名、住址。汪祖虎一一交待了。解放軍按圖索驥，把「左派中央」成員和家庭都抓到紫金山上，集體槍殺了，汪祖虎和家人也在槍殺之列。

人民解放軍剿匪勝利了，正如軍委副主席所說的「徹底、全面肅清匪患，不留隱患」。

卻說柯和貴得知柯天任率領赤衛軍攻佔了永安縣城，就知道大屠殺來了，南柯村會受到柯天任株連而不保。柯和貴帶著李秀雲、學優到李衡權廟躲避。果然，柯和貴看到飛機在紫金山上扔了炸彈，導彈到處亂飛，紫金山上起火，鳳凰街遭炸。柯和貴急忙用手機聯繫方巨惠。方巨惠說，二十多萬大軍到永安縣剿匪，自己是戰後維護治安的員警部隊負責人。柯和貴要方巨惠派員警保護南柯村。方巨惠說這是戰時，他起不到作用，說人民解放軍不會亂殺人的。柯和貴知道方巨惠沒有認識到解放軍的兇殘，就轉而聯繫邱雲海、柯成蔭。邱雲海、柯成蔭都說解放軍不會亂殺人。柯和貴火了，以叔父的身份命令柯成蔭立即乘飛機回家保護南柯村安全。柯成蔭聽了，感到事情嚴重，就乘飛機到江南城，與方巨惠一起乘警車到剿匪司令部。

柯成蔭向司令員陳述不能傷害無辜平民的觀點。司令員紅著眼睛說：「你能辯辨認出匪窩裡哪個是土匪、哪個是無辜平民嗎？同志，打仗不是你們書生畫畫寫文章，打仗是殘酷無情的。」柯成蔭就保證柯天任的家鄉南柯村人都是反對柯天任的無辜平民，說連柯天任的父親、愛人也是反對柯天任的，軍隊不能在南柯村抓土匪。司令員說：「南柯村有土匪，你柯成蔭負責清剿。」柯成蔭答應了，並要司令寫一張命令給自己。司令員寫了命令：「各剿部隊，不能騷擾柯成蔭同志的家鄉。」

柯成蔭拿了這道命令，去複印了一百份。他又去找省軍區政委，要了一輛軍官小車，要了一個連部隊來到南柯村，將一連部隊在南柯村週邊設防，保衛南柯村。柯成蔭召開村幹部和族中長老會議，說明情況，派人把「命令」影印件到四周村口張貼。柯成蔭又驅車找軍官談話，不准亂殺平民。柯成蔭又去黃土市接回鄢豔。柯成蔭去永安縣城找褚真紅時，通用機械廠的宿舍樓已成廢墟，街道上慘不忍睹。柯成蔭好不容易在湖坪一個蔬菜棚裡找到了褚真紅母子（柯業章早已去世），接回南柯村。柯成蔭又記著東湖村人，連夜開車去找張青柏、張志成等人，給了「命令」影印件，張貼在東湖村口和東湖村小學大門外。柯成蔭在戰時，冒著槍林彈雨不停地忙著，盡力救護平民，直等到戰事結束，方巨惠員警部隊前來維護治安，他才回京城。

柯成蔭走後，柯和貴帶著柯善良等人去找到了柯天任的屍體和頭顱，合為一具，到火葬場火化了，帶回骨灰盒。按照民間殯葬風俗，柯和貴把柯天任骨灰盒放在祖宗堂第二重，設了靈位，讓鄢豔和學優守靈。

在柯天任靈位擺上時，南柯村人前來圍觀。

「不能讓柯天任那禍害在祖宗堂設靈位。他是族人敗類，險些害得滿門抄斬。」人群中有人叫喊。

「那禍害的靈魂入了祖宗堂，會變厲鬼害人的。」

「把那禍害的骨灰拋到幾百里之外去，讓他永不能回南柯村。」

……

怒叫聲沸反盈天，還有幾個人衝上來。

柯和貴站在第二重臺階上，堵住衝上來的人，大聲說：「兄弟叔侄，讓我主講幾句……」

「和貴哥，你就是太仁慈了，對惡人不能寬恕。」衝在最前面的柯羡定不等柯和貴說完，就指責柯和貴說。

柯和貴面對憤怒魯莽的人群流淚了。

「親的親不開，疏的疏的攏。柯和貴畢竟是柯天任的親叔，為柯天任流淚了。」一個老人說。

「你給我站住！」柯和貴指著柯羨定喝道，「你以為我是為柯天任流淚嗎？不！我是為大家悲痛流淚。」

「這就奇怪了，大家沒有喪事，有什麼值得你悲痛的？」有人問。

「一點也不奇怪。」柯和貴說，「柯天任活著的時候，大家團結起來反對過他嗎？沒有。現在，柯天任成了一撮灰塵了，大家來向一撮灰塵除惡揚善了，能不令人悲痛嗎？」

眾人緘口。

柯和貴繼續說：「我問大家。在清匪反霸時，就在這祖宗堂，有惡人要好人柯丹青、尹安定跪碗鋒、滾狗子刺，族中有誰出面制止？柯啟文一家人被殺，族中至今有誰出頭為柯啟文鳴冤叫屈嗎？在水利工地上，周雷霆摔死柯東山，族中有人誇周雷霆真英雄，有只有柯和貴出面為柯東林討回公道。柯和貴遭批鬥，族中有人出頭說公道話嗎？柯天任在關帝廟辦武館，為害一方，族人為什麼不敢驅趕他？發大水時，柯慶如三個老漢為族中攔車鳴冤被抓去了，族人為什麼不去營救？柯天任當縣委書記，橫徵暴斂，族人為什麼不敢去與他理論？公判柯天任時，族中去了不少人參加營救柯天任的遊行示威，這是為什嗎？倘若柯天任沒死，帶著幾個惡人闖到祖宗堂，大家敢阻攔他嗎？倘若柯天任打勝了，黃袍加身，來到祖宗堂，大家敢不趴在地上喊『柯天任萬歲』嗎？現在，柯天任死了，成了一撮灰塵了，大家沒什麼可怕了，就膽大了，勇敢了，義憤填膺了，要來抛骨灰了。大家自己說說，你們是懲罰柯天任呢，還是欺負在這裡守靈的孤兒寡母？我說，大家都是欺善怕惡的人，南柯村惡人得勢，柯天任敢兇橫，都是族人寬恕了他們，容忍了他們，縱貫了他們，每個人都有罪責。我柯和貴沒寬恕柯天任，我沒有罪責。我至今沒有為柯天任流淚，是為大家的愚昧無知悲痛流淚。我設這個靈位，不是為了柯天任的靈魂，而是為安慰孤兒寡母。我說完了，大家來撤靈位吧。」

柯和貴說完，把鄢豔、學優牽到一邊站著。那鄢豔、學優本來沒哭泣的，看到這陣子，聽到柯和貴這番話，就傷心地大聲哭起來。

「和貴說得有理，有理呀。」一個老人說。

柯羨定低下頭，退下來，憤怒的人群都退下來。

「兄弟叔侄，我柯善良是直接受柯天任陷害的人，我恨柯天任，但我不怕柯天任。我去給柯天任收屍，不是把那屍體當作活人柯天任，而是當作一個死屍，當作我弟媳我侄兒的親人。路邊有具死屍，我們要去掩埋一下，這是人性呀，是善心呀。這有什麼錯呀？大家散去吧，好讓這孤兒寡母為親人送葬吧！」柯善良說。

那鄢豔本來對柯天任失去了感情，沒有悲傷，可是，看到了族人的行為，聽到了柯和貴和柯善良的話，不覺勃然大慟，哭泣起來。那哭聲由抽泣到低聲，由含糊到清晰，直到嚎啕大哭，一時驚天動地，靈堂剎那間充滿悲哀氣氛。眾人由屏息而聽，到傷心落淚。大家聽清楚了，鄢豔哭的不是柯天任，而是哭這個險惡世道。

鄢豔哭人世

我本無淚泣惡靈，眾怒卻向遺孤孀。怒氣洶洶沖靈堂，淚水紛紛哭上蒼。
上蒼呀！造物芸芸種萬千，相食相生天倫昌。若無牛羊與角馬，何有虎豹與豺狼？
同類相生不相殘，虎不食兒是天綱。人是同類本相憐，自由平等人道祥。
人類呀！自從出了男強人，才有堯舜夏周湯。人類分化為異類，弱肉強食成倫常。
賤民懦弱做奴隸，惡徒為王為將相。
鄉親呀！昨日天任有權貴，鄉親敬畏心惶惶。今日化作一盆灰，卻向孤寡現剛強。

如果人人爭權利，何有堯舜周武王？倘若鄉親人心一，哪有天任逞瘋狂？
天任呀！你也原是一嬰兒，並非天生一條龍。功名惡俗汙童心，眾人謬贊失天良。
習練武功和陰謀，商界官道作戰場。虐父欺妻塗生靈，稱雄半世命喪亡。
天地呀！鄉親呀！拋不盡的淚珠，哭不完的悲傷！何日善性歸人心？何日智慧醒同鄉？何日世道有清明？何日天道得張揚？

在鄢豔的哭聲子，眾人漸漸散去。

柯和貴領著鄢豔、學優在平靜中做完了柯天任骨灰安葬過程。

悲嘆柯天任之類的惡人之死，柯和貴有詩云：

堵耳不聽善人勸，鬼迷心竅三十年。
作惡多端做人傑，雄心少智逐王權。
冒死為匪仿井岡，壯年喪命在龍泉。
人惡人怕天不怕，南柯一夢難實現。

贊柯天任之類的英雄之死，傳統文人詩句集錦云：

其一

霸業成時為帝王（羅貫中），不成且作富貴郎（羅貫中）。
他年若得凌雲志（施耐庵），敢笑黃巢不丈夫（施耐庵）。
虎踞龍盤今勝昔（毛澤東），天翻地覆慨而慷（毛澤東）。

談笑渴飲匈奴血（岳飛），日暮風沙古戰場（王昌齡）。

其二

獨把一麾江海去（杜牧），項羽不肯過江東（李清照）。
砍頭只當風吹帽（夏明翰），長江有情起波浪（王健）。
三十功名塵與土（岳飛），壯志未酬身先亡（杜甫），
莫遣功名屬別人（張籍），留取丹心照青汗（文天祥）。

注：1.夏明翰，敢於為黨組織犧牲生命的共產黨員。2.王健，電視劇《三國演義》裡專寫讚美殺人英雄的歌詞作者。

安葬了柯天任，柯和貴放不下李代仁、盧儒軍的生命安全，急忙去李衡權廟找辛龍水。柯和貴來到李衡權廟，看到盧儒軍。盧儒軍左臂中彈，正在療傷。

盧儒軍見到柯和貴，像小孩子一樣哭了，講述了李代仁死在戰場的事。

盧傳軍和李代仁在西路北伐軍，打下金馬縣，向北推進到靈牌山公路上時，遭到飛機、導彈的轟炸，被迫退進靈牌山。飛機、導彈追著轟炸，西路軍傷亡大半，潰不成軍。李代仁、盧儒軍帶著一百多人躲進五峰洞內。兩個多小時後，聽到解放軍殺上山來，高喊「繳槍不殺，優待俘虜」。洞內有的士兵想投降。被李代仁槍斃兩個，不准投降。盧儒軍勸李代仁說：「給投降的人一條活路，不要強迫士兵。但投降的不能反槍來殺自己人。」於是，就有四、五十人出洞投降了。誰知投降士兵繳槍後，就被當場槍殺了。洞內士兵看到投降無望，擁著李代仁衝殺出去。李代仁一邊衝鋒，一邊高喊：「左派中央萬歲！柯天任萬歲！」李代仁身中數彈倒下了。盧儒軍左臂中彈倒在屍體堆裡。解放軍來打掃戰場，向負傷沒死的人捅刺刀。盧儒軍裝死倖免。等到天黑，解放軍下山了，盧儒軍忍痛來到李衡權廟。

「李大哥死得太壯烈了，我卻死裡逃生。」盧儒軍讚嘆李代仁時，深感內疚。

「李大哥死得太糊塗了。他為誰死？」辛龍水說。

「儒軍，你沒有為惡人賣命，沒什麼內疚的。」柯和貴說，「我們去找李代仁屍體，安葬到他祖墳山去，立個碑，滿足李代仁做烈士、有人紀念的生前願望。」

柯和貴三人來到靈牌山五峰洞前，屍體都被當地村民掩埋了。盧儒軍把李代仁的身體特徵說給村民聽，柯和貴給村民一些錢，才在一個有十幾具屍體的坑內找到了李代仁屍體，用木匣盛了，運到李代仁村裡。李代仁家人舉行殯葬儀式，埋在祖墳山裡，立了碑。

柯天任發動戰亂而自己喪命的這一年，恰好是李朝清九十歲的這一年，柯和貴決定在春節期間家人團聚時，給母親做九十大壽。

欲知後事如何，且聽下文分解。

第一百一十九回　孝孫子憬悟現代史　老祖宗圓結南柯夢

卻說柯天任喪命的這年春節，柯和貴給母親做九十大壽，在外讀書、工作的李朝清子孫們都回家了。

初三這天，老屋堂前成了拜壽堂。大門春聯換成了壽聯：

嘗盡人間甜酸苦辣澀　看透宇宙紅黃青紫藍

橫批：祝壽

對聯是：

大門左牆上貼一幅橫標：慶祝李朝清老人九十誕辰。右牆貼有一張紅紙寫的短文：李朝清老人生平簡歷和崇高人格。

壽堂裡，正牆上掛著李朝清老人放大的全身彩色坐相，相片兩旁有對聯：

堂前尊位百壽星　後人沐恩五代福

牆下放有一張高背籐椅，供老人坐；地上鋪有紅色地毯，供子孫跪拜。

柯和貴請來在電視臺做記者的學生張文華，拍記錄片，照了全家福的相。拜壽、拍照，弄了三個多小時，又請同房人吃了壽飯，一直忙到傍晚。

晚上，李朝清老人和兒孫們在堂屋圍著火塘聊天。

按江南風俗，春節時生火塘，只能燒松樹、柏樹、樟樹三種樹蔸，禁忌燒柳樹、楊樹等不能做棟樑木料的樹蔸。柯成蔭、柯良文就到柯和仁家搬了三個樹蔸來，在壽堂生起大火。李朝清老人坐在上首，柯和義、柯和仁、柯和貴左右分坐，孫子輩隨便圍坐。只有李秀雲不願閒談，拉著張愛清，帶著鄢豔兒子學優、柯成蔭兒子小楊一起去鄢豔新屋看電視。

李朝清老人看著膝下一大群後人，有六、七十歲的，有四、五十歲的，有二、三十歲的，有八、九、上十歲的；有做官的，有當老師的，有當經理的；有小學生，有中學生，有大學生，有研究生；個個有知有識，有情有義，心裡十分欣慰。在她眼裡，他們都是小孩子，都是她抱著餵奶，牽著學走路，叮囑著長大的，至今還把他們當作小孩子來操心、擔憂、教導。她有說不完的話。

一大家人圍著火塘說笑起來。柯和貴的二女兒良慧給大家分糖果，端茶水。火光映紅了每個人的臉，氣氛溫暖了每個人的心。

柯和貴平時教育子女說：「與老人聊天有三個意義：第一，表示孝心。孝順老人，不僅要給老人吃好穿暖，還要與老人聊天，溝通，使老人不感到寂寞，有親情感，得到精神安慰。第二，從老人的經歷中，得到經驗教訓，學習老人的美好的品質。第三，了解真實的現代史。老人的經歷是一部活生生的現代史教科書，能糾正當權者歪曲、篡改了的歷史。」

柯和貴的兒女們都是學理科的，對政治和歷史不大關心，對祖母講述的個人經歷不感興趣，與祖母聊天，耐著性子聽祖母敘述，僅僅是為了孝順。柯成蔭也是理科生，開始時，與祖母談話，也是那個心理。後來住進了中央黨校，調到政界工作，對政治和歷史關心了，聽祖母講些個人經歷，但也是不以為然。柯成蔭喜歡與叔父柯和貴討論哲學、政治經濟學、歷史學等論題，但每每觀點相反，辯不過柯和貴。有一次，柯和貴對柯成蔭說：「你所學的哲學、政治經濟學是僵死的被歪曲的知識，你所學的黨史、歷史是被不斷篡改、虛構的資料，得出的結論必然是錯誤的。你要重新學習和研究，首先向你祖母求教現代史。你祖母提供的史料是真實的，作出的歷史結論是正確的。」柯成蔭聽了大受震驚，又感到蒙羞。但柯成蔭畢竟是個品質性善、求真務實的知識官員，就真的利用回家時間在與祖母短暫談話中，有心問一些零星的現代史的問題。

這次回家給祖母拜壽，柯成蔭的時間比較充裕，決定聽祖母系統地講述。

柯成蔭對愛人盧金仙說：「我們在北京看厭了那老一套的春節晚會，今晚才是一家人團圓的真正天倫之樂的春節。」

盧金仙是遼寧丹東朝鮮族人，柯成蔭大學時的同學。她聽了柯成蔭的話，點頭笑了笑，不知道回答什麼好。

柯和貴看到盧金仙怯生生的，就主動找她搭話，問朝鮮族的春節風俗。

盧金仙有了話題，就說了起來。她在說到外祖母家時悲痛流淚了。她說外祖母家在朝鮮，連續四年鬧饑荒。前年，舅父帶著十五歲的表弟過境來和母親一起過春節。過了春節，舅父把十五歲的表弟留給母親撫養讀書，自己帶了些糧油回去。誰知被打成「裡通處國」的特務分子，坐牢一年後被槍決了。舅母被打成壞分子被管制生產，八十一歲的外祖母自縊了。

盧金仙的話使全場氣氛沉悶起來。

「孩子，毛主席幾時到你外祖母那邊坐天下了？」李朝清老人問。

這一問，大家笑起來。

盧金仙笑著說：「毛主席早死了，沒有去朝鮮坐天下。朝鮮是金日成的兒子金正日坐天下，搞的還是毛主席的老一套。」

「啊，我想起來了。」老人若有所思地說，「你說的朝鮮是打美國佬的那個國家。我們南柯村有兩個人當志願兵去過朝鮮。我小時候見過美國佬，美國佬不是壞人呀，為什麼要打美國佬？」

孫輩們聽說祖母早就見過美國佬，都有興趣了，要祖母說說見美國佬的事。

老人就講起來。她十二歲時在永安城大姐家生活，大姐帶她去美國人辦的教堂。教堂裡講課、管事的有不少美國佬。美國佬聽說她是孤兒，就給她吃的、用的。她後來經常去，美國佬給她講做人的道理，教她要有善心、做善事，還擔心她一個小女孩不安全，送她回家。她感到和美國佬在一起很安全。在日本兵打進永安縣時，她帶著自己的兒子柯和仁躲進教堂裡，許多婦女帶著孩子都躲到教堂裡。美國佬可好哩，不讓日本兵進教堂害老百姓。後來，毛主席坐天下了，把美國佬趕跑了，把教堂砸了，還派志願兵到朝鮮去打美國佬。

老人最後說：「孩子，打美國佬是打好人善人呀。打好人善人的人是壞人惡人呀。壞人惡人總是害怕、痛恨好人善人的。我看，你那個朝鮮是壞人惡人當家，老百姓能不受罪嗎？」

「祖母，你真了不起，把複雜深奧的道理一下子說得簡明淺顯了。」盧金仙向祖母翹起了大姆指。「祖母是很了不起的，我一回家就向她請教。」柯成蔭說，「我現在就向祖母請教一件事。祖母，你聽說過太平天國的事嗎？」

老人不知道太平天國是什麼東西，在柯成蔭的描繪下，知道了，說：「你說的是長毛子。我十六歲到南柯村，聽你太公說過。長毛子頭裹布巾，毛髮披肩，很兇惡的。到南柯村來，姦淫，殺人，搶劫，燒房，毀私塾，砸寺廟。南柯村有兩家富人被殺絕了，有三個讀書人被殺了。那時，南柯村村口的茶鋪有三家。聽說長毛子來了，跑了兩家。柯善良的六十多歲的太婆和她十三歲的孫女沒跑，以為兵來了，給些茶水喝，就沒事了。長毛子一來，就把老太婆和孫女輪奸了，孫女被輪奸死了。那長毛子就把孫女剁成肉塊煮著吃了，把老太婆給殺了，把三家茶鋪的東西搶光了，把房子也燒了。幸虧老太公和太公躲了，不然，柯善良一家絕戶了。所以，你太公教導我，兵匪來了，要躲，不要躲在大路邊的房屋裡，要躲到山林、蘆葦蕩裡。」

柯成蔭聽得目瞪口呆，這與歷史教科書上所寫的截然相反。其他人也聽得心驚肉跳。

老人一說起來就絮絮不止：「孩子們，兵患匪禍你們沒經歷過，可千萬不要相信兵匪呀。西邊湖朱家一家人就遭過拳匪難。朱恒山的祖父是山東平原縣人，在縣城開家店鋪，也賣些洋貨。拳匪起事後，第一個打平原縣城，見教堂和洋貨鋪就燒，就搶，見洋毛子和二毛子就殺。朱恒山的父親被當作二毛子抓住了。殺他時，他說和朱紅燈是同宗。拳匪殺紅了眼，根本不聽，把他剁成十幾塊，還強姦了朱恒山的母親和姐姐。十六歲的朱恒山躲在夾板裡，不敢出氣，在燒他家房屋時，趁火煙逃了出來。朱恒山聽說南方沒有拳匪，就往南方跑。他過水翻山，跑了兩個月，到了南柯村病倒了，被你們曾祖父救下了。你曾祖父當時是族長，就讓朱恒山到西邊湖住湖屋。我嫁來時，朱恒山只四十來歲。現在朱家獨屋有五戶人家了。」

柯和貴解釋說：「拳匪，就是義和拳，又叫義和團。現在你們讀的歷史教科書歌頌義和團，說『義和團是偉大的愛國主義運動，阻止了帝國主義瓜分中國的美夢，是五十年後中國人民革命偉大勝利的奠基石之一』。可見歌頌義和團的人是義和團的孝子賢孫，是在繼續義和團的事業。」

老人繼續說：「我一生見過的兵匪千千萬萬，只見過兩種好軍隊。一種是打吳佩孚的北伐軍，不抓夫子，不姦淫，不搶東西，買賣公平，還救濟人。南柯人都自願去給軍隊送茶飯、抬擔架，軍隊還付工夫錢。另一種是打日本兵的國民軍。一個魏團長駐紮在南柯後堖林，日本飛機來轟炸，魏團長下命令不准士兵往村裡跑，擔心招惹飛機炸房屋，傷了老百姓。一個夏營長槍法好，打下了兩架日本飛機。在黃山打了一仗，夏營長被日本兵包圍了，死不投降，與日本兵拼刺刀死了。天黑了，日本兵撤退下來。南柯村人去山裡抬回了十六個傷兵，給傷兵治病。南柯村的地下共產黨，半夜裡到白雲山把共產黨『遊雞隊』帶來，把十六個傷兵都殺了，搶走了槍支彈藥。還殺了三個主持抬傷兵的人，現在，那幾戶成了反屬，子孫不能出頭。」

老人說自己最怕的是兩種兵。一種是日本兵。飛機炸了村裡六棟房子，進村殺了一個男子漢，強姦了兩名婦女。日本兵是明著來，好躲好避，時間也不長。另一種是共產黨的「遊雞隊」。半夜來時發出「噓——噓——」「謔——喲——」的聲音，學狼叫，學貓頭鷹叫，叫得人膽顫心驚。在巷子裡轉了一陣，就打起火把。村裡的地下黨前屋後巷地喊：「那些反動派聽著，你敢向反動政府報共產黨員名字，老子就入你老娘，賣你老婆女兒，殺你全家。」接著，就踢門，搶東西，殺豬，拷打人，殺富人，擱婦女。每次來，都要殺兩個人，賣幾個婦女，搶幾家富人。有一次，村裡柯秋華的父親和柯永恆的父親被「遊雞隊」抓到白雲山裡，要柯秋華拿十萬元去買父親的命。柯秋華到哪裡去弄那麼錢？「遊雞隊」就把柯秋華父親剁成三段，丟到山溝裡，放柯永恆父親回家報信。柯秋華不敢去山裡收屍，只好花錢給村裡地下共產黨員，去收回父親屍體。「遊雞隊」和地下黨也怪，自己殺自己人，說是殺「改組派」。民國十八年，南柯村一夜殺了八個共產黨，都是讀書人，剩下的都是不識字的地下黨員了。「遊雞隊」和地下黨從民國十八年鬧到民國三十八年，在南柯村殺絕六戶，殺死六十五人，賣婦女三十四人，嚇死三個，燒了房屋九棟，搶劫財產不計其數。比日本兵兇狠多了。

老人還說：「我遇到幾次饑荒，最大的是人民公社時的連續四年大饑荒。民國甲戌乙亥年饑荒，只幾個地方，政府發救災糧，富人開倉賑災，饑民有地方討米。人民公社的大饑荒，全國都一樣，沒有救災糧，沒有富人開倉，沒有地方討飯，也不准討飯，只能在公社裡餓死。樹皮草根觀音土吃盡了，到處都有餓死的人。共產黨幹部還要社員憶苦思甜，唱『想起往日苦』的歌。往日的苦哪有今日的苦大呀？」

老人教訓子孫們說：「我活了這把年紀了，不懂什麼國家大事，總記著你們曾祖父說的一句話：『凡是從山溝裡殺出來的土匪軍隊，頭子不是星宿下凡，是山洞裡出來的妖魔，做不出什麼好事善事的。他坐了天下，也不得太平，還是要殺人。』這話說得對呀。陳瞎子說：『蔣介石是烏龜精，毛主席是鱉魚精。烏龜精忠厚，吃素；鱉魚精兇惡，吃葷。』這話也說對了。自從清匪反霸到現在，有哪一年不殺斯文人。」

「叔父，你說對了，祖母實在是一部活生生的歷史教科書，她對歷史的結論正確。」柯成蔭很有感觸地對柯和貴說。

「這兩年，我與祖母接觸多了，我感到祖母實在不簡單，不管社會人事怎麼複雜變化，她心裡總有一根弦，彈出清晰的聲音來。」鄢豔對盧金仙說。

「孩子，你說社會變，也有不變的東西呀。」老人說。

「祖母，你就說說有哪些是不變的？我還沒聽說過。」最小的讀醫大的孫女良瑜說。

老人說：「人間有兩個東西是不變的，一個是人的模樣子，一個是善性。社會的變化，只是衣、食、住、行、用變了。原來吃粗糧素淡菜，現吃精糧濃葷菜，原來喝井水，現在喝自來水，原來喝茶，現在喝飲料，吃喝的錢越多越浪費。原來穿衣只講合身保暖，現在講奇裝異服；原來叫剃頭理髮，現在叫燙髮染髮；這穿衣打扮越來越離譜了。原來住房要講金木水火土，住木屋土屋。現在住鋼筋水泥屋，高幾十層，貼瓷磚，刷塗料，裝修花的錢比屋本錢還多，離地面越來越高，滿屋的氣味。原來二、三十里路動腳走，富人動轎抬，到後來騎自行車，現在坐小車，坐飛機。這行走快了，讓人頭暈。原來洗衣擦浴用皂角、用肥皂、用城水，現在用洗衣粉、用洗髮劑，多得我數不清楚了。原來讀書考秀才、舉人、進士、狀元，現在考中學、大學、研究生。原來做農各家各戶做私人田地，毛主席時做公社集體田地，現在把田地劃成一小塊一小塊做。原來一個鄉只有一個鄉長和一個文書，一保只有一個保長和兩個保丁，現在到處是官。原來沒有的，現在有了，電話機，電視臺、電腦、手機，我叫不出那多名字。變了，變化真大，但人的模樣子沒有變，還是橫眼睛直鼻孔，兩隻手，兩隻腳；還是小孩子長大，大人變老，老人要死。毛主席那麼厲害，不能『萬歲』，還是要死。這沒有變。

「還有人的善惡沒有變。毛主席坐天下，不說善惡，說階級。說共產黨好，革命幹部好，貧下中農好，積極分子好，土改根子好，勞動模範好，人民公社好，社會主義好，蘇聯老大哥好，主地資本家壞，反對派壞，反革命壞，右派壞，單幹壞，資本主義壞，美帝國主義壞。變了，思想變了，社會變了，變得人看不清楚善惡了。可是善惡是非自在人心，人心在天良。這沒變。共產黨員、革命幹部、土改根子的柯鐵牛、瞿思危要人受刑受罪，偷搶人的東西。柯鐵牛雪天剝去叔父柯啟文的衣服淋水，還把柯啟文一家人殺絕了；瞿思危用槍打死養他的親伯母，他們好在哪裡？柯丹青在南柯村主持公道，尹安定講仁義，壞在哪裡？右派教師王熾興、張青柏有知識，一心教書，共產黨的校長邱遠乾大字不識一籮，一肚子壞水整死人，哪個是牛鬼蛇神呢？社會主義、人民公社餓死人，資本主義、單幹吃得飽，哪個好呢？國民黨選官，官少，共產黨派官，官多，哪個好呢？現在有人說毛主席好，鄧小平壞，毛主席叫人窮得無處討飯，鄧小平讓人吃飽穿暖了，誰好呢？若是大家來學做毛主席，這天下好嗎？子龍學做毛主席，是好人嗎？鄧小平的貪官汙吏壞，毛主席的惡官酷吏就好嗎？一切都被說反了。從古至今，從中國到外國，都有善惡，這沒變。古人說『人之初，性本善』，教人修身養性；觀音菩薩教人修六度，行十善；道士教人去邪扶正，積陰德；基督教堂的美國人勸人做好事，贖罪惡。這才對呀。

「我活到九十歲了，聽到的花言巧語太多了，看的各色各樣的人太多了，經過的奇形怪狀的事太多了。我只守住心中那兩個不變的道理，就亂不了。我能向你們誇一句海口：不管他怎麼英俊，打扮得怎麼漂亮，說得怎麼甜蜜，唱得怎麼好聽，和我接觸得兩、三次，我心中對他就有譜了：是善人還是惡人。孩子們，你們千萬要會識別善人和惡人，善事和惡事，不要被惡人欺騙陷害，不要跟惡人共事，要做善人，要做善事。有人說：『做善人吃虧。』那是看得不遠呀。『善有善報，惡有惡報，不是不報，時候未到。』這話不是講迷信，是講事實呀。善人眼前利益吃虧，可是得了人心，做事有人合作，遇困難有人幫忙，路子越來越寬，心中也安寧，後人也有人關心。惡人眼前利益佔便宜，可是，不得人心，做事沒人敢合作，遇困難別人幫著推，路子越來越窄，時刻提防有人報仇，後人因他得禍。中國有個大善人孫中山，受幾代中國人尊重。子龍做了惡人，我家幾代做善人，才蓋住了子龍的惡，使鄒豔、學優平安無事。把握住善惡這個尺寸，做善人。人老了，這個理老不了；朝代變了，這個理變不了。」

老人說完了，眾人還在屏息諦聽。

「祖母說得真好，比我大學裡的教授說得透徹多了。那些教授一說到做人的道理，就沒了善惡標準，說得繁紛混亂，自己昏昏，使人昏昏。我祖母稱得上是個思想家、倫理家、哲學家，人格高尚，精神偉大！」良瑜天真地認真地激動地說。

「我贊同小妹的評價。」柯成蔭笑著說。

鄢豔一直專注地聽老人說話，幾乎捕捉住了老人的每個音符。她的心靈曾被柯和貴的話震撼過一次，今天又被祖母的話刷洗著，那浮塵污垢全被刷洗掉了，顯得格外清新爽快。她感到，生活在這善良的普通人的和睦的大家庭裡，多麼安全，多麼溫馨！她暗忖：把祖母接去一起生活，向祖母這尊活菩薩膜拜、禱告、祈求，她會生活得更踏實，更安寧了。

柯成蔭在深沉地思考：「祖母的控訴，是中國下層民眾的控訴，祖母的期望，是中國民眾的期望，我一定要盡自己所能，把改革開放推向前，決不讓歷史倒退到毛澤東時代去。」

柯和貴看到一家人在老祖宗腳下十分融洽合歡，由衷高興，心裡在說：「不管環境多麼惡劣，善根總會長出善苗，善苗總會長成參天大樹。」

一家人一直合歡聊天到子時才散去。

柯和貴為母親的歷史敘述寫了一篇賦：

我是耄耋老人，身經了腥風血雨十六個王朝。看透了宇宙紅黃青紫藍，嘗盡了人間酸辣澀苦甜。

我一瞧，就能看穿你做的事是惡還是善；我一聽，就能辨別你說的是真話還是謊言。

個人經歷是童叟無欺的真實歷史，贏家寫的歷史才片面。真實的歷史是：三十年河東，三十年河西，風水輪流轉。轉來轉去，幾千年，還是王朝。天地億萬年，人類百萬年，幾千年王朝只是一瞬間。那帝王，為了維穩特權，總要把歷史改篡，宣傳帝業萬萬年，使農奴受壓迫而心甘情願。

王朝，看你轉到那裡去？怎麼奈何得那天道人性善？試問螃蟹：你橫行霸道能幾時？人類歷史定會輪轉到自然。

我的回憶，揭去了惡人的偽善，披露了善人的心田，讓孫子憬悟了現代歷史，栽培了一棵棵善苗。

又，**集錦詩**云：

百歲春光坐黃堂（湯顯祖），往事閑征夢欲分（韓溉）。
朝看飛鳥暮飛回（李賀），主領春風只在君（王建）。
年年檢點人間事（羅鄴），誰睬髭須白似銀（曹唐）？
儒冠誤人霜鬢絲（湯顯祖），未若漂母識王孫（王遵）。

注：漂母，給韓信一碗飯的洗衣老婦。

卻說鄢豔決定把祖母接去一起生活，就說服了祖母，徵得柯和貴、柯和仁的同意，在年初四就收拾東西。鄢豔在清理中，把柯天任和自己的日記、筆記、賬簿、報刊剪摘包成一包，交給柯和貴處理。鄢豔在年初五，雇了車，扶祖母上車，把新屋鑰匙交給父親柯和仁，去黃土市開商店。

柯和貴得到鄢豔一包本子，翻看一回，陡然起了一個念頭：「這是寫小說的好材料呀。」他這樣一想，就去找柯成蔭，要他也把日記之類寄來。他又找柯和義、張愛清，要了兩人珍藏多年的日記、筆記、證物、書籍。柯和貴收集了這些本子，一本本地閱讀起來。他讀了一個多月，大受感動，就動手做起小說。可是構思了兩個多月，寫了十幾個開頭，都廢了。他分析自己寫不出來的原因有三：一、自己是局中人，有「不識廬山真面目，只緣身在此山中」之嫌，離不遠，站不高，看不清整體；二、自己情緒激動，不能平靜地去描繪；三、自己正在寫一本哲學書，分了心思，集中不了精力。柯和貴就放下了寫小說念頭，想找一個人做替死鬼。

欲知後事如何，且看下回分解。

第一百二十回　李衡權遺留祭天文　柯和貴囑託小說事

卻說這年暑假，我照例回家幹農活。教師回家務農，並不是因為領不到足額工資去做點補貼糧油的事，而是要為黨完成上交農業費稅任務。因為做農虧本，農民們不願領種「農轉非」的教師家裡的責任田地，所以鎮、村領導幹部就作出一個英明決策：凡「農轉非」教師，一律照領責任田地，完成農業稅費任務。領導幹部說這是個「民心工程」，要教師向黨向農民獻出一份愛心。我一家五口在八七年前就「農轉非」了，至今仍要做責任田地，不做，也要拿出工資去抵交農業稅費。工資只發個百分之六十三，還要交那扣那的，買不回一家人糧油了，能不做嗎?幸虧我是個種田好手，和愛人一起幹七天，也就把「雙搶」搞完了。餘下的時間就砍柴，看書，寫點小說，自解無聊。旅遊和逛城市是消費不起的。

這天，又是一個豔陽天。我沒有農活了，吃了早飯，在桃李樹下放張小桌，端杯井水，坐在桌旁，看起《悲慘世界》最後一章，體會悲慘而歡快地去死亡的冉阿讓心態。

我正沉浸在冉阿讓的心境之中，柯和貴來了，提了一個大帆布包。

柯和貴早在八二年春就把責任田退給生產隊了。那時，承包制還不到一年，農民都爭著要責任田。他對我說：「農民好景不會長。農民是絕大多數，讓一部分人先富起來，是讓有權的人來侵吞絕大多數人的血汗。你趁早把責任田退了吧。」我知道柯和貴有許多奇談怪論，不信他的話。六年後，我才信他的話了，但責任田退不掉了。我一直佩服柯和貴在政治經濟學和哲學的獨到見解和高深造詣，這下子，又佩服他對世事的洞察力和預見力了。

柯和貴把大帆布包丟在桌上。我連忙進屋提個小椅子給他坐，又倒了杯井水給他喝。

柯和貴喝了兩口水。那上下蠕動的喉結發出異樣的吞咽聲，神色凝重，好像有什麼重大秘聞要吐露。

「我今天找你，不是閒聊，有重大的事情和你商量。」柯和貴鄭重地說，「有兩樣東西，我珍藏和保密了二十五年，今天給你看。」

柯和貴從帆布裡掏出一個藍布包，解開藍布包，是個黑布包，解開黑布包，露出一本木版舊藥書。他從一張折頁套裡倒出一張發黃的黑白相片，又從另一張折頁套裡抽出一張白宣紙文稿，把相片和文稿展平在黑布上。

我挨身過去，俯首細看。那相片是兩人的合影照，一個五十多歲的老頭，一個大約四十歲的中年漢子。那老頭頭戴禮帽，身著中山服，手拄拐杖，一眼能看出是孫中山先生。那中年漢子留著兩分頭，也穿中山服，身材比孫中山先生略高，面闊肩寬，面孔和眼神好像在哪裡見過。

相片頂空白處有四個字：天下為公

相片兩旁有副對聯：

舉民主義旗倒帝王獨裁愈挫愈奮自古唯一人

融中外文化創三民主義先知先覺至今無二君

字是毛筆寫的蠅頭小楷，結構嚴謹，筆力蒼勁。

「這是李衡權先生與孫中山先生的合影。」柯和貴說。

「啊，怪不得眼熟哩。」我說。我曾見過七十多歲的李衡權先生兩次。

我再看那文稿，和那相片上的字跡一樣。其文如下：

辛亥花甲祭天文

嗚呼！又一花甲矣！

吾觀乎宇宙，乃相牽引、相均衡、相協調之完美整體，非相對立、相矛盾、相鬥爭之破碎統一體也。

太陽與行星，原子核與電子，雄性與雌性，皆相配對、相愛幕、相親和，非相對立、相矛盾、相鬥爭也；物有大小強弱，皆大小相聚，強弱互補，定數定量，非大壓小，強凌弱，只存強大，拼棄弱小也。今人有學說，謂唯物對立統一為自然法則，矛盾鬥爭絕對為四海真理，此乃妖言惑眾，強權政治之邪說，非物理之大道也。對立、矛盾、鬥爭現象，宇宙亦有之，如人體之病變，旋即自調，復歸協調原理。

余觀乎人類生存發展之現象，亦合乎宇宙協調原理。人求平安，家求和睦，國家求安全，人類求和平，呼人權，反戰爭，禁核器，止暴力，鏟強權，消恐怖……此發自人之天性所願也，合天理也。而造矛盾，煽仇恨，裂族群，吹鬥爭，行暴力，施強權……此暴王盜頭之惡性所作也，逆天理、反人道也。

吾觀乎中國五千年之歷史，乃暴王盜頭惡性肆虐之歷史也。其間雖有老莊之學在抗爭，然氣息微微。五千年，君權神授，一人獨尊；小農生產，家長專橫；村社風俗，民不參政；刀槍施威，斯文掃地；鉗民之口，愚弄國人；……辛亥革命為一終結。辛亥革命之後，帝王垂死掙扎，領袖獨裁，復辟一姓天下之文化大革命。復辟者恐於辛亥革命之影響，不得不花樣翻新，借助沙皇列寧之邪說，包裝自身，以抗民主潮流，遂變「吾皇萬歲」為「主席萬歲」，「老佛爺萬壽無疆」為「領袖萬壽無疆」，「忠君」為「三忠於」、「早請示，晚彙報」，「專制」為「專政」，「聖旨」為「最高指示」……種種伎倆，集暴王盜頭惡性於一身，行一時。然而，劣跡斑斑，兆五千年帝王氣數已盡，豈奈辛亥民主何？又豈奈天理人道何？

辛亥革命，如電閃雷鳴，轟動宇宙，照明大地，炸開國門，覺醒國民。海洋吹來民主之風，與本土老莊學說之氣相融匯，形成強大氣流，吹翻帝王陵墓，風化帝王腐屍，蕩滌帝王思想沉渣，砸斷帝王歷史鎖鏈，其浩浩蕩蕩之氣勢，是帝王復辟者螳螂之臂能擋乎？其洶洶湧湧之潮流，是帝王復辟者腐潰堤壩能擋乎？先知先覺者必效孫文，後知後覺者必相隨奔赴，幾多精英飲恨憤起，幾多志士前仆後繼。吾善弱之國民，必將進入人類之文明，吾落伍之民族，必將合乎世界之潮流。

時針一圈，「12」過了又是「1」，辛亥花甲又辛亥。吾今祭之曰：辛亥革命精神千古！孫中山等先輩英名千古！壯哉，辛亥革命！偉哉，孫中山先生！

辛亥遺老奠拜

共和辛亥年春季月清明日（1971年4月5日）

我看了一遍又一遍，反覆咀嚼，情緒受到極大衝擊，驚嘆起來：「李先生乃作古之人，那思想卻是新人。我輩雖是後人，思想卻成了舊人。江水逆流了，時間倒轉了。」

「所以，我們應盡自己所長，作些利民利後人的事。」柯和貴接住話頭說。

「我有何能？」我悲嘆。

「你有一顆純真的童心，有一片真摯的感情，有一股凜然正氣，有一腔沸騰熱血，有一層厚厚功力，有一支生花彩筆，能寫出小說來。」柯和貴急促地說，「我們同學中，那些不如你寫作能力的，有的成了著名作家，有的成了總編、社長。但我還沒有讀到一部真正的現代小說。你不要妄自菲薄，自悲自哀。」

「我寫的文字，見不得大方之家，登不上大雅之堂，只能自慰解悶，看後就毀。我沒有你那麼大的勇氣，敢把寫的東西寄到雜誌社去，結果幫助了陳繼烈、鄧河流升官發財，自己戴了頂『利用小說反黨』的帽子，挨批鬥，險些蹲黑牢。」我挖苦地說。

「你所缺乏的就是勇氣，還缺乏社會責任感。你每日如履薄冰，縱有天大才華，也只不過是一個自我老死的懦夫，一具對社會毫無作用的行屍走肉！」柯和貴憤慨了，罵了起來。他喝了兩口水，又緩和下來，說：「即使你膽小慎微，也不該把寫的小說稿自己看後全都毀掉，應該藏起來，留給你的子孫後代，讓你的子孫熟悉你所處的社會狀況，了解你的感情和水準，或許有朝一日，你的子孫能把你的作品發表出來，豈不是於己於人都有利嗎？」

「你這次找我說有重大的事與我商量，是寫小說的事嗎？」我說。

「是的。」柯和貴說，「我先讓你看李衡權先生文章，激發你。再讓你看這一大包本子。這一大包本子是寫作小說的好材料，能反映出一個時代的面貌。」

「那你為什麼自己不寫呢？」我有點狐疑。

柯和貴就解釋了自己寫不好小說的原因，特別強調說明要寫那部哲學書的重要性。

「開始寫了嗎？」我問。

「擬了個提綱，寫了《卷首語》」

「能給我看看嗎？」我又問。

「可以。」柯和貴說。他從包裡拿出一個本子來給我。他說：「你不要為我的哲學論文分心，你要寫小說。」

柯和貴又閒聊一些話，丟下那大包本子，走了。

我打算先不理那大包本子，想看柯和貴的哲學論文。

對於哲學，我原來認為那是一個深奧玄妙的領域，不是我這樣的平庸人能涉足的。柯和貴每次來和我閑侃時，總要饒有興趣地談起哲學知識。我受到感染，在他的指點下，也去看一些哲學方面的書，散散精神，但不願動腦筋，深入下去，增添煩惱。因此，我知道一些哲學大師們有共同的可貴精神：把哲學當著一件事來認真地做，不把哲學當謀生手段；哪怕生活艱難，也認真研究；不把哲學當商品販賣；哪怕地位低賤，也認真研究；不把哲學當權術來耍，謀取權利，哪怕身陷囹圄，也不放棄自己的學術主張，不改變自己的哲學主張去阿諛權貴。他們一方面學習和吸收別人的知識，另一方面敢於懷疑批判，自成一體，寫成自己的論著。在表述自己哲學主張時，只有老子、蘇格拉底，對後世影響最大。用這點精神來衡量，馬克思、列寧、史達林、毛澤東就算不上哲學家了，更不是哲學導師。他們把哲學當武器、當法術，來獵取功名和領袖獨裁權力，只稱得上是政治陰謀家、軍事家。那些緊跟在馬克思、列寧、史達林、毛澤東屁眼後面的中國現代官方哲學家、哲學教授，自然也就稱不上哲學家，只是一群政客。他們的專項工作是：拿著能盛氣的什麼袋呀、壺呀，專門接納馬克思、列寧、史達林、毛澤東的屁眼裡放出的屁臭，然後從陰溝裡灌進污泥水，攪拌一陣，拿到陽光下，用小管子蘸著吹，吹成五光十色的氣泡，拍掌叫著：「這是哲學大師們的偉大傑作。」他們自己也就成了官方哲學家、哲學教授了。他們有了官方哲學家、哲學教授的頭銜，就狗仗人勢，板起權威面孔，擺起教授架勢，強迫自己的大學生、研究生也玩自己的那一套鬼把戲來。所以，我敢斷定：中國現代的官方社會科學院、哲學系裡是註定沒有真正的哲學家的。真正的哲學在民間，在只說不寫的李衡權等先生手裡，在敢說敢寫而作品不能面世的柯和貴先生手裡。我對中國現代哲學界有了這些看法，就一直殷切希望柯和貴能寫出哲學論文來。現在他動筆了，還把提綱和《卷首語》給我看，我當然大喜過望。

我鄭重地捧起柯和貴哲學論文手稿，那個題目就使人安慰，陡生善心，不像《矛盾論》那樣令人誠惶誠恐，漸生殺機。看那提綱，能揣測到要寫百萬言，那《卷首語》也有五萬餘字，塗塗改改，增來刪去，還未定盤。我讀起來，很快被那奇談怪論吸引住，津津有味，瞬間過了一天一夜。我雖沒有全部讀懂，也不敢苟同其中一些異端邪說，但總感到耳目一新，就像一個囚犯變成了自由人，走出那幽暗、鬱悶、潮濕、狹窄的牢房，來到明朗、清新、乾爽、開闊的園林，耳邊飛泉鳴玉、鶯舌百轉，頓覺身心輕鬆，舒暢。那論文用幾條簡單的原理，無忌無諱，見解獨到，推理嚴密，涉獵成趣，批駁得儒家三綱五常和辯證唯物主義體無完膚，還原了天道人性理論的本來面目，清除了帝王專制思想文化和惡性道德倫理的源泉，重新解釋了宇宙物理的、化學的、生物的多方面協調現象，展現了人性的完美、人類整體和諧的美好景象。作者敢於衝破思想牢籠，獨立思辨，認真研究，這恰恰是真正哲學大師們所具有的勇氣、態度和精神。

柯和貴的寫作精神鼓舞了我，我振奮起來，膽大起來，決定擔點社會責任和個人風險，以那大包本子為素材，寫出小說來。

從此，那一堆本子裡的人物如鬼神一般纏繞著我，那事件像蒙太奇鏡頭那樣在我眼前變幻。我被弄得如癡如狂，傻裡傻氣。上課忘了帶教本，走路險些撞汽車，吃飯不定時，說話心不在焉。我知道自己控制不住自己了，就向學校申請內退，少拿學校每月一百元的自籌工資，讓田地暴荒，每年用一千二百元的工資去上交農業費稅。當然，我那糟糠之妻惱火了，憤然離我而去，與出嫁了的大女兒住在一起，屋裡就只剩下我孤身一人了。我乾脆把院門鎖了，不理睬前來叫門的人；也不管院子，讓院裡的桃李自然果熟蒂落，蒿草蓬生。一個人躲在小房裡，饑一餐，飽一餐，自由支配時間。

光陰荏苒，轉眼九年，說來也巧，鬼使神差，應了「披閱十載，增刪五次」那句話，第十個年頭，第六稿定下來。憶起那寫小說的艱難悲苦，我吟出一首詩來：

樓空院荒生寂寞，秋蟲夜泣伴孤身。
垣牆隔世十冬夏，鐵鎖謝賓三教人。
筆下遺藍百萬點，胸中積憤億兆斤。
且歌且哭且狂笑，善惡南柯夢裡分。

我的小說的第一個讀者當然是柯和貴。他拿去稿子，讀了三個月，還給我。他在最後一回添加了一文、一詞、一詩。

其文說：

毛澤東時代過去二十多年了，新「左」派還留戀那個時代，把那個時代歌頌成幹部廉潔奉公、人人平等幸福的共產主義天堂，把現在的官吏貪汙腐敗歸罪於改革開放和「資產階級自由化」，企圖把歷史倒回到毛澤東時代。現在的年輕學生要了解毛澤東時代，只好去讀教科書，去看文字記載。可是，那個時代是「以言定罪」、「文字獄」極端森嚴時代，所有的文字記載都必須遵照「毛主席最高指示」和「四項基本原則」，用「墨寫的謊言」掩蓋了「血寫的事實」。譬如：把強迫農民入社寫成農民自覺走集體化道路，把連續三年大饑荒餓死四千多萬農民的慘景寫成紅旗飄飄、兩彈發射、繁榮昌盛的共產主義美景……現在年輕人無法了解毛澤東時代的真實歷史狀況，更不懂現在的官吏貪汙腐敗的總根源就是毛澤東時代的「黨天下」。所以，被愚弄麻木了的國人，還把毛澤東當神來崇拜，在堂屋牆上貼著毛澤東的大像，在汽車駕駛台上吊著毛澤東的小像。這是一種令人十分擔憂、悲哀的現象，「左」派的政治陰謀有可能得逞。「救救孩子」成了每個正直善良的中國文人的重大社會責任和急迫任務。凡是在毛澤東時代長大的正直善良的文人，應該拿起筆來，反反覆複地不厭其煩地不計個人得失地寫，或寫雜文，或寫詩歌，或寫回憶錄，或寫小說，寫出毛澤東時代和後毛澤東時代的真實歷史狀況，揭穿新「左」派政治陰謀，讓兒女、學生、大眾從麻木中覺醒起來，再不受欺騙、愚弄了。

《湖村裡的夢幻》用小說的藝術形式，反映了自「清匪反霸」到現在這半個世紀的中國現代社會真實歷史狀況。這種社會狀況，本是一種古老的歷史現象，卻在二十世紀中後葉的中國重演著，被歌頌為「新中國」。這是中國人的悲哀！作者告訴讀者：要認清自己所處的時代狀況，必須以史為鑒；要想歷史的罪惡不在自己所處的時代重演，必須認清歷史罪惡；要想自己所處時代的罪惡儘快成為歷史，必須認清現代罪惡。作者堅信：獨裁專制、殘酷鬥爭、暴力恐怖、貧窮愚昧等等罪惡，終將會像噩夢一樣消失於人類社會；民主自由、平等博愛、和平友善、富裕文明，終將會像美夢一樣充滿人類社會；善美的願望終將戰勝現實的罪惡！

其詞曰：

謝池春慢

單氏取周，孔子偷換老子；愛憎作《春秋》，就刪詩削史；誅民主哲理，行「三鋼」魯禮。霸雄亂，招辯士；六國亡滅，暴秦創帝祉。儒奴才、民奴隸，專制國體。獨裁今仍在，新血紅旗美；善良遭屠宰，冤獄處處起。悲情湧，難自止；哭同胞苦，涕淚痕斑紙。

注：1.謝池春慢，由謝池春演變而來，中呂宮。雙調，90字。仄韻格，上、下片各五仄韻。定格：

2.「單氏取周」：見前文「第八十七回眾夫子錯失好時機智秀士評講大慘案」頁641

其詩云：

命運相同醫術異，你創小說我論文。
假如判官勾硃筆，都是幽冥冤獄魂。

甲戌年戊辰月辛酉日（一九九四年四月五日）始創
甲申年庚午月甲寅日（二〇〇四年六月四日）修改

國家圖書館出版品預行編目資料

湖村裡的夢幻（卷四）/ 柯美淮著
-- 初版 -- 臺北市：博客思出版事業網：2016.7
ISBN：978-986-5789-95-4（全套：平裝）

857.7　　　　　105001476

現代文學 26

湖村裡的夢幻（卷四）

作　　者：柯美淮
編　　輯：高雅婷
美　　編：林育雯
封面設計：塗宇樵
出 版 者：博客思出版事業網
發　　行：博客思出版事業網
地　　址：台北市中正區重慶南路 1 段 121 號 8 樓之 14
電　　話：(02)2331-1675 或 (02)2331-1691
傳　　真：(02)2382-6225
E—MAIL：books5w@yahoo.com.tw 或 books5w@gmail.com
網路書店：http://bookstv.com.tw/ http://store.pchome.com.tw/yesbooks/
http://www.5w.com.tw、華文網路書店、三民書局
博客來網路書店 http://www.books.com.tw
總 經 銷：成信文化事業股份有限公司
電　　話：02-2219-2080　　傳 真：02-2219-2180
劃撥戶名：蘭臺出版社　帳號：18995335
香港代理：香港聯合零售有限公司
地　　址：香港新界大蒲汀麗路 36 號中華商務印刷大樓
C&C Building, 36,Ting, Lai, Road, Tai,Po, New,Territories
電　　話：852-2150-2100　　傳真：852-2356-0735
總 經 銷：廈門外圖集團有限公司
地　　址：廈門市湖裡區悅華路 8 號 4 樓
電　　話：86-592-2230177　　傳 真：86-592-5365089
出版日期：2016 年 7 月 初版
定　　價：共四冊，新臺幣 2400 元整（平裝，套書不零售）
ISBN：978-986-5789-95-4